孫康宜文集

學生淩超
丁酉敬題

卷二

文化散文、隨筆

Collected Works of Kang-i Sun Chang

名家推薦

余英時（中央研究院院士、美國哲學會院士）
白先勇（香港中文大學教授、華文文學泰斗）
余秋雨（上海戲劇學院教授、著名華語散文家）
王德威（中央研究院院士、美國哈佛大學中國文學與比較文學Edward Henderson講座教授）
鄭毓瑜（台灣大學中國文學系講座教授、中央研究院中國文哲研究所合聘研究員）
黃進興（中央研究院院士）
胡曉真（中央研究院中國文哲研究所所長）
柯慶明（台灣大學中國文學系名譽教授）

作者致謝

感謝蔡登山、宋政坤二位先生、以及主編韓晗的熱心和鼓勵，是他們共同的構想促成了我這套文集在臺灣的出版。同時我也要向《文集》的統籌編輯鄭伊庭和編輯盧羿珊女士及杜國維先生致謝。

感謝徐文花費很多時間和精力，為我整理集內的大量篇章，乃至重新打字和反復校對。她的無私幫助令我衷心感激。

感謝諸位譯者與合作者的大力協助。他們的姓名分別為：李奭學、鍾振振、康正果、葉舒憲、張輝、張健、嚴志雄、黃紅宇、謝樹寬、馬耀民、皮述平、王璦玲、錢南秀、陳磊、金溪、淩超、卞東波。是他們的襄助充實和豐富了這部文集的內容。

感謝曾經為我出書的諸位主編——廖志峰、胡金倫、陳素芳、隱地、初安民、邵正宏、陳先法、楊柏偉、張鳳珠、黃韜、申作宏、張吉人、曹淩志、馮金紅等。是他們嚴謹的工作態度給了我繼續出版的信心。

感謝耶魯大學圖書館中文部主任孟振華先生，長期以來他在圖書方面給我很大的幫助。

感謝王德威、黃進興、陳淑平、石靜遠、蘇源熙、呂立亭、范銘如等人的幫助。是他們的鼓勵直接促成了我的寫作靈感。

感謝外子張欽次，是他多年來對我的辛勤照顧以及所做的一切工作最終促成這部文集的順利完成。

二〇一六年十月寫於耶魯大學

徜徉古典與現代之間*

——《孫康宜文集》導讀

韓晗

二〇一五年，本人受美國耶魯大學與臺灣秀威資訊科技有限公司的共同委託，主編《孫康宜文集》（五卷本）。孫康宜教授是一位我敬慕的前輩學者與散文家，也是馳名國際學壇的中國古典文學研究專家。經出版方要求及孫康宜教授本人同意，筆者特撰此導讀，以期學界諸先進對孫康宜教授之學術觀念、研究風格與散文創作有著更深入的認識、把握與研究。

一

總體來看，孫康宜的學術研究分為如下兩個階段。

與其他同時代許多海外華裔學者相似，孫康宜出生於中國大陸，上世紀四十年代末去臺灣，在臺灣完成了初等、高等教育，爾後赴美繼續攻讀碩士、博士學位，最後在美國執教。但與大多數人不同之處在於孫康宜的人生軌跡乃是不斷跌宕起伏，並非一帆風順。因此，孫康宜的學術研究分期，也與其人生經歷、閱歷有著密不可分的聯繫。

* 上海戲劇學院教授余秋雨先生對該導讀的修訂提出了非常重要的修改意見，筆者銘感至深，特此致謝。

一九四四年，孫康宜出生於中國北京，兩歲那年，因為戰亂而舉家遷往臺灣。其父孫裕光曾畢業於早稻田大學，並曾短期執教北京大學，而其母陳玉真則是臺灣人。孫康宜舉家遷臺之後，旋即爆發「二・二八」事件，孫康宜的舅舅陳本江因涉「臺共黨人」的「鹿窟基地案」而受到通緝，其父亦無辜受到牽連而入獄十年。[1]

可以這樣說，幼年至少年時期的孫康宜，一直處於顛沛流離之中。在其父蒙冤入獄的歲月裡，她與母親在高雄林園鄉下相依為命。這樣獨特且艱苦的生存環境，鍛鍊了孫康宜堅強、自主且從不依賴他人的獨立性格，也為其精於鑽研、刻苦求真的治學精神起到了奠基作用。

一九六二年，十八歲的孫康宜保送進入臺灣東海大學外文系，這是一所與美國教育界有著廣泛合作並受到基督教會支持的私立大學，首任校董事長為前教育部長杭立武先生，這是孫康宜學術生涯的起點。據孫康宜本人回憶，她之所以選擇外文系，乃與其父當年蒙冤入獄有關。英文的學習可以讓她產生一種逃避感，使其可以不必再因為接觸中國文史而觸景生情。從某個角度上講，這與「後毛澤東時代」的中國青年在選擇專業時更青睞英語、日語而不喜歡中國傳統文史有著精神上的相通之處。

在這樣的語境下，孫康宜自然對英語有著較大的好感，這也為她今後從事英語學術寫作、比較文學研究打下了基礎。她的學士學位論文以美國小說家麥爾維爾（Herman Melville）的小說《白鯨》（*Moby-Dick; or, The Whale*）為研究對象。用孫康宜本人的話講：「他一生中命運的坎坷，以及他在海洋上長期奮鬥的生涯，都使我聯想到自己在白色恐怖期間所經歷的種種困難。」[2]

從東海大學畢業後，孫康宜繼續在臺灣大學外文研究所攻讀美國文學研究生。多年英語的學習，使得孫康宜有足夠的能力赴美留學、生活。值得一提的是，此時孫裕光已經出獄，但屬於「有前科」

1 如上回憶詳見孫康宜：《走出白色恐怖》，北京：生活・讀書・新知三聯書店，二〇一二年。

2 孫康宜：藉著書寫和回憶，我已經超越了過去的苦難（燕舞採寫），《經濟觀察報》，二〇一二年八月三十一日。

的政治犯，當時臺灣正處於「戒嚴」狀態下，有「政治犯」背景的孫康宜一家是被「打入另冊」的，她幾乎不可能在臺灣當時的體制下獲得任何上升空間（除了在受教育問題上還未受到歧視之外），甚至離臺赴美留學，都幾乎未能成行。[3]在這樣的語境下，定居海外幾乎成為了孫康宜唯一的出路。

在臺大外文所攻讀碩士學位期間，成績優異的孫康宜就被新澤西州立大學羅格斯分校（Rutgers-the State University of New Jersey）圖書館學系的碩士班錄取。歷史地看，這是一個與孫康宜先前治學（英美文學）與其之後學術生涯（中國古典文學）並無任何直接聯繫的學科；但客觀地說，這卻是孫康宜在美國留學的一個重要的過渡，因為她想先學會如何在美國查考各種各樣的學術資料，並對書籍的分類有更深入的掌握。一九七一年，孫康宜獲得該校圖書館學系的碩士學位之後，旋即進入南達科達州立大學（South Dakota State University）英文碩士班學習，這是孫康宜獲得的第二個碩士學位——她又重新回到了英美文學研究領域。

嗣後，孫康宜進入普林斯頓大學（Princeton University）東亞研究系博士班，開始主修中國古典文學，副修英美文學與比較文學，師從於牟復禮（Frederick W. Mote）、高友工等知名學者。普林斯頓大學的學術訓練真正開啟了她未來幾十年的學術研究之門——比較文學視野下的中國古典文學研究。

一九七八年，三十四歲的孫康宜獲得普林斯頓大學博士學位，並發表了她的第一篇英文論文，即關於加州大學伯克利分校（University of California, Berkeley）東亞系教授西瑞爾・白之（Cyril Birch）的《中國文學文體研究》（*Studies of Chinese Literary Genres*）的書評，刊發於《亞洲研究》（*Journal of Asian Studies*）雜誌上。這篇文章是她用英文進行學術寫作的起點，也是她進入美國學界的試筆之作。

---

3 孫康宜在《走出白色恐怖》中回憶，她和兩個弟弟離臺赴美留學時，數次被臺灣當局拒絕，最終時任保密局長的谷正文親自出面，才使得孫康宜姐弟三人得以赴美。一九七八年，其父孫裕光擬赴美治病、定居，但仍遭到當局阻撓，孫康宜無奈向蔣經國寫信求助，其父才得以成行。

一九七九年是孫康宜學術生涯的重要轉捩點。她的第一份教職就是在人文研究頗有聲譽的塔夫茨大學（Tufts University）任助理教授，這為初出茅廬的孫康宜提供了一個較高的起點。同年，孫康宜回到中國大陸，並在南京大學進行了學術講演，期間與唐圭璋、沈從文與趙瑞蕻等前輩學者、作家有過會面。作為「改革開放時期」最早回到中國大陸的旅美學者之一，孫康宜顯然比同時代的其他同行更有經歷上的優勢。

次年，在普林斯頓大學東亞系創系主任牟復禮教授的推薦下，孫康宜受聘普林斯頓大學葛思德東方圖書館（East Asian Library and the Gest Collection）擔任館長，這是一份相當有榮譽感的職位，比孫康宜年長五十三歲的中國學者兼詩人胡適曾擔任過這一職務。當然，這與孫康宜先前曾獲得過圖書館學專業的碩士學位密不可分。在任職期間她由普林斯頓大學出版社出版了自己第一本英文專著《晚唐迄北宋詞體演進與詞人風格》（*The Evolution of Chinese Tz'u Poetry: From Late T'ang to Northern Sung*）。這本書被認為是北美學界第一部完整地研究晚唐至北宋詩詞的系統性著述，它奠定了孫康宜在北美學術界的地位。一九八二年，孫康宜開始執教耶魯大學（Yale University），並在兩年後擔任該校東亞語文研究所主任，一九八六年，她獲得終身教職。

如果將孫康宜的學術生涯形容為一張唱片的話，從東海大學到普林斯頓大學這段經歷，是為這張唱片的A面，而其後數十年的「耶魯時光」將是這張唱片的B面。因此，《晚唐迄北宋詞體演進與詞人風格》既是A面的終曲，也是B面的序曲。此後孫康宜開始將目光聚集在中國古典文學之上，並完成了自己的第二本英文專著《六朝文學概論》（*Six Dynasties Poetry*）。

從嚴謹的學科設置來看，唐宋文學與六朝文學顯然是兩個不同的方向。但孫康宜並不是傳統意義上的歷史考據研究學者，她更注重於從現代性的視野下凝視中國古典文學的傳統性變革，即「作家」如何在不同的時代下對政治、歷史乃至自身的內心進行書寫的流變過程。這與以「樸學」為傳統的古典文學經典研究方式不盡相同，而是更接近西方學界主流研究範式——將話語分析、心理分析、女性主義與文體研究等諸理論引入古典文學研究範疇。

這就不難理解孫康宜的第三本英文專著《情與忠：晚明詩人陳子龍》（下文簡稱《情與忠》，*The Late-Ming Poet Ch'en Tzu-lung: Crises of Love and Loyalism*）緣何會成為該領域的代表作之緣由。陳子龍是一位被後世譽為「明詩殿軍」的卓越詩人，而且他官至「兵科給事中」（相當於今日臺灣「國防部監察局局長」），屬於位高權重之人。明亡後，他被清軍所俘並堅決不肯剃髮，最終投水自盡。孫康宜將這樣一個詩人作為研究對象，細緻地考察了其文學活動、政治活動與個人日常生活之間的關係，認為其「忠」（家國大愛）與「情」（兒女私情）存在著情感相通的一面。

不言自明，《情與忠》的研究方式明顯與先前兩本專著不同，前兩者屬於概論研究，而後者則屬於個案研究。但這三者之間卻有著內在的邏輯聯繫：立足於比較文學基礎之上，用一系列現代研究理論來解讀中國古典文學。這是有別於傳統學術的經典詮釋研究。從這個角度上來講，孫康宜別出心裁地將中國古典文學研究推向了一個新的高度。

在孫康宜的一系列著述與單篇論文中，「現代」與「古典」合奏而鳴的交響旋律可謂比比皆是。如〈象徵與托喻：《樂府補題》的意義研究〉著重研究了「詠物詞」中的象徵與托喻；而〈隱情與「面具」——吳梅村詩試說〉獨闢蹊徑，將「面具」說與「抒情主體」理論引入到了對吳梅村（即吳偉業）的詩歌研究當中，論述吳梅村如何以詩歌為工具，來闡釋個人內心所想與家國寄託；〈明清女性詩人之才德觀〉則是從女性主義的角度論述女性詩人的創作動機與群體心態。凡此種種，不勝枚舉。

二

從東海大學到普林斯頓大學完整的學術訓練，讓孫康宜具備了「現代」的研究視野與研究方式，使其可以在北美漢學界獨樹一幟，成為中國古典文學研究在當代最重要的學者之一。

但公正地說，用「現代」的歐美文學理論來研究中國古典文學，決非孫康宜一人之專利。在晚清時便有王國維借鑒德國哲人叔本華的若干理論來解讀《紅樓夢》，對學界影響深遠，至於海外漢學領域內，可謂比比皆是。如艾朗諾對北宋士大夫精神世界的探索、浦安迪的《紅樓夢》研究、宇文所安對唐詩文本的精妙解讀、余國藩的《西遊記》再解讀以及卜松山在儒家美學理論中的新發現等等，無一不是將新方法、新視野、新理論、新觀點乃至新視角與傳統的「老文本」相結合。甚至還有觀點認為，海外中國古典文學研究其實就是不同新方法的博弈，因為研究對象是相對穩定、明確的。

無疑，這是與中國現代文學研究截然不同的路數。發現一個「被忽略」的現當代作家（特別是在世的作家）不難，但要以考古學的研究範式，在中國古典文學史中找到一個從未研究過的個案，之於海外學者而言可謂是難於上青天。

談到這個問題，勢必要談到孫康宜學術思想的特殊之處。從「傳統」與「現代」的相結合當然是大多數海外中國古典文學研究者的「共性」，但孫康宜的「傳統」與「現代」之間卻有著自身的特色，筆者認為，其特殊之處有二。

首先是女性主義的研究視角。這是許多海外中國古典文學學者並不具備的。在海外中國古典文學研究領域，如孫康宜這樣的女性學者本身不多見，孫康宜憑藉著女性特有的敏感性與個人經驗對中國古典文學進行獨特的研究與詮釋，這是其特性而非共性。因此，「女性」這個角色（或身分）構成了孫康宜學術研究中一個重要的關鍵字。譬如他在研究陳子龍時，會考慮到對柳如是進行平行考察，而對於明代「才女」們的審理，則構成了孫康宜極具個性化的研究特色。

當然，很多人會同時想到另外兩位華裔女性學者：田曉菲與葉嘉瑩。前者出生於一九七一年，曾為《劍橋中國文學史》（*The Cambridge History of Chinese Literature*，該書的主編為孫康宜和宇文所安 Stephen Owen）中撰寫從東晉至初唐的內容，並在六朝文學研究中頗有建樹，而出生於一九二四年的葉嘉瑩則是一位在中國古典文學研究領域成果豐碩的女性學者，尤其在唐宋詞研究領域，成就不凡。

雖都是女性學者，但她們兩者與孫康宜的研究仍有著不可忽視的差異性。從年齡上講，田曉菲應是孫康宜的下一代人，而葉嘉瑩則是孫康宜的上一代人。孫康宜恰好在兩代學人之間。因此，相對於葉嘉瑩而言，孫康宜有著完整的西學教育，其研究更有「現代」的一面，即對於問題的認識與把握乃至個案研究，都更具備新理論與新方法。但之於田曉菲，孫康宜則更看重文本本身。畢竟田曉菲是從中國現代史轉型而來，其研究風格仍帶有歷史研究的特徵，而孫康宜則是相對更為純粹的文學研究，其「現代」意識下的女性主義研究視角，更有承上啟下、革故鼎新的學術史價值。

廣義地說，孫康宜將女性主義與中國古典文學糅合到了一起，打開了中國古典文學研究的一扇大門，提升了女性作家在中國古典文學史中的地位，為解讀中國古典文學史中的女性文學提供了重要的理論工具。更重要在於，長期以來中國古典文學史的研究與寫作，基本上都是男權中心主義的主導，哪怕在面對女性作家的時候，仍然擺脫不了男權中心主義這一既成的意識形態。

譬如《情與忠》就很容易讓人想到陳寅恪的《柳如是別傳》，後者對於陳（子龍）柳之傳奇故事也頗多敘述，但仍然難以超越男權中心主義的立場，即將柳如是作為「附屬」的女性進行闡釋。但是在《情與忠》中，柳如是卻一度構成了陳子龍文學活動與個人立場變化的中心。從這個角度來看，孫康宜不但提供瞭解讀中國古典文學史中女性作家的理論工具，而且還為中國古典文學研究提供一個相當珍貴的新視野。史景遷（Jonathan D. Spence）曾評價該著的創見：「以生動的史料，深入考察了在十七世紀這個中國歷史上的重要時期，人們有關愛情和政治的觀念，並給予了深刻的闡述。」[4]

其次是將現代歐美文論引入研究方法。之於傳統意義上的中國古典文學研究而言，引入歐美文論是有一定爭議的，與之相比，乾嘉以來中國傳統學術（即「樸學」）中對古籍進行整理、校勘、注疏、輯佚加上適度的點校、譯釋等研究方式相對更受認可，也在古典文學研究體系中佔據著主流地位。

隨著「世界文學」的逐步形成，作為重要組成的中國古典文學，對其研究已經不能局限於其自身內部的循環闡釋，而是應將其納入到世界文學研究的體系、範疇與框架下。之於海外中國文學研究而言，尤其應承擔這一歷史責任。同樣，從歷史的角度來看，中國古典文學的形成決非是在「一國」（非現在所言民族國家之概念）之內形成的，而是經歷了一個漫長的民族融合、文化交流的過程。因此，中國古典文學的體制、內容與形態是處於「變動」的過程中逐漸形成的。

在這樣的前提下，研究中國古典文學，就必須要將當代歐美文論所涉及的新方法論納入研究體系當中。在孫康宜的研究中，歐美文論已然被活學活用。譬如她對明清女性詩人的研究如〈明清文學的經典與性別〉、〈寡婦詩人的文學「聲音」〉等篇，所著眼的即是比較研究，即不同時代、政權、語境下不同的女性詩人如何進行寫作這一問題；而對於中國古典文學經典文本、作家的傳播與影響，也是孫康宜所關注的對象，譬如她對「典範作家」王士禎的研究，就敏銳地發掘了宋朝詩人蘇軾對王士禎的影響，並提出「焦慮」說，這實際上是非常典型的比較文學研究了。此外，孫康宜還對陶潛（陶淵明）經典化的流變、影響過程進行了文學史的審理，並再度以「面具理論」（她曾用此來解讀過吳

4 張宏生：經典的發現與重建——孫康宜教授訪談錄，任繼愈主編，《國際漢學•第七輯》，二〇〇二年。

梅村）進行研究。這些都反映了歐美文論研究法已構成了孫康宜進行中國古典文學研究中一個重要的內核。

孫康宜通過自己的學術實踐有力地證明了：人類所創造出的人文理論具有跨民族、跨國家的共同性，歐美文論同樣可以解讀中國古典文學作品。她曾將「文體學研究」融入到中國古典文學研究當中，其《晚唐迄北宋詞體演進與詞人風格》一書（北大版將該書名改為《詞與文類研究》），則明顯受到克勞迪歐・吉倫的《作為系統的文學：文學理論史札記》（*Literature as System: Essays toward the Theory of Literary History*）、程抱一的《中國詩歌寫作》（*Chinese Poetic Writing*）與埃里希・奧爾巴赫的《摹仿論：西方文學中的真實再現》（*Mimesis: The Representation of Reality in Western Literature*）等西方知名著述的影響，並將話語分析與心理分析引入對柳永、韋莊等詞人的作品研究，通讀全書，宛然中西合璧。

女性主義的研究視角與歐美文論的研究方法，共同構成了孫康宜學術思想中的「新」，這也是她對豐富現代中國古典文學研究體系的重要貢獻。但我們也必須看到，孫康宜的「新」，是她處於一個變革的時代所決定的，在孫康宜求學、治學的半個多世紀裡，臺灣從封閉走向民主，而中國大陸也從貧窮走向了復興，整個亞洲特別是東亞地區作為世界目光所聚集的焦點而被再度寫入人類歷史中最重要的一頁。在大時代下，中國文化也重新受到全世界的關注。孫康宜雖然面對的是古代經典，但從廣義上來講，她書寫的卻是一個現代化的時代。

三

哈佛大學東亞系教授、《劍橋中國文學史》的合作主編宇文所安曾如是評價：「在她（孫康宜）

所研究的每個領域，從六朝文學到詞到明清詩歌和婦女文學，都揉合了她對於最優秀的中國學術的瞭解與她對西方理論問題的嚴肅思考，取得了卓越的成績。」而對孫康宜學術思想的研究，在中國大陸也漸成熱潮，如陳穎〈美籍學者孫康宜的中國古典詩詞研究〉、朱巧雲〈論孫康宜中國古代女性文學研究的多重意義〉與涂慧的〈挪用與質疑，同一與差異：孫康宜漢學實踐的嬗變〉等論稿，對於孫康宜學術思想中的「古典」與「現代」都做了不同角度的論述與詮釋。

不難看出，孫康宜學術思想中的「古典」與「現代」已經被學界所公認。筆者認為，孫康宜不但在學術思想上追求「古典」與「現代」的統一性，而且在待人接物與個人生活中，也將古典與現代融合到了一起，形成了「丰姿優雅，誠懇謙和」（王德威語）的風範。[5] 其中，頗具代表性的就是其與學術寫作相呼應的散文創作。

散文，既是中國傳統文人最熱衷的寫作形式，也是英美現代知識份子最擅長的創作體裁。學者散文是中國新文學史上的重要組成，從胡適、梁實秋、郭沫若、翦伯贊到陳之藩、余秋雨、劉再復，他們既是每個時代最傑出的學者，也是這個時代裡最優秀的散文家。同樣，作為一位學者型散文家，孫康宜將「古典」與「現代」進行了有機的結合，形成了自成一家的散文風格，在世界華人文學界擁有穩定的讀者群與較高的聲譽。與孫康宜的學術思想一樣，其散文創作，亦是徜徉古典與現代之間的生花妙筆。

從內容上看，孫康宜的散文創作一直以「非虛構」為題材，即著重對於人文歷史的審視與自身經驗的闡釋與表達，這是中國古代散文寫作的一個重要傳統。她所出版的《我看美國精神》、《親歷耶魯》與《走出白色恐怖》等散文作品，無一不是如此。

---

[5] 王德威：從吞恨到感恩——見證白色恐怖（《走出白色恐怖》序），詳見孫康宜：《走出白色恐怖》，北京：生活・讀書・新知三聯書店，二〇一二年。

若是細讀，我們可以發現，孫康宜的散文基本上按照不同的歷史時期分為兩個主題，一個是青少年的臺灣時期，即對「白色恐怖」的回憶與敘述，另一個則是留學及其後定居美國的時期，則是對於美國民風民情以及海外華人學者的生存狀態所作的記錄與闡釋。在孫康宜的散文作品中，我們可以明顯地讀到作為「作者」的孫康宜構成了其散文作品的中心。正是因為這樣一個特殊的中心，使得其散文的整體風格也由「現代」與「古典」所構成。

現代，是孫康宜的散文作品所反映的總體精神風貌。即表露家國情懷、呼喚民主自由、批判專制集權與嚮往美好生活，用帶有基督精神的的「信、望、愛」來寬容歷史與個人的失誤乃至荒悖之處。一言以蔽之：孫康宜的散文是用人間大愛來書寫大時代的變革，這些都是傳統中國散文中並不多見的選題。

值得一提的是，孫康宜對自身經歷臺灣「白色恐怖」的家族史敘事、旅居美國的艱辛與開拓等等，這些都是特定大時代的縮影，構成了孫康宜在「現代」層面上獨一無二的書寫特徵。海外華裔學者型散文家甚眾，如張錯、陳之藩、鄭培凱、童元方與劉紹銘等等，但如孫康宜這般曲折經歷的，僅她一人而已。或者換言之，孫康宜以自身獨特的經歷與細膩的感情，為當代學者型散文的「現代」特質注入了特定的內涵。

在《走出白色恐怖》中，孫康宜以「從吞恨到感恩」的氣度，將家族史與時局、時代的變遷融合一體，以史家、散文家與學者的多重筆觸，繪製了一幅從家族災難到個人成功的奮鬥史詩。成為當代學者散文中最具顯著特色的一面。與另一位學者余秋雨的「記憶文學」《借我一生》相比，《走出白色恐怖》中女性特有的寬厚與作為基督徒的孫康宜所擁有的大愛明顯更為特殊，因此也更具備積極的現代性意識；若再與臺灣前輩學者齊邦媛的「回憶史詩」《巨流河》對讀，《走出白色恐怖》則更加釋然——雖然同樣在悲劇時代的家庭災難，但後者憑藉著基督精神的巨大力量，走出了一條只屬於自己的精神苦旅。因此，這本書在臺灣出版後，迅速被引入中國大陸再版，而且韓文版、捷克文版等外文譯本也將陸續出版。

與此同時，我們也應注意到孫康宜散文中「古典」的一面。她雖然是外文系出身，又旅居海外多年，並且長期用英文進行寫作。但其散文無論是修辭用典、寫景狀物還是記事懷人，若是初讀，很難讓人覺得這些散文出自於一個旅居海外近半個世紀的華裔女作家之筆。其措辭之典雅溫婉，透露出標準的古典美。

筆者認為，當代海外華裔文學受制於接受者與作者自身所處的語境，使得文本中存在著一種語言的「無歸屬感」，要麼如湯婷婷、哈金、譚恩美等以寫作為生的華裔小說家，為了更好地融入美國則直接用英文寫作，要麼如一些業餘專欄作家或隨筆作家（當中包括學者、企業家），用一種介於中國風格與西式風格（甚至包括英文文法、修辭方式）之間的話語進行文學書寫，這種混合的中文表達形態，已經開始受到文學界尤其是海外華文研究界的關注。

讀孫康宜的散文，很容易感受到她敬畏古典、堅守傳統的一面，以及對於自己母語——中文的自信，這是她潛心苦研中國古典文學多年的結果，深切地反映了「古典」風格對孫康宜的影響，其散文明白曉暢、措辭優雅，文如其人，在兩岸三地，孫擁有穩定、長期且優質的讀者群。《走出白色恐怖》與《從北山樓到潛學齋》等散文、隨筆與通信集等文學著述，都是中國大陸、臺灣與香港地區知名讀書報刊或暢銷書排行榜所推薦的優質讀物。文學研究界與出版界公認：孫康宜的散文在中文讀者中的影響力與受歡迎程度遠遠大於其他許多海外學者的散文。

孫康宜曾認為：「在耶魯學習和任教，你往往會有很深的思舊情懷。」從學術寫作到文學創作，徜徉於古典與現代之間的孫康宜構成了當代中國知識份子的一種典範。孫康宜在以古典而聞名的耶魯大學治學已有三十餘年，中西方的古典精神已經浸潤到了她日常生活與個人思想的各個方面。筆者相信，《孫康宜文集》（五卷本）問世之後，學界會在縱深的層面來解讀孫康宜學術觀念、研究風格與創作思想中「現代」與「古典」的二重性，這或將是今後一個廣受關注的課題，而目前對於孫康宜的研究，還只是一個開始。

二〇一七年十二月，於深圳大學

出版說明

《孫康宜文集》一共五卷，涵蓋孫康宜先生治學以來所有有代表性的著述，所涉及文體亦多種多樣。慮及散文創作與學術著述的差異性，編者在整理散文部分時，除主要人名、地名與書名等名詞詞彙首次出現使用外文標註并將譯法予以統一之外，其使用方法、表述法則與語種選擇基本上保留當時發表時的原貌，以使文集更具備史料意義，特此說明。

目次
Contents

輯二

輯三

輯一

耶魯與哈佛

在美國，耶魯與哈佛之間的互相較勁一直是個有趣的話題。每年從學校排行到橄欖球賽，兩者都企圖在劇烈的競賽中幸運地獲得首獎。一到春季，最熱烈的比賽當然要算爭到傑出新生入學的機會。據統計，一般最為優秀的申請者都同時得到這兩所大學的入學許可，因此哪些學生決定上哈佛、哪些學生決定上耶魯就自然成了兩校的關切點。近年來這兩個學校又多了幾個新的競爭對象，例如普林斯頓大學曾壓倒兩校獨獲排行首位；西岸的史丹福大學日漸崛起，乃至柯林頓（Bill Clinton）總統的女兒雀兒喜（Chelsea Victoria Clinton）寧願選擇史丹福（Stanford University）而放棄耶魯與哈佛。然而，即使如此，人們還是繼續把哈佛與耶魯看成兩個首位的競爭者，因為許多歷史因素支配著這兩所大學長期以來的密切關係以及它們之所以成為強大對手的背景。

首先，這兩所學校是美國最古老的大學；哈佛創校於一六三六年，耶魯創校於一七〇一年。在很長的一段時期，美國境內只有這兩所大學（一直到一七四〇年以後才有賓夕法尼亞〔University of Pennsylvania〕、普林斯頓、哥倫比亞〔Columbia University in the City of New York〕等「常春藤盟校」的陸續成立）。有趣的是，哈佛與耶魯不僅擁有「兄弟」的名位（按年代，前者為「常春藤老大」，後者為「常春藤老二」），而且，還有「父子」的關係，因為耶魯大學的創校人是幾個哈佛大學的校友，這些校友在某種程度上是屬「叛逆」的兒輩。他們對哈佛大學的教育方向感到不滿——認為母校所傳授的「神學」不夠純正——所以希望在自己的家鄉（這些校友均來自康州）另建大學。經過許多年的努力籌備，「耶魯」大學才終於成立。但當初學校還只是規模甚小的學院，真正的擴展要等到一七一六年由塞布如克（Old Saybrook）遷至紐黑文（New Haven）以後。

作為哈佛的對立面的耶魯，在許多方面都希望能建立一個新的獨立傳統。所謂「耶魯精神」至今仍被理解為一種為爭取個體的獨立、為維護學術自主，即使付出代價也在所不惜的精神。這樣的精神可以說與美國當初的立國精神十分吻合。然而，耶魯多年來所堅持的這種固執原則，雖然使其獲得美名，另一方面卻也造成經濟上極大的損失。例如，一九六〇年代越戰期間，美國政府下令：凡是Conscientious Objector（即自稱以道德或宗教理由反戰者）一律不准領取獎學金的資助。當時美國諸名校——包括哈佛及普林斯頓——全都遵照政府的指示行事。惟獨耶魯堅守學術獨立的一貫作風仍繼續以申請者的成績為考慮獎學金的唯一準則，完全漠視政府的規定。結果，耶魯因此失去來自聯邦政府的一大筆基金，經濟上幾度陷入困境。雖然如此，當時的耶魯校長金曼•布魯斯特（Kingman Brewster）卻成了一般知識分子心目中的英雄。至今許多人仍念念不忘他當時所說的一段話：

> 最終一般社會上的人士將會了解：只有在學校擁有全部的自治權利、每個教師及學者皆有研究自由的條件下，整個社會才會有完全的自由與平等；而這也正是耶魯的真正完整精神所在。

在耶魯的歷史上，布魯斯特永遠占有很重要的地位（他於一九七七年退休，一九八六年逝世於倫敦）。後來的耶魯校長嘉馬地（Bart Giamatt）曾稱讚他為「當年最偉大的校長，或許也是人類有史以來最偉大的一位。因為他具有超人的智慧和勇氣……」

值得注意的是，布魯斯特校長也贏得了哈佛人士的肯定。其中尤以哈佛校長巴克（Derek Bok）在布魯斯特葬禮中的發言最為中肯：

身為耶魯校長，他贏得了我們所有當校長的人的尊敬。我敬佩他，尤其因為他很成功地提升了他的大學的學術品質：對於他在混亂的一九六〇年代後期能夠領導耶魯順利地過關一事，我感到敬畏——可以說，那種領導作風和那種傑出表現是其他學校比不上的……

此事說明，真正的對手乃是真正的朋友。對手與對手之間的競賽其實是提高雙方水平的一種遊戲，所以耶魯與哈佛長年來的互相較勁，無形中使得雙方的實力都愈形雄厚（其實，近年來這兩個學校已與普林斯頓成了「三國鼎立」的形勢，而互相的競賽已成了「三巨頭」的較量）。可以說，這種學校與學校之間的較量正象徵了民主社會中個體的健康發展：在民主社會中，任何人或任何團體都不能處於獨霸的地位，人人都必須學會容忍對手，與對手在競爭的情況下共存的風度。任何學術上或政治上的壟斷都會使人性的負面價值逐漸地膨脹起來。所以，在美國真正有實力的人都希望擁有一個表現不同聲音的對手。同理，自始以來，哈佛就對代表不同聲音的「後起之秀」耶魯持競爭而友好的態度。

另一方面，這兩所美國最老的大學之所以長期成為對手，乃因為他們在「不同」之中又有許多「同」的因——其「異中有同」才更增加彼此的競爭心態。首先，兩個學校當初創校的宗旨都為了培養神職人員，但後來逐漸在適應社會需求的過程中向通材教育的方向發展。其次，兩校都以領導潮流、努力創新而著名——在這一方面，哈佛尤以商學及政治學領先；耶魯則在文學、戲劇、音樂方面別開天地。至於醫學院及法學院，兩校皆以實力深厚著名。此外，兩校都出過不少美國總統：前者如甘乃迪（John Fitzgerald Kennedy）總統，後者如布希（George Herbert Walker Bush）總統及現任的柯林頓（William Jefferson Clinton）總統。比起貴族氣較重的普林斯頓，這兩所大學的校風似乎較為民主化

——從前普林斯頓的學生常帶私自的奴僕一起上學，但哈佛和耶魯反對這種作風（當然學校的校風是一直在變化的；最近普林斯頓增設許多專給貧窮學生的獎學金，令其他常春藤盟校爭先效法）。總的說來，哈佛與耶魯有許多方向一致的地方，最明顯的是，兩校都主張，求學與現實世界不可分割，因此不管在哈佛還是耶魯，學校的校園和市區的街道打成一片，難以分辨。有時看見一座具有古老歐洲風味的建築物，被有點剝落頹敗不太起眼的小商店包圍著，會給人一種不太協調和美中不足的印象。記得當初剛轉到耶魯來的時候，我很不習慣這種沒有界線的校園，因為許多年一直在母校普林斯頓的幽靜象牙塔中做研究，很難立刻適應另一種較為複雜而喧鬧的環境。然而，十多年來，我開始喜歡上這種沒有校門的校園，我喜歡走在街上，用欣賞的眼光來觀看周遭的建築物與行人；行步之間我尤其喜歡那種類似「無名氏」的感覺。學校很大，街道上人很多，沒人知道我是誰。那種感覺很好。

我認為在耶魯和哈佛，最大的奢侈就是：雖然走在舉世聞名的校園中，卻能享受「無名」的自由。那是一種馳騁想像的自由，也是一種隨時隨地不斷品味、不斷發現的自由。

——《世界日報・副刊》，一九九八年七月二十四日。

耶魯在中國

一提到耶魯，許多中國人就會想到一百五十多年前從中國來美國求學的容閎。他於一八五四年獲得耶魯大學的文學士學位，成為有史以來第一位在美國大學畢業的中國留學生。對於中美的文化交流，容閎確實扮演了一個開山祖師的角色。他畢業回國後，眼見清政府日漸腐敗，不久就在曾國藩等人的協助之下，促使清廷每年派遣幼童赴美學習。[1]於一八七二年赴美留學的第一批幼童中（共三十名），其中就包括有名的詹天佑。詹天佑也在容閎的幫助之下，進了耶魯附近的一所中學讀書，最後又於一八八一年從耶魯大學畢業，回國後成了有名的工程師，對中國鐵路建設事業貢獻極大。可以說，從十九世紀中葉開始，中國的現代化有很大程度歸功於耶魯大學的校友。可惜清政府於一八八一那年臨時變卦，命令所有在美留學生立刻撤回，從此不再送幼童出國學習。此事對當時的小留學生無疑是沉重的打擊；他們之中有些人已進入耶魯或其他專科學校，才剛開始接受專門訓練。現在突然被迫輟學，令人感到遺憾。

容閎自始至終的志向是：「以西方之學術，灌輸於中國，使中國日趨於富強之境」（見容閎的《西學東漸記》），所以對於清政府撤回留學生一事，頗感失望。他後來回國服務，始終未能發展其

1 關於容閎與留美幼童的資料，見高宗魯譯注，《中國幼童留美史》（臺北：華欣文化，一九八二）；茅家琦、高宗魯著，《詹天佑傳》（江蘇古籍出版社，一九八七）；容閎，《西學東漸記》（長沙：湖南人民出版社，一九八一）；康正果，〈墓園心祭〉，《二十一世紀》（一九九七年八月號），頁一四〇至一四五。

園中。

志。最後在一九〇二年返美退休，於一九一二年去世，葬在離耶魯大學不遠的哈特佛城中的香柏山墓園中。

一般人以為，早期的中美文化交流在容閎去世後就自然告一段落。其實那是錯誤的想法。中國人向來偏重「國人在美」的經驗，卻忽視了「美國人在中國」的文化貢獻。以耶魯和中國的關係為例，容閎和詹天佑等校友在早期的確起了舉足輕重的作用，但後來美國人藉著「耶魯在中國」的具體獻身工作，把西方醫學、科技、及教育方法介紹給中國人，其貢獻及對後人的影響，實不容忽略。

「耶魯在中國」（嚴格來說，應稱為「雅禮在中國」，因為當時之人把「耶魯」譯成「雅禮」，取其高雅有禮之意），始於一群耶魯學生的構想。一八八六年耶魯學生中的一些人發起了一個名叫「學生自願服務」的運動，參加大會者表明他們要志願到世界各地去做文化傳播和傳教的工作。不久以後，「耶魯在中國」的工作計劃很快就展開了；起初籌劃的中心設立在耶魯校園，後來慢慢轉到了中國。經過幾年的努力，他們終於在湖南的長沙找到理想的地點，於一九〇一年（正巧是耶魯建校兩百周年）正式宣布耶魯與中國的合作計劃。此後數十年間，中國正處於內戰頻繁、國弱民窮的困境中，但無論情境如何艱苦，這些自告奮勇前往中國服務的耶魯人始終沒有氣餒。他們竭盡畢生之努力，以死而後已的精神從事拯救中國的事業。他們強調，要救中國，除了拯救靈魂的工作外，更重要的是踐行西式科學與醫學的教育。而教育又必須從幼童和青年人開始。所以，一九〇六年他們首先在長沙創辦了雅禮中學，之後他們又設立了一連串的教育機構（包括傳授大學教育的雅禮學堂），一切皆本著以教育為上的宗旨。關於醫學及現代科技的教育方面，尤以耶魯大學的休姆醫師（Dr. Edward H. Hume）在一九一四年所發起建立的湘雅醫院和一九一六年成立的湘雅醫學院最具代表性。休姆醫師生長在美國的一個傳教士的家庭，自幼以助人為己任，所以他把獻身於中國作為終身鍥而不捨的目標。他在湘雅醫院裡，天天診治來自各處的病人，總是工作得不捨晝夜，時常廢寢忘食。他平均每年看過一萬個病人。除此以外，他還在醫學院裡教課，訓練了不少中國醫生和護士。他最常說的一句話是：「十年樹木，百年樹人」，為了培育百年之後的人才，他願意犧牲自我。直到今日，耶魯人仍念念不忘休姆醫生的偉大貢獻。一年一度的「休姆講座」，就是為了紀念他而設立的演講系列。

「耶魯在中國」的工作之所以重要，主要還有另一個原因。在某種程度上，它算是早期小留學生方案失敗的一種——只是教育中心已由美國遷往中國。如上所述，清廷於一八八一年以後，不再送小學生出國。當時不僅像容閎一樣的中國知識分子感到憤怒，連美國人也為之不平。許多美國人（包括當時的耶魯校長挪阿・坡特〔Noah Porter〕）聯名向清政府負責外務的總理衙門投書，希望中國方面能繼續送幼童來美國受教育。然而清政府的「幼童出洋肄業局」主任吳子登堅持不予考慮，因為他說，政府對於學生在美國的自由生活方式已無法容忍。關於此事，《紐約時報》（*The New York Times*）特別發表專題討論，且批評清政府不可救藥地落後：「對那些讚揚中國已經同不少國家一樣走上了改革之路的人士來說，這個事件是個無情的反證……」。

我不知道小留學生被撤回一事對雅禮學校的建立曾產生過什麼影響。不過，巧合的是，就在幼童被遣回國後五年，耶魯學生開始展開了在中國的工作計劃。這些學生和後來的校友主要希望能在中國本土訓練出小留學生一般的人才來，也希望能把「耶魯精神」——他們所謂「堂堂正正、待人公平、具有榮譽感、責任感、誠實和勇敢的精神」——帶給中國[2]。換言之，他們想在中國製造一個耶魯的翻版；他們相信中國傳統有些價值觀和耶魯人所強調的頗為相似。果然，他們發現，中國學生不但很能接受西方的科技，而且有時成績相對地比美國學生還要優秀。例如，紐約的斯龍凱特林癌症專科醫院的主治醫生之一譚天鈞博士，從前就是湘雅醫學院的學生；她在癌症的診治方面，多所發明，名貫

[2] Reubs Holden, *Yale in China: The Mainland 1901-1951.*（New Haven: The Yale in China Association, 1964）, p.80

全球。一直到現在，耶魯大學仍以譚天鈞等人為傲。耶魯的「雅禮協會」辦公室至今仍存有這些湘雅醫學院學生的成績單和其他檔案資料。

但我認為，美中不足的是，中國人對在華的美國人（或其他的外國人）自古以來有一種偏見。他們常以為西方人把科技文明、宗教文化等傳入中國，是一種殖民者的入侵[3]。實際上，除了少數情況之外，大部分入華的西方人都以純粹行善為目的，他們為教育和文化交流獻身的精神確實值得肯定。例如，從一九〇九年開始，耶魯每年選派優秀的應屆畢業生到長沙的雅禮中學教英文。這些年輕的英語教師——他們被稱為「耶魯學士」——除了努力教育中國學生外，也對中國文化有渴切學習的熱情。在工作的熱情上，他們很像明末入華的傳教士利馬竇；他們努力學習中國語文，在思想和行為上都盡量與華人融合。只是他們入華的目的一般不是為了傳教，而是傳播知識與文化交流。在早期，尤其在資金有限的年代裡，這些「耶魯學士」多半以自費入華；他們犧牲在美的高薪工作，寧願到中國去過艱苦的生活，其捨己為人的精神實在偉大。所以曾任雅禮協會會長的拉圖瑞教授曾把雅禮中學的成就歸功於這些年輕的獻身者。他曾說過：「……如此成績，絕非偶然的一朝一夕之功。多少耶魯優秀學子之心血全部貢獻於此。」

可惜雅禮的工作計劃終因中國的政治因素而受阻。從一開始，它就面對著一個動亂的中國。從辛亥革命、軍閥動亂、日本侵華，一直到國共交戰，雅禮的獻身者曾與中國人共存亡、曾一步步度過艱難而漫長的歲月。有些耶魯人甚至為此犧牲過寶貴的生命。女作家韋拉・凱瑟曾說：「有些事在平靜中較易學習，但有些事必須在風雨中才能造就人。」可以說，多年來，雅禮的學校是在風雨中成長起來的。但最後耶魯人還是不得不向政治困境低頭。一九五四年，在慶祝容閎畢業於耶魯百周年之日，

3 參見張錯，〈基督文明的明清入華策略〉，《當代》，一九九八年六月號，頁一一二。

耶魯大學正式宣布要把雅禮從長沙遷至香港，並與新亞書院和香港大學合作。後來「耶魯在中國」改成了「耶魯－中國」，但其中文名稱仍是「雅禮協會」。

一九七九年以來，由於中美關係的改善，耶魯大學又開始每年選派畢業生到中國教英文。但這些「耶魯學士」，與本世紀初的「拓荒者」有所不同，他們都可以得到一份很高的獎學金，而且可以享用較好的設備。他們都是一些年輕有為、前途似錦的年輕人。他們只希望利用兩年在華的時光，好好見識一下中國，好好與中國人做朋友。他們很少把自己選擇到中國去的經驗看成是什麼了不得的壯舉；對他們來說，中國之行只是一個生命中的體驗，一個全新的體驗。諷刺的是，他們這種輕鬆的態度反而得到中國人的尊重。他們不但不被誣告為殖民者或入侵者，反而成了中國政府和人民主動追求的目標。於是，每年申請到中國去教英文的學生愈來愈多，而雅禮協會一年一度舉辦的獎學金競賽也漸漸變得激烈起來。

每年我總有幾個學生幸運得獎，被派到長沙或幾個新設的學校教英文。每年也不斷有自雅禮返回的耶魯校友來紐黑文看我。他們都是些對生命有所愛、有所執著的年輕人，但比起那些以身殉道的上一代人，他們又多了幾份閒情逸致。他們把心中的一些理想獻給了中國人，卻也從中國人那兒取得了好處。在知識及精神的領域裡，他們的付出與所得正好相當。

我永遠不會忘記一個動人的情景：一個原來不太懂中文的校友剛自長沙回來，有一天他突然來訪。一走進我的辦公室，他就開始滔滔不絕地講起中國話來，接著他又從口袋裡拿出一本《楚辭》來，開始朗誦：

> 君不行兮夷猶，蹇誰留兮中洲。美要眇兮宜修，沛吾乘兮桂舟。令沅湘兮無波，使江水兮安流……

他說，「老師，你記得嗎？三年前上你的課，我們讀的《楚辭》是英譯本。現在我不但親自遊過中國詩人屈原的故鄉，而且還會用中文念他寫的詩，你高興嗎？……」

是的，我說，我很高興。我高興得說不出話來。真的，「耶魯在中國」所播下的種子終於長出豐碩的果實來了。

（我要特別感謝 Benjamin Lee 和雅禮協會會長 Nancy Chapman 給我提供寶貴的資料）。

——《當代》，一九九八年九月號。

解讀耶魯

——創校三百年回顧

五月間在北京親睹北大百年校慶的盛況，使我聯想到二〇〇一年耶魯即將舉行三百年校慶之事。於是回到美國之後，就開始看各種有關耶魯校史的書籍及檔案。沒想到，不看則已，這麼一「看」卻使我無限迷惑。我發現，就連「耶魯何時創校」這個簡單的問題，就已經是眾說紛紜，更不必說其他的細節了。

首先，校慶不斷地改期，這反映出人們對耶魯「出身」的不確定。從校方的檔案中得知，耶魯大學於一七五二年舉行五十年校慶，可以證明當時人以為耶魯建校於一七〇二年。但一八五〇年卻又舉行一百五十周年校慶，可見人們已將建校日期移前至一七〇〇年。然而，一九〇〇年當大家正在準備迎接兩百周年校慶之時，校方又決定將日期改為次年十月，並宣稱一九〇一年才是真正的兩百周年紀念。從此之後，一七〇一年就成了公認的耶魯建校之年。儘管有不少患考古癖的學者仍不斷對此年代提出質疑，但校方已決定不再改期。而一般與耶魯有關的人也自然就人云亦云，不再對此事深究了。據我看，下一個校慶將在二〇〇一年無疑。

然而，正在對耶魯校史發生興趣的我，無法不對此事深究下去。很難想像，像耶魯那樣一向尊重歷史、尊重傳統的學校，居然能隨便更改校慶。我開始在想：這其中一定藏有什麼奧祕。我也對自己說，若能針對這個有趣的問題，以「偵探」的方法來做系統的閱讀和研究，一定能在錯綜複雜的史料中尋找到真正的耶魯故事。於是，「解讀耶魯」就成了我這半年來自己強加給自己的功課了。

巧合的是，正當我在為耶魯屢次更改校慶的事感到迷惑，我就在偶然間讀到了陳平原教授的〈北大校慶：為何改期？〉一文。陳文背後的考證十分周詳，令人敬佩。但最引起我注意的則是作者從政治及文化角度所做的多種臆測及闡釋。據他判斷，北大的「身世之謎」和校慶的改期（由多年沿用的十二月十七日改為五月四日）並非由於「當事人思慮不周，或校史專家筆力不濟」，而是「別有苦衷」。陳平原教授的想法給了我不少啟發。心想：同是校史愛好者，雖然處於中西不同的制度之下，但我們的研究策略則不謀而合。從開始我就朝著「別有苦衷」的這一條路線來看待耶魯校慶的諸多問題。

「偵探」的眼光使我設法在校方的檔案之外尋找一些可能的線索。首先，我注意到：所有撰寫耶魯校史的學者，不論他們把建校之年定於何年何月，他們都重複地談論著一樁有關耶魯淵源的神奇故事——那就是，耶魯淵源於四十本書的捐贈，而捐贈者乃為十位神職人員。據傳說，建校前某日，十個負責籌備工作的牧師到紐黑文附近的布蘭佛小鎮相聚，每個人把帶來的書——共四十大本——放在桌上，並鄭重地宣誓道：「我為大學的創建而捐上這些書」。聽說耶魯大學就這樣建立起來了，既簡單又莊重，既樸實又富傳奇性。如今這個贈書的故事還是不斷被引用著，雖然有時不免因時光的流逝而改變了細節（例如，十位神職人員變成八位，對當時聚會的敘述出現了諸多版本），然而無論如何，它已成為代代相傳下來的耶魯傳統了。校友和學生師長們之所以對此事津津樂道，乃是因為它代表了一種非實用價值的文化精神。他們相信，耶魯最光榮的一面，乃在於它對書的尊重：學校自始至終建立在書的基礎上；書比錢還要重要。

然而奇怪的是，翻遍早期的檔案，卻找不到記載贈書一事的第一手資料。據耶魯校史專家喬治・皮爾森（George Wilson Pierson）教授（已於一九九三年去世）的考證，關於此事的文字記載首先出現於一七六六年耶魯校長克雷普（Thomas Clap）的《耶魯校史》一書，但那時已是建校六十多年以後了。（*The Founding of Yale : The Legend of the Forty Folios*,New Haven : Yale Univ. Press,1988）。面對這種情況，我們不得不問：克雷普校長所根據的資料為何？他的可信度如何？他所描述的情節是屬實呢，還是純屬虛構？這樣的問題一直到克雷普逝世百年後才漸漸有人提出。

據說克雷普一向深得學生及同事們的愛戴，有人甚至把他比成《聖經》裡的大衛王，是上帝派來服務世人的英雄人物，所以他的言行也特別受到尊重。讓我尤其感興趣的是：克雷普不但是第一個記載「贈書」故事的人，他也是首先更改創校日期的人。上面說過，耶魯大學於一七五二年舉行五十周年校慶，當時克雷普正是大學校長，可見他當時同意耶魯建校於一七〇二年；至少他對校慶之日沒有提出反對。然而十多年後，克雷普卻在他的書中（以及各種言論中）對傳統的建校之年提出質疑，並強調耶魯早在一七〇〇年就已創校，而創校者就是那十位獻書的神職人員。這個理論不外是為了證明耶魯淵源於教會的「私立」傳統。克雷普以為，耶魯並非「公立」大學。在「私」與「公」的論辯中，克雷普確實下了一番工夫。可以說，有史以來，很少有校長像他那樣竭盡心力地糾正校史。這使我們不得不問：他改寫校史的動機何在？是基於純粹的學術熱忱，還是基於什麼政治原因？

經我多番考證和研究——尤其參考了喬治．皮爾森教授的研究成果後——我發現耶魯校長克雷普果然是「別有苦衷」。據說，克雷普任職期間，耶魯大學與康州的地方政府關係急劇惡化，而州議會又屢次安排教委到校中查詢各種事務。在種種壓力之下，克雷普覺得有重申耶魯的獨立精神之必要。他堅持耶魯是私立學校，有它獨特的神學與教會之根基，所以它自己具有獨立的管理權。為了維護耶魯的傳統獨立精神，克雷普一直抵制地方政府的干涉，即使付出再大的代價也在所不惜。最後學校向康州議會提出正式的挑戰，主要為了解決「誰控制學校」的問題，甚至到了訴諸法院的程度。一七六三年在州府哈特佛所舉行的審訊庭中，耶魯校長克雷普終於以其傑出的辯才獲得了一面倒的勝利。他強調耶魯是一所私立大學，有權塑造其獨立的教育方針。

克雷普用以得勝的策略是：一而再、再而三地強調，早在地方政府發給「建校許可」以前，十位牧師已於一七〇〇年通過贈書的方式創建了耶魯。克雷普一向精通法律，所以他懂得如何利用規章條例來說明「以書建校」的合法性。據說克雷普還向康州議會的代表正式聲明，如果他們不停止對耶魯的干涉，他將把這個案件告到英國皇上。此時作為英國殖民地的美國各州，對於英國皇室還是有相當的尊重與顧慮，所以克雷普的恐嚇策略十分管用。多年之後，美國其他的常春藤盟校也常常為堅持自己獨立的治校大權而與地方政府發生摩擦。例如，有名的達特茅斯學院於一八三一年爭取到「私立」的資格，而該校校長所採用的戰略方式不外是耶魯傳統的獨立原則。歸根究底，那是一種淵源於基督教精神的執著立場；為了固守自己的信仰和價值觀，絕不向政治權威妥協，即使遭到重大的經濟損失。可以說，十八世紀初耶魯就努力朝獨立的方向走去，只是克雷普把那種獨立的精神推到了合法化的層次了。從某一方面看來，耶魯的抗拒立場正配合著美國獨立革命日漸滋長的情緒。難怪有不少學者曾在兩者之間劃上了等號。（參見皮爾森，《耶魯建校》，頁一〇二；康正果，〈榆樹下的省思〉，《世界日報》副刊，一九九七年八月五日十六日）。

研究耶魯校史的學者多半認為耶魯校長克雷普功不可沒；由於他，耶魯的「私立」傳統才得以鞏固，並發展其執著的獨立性。但也有不少人對克雷普持批評的態度。首先，有人指出，他所講述的「贈書」故事與史實不符。據說，確實有過神職人員贈書的傳說，但那是指一七〇一年耶魯正式建校（由州政府批准建校）以後所發生的事；實際上，那些書很可能只是捐給大學圖書館的，或與建校本身無關。所以，有人認為，以書立校的故事很大程度是克雷普校長本人的虛構。據後人考證，他在《耶魯校史》的初稿中原來把牧師贈書一事定於一七〇一年。但後來與地方政府發生紛爭後，卻把一七〇一年移前至一七〇〇年，並在定稿中長篇大論地闡釋「贈書」與建校的密切關聯。一般人認為克雷普之所以這樣做，主要是「別有苦衷」；因為作為一個校長兼神職人員，他有責任維護耶魯的基督教精神，所以不得不抵制那來自地方政府日漸糾纏不清的各種干擾。另一方面，有人懷疑克雷普只為了自己的政治立場而不擇手段，而且認為他的篡改歷史及虛構史實的行為不可原諒。無論如何，他為這場「政教之爭」也付出了不少代價。此外，當時的校園政治或許比我們所能想像的複雜得多。值得注意的是，《耶魯校史》出版三年後（一七六九年），克雷普就被迫下台了。很可能在長期的交戰過程中，克雷普的固執作風使他得罪了不少人。他最後鬱鬱以終，下台後一年就默默地與世長辭了。幸而在他以後的幾位校長——如達捷特、斯代爾斯、德外特等——都極力為他辯護。

然而歷史是極其微妙的；它在時間的不斷運行中，一邊放棄無用的殘渣，一邊保留與時為新的文化傳統。耶魯的精神就是這樣累積而建成的。例如，克雷普校長的處世作風曾一度給耶魯校園帶來不愉快的風波，也給後人帶來屢改校慶日期的煩惱，但他卻無意間為耶魯建立了一個「書本至上」的傳統。儘管那個獻書的故事充滿了虛構，但耶魯人卻寧願相信它是真的，因為它與耶魯有史以來的獨立精神是一致的。三百年來，耶魯人一直相信：捐書比捐錢來得重要。為了確保固有的獨立精神，學校絕不向外在的政治壓力或物質的利誘妥協。

——《書城》，一九九八年第十二期。

耶魯的精神就是這樣累積而建成的。2001年耶魯創校300年，本書作者與校方人士合影。（耶魯MedMedia Group拍攝）。

書的演出

記得十多年前我在偶然間讀到一篇比較美國三大名校——耶魯、哈佛、普林斯頓——的短文。由於時過境遷，現在回憶起來已記不清該篇文章的細節，只是其中所用來闡明主要觀點的三張插圖卻仍明晰地浮現在我的腦海中，一點也沒有陌生的感覺。該文作者主要是利用三張重點校景來代表這三所大學不同的風格。記得，代表耶魯的是形同舞台的百內基善本圖書館（Beinecke Rare Book & Manuscript Library），代表哈佛的是象徵政治權威的行政大樓，代表普林斯頓的是肅靜而富研究氣氛的數學系館。當時我剛從普林斯頓轉到耶魯工作，因此對於學校與學校之間的比較產生了興趣。只是對該文把耶魯的善本圖書館比成「舞台」一點感到困惑：既然是藏書之處就應當是令人感到平靜的地方，怎麼會和舞台有關？「舞台」總意味著太大成分的表演和顯露，似乎與沉湎書中的人的境界相去甚遠。

隨著時光的流轉，不知不覺已在耶魯教了十六年書。慢慢地我已成了一個十足的「耶魯人」，終於懂得了書與「舞台」之間的密切聯繫。對於耶魯人來說，凡事都要以「知行合一」為其理想的目標。如果說，「知」來自書本中，「行」則需要藉著行動和「表演」來完成。「表演」包括美感的呈現、言辭的表達、儀式的演出。打自三百年前建校以來，那個由十位神職人員贈書創校的故事不但在耶魯人的心目中紮了根，而且人們總是利用機會把它「表演」出來，使它更加添了戲劇化的色彩。據說一九三〇年當富麗堂皇的大學圖書館（即斯特靈圖書館〔Sterling Library〕，取恩主斯特靈之名）落成之時，全校人特以一種空前的隆重儀式來慶祝耶魯「以書立校」的光榮傳統。於是，成千成百的教授學生校友們，從座落於海街的老圖書館走到約克街的新圖書館，一路上成群成隊地遊行了過來，其盛況遠遠超過了一年一度的畢業典禮。根據當時的《校友週刊》所載，當天最出風頭的人物要算是那些用雙手捧著古書、昂著頭走在前頭領隊的圖書館員——他們效法早期神職人員敬書愛書的精神，一步一步走向斯特靈圖書館的大門口，親自把書獻上。與其說他們在慶祝新圖書館的落成，還不如說他們是在演出耶魯大學早期創校的故事。那是一個把書看得比錢還要重要的故事。現在面對著剛建成的具有仿古優雅特色的斯特靈大樓，他們所要表達的新的信息是：書比磚頭來得重要。

有好幾個因素，使得古書在那天的「表演」中盡領風騷。首先，那些古書聽說就是一七〇一年十位牧師所獻出的四十本書中的十七本（其餘二十三本已混入其他書群中，難以辨認），所以它們作為耶魯最古老的一部分，應當被肯定。其次，古書之獨具魅力，乃因它象徵著耶魯的奉獻精神。早期的神職人員完全以奉獻的精神來創校的——在今天看來，書是極其廉價的物品，人人都能買得起；但在殖民時代的美國，個人所擁有的藏書卻被視為十分貴重的東西。例如，耶魯軼事之一就是建校時神職人員在布蘭佛（Branford）的一個名叫沙目耳·羅素（Samuel Russell）的家中所舉行的贈書儀式。據說，當時參加該會的牧師每人平均獻書四大冊；書都是面積很大很重的那一種。要到布蘭佛去，最好的交通工具大概是騎馬。一面騎著馬，一面還要背上十分笨重的四大冊書，乃是很大的負擔。然而，為了創立一個以求知為主的新學院，那些神職人員都心甘情願地獻出自己的心力。關於書，他們注重的是它的不朽之價值；惟其不朽，所以才更可貴。他們希望為耶魯大學發展一個永恆不變的、以書為重的傳統。當他們齊聲說道：「我為大學的創建而捐上這些書」時，他們已經正式地走入校史，真正奠定了耶魯人的價值取向和精神追求。

在耶魯人的心目中，這些早期神職人員具有不朽的地位。故在斯特靈圖書館的入口處正廳上頭，特別砌上一幅「贈書圖」的多人塑像。在或深或淺的充滿花樣的石塊上，只見圖中的塑像栩栩如生。

這些神職人員站在很高的牆上，映著又高又迷人的彩色玻璃窗，凸顯出圖書館的高聳姿態。從外頭看，圖書館前門上頭的石頭浮雕也象徵著古老的書的傳統，只是它們更為全球化——因為那些浮雕分別顯示出世界上主要古文明國家的文字，而其中一種文字就是中文。

從整個建築看來，斯特靈圖書館實為校園裡協調遠近建築物的中心點，因為從它的尖頂上，我們可以看見許多各式各樣的尖塔（包括高聳的哈克尼斯鐘塔〔Harkness Tower〕）。在這群頗富古老歐洲風味的建築群中，有人認為斯特靈圖書館是其中最高貴的一座。例如，當年圖書館落成之時，校長安格爾（James Rowland Angell）就說過：

> 尤其重要的是，這座最高貴的大樓是為藏書而建的，而書籍也正是耶魯之所以為耶魯的堅固基礎。

然而，耶魯的「堅固基礎」是不斷在擴展的。到一九五〇年代末，全校已有數百萬藏書，而其中的善本書尤其需要一個具有特殊護書設備的圖書館來收藏。最後學校得到百內基家族一筆很大的捐贈，所以決定用那筆款來建一座既具有實際功能又具有建築特色的善本圖書館。該圖書館於一九六三年建成。可以說，從開放以來，百內基善本圖書館就不斷吸引著來自世界各地的遊客。首先，圖書館的形狀甚不尋常，那是一座由著名建築師班協福特（Gordon Bunshaft）精心設計而建成的大理石建築。從外頭看，整座樓像是堆在四個金字塔上的大理石群，雖然壯觀卻看不出其真正妙處。但一走進圖書館，就如進入仙境一般：外頭的陽光滲入透明的大理石牆壁，發出各色各樣的微光，忽而發紫，忽而轉黃。有時也會在地面突然投下一道綠草地似的陰影。前來參觀的人大都喜歡用手觸攬一下那圍繞在四周的大理石，企圖感受一下這種難忘的觸覺。我以為，站在這樣一個變幻莫測的地方，最能令人想起舞台上的光景。面對著六層樓高的透明藏書室，每個人都會以為自己是在舞台上表演一幕有關書的戲。

目前百內基善本圖書館存有全校最古老最珍貴的藏書，包括當初轉入斯特靈圖書館的那十七本蘊涵著「老耶魯」精神的善本書。凡是一六〇〇年以前出版的書籍——例如來自中國的明版書，拉丁與希臘的古書，俄國與東歐的古籍——都全部收在這個具有現代化設備的大理石圖書館中（據說該圖書館所用的產自佛蒙特州（Vermont）的大理石最有保護古書的功能）。此外，這兒收有大量的不列顛古籍和早期報章雜誌（是英國以外這方面最大的藏書之一）、美國作家的手稿，以及一四五五年在德國首次排印的有名的古登堡（Gutenberg）聖經。不用說，當初伊萊胡・耶魯（Elihu Yale）捐贈給學校的四百一十七本書自然也被保存於其中。

與具古典美的斯特靈大樓相比，百內基善本圖書館更能代表現代與後現代的特色：先進的技術效果與古籍的老舊和諧地結合在一

原版聚會圖今存耶魯英國藝術館（Yale Center for British Art）中。感謝耶魯博士生沈德瑋的拍照。

這張「耶魯先生」的畫像取自十八世紀一位無名氏所繪的《四個貴族》聚會圖。

起，具有古代的樸實風味，卻無拒人於千里之外的感覺。所有的書都展現在中間的透明藏書室中，使人一目了然，產生對古人的仰慕。只要你喜歡看其中的哪一部書，圖書館員會立刻請人拿出給你觀賞、研究。現在，百內基善本圖書館已經成了書與文明的標誌。與其說它是圖書館，還不如說它是解讀古代文明的研究中心。記得一九八三年，當我們慶祝百內基的二十周年紀念時，嘉馬地校長就說它是「體現耶魯精神與任務的中心原動力」，因為它既保存了古文明的精髓，也培育了解讀、闡釋、傳播那個文化傳統的知識人。

耶魯人是實實在在的知識人。他們愛書、敬書、體驗書的態度，有時到了讓人困惑不解的程度。例如，一七一六年學校（當時校名是「大學學院」，還不叫「耶魯」）剛從塞布如克遷到紐黑文，校董事們只因感於伊萊胡·耶魯先生捐贈四百多本書的功勞而將校名改為「耶魯」。書比任何贈物還要重要，如此可見一般。

巧合的是，不久前看到報上登載「柯林頓贈書，北大人歡呼」的消息。據說大約有兩千位北大學生參觀這場柯林頓對北大圖書館贈書的儀式。或許有人不知柯林頓總統本人和其夫人希拉蕊（Hillary Diane Rodham Clinton）都是耶魯法學院的畢業生；一九七〇年代中旬當他們還在耶魯做學生時，正遇到百內基善本圖書館剛建成不久。有趣的是：圖書館就建在法學院的隔壁。或許，他們會想到，百內基善本圖書館正代表了書的魅力所在：書既是充實個人心靈的工具，也是與別人分享的寶物。它既有「私」的一面，也有「公」的一面。一個人愛書、買書、藏書、擁有書，但更重要的是，還要學會把書捐贈出來、向眾人「演出」書中的奧妙。

另一巧合是，柯林頓贈給北大五百本書，比二百八十多年前伊萊胡·耶魯先生的贈書只多出幾十冊。

——《讀書》，一九九八年十二月號。

我所知道的住宿「學院」

我最喜歡站在離耶魯校園不遠的一個名叫「東岩」的山頂上往下看。那樣的俯瞰總給我一種萬物盡收眼底的興奮；尤其看見校園裡的建築一棟一棟地陳列在眼前的時候，我會感受到一種比拍攝電影還要強烈的震撼。我總喜歡把視線集中在那些美麗高雅而形狀各異的住宿「學院」上；從遠處看，每棟學院都有不同顏色的圓頂或尖頂，有的呈灰藍色，有的呈朱紅色，有的呈咖啡色。它們的建築風格頗能代表西方哲人對上天的仰慕；一個個塔樓宏偉地聳立在校園的各處，彷彿直入青天。另一方面，我看見螞蟻般大的學生熙熙攘攘地出入於各自的學院大門，完全無視於我這個登高者的存在。

獨自一人時，我喜歡登高遠眺；但充當校園導遊時，我卻喜歡走進現實，總是從大學生住宿的學院大門開始。耶魯共有十二棟住宿「學院」，每棟學院容納四五百人，各有特色，所以很難在短短的一天之內看完所有的學院。每回有朋友來，我總是領著大家從一個學院走到另一個學院，但在有限的時間內，最多只能參觀兩三棟。但每次朋友的反應都一樣熱烈；他們印象最深的是，個個庭院背後所帶有的神祕色彩。一般說來，每個學舍都有一個令人難忘的庭院，它的樣式依各個學院的建築而異，但無論如何，都在長滿常春藤的石壁間，展現出古典而優雅的氣氛。

為何把學生住宿的校舍稱為「學院」？這是來自世界各國的觀光客所常提出的問題。我當初也常為這個名稱的問題感到困惑，但後來成為戴文坡寄宿學院的教授成員，才逐漸對這種學院式的校舍制度有進一步的了解。首先，耶魯的大學生宿舍之所以不稱為「校舍」，乃因它不只是校舍。每個宿舍都像一個自成體系的「學院」；它有各自的旗幟。每年一到畢業典禮，各個學院的教授成員和應屆畢業生都排成一隊，走在他們多彩多姿的旗幟後面，興高采烈地在紐黑文城的街上遊行。有時學生喜歡別出心裁，還在畢業禮服和帽子上佩戴一些象徵他們學院的徽章式圖案，男學生則一律帶上繡有院徽的領帶。可以說，四年的學院經驗使他們深深領會到耶魯的精神：那就是一種在學問和生活的協調中保持整體的精神。他們每人都在各自不同的學系學習，但只要被分配到同一個校舍，他們之間就有一種與校舍認同的活力。因為這種校舍很像一個獨立的小王國，它不但有自己的食堂、活動廳、圖書館、娛樂室，而且有些還設有小劇場、戲院、印刷室、藝術展覽室，可說是應有盡有。所以，耶魯學生在自己所選擇的科系中吸取專業知識，同時又在被稱為「學院」的校舍中學習領略各種人生經驗的活動。然而，學生並非被硬性地關在某個學院；每個學生都同時有通往所有十二個學院的鑰匙，可以隨時到其他學院的食堂去用餐、訪友、或參加活動。此外，每個學院又與外校有密切的關係。例如，我所屬的戴文坡寄宿學院與哈佛的約翰・溫斯羅卜校舍有所謂的聯盟關係；他們之間都有定期的體育競賽，更於形形色色的結社中，舉行各種交誼活動。有些學院同時與二三所外校的宿舍建立了關係。一般說來，最常被選為「聯盟」的對象是哈佛大學和英國的牛津（Oxford）、劍橋大學（Cambridge University）。

我喜歡耶魯的這些「學院」，主要是欣賞它們給人的歷史感。儘管它們的修建年代並不久遠（大部分建築於二十世紀三〇年代初才建成），但因為每個學院都是以與耶魯歷史有關（多半是校長、著名校友或教授）的人名來命名的，所以每參觀一個學院，你就會認識到耶魯大學成長過程中的一部分。例如，離我們系語言部不遠的德外特學院，其命名就得自於祖孫兩個功成名就的校長：即一七九五至一八一七年任職的德外特（Timothy Dwight）校長，和他的同名同姓的孫子（於一八八六至一八九九年擔任校長之職）。為了發揚早期德外特時代的精神，該學院的建築均仿十九世紀初流行於新英格蘭區的「聯邦」式風格而建——尤其是學院大門的咖啡色石牆，帶有白色線條的紅磚宿舍、以及綠色的百葉窗特具代表性。另外，在校園的另一角，我們可以看見另一種仿古的學院建築——例如，規模較小的約拿單・愛德華學院則在較為有限的空間內充分展現出古樸而優雅的哥德式風味。該學院的命名取自有名的神學家兼自然學家約拿單・愛德華（Jonathan Edwards），他是一七二〇年耶魯的畢業生，也是普林斯頓大學的創始人之一（兼校長）。因為我是普大的校友，故一開始就對這個學院產生親切感。我以為這個小而精的學院正反映出普林斯頓的特徵。有趣的是，該學院的飯廳裡所用的盤碟正象徵了耶魯與普大的關係：盤碟上的花紋，一邊取自耶魯校徽，一邊取自普大校徽。記得有一年暑假，由於某種機緣，我幾乎天天趕往約拿單・愛德華學院去吃午餐。於是在偶然間，我發現了這兩個學校的歷史因緣。當然，暑期給人的閒暇和寧靜感也間接助長了我的觀察力。平時上課期間，我去學院的飯廳裡吃飯，總是來去忽忽，來不及欣賞周遭的裝潢。但那個夏天，我自覺較有充足的時間，也有比較廣闊的思考空間，所以每次到約那單・愛德華學院去吃中飯，總帶著尋幽的心境，因而時常得到意外的收穫。有一天飯廳裡較為擁擠，我自動躲到一個幽靜的角落坐下，正準備享受獨自用餐的情趣。突然間，牆上刻有的一段銘文引起了我的注意。那銘文的字跡若隱若現，我再三品味那些字體的美感韻致，同時也慢慢地讀出那段話來：

你一定要幹教書的工作，
那就幹吧。
你終生幹上了教書這一行，
即使受到挫折，
也會心甘。

即使事倍功半，
也很值得。
即使做得不一定十全十美，
也是有成就和有福氣的。

這正是我心裡想說卻一直沒能說出來的話！那種對教書生涯的執著有如殉道者的情懷；它既讓人感動，也特別令我迷醉。我仔細觀察之後發現，原來那段話是一九三〇年代一位名叫羅伯柴曼・巴提教授的名言；那位教授把終生對於教書的忠誠感召以如此熱烈的語言表露了出來。在那段話的面前，我肅然起敬，也反覆地品味其中的深刻涵義。我痴痴地望著那段銘文，完全投入了另一個精神境界，似乎早已忘記自己正在飯廳裡吃飯。誠然，智慧的糧食比實際的糧食來得可貴。那天飯後，我慢慢步出約拿單・愛德華學院大門，只覺生命變得更加充實了。

巧合的是，約拿單・愛德華學院的對面就是我所屬的戴文坡寄宿學院（Davenport College），兩個學院在古典的氣質上不相上下。不過，說到「歷史感」，在耶魯幾乎沒有一個學院比戴文坡寄宿學院更能激起人們對古老的回憶了。我原先以為布蘭佛學院最能代表耶魯創校的歷史（布蘭佛的命名取自紐黑文附近的小鎮布蘭佛：相傳於一七〇一年，十位神職人員於該城贈書四十冊而立校），但後來才知道我們的戴文坡寄宿學院才真正象徵耶魯大學的淵源。原來，戴文坡一名取自紐黑文城的創始人約翰・戴文坡（John Davenport，1597-1670）；他是哈佛的畢業生，也是一個虔誠的傳教士。他是首先向殖民地政府申請創立耶魯大學的人（雖然當時尚未有大學的正式名稱）。他花了許多金錢與精力買書、招集人才、籌劃建校的方針等，一心一意只想創建一個比哈佛更加代表基督教精神的大學。但基於許多政治的因素，在他有生之年，戴文坡並未能實現他的願望。據說，為此他鬱鬱以終，但他忠誠的奉獻精神卻激起了當地人的敬佩和鼓舞。所以，在很大的程度上，一七〇一年的建校（即在他申請創校後四十年）實是戴文坡本人的理想之延續和完成。可惜現在研究創校歷史的學者們大多忘記了這個真正的耶魯功臣。但耶魯學生不會忘記戴文坡寄宿學院的一道牆上所刻有關約翰・戴文坡的墓誌銘體小詩：

……他安然升天，
咱們最敬慕的戴文坡，
他是教會和全新英格蘭人的驕傲，
他的死亡令所有人惋惜悲痛不已。

我想，耶魯人就是在這種懷古的環境中陶冶出來的。我每回登上東岩，心裡總有種惆悵，但又有種希望。遠望耶魯校園，看見自己的渺小，一種難以搜索的遙遠的記憶就自然會浮上心頭。在這些時間裡，我感覺到自己的存在，雖短暫，卻極有意義。

——《宇宙光》，一九九八年十月。

狗的「人文」化

一九八二年的秋季，我剛抵紐黑文不久。一天我和一位大四的女生到街上的店裡喝咖啡。閒聊間，她問我：「見過英俊的丹尼十二世（Handsome Dan XII）了嗎？」我睜大了眼睛望著她，心想，誰是丹尼？是哪個國家的王子或是貴族？或是哪個在耶魯上學的富家子弟？

「是個英俊的男子嗎？你說的是誰？」我終於開口問道。

「不是，不是，不是，那是耶魯有名的狗，是條母狗，每次學校有球賽，她就上場亮相，走在拉拉隊的前頭，很神氣的女孩啊！」她哈哈地笑，邊說邊做了個非常戲劇化的動作，雙臂舉起，接著又說：

「這個星期六妳有空嗎？我可以帶妳去看耶魯與哈佛的決賽，很精彩的！」

其實，我早就知道耶魯有一頭用來象徵學校的吉祥物：牛頭犬。那是一種結實、方嘴、大頭短毛、醜得可愛

耶魯的牛頭犬

的猛犬。但我從來不知這個牛頭犬居然還擁有如此貴族化的頭銜，而且還是個「母」的。

「當然，以前被學校選作『吉祥物』的牛頭犬——從丹尼第一世到丹尼第十一世——全是『男的』，但幾年前學校為了慶祝一九六九年以來耶魯開始招收女生，所以特意聘用個『女的』牛頭犬……」我的學生洋洋得意地說著，特別加重「男的」、「女的」兩個字眼，完全把狗當人看待了。

在當時，對於很少接觸過貓狗的我來說，這位女生那種把狗與人等同的態度令我驚訝不已。一直到後來，我發現許多朋友都有養貓養狗的嗜好，甚至把飼養的動物看成自己家中的成員，這才使我慢慢對貓狗的「人文」化有了進一步的認識。同時，我也漸漸習慣於牛頭犬在耶魯校園中所占的特殊地位了。尤其是，像丹尼十二那樣被特別挑選出來的「吉祥物」，不但職位高貴（「吉祥物」之職與校中許多公職相當），而且身世顯赫（丹尼的「祖先」都是有名的狗明星），走起路來確實有一種被訓練好的特殊風度。就如我的一位耶魯同事所說：「當人所製造的待遇和形象加在了寵物身上，以致它們習慣了那一切的時候，人為的趣味也許就漸漸從外在塑造了貓狗，就在牠們身上薰染出某種類似於人的東西。」這樣生動的描寫令我感到心有戚戚焉。

丹尼十二的一生可說是狗的「人文」化的典型模範。她剛生下來時，生性暴躁，喧鬧不堪。但在一位歷史系教授的馴養下，她逐漸變成討人喜愛的「吉祥物」——雖然她身上仍存在著一些剛烈的野性。後來她的主人居然說，丹尼十二的成就，是他作為一個耶魯人最感驕傲的事。身為母性，丹尼十二給耶魯帶來許多前所未有的活潑氣氛；她喜歡和人親熱，儘管有時野了起來，仍十分執拗，喉嚨裡發出的吼聲，令人害怕。然而，人們照樣偏愛她，暱稱她為「賓果」——取自一首橄欖球賽拉拉隊的歌：

賓果，賓果，賓果，賓果……耶魯必勝，耶魯必勝，看咱的橄欖球隊開始！賓果，賓果，哈佛普大絕不會贏，加油，加油，為賓果戰鬥，啊，伊萊胡・耶魯，耶魯。

每回拉拉隊在旁吶喊助威時，總喜歡唱《賓果》的歌。接著又唱那首有名的〈牛頭犬之歌〉。奇妙的是，丹尼十二（和它以前的許多「丹尼」）都能自動地按節拍表演起來，來回行走，令人讚嘆。有時連敵隊的人都愛上耶魯的牛頭犬，甚至長年不忘。例如，不久前一位哈佛校友曾在一本體育雜誌中寫道：

作為哈佛（一個在球賽中總是用那個穿紅衣、扮演成清教徒形象的丑角來助陣的大學）的畢業生，我特別記得自己曾在許多哈佛對耶魯的橄欖球賽中，有過觀察那個「英俊的丹尼」的機會；她顯然是十分有教養的。

所謂「有教養」，其實就是人文化的意思。貓狗愈與人相處，愈走近人的世界，她們也就隨著成為人的一部分。以丹尼十二為例，她的主人簡直是費盡心思把它作為人來看待。有趣的是，在她「任職」九年之後，她居然以年高之故「決定」退休。當時的校長嘉馬地還從丹尼十二的主人那兒收到一封正式申請退休的信。

在美國，耶魯是最早建立起「吉祥物」傳統的大學（普林斯頓大學在早期曾用小老虎——該校的象徵來助陣，但後來因顧及安全問題而作廢。）早在一八八九年，耶魯就選上了牛頭犬作為球賽中的「吉祥物」。然而，與許多人類的發明相同，第一個牛頭犬（即丹尼一世）是在極偶然的情況中來到耶魯校園的。一個來自英國的耶魯學生，某日突然看見一條狗乖乖坐在紐黑文的一個鐵匠的店門口，於是花了五美金把他買了下來。這位愛狗的學生是橄欖球和棒球隊員，每次球賽開始前，他總是領著那條牛頭犬穿過球場。時間一久，這條狗成了觀眾的注意焦點，而他也特別可愛。儘管他的外表很醜，他卻有一張極富個性的面孔，所以學生們就叫他做「英俊的丹尼」，並尊稱它為「耶魯的吉祥物」。大家都相信丹尼會給耶魯的球隊帶來好運，而丹尼自己也在一連串的狗的競賽中屢戰屢勝，以至於聲名遠播，連英國本土的人也知道他的名字。一八九七年丹尼有幸環遊世界一週，一年之後去世。今年一九九八年正巧是丹尼逝世一百周年。耶魯人總是忘不了他。他死後，學校的人把他的身體製成標本，至今他仍被保存在耶魯體育館裡的一個玻璃展覽櫃中。

然而，就如許多人間的事情一樣，「偶然」常會帶來好運，但刻意去求常會適得其反。丹尼一世以後幾個牛頭犬的慘痛遭遇最能闡明這個道理。如上所述，「英俊的丹尼」之成為耶魯的「吉祥物」，純屬偶然；而這個偶然帶給耶魯大學在球賽中許多光榮的成就。但丹尼一世死後，做為耶魯「吉祥物」的牛頭犬，大多命途多舛。牠們都被刻意訓練成養尊處優的狗明星，但不知怎的，不少死於橫禍，在球賽中也不像丹尼一世帶給耶魯那種節節勝利的好運。據我考證，除了一九五九——一九六九期間的丹尼十世，一九八四——一九九五期間的丹尼十三，和以上提到的母犬丹尼十二以外，幾乎每個「英俊的丹尼」都有一段悲慘的遭遇。例如，丹尼二世因一次跌傷而死亡；他的繼承者丹尼三世才上位不到一年就給汽車撞死了。又如，丹尼六世在佛羅里達州度寒假時，因一時病重而喪生，死時才兩歲。此外，丹尼九世不小心掉進河裡，經救護人急救，不治而亡。丹尼十一則因屢患關節炎，無法勝任耶魯之職，而終被迫退休。不久前的丹尼十四也不幸在一九九六年的一個夏日給活活地熱死了。諷刺的是，這些牛頭犬原是耶魯人期待甚高的「吉祥物」，而牠們卻難逃「才狗命薄」的下場。

可喜的是，現今在位的丹尼十五似乎有扭轉大局的魄力。他生來具有尊貴的神情，走路的姿勢、尾巴搖擺的樣子，一舉一動都顯出旺盛的精力。他那特殊的長相，總令人不得不停下來，多看他幾眼。大家喊他叫路易，與橄欖球隊教練路易・蘭契同名。每當球賽開始時，他最興奮；他似乎仗著自己是耶魯「吉祥物」的地位，總是帶著一副勝利者的面相。他的主人克利斯・杰特曼常誇口道：「路易很熱愛橄欖球賽。他了解耶魯的球隊很有團結的精神，而且情況會愈來愈好。」這樣一條自信滿滿的牛頭犬當然不甘寂寞，所以除了球賽之外，他還到處去亮相——包括五花八門的藝術展覽會和每年一次的畢業典禮。我每回看見他，都會走過去拍拍他，與他玩樂一番。有一次在畢業典禮中與他拍了一張合照，自然而然地得意忘形起來。

在許多嚴肅的場合中，我最欣賞丹尼十五給人帶來的遊戲氣氛。如果說，狗從人的身上學到了一種「人文化」的氣質，那麼人也可以向狗學習那種自由自在的遊戲精神。尤其在人與人的競賽中，人們常常不自覺地陷入得失的旋渦裡，卻弄不清比賽的本質為何。其實每次的球賽都是一場有趣的遊戲，不管或輸或贏，都能從中得到樂趣。就如與狗玩耍一般，那種逗弄、追逐的活動本不含任何目的，卻總能樂在其中。

遊戲和戰場好像是水火不相容的東西，但兩者常在球場中得到了愉快的妥協。比如在耶魯和哈佛或普大的激烈球賽中，牛頭犬始終扮演著中和的角色；它那種不斷重複的遊戲動作不但不會令人厭膩，反而會增添雙方競賽的情趣。儘管耶魯的拉拉隊不斷喊著「賓果、賓果、哈佛普大絕不會贏」的口號，他們心中並不存在你死我活的敵意。他們知道這裡純粹是遊戲，而那個喜歡與人廝混的「吉祥物」丹尼也就成了這場遊戲的導演了。

（我要感謝老耶魯William R. Carney先生，他不但正本溯源，和我討論許多有關牛頭犬的故事，而且給我不少這一方面的材料。）

——《聯合報・副刊》，一九九八年九月十七日。

墓園詩情

每次想起耶魯校園旁邊的若無街墓園，眼前就會出現和詩歌或詩人有關的情景。記得一九九〇年的一個秋日，墨西哥的著名詩人帕斯（Octavio Paz）來耶魯演講（巧合的是，次日清晨他突然接到來自瑞典的電話，恭賀他榮獲諾貝爾文學獎——此為後話）。演講前，我和藝術史系的幾位同事陪著帕斯從若無街漫步走向天坡街的方向。經過墓園門口時，詩人不知不覺地停下來注目那個美得像公園一樣的墓地。此時夕陽照在一座座雕刻得十分簡樸的高聳墓碑，配著周圍許多黃裡透紅的楓樹群。他痴痴望了許久，接著繼續行步，卻又透過那充滿圖案的鐵牆黑欄杆，邊走邊瀏覽這個幽靜而迷人的墓園。最後他微笑地說，此情此景令他想起從前他譯過王維的兩句詩：「返景入深林／復照青苔上」（他不懂中文，念的是他的西班牙語譯文）。他說王維詩中的「返景」正能捕捉眼前墓園的夕陽景觀。

最近帕斯以八十四歲高齡病逝於墨西哥城。據說他臨終前獻給一些美國詩人朋友的詩句是：

我已不在這世上——
我在彩雲間。
在這彩雲中
有極美麗的東西。

我想，他所謂「極美麗的東西」或與八年前在耶魯墓園所見的相似：那是一種極其寧靜，面對死亡不但不害怕，卻有一種心境如浮雲的解放。

這或許也是我每回參觀若無街墓園，都有寫詩的靈感之原因。我喜歡坐在墓地中乾淨的石頭上，望著一排排整齊的樹木與周圍的花草，以及那些與人間的住宅區相似的一條條小路。有時我會細讀墓碑上的姓名與日期，總希望能讀出一些古人的故事來。記得一九九三年我帶一位朋友到墓園中談心，正巧坐在一座年代久遠的夫妻墳前。我想像那是一對有心人之墓，當下就寫出這樣的詩句來：

……現在，他們默默地
站在墓地的邊緣，
她抬起鏡子般明亮的眼睛
鎮靜而大膽地面對著他，
正在嘆息與符號的線索中
找回時間……

不久前，朋友又來訪。我帶朋友重訪墓園，不知不覺又起了詩興：

……是正午時分，細雨綿綿，
雨打濕了園內的墓碑，
滴落在榆樹的枝頭，
濕遍了每一根小草，

今天他們又回到了墓地……
園內一片靜寂，
他們走入了夢境，
走得越來越近
那個未知的世界……

根據我的經驗，來訪的人們最欣賞這個墓園給人一種肅穆的氣氛：在熙攘的城市中，它代表了幽靜的屬靈世界。早在一八一一年，耶魯校長德外特就說過：

我曾帶過無數個外國的觀光客和美國人——都是些遍遊過美國東海岸的人——到這個墓園來參觀。他們都說沒見過、也沒聽說過這樣一個好地方。這兒每個角落都散發出一種高尚的情趣……我從沒見過另一個具有同樣肅穆和感人特質的墓園……。

當然，在今日的新英格蘭區（New England）和全美國各地，隨處都可以看見這樣的墓園。但在兩百年前，紐黑文的若無街墳場是美國國境內唯一具有這樣規模的墓園——例如麻省有名的歐本山墓地於一八三一年才建成。連巴黎的培爾．拉歇斯墓園也較為晚出。所以，從歷史的角度來看，若無街墓園也是一個重要的名勝古蹟。據考證，它是美國第一個建有如同住宅區一般格局的墓園，它也是最早的「集體」家族墓地——在此以前，美國人傾向於各人葬或各家自理，頗無規則可尋。

與歷史上許多重要的「開始」相同，若無街墓園的淵源始於一個偶然的災禍。一七九四－一七九五年新英格蘭區黃熱病一時猖獗，僅僅數月間紐黑文市民死亡無數。於是，一向作為市民葬身之處的

「紐黑文綠地」爆滿，人們只得另尋墓地。此時，當地有名的參議員詹姆士·希爾豪士立即發起另建墓園的計劃。同時，他也趁此機會發揮自己的審美觀，想把墓園建成一個公園的模樣。他一向以熱愛榆樹而聞名；據說紐黑文城之所以到處種有榆樹，當初完全出自他的構想，故至今該城常被稱為「榆城」。在設計若無街墓園的事上，他花了不少心力，而其中最重要的一點是：樹木花草要繁盛多彩，四季均宜。他的想法很快地得到當地有錢人士的贊助。不久大家就合力買地建墓，於一七九六年正式開放墓園。

嚴格地說，若無街墓園並不屬於耶魯，但它正與耶魯校園為鄰，所以很自然地被視為校園的一部分。多年來，選擇葬於此處的人大都是文化界及政界的人士，包括以編纂字典有名的韋布斯特（Noah Webster）、諾貝爾獎金得主拉斯·翁沙格（Lars Onsager）、以及該墓地創始人希爾豪士（James Hillhouse）。此外，不少耶魯校長（如以上提到的德外特校長和他那個於一八八六－一八九九年也擔任耶魯校長的孫子）和一些教授也葬在此處。另外還有許多主張解放黑奴的民主人士，和不少無家可歸的外國人也在此地安息。一般說來，該墓地較歡迎具有民主自由思想的人；地位與名分不重要，重要的是內在的精神——此正與傳統的耶魯精神不謀而合。

來耶魯工作之後，我最佩服的人之一就是嘉馬地校長。他原在英文系主教文藝復興文學，年紀輕輕的就被選為耶魯校長，但可惜英年早逝，死時才五十一歲。他死後葬在若無街墓園內。他去世以後，我常常懷念他，所以每當朋友來訪，我總要帶他們去參觀嘉馬地校長的墓地。記得一九九五年的一個秋日下午，我帶著女詩人王渝來到嘉馬地的墳上獻花。那天，美麗的夕陽漫天斜照了下來，或照在黃色的樹葉叢中，或照在黑色大理石的墓碑上。我突然有了寫詩的衝動，在心裡默默念著剛醞釀成的詩句：

……我聽見有風吹來
是時間流動的聲響，
不知從那兒來。
我伸出右手，
將那聲音握住，
在手指間，
用力捏住……
我想，
這就是嘉馬地，
是他，就是他，
我第一次和他握手時
也有同樣的感覺。

今日新英格蘭的涼風乍起，樹葉又開始脫落，我獨自步行在靜悄悄的若無街上。正在邊走邊數計著墓園外圍的鐵欄之時，我看見背後的落日映著我孤寂的身影，整條街無人，但聞鳥鳴的回聲。突然間，我陷入在朦朧的幽思中，我想起從前一位耶魯同事贈給我一首他譯自帕斯的詩，〈街道〉：

一條靜寂的長街
我摸黑前行，跌跌絆絆，
跌倒又站起，盲目地走去，

踩過了靜默的石頭和乾葉。
有人也在我身後的石頭和樹葉上走，
我慢下來他也慢，
我跑起來他也跑。我回頭，卻無人影。
一片漆黑，黑得嚴實。
拐一個彎又一個彎，
拐來拐去總是這條街，
沒人在街上等我跟我，
只有我在街上尾隨一個跌跌絆絆的人，
他看見了我站起來說：沒人。

我回頭看清靜的若無街街道，街上連一個人影也沒有。那情調有些肅穆，也頗富詩意。我聯想起美國女詩人艾蜜麗・狄瑾遜（Emily Dickinson）的兩句詩來：「我不會停下腳步迎接死亡／所以死亡善意地停下來迎接我。」有一天，當死亡來到時，我但願有幸能葬在與若無街墓園相似的地方，一種充滿詩情詩意的地方。

（我要特別感謝 William M. Cameron，Jr. 先生給我有關墓園的寶貴資料。）

——《今天》，一九九八年冬季號，今略做補正。

耶魯大學女校牧的故事

如同任何一個星期天一樣，校園中各式各樣的人在快到十一點鐘的時刻紛紛朝那美麗而莊嚴的波鐵爾教堂（Battell Chapel）走去。我上了一排排的石階，看見今天來做禮拜的人特別多，一家家、一對對，男女老少，全都面帶笑容。心想：原來大家都知道今天是個特殊的日子。

今天是個特殊的日子，因為眾望所歸的女副校牧凱特．拉蒂莫（Kate Latimer）將要復任。說起來一言難盡。在凱特離開耶魯的這兩年間，以往喜氣洋洋的波鐵爾教會變成了陰雲滿佈的地方：學生們不再來參加每星期四夜晚的查經班，星期日的唱詩班不再像從前一般活躍，來做禮拜的會友已變得寥寥無幾。擁有將近三百年歷史的耶魯教會（波鐵爾教堂本身於一八七四年才建成）有史以來第一次面臨如此嚴重的精神危機。與其他許多大學一樣，耶魯自從建校以來一直以基督教的信仰為其基礎。但現在的校園已不像從前一般單純：過去學校裡多是男性白人的天下，而且百分之九十的學生均是富家子弟。而目前至少有一半以上的學生是女生，三分之一的人數屬少數族裔，百分之六十以上的學生要靠獎助學金才勉強能度過學費昂貴的四年。在逐漸多元的校園裡，每個人都有不同的需要，因此在這個地方扮演神職人員的角色更是困難。社會在變，學校在變，教會也在變。

回顧一九八五年凱特被聘為耶魯首任女副校牧以來，整個校園的福音工作煥然一新：頓時間凱特成為每一個人的「德蕾莎修女」。她打入每一階層、每一背景的人群中，為心靈飢渴和貧病窮困者做出無私的奉獻。她善於講道，每次輪到她講道的那個禮拜天，教堂總是擠滿了人——教授、學生、律師，還有不少遊人和乞丐都先後到來，為那個可以容納一千二百人的教堂帶來了生氣。除了照顧校園裡的需要，她還更關切城裡的窮人。原來，與美國許多大學城相同，耶魯大學本身和當地的紐黑文城市一直存在極為懸殊的差距：校園代表富有和文化，城市則屬於貧窮和落後。前者是被包圍的象牙塔，後者是日益擴大的貧民區。可以說長期以來，學校和教會幾乎保持著閉關自守的態度，與市中心的窮人畫上了一道清楚的界限。然而，社會文化的急速變化迫使耶魯大學（和其他處於類似境況的大學）不得不改變態度。校中的領導人士終於悟到：如果城市不好，學校也會走下坡路，所以積極改善城市的環境便成為首要的任務。就在這個特殊的情況下，耶魯教會於一九八五年增添了一個「副校牧」的名位，希望取得該職位的牧師能與「正校牧」共同合作，把學校和城市的差距拉近。「正校牧」主要管行政和教會的全面運作；「副校牧」則專注於面向大眾的具體傳教工作。整個大學教會共有十六名工作人員。

值得注意的是，凱特的應聘代表了耶魯大學的另一種進步：過去學校教會一直站在以男性為中心的位置上，但隨著凱特的到來，教會突然多出了許多女性的聲音。女性不再處於邊緣地位，她們成為教會活動的主要決定者。但凱特並不只是女性的標準模範：應當說，她也是男女共有的榜樣：她曾以優異的成績畢業於耶魯神學院（一九八五年神學碩士），而且在此之前她已有十五年的教會及慈善工作經驗。此外，她還有一個幸福的婚姻和家庭。她的生命哲學是：不管自己多麼忙碌，一定先照顧別人的需要。尤其對於貧民窟的窮人，她更是無條件地伸出援手。除了時常發起教友捐獻東西和金錢給窮人以外，她每年還特地為無家可歸的人舉行感恩節儀式，讓乞丐們能與大家分享豐盛而樸實的午餐。有一年我曾去參加凱特在教堂地下室舉辦的感恩節午餐，看見許多窮人與教友們坐在一起，大家一同唱讚美詩，一同享用桌上的火雞、南瓜、甜餅等。我內心十分感動，尤其欣賞凱特領導大眾祈禱的禱辭——「為被囚禁和被折磨的人，為各處的受壓迫者，為那些改過自新的壓迫者，為通過非暴力革命取得的人類和解，為爭取和平、正義和自由的全球運動，為那些最需要的和為上帝嘉許的改革者、先知、佈道者和詩人，為一切我們的智慧尚難以解答的事物，我們一起祈禱。」（譯文引自康正果，〈感恩節有感〉，《全球青年》，一九九五年二月號，五十四頁）

凱特努力以身傳道的事蹟很快就引起康州各大教會的注意，各地教友紛紛邀請她去當他們的牧師，希望能藉著她發展出更完善的教會活動。然而她覺得自己的精力有限，寧願先專心為耶魯奉獻。直到兩年前，當她在耶魯教會服務整整十年後，凱特才決定轉往郊區一個大教會工作，想開拓新的經驗領域。波鐵爾教堂的會友當然捨不得她走，還記得在她的告別講道儀式中，許多人感動得流下淚來。令許多教友特別擔憂的是，或許耶魯再也找不到這樣具有無私之愛的副校牧了。

果然不出所料，自從凱特走後，耶魯教會裡的災難不斷。經過許多個月的應徵、會見、商議，學校終於由一百多位的申請者選出了一位新的女副校牧。但從一開始，教友們發現，他們與這位新人沒有共同語言，沒有心靈間的契合。加上這位女副校牧與正校牧之間不斷發生權力衝突，甚至屢次在講壇上將彼此的衝突用激烈的語言表達出來，於是僅僅數月間，波鐵爾教堂變成了戰場。不久這位女副校牧正式辭職，學校又開始重複那一連串繁瑣的應徵會面之程序，好不容易才選出一位新的副校牧。但最後那位新人突然改變初衷，決定不接受耶魯的聘請。此時教會已不堪一擊，頗有「樹倒猢猻散」的光景。全體會友立刻召開緊急會議，以投票的方式，一致決定聯合起來，把凱特遊說回來。

今天是凱特回來復任的日子。教會裡一片喜氣洋洋，這才更了解失而復得的美妙滋味。一位有心人特地為這個重要的場合製作了許許多多的圓扇，上頭寫著：「我是凱特迷」，取其一語雙關之意：蓋英文中的fan既有「扇子」的意思，也可引申為「影迷」、「球迷」等。

我手裡拿著扇子，隨著眾人慢慢走進教堂。奇怪的是，平時眼熟的教堂內部裝潢突然有了幾分陌生，我這才覺察出從前沒注意到的許多細節。難怪有人曾說，這座由名建築師巴柏（George Fletcher

Babb）設計的教堂乃是美國現代建築中最具有內在美的教堂之一。我仰頭環顧教堂四周，明亮閃爍的彩色玻璃窗映現出牆壁上若隱若顯的各種銘文，所有或深或淺的雕刻，處處都流露出古樸而典雅的韻致。溫煦燦爛的陽光通過講壇前的四排窗子直射過來，把突起的十字架烘托得格外引人注目。這時一排排高大厚重的管風琴圓管不斷發出各種喇叭吹奏聲、笛聲、小提琴聲，加上伴奏的鈴聲，使人有一種身心俱受上帝榮耀普照的喜悅感。

幾分鐘後台上出現了大家久久等候的凱特，許久不見，她仍沒變：長形的臉蛋、高挺的身子，她穿牧師的禮服，一雙誠懇的眼睛微笑地面對大眾。有人忘記教堂裡應有的規矩，情不自禁地揮動那個「我是凱特迷」的扇子。「我也很高興見到你們大家」凱特說著就敬個禮，開始念起《聖經》的章節，〈詩篇五十一篇〉：

> 上帝啊！求你按你的慈愛憐恤我，按你豐盛的慈悲塗抹我的過犯。
> 求你將我的罪孽洗除淨盡、並潔除我的罪。因為我知道我的過犯，我的罪常在我的面前……
> 上帝啊，求你為我造清潔的心，使我裡面重新有正直的靈……

今日的講題是「清潔的心」。凱特引用以上章節原具有不尋常的用意：這是一首大衛王寫的贖罪詩。不但基督徒常常吟誦這首詩，而且全球猶太人每逢贖罪日必須將此詩以禱辭的方式念出。凱特解釋道，此詩之所以永垂不朽，如此震撼人心，乃是由於它的普遍性。表面看來，大衛的詩表現了極其特殊的個人境況：大衛王與美麗的拔示巴搞婚外情，他不但害死拔示巴的丈夫，而且兩人公然同居。大衛一直不肯承認自己的罪過，以為身為君王的他自有搶奪他人妻子的權利。後來上帝派遣先知拿單來特別開導他，利用寓言的方式使大衛看到自己赤裸裸的罪孽。誠懇悔罪的大衛，在痛定思痛之後，寫下了這首感人的詩歌。

「但這是一首頗具有普遍性的詩。」凱特的聲音在寬廣的教堂中發出一陣陣回響。她說，其實我們每一個人都是犯罪的大衛王，我們心中的祕密瞞得過別人，卻瞞不住上帝。在我們心中，我們確曾私下「暗殺」了許多善良的人。例如，她說，種族歧視就是一種殺人的行為。有時我們對自己的罪行視而不見，我們也需要一位像拿單一樣的先知來打開我們靈魂的眼睛。譬如說，人們都能感受到耶魯和紐黑文城裡存在一道巨大的鴻溝，而其中最嚴重的原因就是白人心中對黑人根本的歧視。凱特因此呼籲在座的聽眾朋友聽取當代民權思想家們——例如馬丁・路德・金博士——等人的勸告，以徹底排除種族偏見。她以為，這些偉大的思想家兼行動家就是我們當代人所需要的先知；他們逼著美國人去面對真理本身，去面對人性邪惡的真面目。通過這些先知們的啟發，我們可以勇敢地向上帝認罪，懇求神的恩宥。

禮拜完後，我依然緊握那個別緻的圓扇走出教堂。我聽見從哈克尼斯鐘塔傳來的鐘聲，很響，很宏亮。它好像帶給這個禮拜天的城市一種召喚，一種新的開始、新的希望。

——《宇宙光》，一九九八年一月。

與耶魯學生看《末代皇帝》

自從三月上旬，甫獲九項金像獎的影片《末代皇帝》陸續在紐黑文地區上演，有些美國學生就希望我能帶他們同去看看這部名片，並且建議我來個觀後心得討論會。四月一日我們看過《末》片之後，便就該片內容及其評價交換了意見。因聽說《末》片正在臺灣上演，故擬將一些美國學生的「觀後感」也介紹給臺灣觀眾。

在看《末》片之前，我和學生都先讀了不少影評。結果發現，這部名片竟引起了兩種截然不同的反應，非常有趣。這兩種全然相反的態度，或許可以用「愛」與「憎」兩個字來分別形容。屬於前者的可以漢學家費正清（John King Fairbank）先生的評論為代表，屬於後者的可以《耶魯日報》近日一篇影評為代表。費正清先生認為《末》片場面壯觀兼有文化深度，且是一部極富戲劇性的影片，至於片中不符史實之處，費氏以為都能從增進藝術效果的角度來理解。而另一方面，《耶魯日報》的執筆者則認為《末》片無聊、膚淺，是一部令人感到沉悶的庸俗影片。如此極端相反的見解，深深觸發學生的好奇心和想像力，更使他們渴望一睹為快。待我和學生們看完《末》片，一同討論觀感的時候，學生中間竟也分成了兩派，有的讚之備至，有的把該片批評得體無完膚。

—

喜愛《末》片的學生，一致稱讚片中所表現的「異國情趣」，以及精彩的服飾、富麗的宮廷，尤其其中穿插的歷史背景，動人心弦，使觀眾在短短三小時之內便能體會到中國文化的特色。他們稱讚導演貝托魯奇（Bernardo Bertolucci）技藝不凡，能把一段動盪不安的中國近代史藉溥儀的一生刻畫得淋漓盡致。小皇帝登基那一幕，有人特別喜愛，認為是開場好戲。彼得奧圖（Peter Seamus Lorcan O'Toole）飾演溥儀的英國老師莊士頓（Sir Reginald Fleming Johnston），特別出色，其中教導小皇帝如何做「紳士」一段，尤其令人尋思難忘。有一位學生說，他剛在我的課上念過《論語》，所以覺得儒家「君子」的理想，和英國「紳士」的概念有異曲同工之妙；莊士頓所說，紳士必須「言行一致」，正與孔子「謹而信」的意思不謀而合。原來莊士頓本是一位通曉中國文化的「君子」，出身牛津大學，入清宮之前已在亞洲二十餘年，不但走遍中國內地各省，對中國風土人情瞭若指掌，對四書五經也是研究有素的，難怪幼年的溥儀對這位「中國通」特別敬服了。另有幾位學生說，他們非常欣賞導演在《末》片所展露的組織和創造的才能。例如，以下這段對話，在溥儀的《我的前半生》中是找不到的：

「語言是很重要的……」莊士頓一本正經地說。

「為什麼語言特別重要？」溥儀問道。

「紳士必須言行一致啊……」莊解釋說。

「那麼，我就不是紳士嘍，因為我不能自由說實話，他們叫我說什麼，我就得說什麼……」

這一段由導演創造出來的對白，把這位小皇帝的寂寞、不自由，都表露無遺；原來在紫禁城那道城牆之內，溥儀（和以前的同治、光緒一樣）是沒有說話的權利的（這對溥儀後來性格上的懦弱有深切的關係）。總之，喜愛《末》片的學生異口同聲地讚揚導演的才幹，特別是他的藝術眼光和創作力。

二

在另一方面，不喜愛《末》片的學生，則各有其不同的反面看法。例如有人說，慈禧太后那一段演得太陰森恐怖，把個清宮描繪得活像鬼屋。此外有不少學生，對於養心殿中「閨房遊戲」那一幕深有反感，認為只為了描寫皇帝和后妃的閨房生活，竟把溥儀、婉容、文繡三個人蒙在一床大被裡玩「捉迷藏」，這等手法未免太過於庸俗不堪，何況這樣一個鏡頭，竟無端地延續了這麼久，令人覺得不成體統，真不知導演用意何在。同樣，在後來偽滿生活的描寫裡，又出現了婉容皇后與日本女間諜川島芳子鬧同性戀的鏡頭。許多學生問我，這件事是否於史有據，我說，這在溥儀自傳中未曾提過，顯然是導演根據波爾（Edward Samuel Behr）去年出版的《末代皇帝》一書而加以誇張的。波爾的書裡是曾寫到川島芳子[1]在男女關係上的糜爛，但對與婉容之間的同性戀行為並無記述，僅僅提到一九二八年該女間諜曾到天津，在溥儀家作客數週與婉容交誼甚篤，如此而已。可見《末》片中這一同性戀鏡頭必是出自導演自己的設想（據說在臺灣上演的《末》片，已將此一「黃色」鏡頭剪去了）。另

1 波爾在書中僅稱此女間諜為Eastern Jewel，多謝陳曉薔女士為我查出此日文姓名。

外，在溥傑的日本妻子嵯峨浩所撰回憶錄中，曾提到溥儀有同性戀之癖，所幸《末》片未把這一節也搬上銀幕，否則就更顯得庸俗而誇張了。

我個人認為，這部影片還有幾處缺點。最遺憾的莫過於史實交代不清，特別使外國觀眾摸不著頭腦。例如說，宣統皇帝是誰？這是觀眾急於知道的。然而片中卻沒有交代出宣統是剛剛過去的光緒帝的侄子這一點。尤其溥儀的父親醇親王載灃，在小皇帝登基以後扮演攝政王的角色，片中也沒有點出。載灃或許是中國歷史上最無能的攝政王，但他的確身居高位，在被袁世凱擠掉以前，一直控制著清政府的大事。也正因為他懦弱無能，才被慈禧太后（他的姨母）選為攝政王。其實他與年幼的溥儀被召入宮，乃是由於光緒的暴卒，慈禧一心想要利用這位聽話的攝政王，從此做她「垂簾聽政」的美夢。誰料兩天之後她自己也離開人世了。《末》片因對這段歷史交代不清，徒使許多觀眾產生疑惑與誤解。

此外，溥儀在《我的前半生》中記了一段和胡適開玩笑的往事。我認為《末》片該把這段演出，以調劑片中過於沉悶的氣氛。故事大要是這樣的：溥儀十五歲那年，聽莊士頓講起「電話」的功用，後來又聽說自己的弟弟溥傑也看過這個玩意兒，由於心中好奇，便堅持在養心殿中也安上一個。不久果然電話機來了，電話局又送來一本電話簿。有一天溥儀心血來潮，想起莊士頓剛提過一位「新人物」——胡適博士，於是立刻撥了他的號碼。正巧是胡適本人接電話：

你是胡博士嗎？好，你猜我是誰？

您是誰啊？怎麼聽不出來呢？……

哈哈，甭猜啦，我說吧，我是宣統啊！

宣統？……是皇上？

對啦，我是皇上。你說話我聽見了，我還不知道你是什麼樣兒。你有空到宮裡來，叫我瞅瞅吧。

後來胡適果然來了，兩個人聊了二十多分鐘。

三

另外有一個重要的主題，我覺得被導演忽略了的，就是溥儀有個「帝國復辟」的美夢。溥儀因被這個美夢迷了心竅，以致先後被軍閥和日本人所利用。一九一七年，袁世凱死後未久，發生「丁巳復辟」，使溥儀第二次登上皇位寶座。復辟雖是曇花一現，溥儀心中的幻覺卻因而產生，滿以為有生之年必可恢復大清基業。因此當他第三次在偽滿稱帝時，心裡只是想望要儘快穿上光緒皇帝的龍袍。這一美夢雖遭日本人所否決，溥儀卻仍未徹底醒悟，仍然以為只要在「緝熙樓」中兢兢業業，終久能靠日人幫助光復祖業。溥儀這種「自我幻覺」，不但是他性格上的一個弱點，更是鑄成他一生悲劇的導因，可惜《末》片導演未能把握刻劃。

關於溥儀乳母被逐出紫禁城一節，《末》片的處理可算成功，使人對小皇帝寄予無限的同情。在這樣一位自幼缺乏母愛的小皇帝心裡，乳母佔有特殊重要的地位，是不難理解的。溥儀在《我的前半生》中回憶道：「我九歲那年，太妃們背著我把她趕出去了……但任我怎麼哭鬧，太妃也沒有給我把她找回來。現在看來，乳母走後，在我身邊就再沒有一個通『人性』的人了。」問題是，對於如此重要的一位人物，《末》片的描述未免顯得有些草率。事實是這樣的：溥儀這位乳母，並非如片中所演從此消失了。終溥儀之一生，他對乳母的摯愛始終不渝。到他結婚之後，還是派人四處尋訪乳母，終於找到並接去同住。在偽滿後期，還特地把乳母接往東北奉養。一九五九年溥儀被中共特赦後，立刻探尋乳母的下落，方知她已去世，只見到了她的繼子。我想，溥儀性格中如此純真的一面，《末》片若能著意發揮，應可使溥儀一生贏得更公平的評價。

溥儀性格上另一個優點是善於寬恕。例如在東北期間，婉容皇后曾與司機老李私通，生下一個女嬰（嬰兒為日人所害）。按常理說，溥儀身為皇帝，有生殺予奪之權，報復刑罰自可為所欲為，然而他在屈辱痛心之餘，卻赦免了這位老李——給了他兩百五十塊錢，讓他離開了東北。沒料到一九六二年，溥儀在北京街頭竟又碰到了老李，那時溥儀正撰寫《我的前半生》，想從老李那兒得些偽滿宮中僕婢生活的資料。老李窘得瞠目結舌無以自處，溥儀卻泰然自若，談笑之間對婉容之事隻字不提。分手之際，溥儀還把身邊所有的鈔票都給了老李（這位老李直到一九八五年才去世）。然而《末》片的老李，卻因與婉容私通而被處死，這是與史實不符的。

大體說來，《末》片不失為一部成功的影片。細節上雖有不少虛構之處，然而結構緊湊，戲劇性突出，足以吸引觀眾。我個人尤其欣賞片中的意象設計，例如「圍牆」的象徵意義，處理得相當出色。溥儀在自傳中說：「我這一生一世總離不開大牆的包圍」，又說：「我溜到牆根底下，望著灰色的大牆，心中感慨萬千。」這種無可奈何的疏離感，在《末》片中表達得十分生動。起先，小皇帝被「關在」紫禁城牆裡，偽滿時代又變成日本太上皇的牆中傀儡，被俄國人俘虜之後，至終又做了中共獄牆裡的囚徒。這一連串的意象捕捉，給觀眾極深刻的印象。

四

最後值得一提的，是《末》片對蟋蟀的意象處理。按《開元遺事》所記：「每至秋時，宮中妃妾輩皆以小金籠捉蟋蟀，閉於籠中，置之枕函畔，夜聽其聲。」因此在小皇帝登基之時即出現蟋蟀一幕，自是十分得體，不過更精彩的，是全片以蟋蟀收場，真可算是神來之筆了。原來蟋蟀有其重要的象徵意義，因其得寒而鳴，故楚人比之為王孫。全片結尾以蟋蟀來表達溥儀心中的疏離之情，家國之怨，頗得餘音繞樑之妙。《末》片此種藝術手法，不禁使人聯想到我國古代詞人詠蟬的寄情方式來。寒蟬常在庭樹之間發出哀音，故和蟋蟀一樣，同能表達遺臣之恨。當我看完《末代皇帝》，劇終幕落之時，不由得記起南宋詞人王沂孫的《齊天樂〈詠蟬〉》來：

一襟餘恨宮魂斷、年年翠陰庭樹，乍咽涼柯、還移暗葉、重把離情深訴……病翼驚秋、枯形閱世、消得斜陽幾度？……

《末》片中，類似的寄託心聲的藝術，耶魯學生也頗為欣賞。

——《中國時報‧人間副刊》，一九八八年五月二十八日；今略為修訂。

可以忍受的悲痛

兩個月前，七月二十三日那天，林治平與張曉風教授重訪耶魯，我們系裡仍如往常一般歡樂。當時想把系裡同事安敏成（Marston Anderson）教授找來一同聚餐，因為安敏成教中國現代文學，相信他一定喜歡認識現代史專家林治平教授。而且我曾經答應過他，如果名作家張曉風重訪耶魯，一定立刻通知他。可惜那天臨時接洽不到他。

沒料到僅僅一個月後，八月二十三日清晨安敏成即病逝於耶魯醫院，次日聽到這消息時，我正在辦公廳等待安敏成的電話（因為他曾答應那天給我電話），一時不能相信自己的耳朵。等到我意識稍微恢復時，才完全領略到，那位在我心目中至善至美、最具責任感的摯友就如此不別而去了。想到他年紀輕輕，才四十歲，就如此一去不返，一時讓我悲痛萬分，無法接受死的事實。

我沒有勇氣宣佈這個噩訊，獨自一人坐在辦公廳裡，心緒紛亂，孤愴至極。不知過了多久，才勉強走到祕書那兒，請她把消息通知本系所有教授職員及學生們。我記不清自己那天打了多少電話——許多朋友在電話中痛哭失聲，為了失去一位好人、好老師，也為了耶魯，為了稍縱即逝的人生。接著陸續接到許多畢業生的信函，其中一封是臺灣的王璦玲寄來的，信的開頭寫道：

> 返台後原以為可以稍稍休息，沒想到天外傳來 Professor Anderson 過世的噩耗，接電話的手似乎已不屬於我，驚愕傷痛，我一時不能相信這是事實……上蒼為何不多給我一點時間，讓我回報

我的老師？……我是他的第一個學生，也是跟他最久的……

細想過去與安敏成同事的六年間，有許多經歷自然一一浮掠眼前，一幕幕盤繞心頭：

忘不了那條共同走過的校園小路，每當校務會議完畢，安敏成總陪我走一段路，直到停車場為止；忘不了他談論中國文學的極度熱誠，他的文學意識帶給周遭的人無限溫馨；忘不了三個月前的「加州文學會」，那或許是他生前最後一次被拍照片之處，他的微笑讓人難忘，還有大會中發表之論文，充滿了精彩的結論。也忘不了他給我女兒詠慈的無限關愛；更忘不了最後一次與他在電話中談心，他在病中總是惦記著他的學生……

轉眼間，安敏成已走了一個月。這些日子以來，我發現自己心靈漸如止水一般的守靜，而且不斷沉思生命的意義，好像安敏成的逝世給了我心中的「永遠」，讓我有機會停下腳步，重新思考那人生滄桑與永恆生命的關係。

頓時，以往藏在心底的傷痛，一件一件浮現在眼前，變成至善至美的畫面。每一件回憶均以不同角度，帶給我生命美麗的再思。我回憶二十三年前，自己痛失愛兒的悲傷，也記起曉風當時贈我的寶貴詩句：

如果斷崖也是一種風景，
如果黑淵也是一種美麗，
死亡為什麼不可以是一首歌曲……
所以，讓淚水犁過我們的臉，
讓悲哀漲裂我們的心；

我們仍必須以受傷的手，相攜而行。

——摘自曉風，《論壇報・答康宜》，一九七〇年四月十二日。

今天輪到我去安慰安敏成的父母，一種莫名的使命感促使我在百忙中不斷地給他們寫信，希望從關懷中帶給他們一點安慰。在人生旅途中，我藉此更能深信受苦的意義——原來自己過去的傷痕成了今日極大的安慰力量，失子之痛，乃是人生至痛，但那是一種可以忍受的悲痛，為的是讓我們更加珍惜生命裡美好的愛。

我告訴安敏成的父母，說耶魯要舉行一個「慶頌安敏成一生」的追思會，不是普通那種悲愴無望的追悼會。這才發現他父親是位牧師，原來與我心有戚戚焉。

的確，生命中沒有絕對的「偶然」，因為每個「偶然」均有其深刻意義。今天「偶然」讀到林治平教授兩個月前帶來贈我的大作《突破痛苦的網》。其中寫道：

生命是一條漫漫長路，崎嶇坎坷危機四伏，但惟有如此這般一路走來，生命才有意義，人生才有價值，這樣一條人生路，是必須由每一個人自己去走的，這就是人生。

——〈序〉，第二頁。

這是所有到耶魯來的朋友所贈的最佳禮物了。

——《宇宙光》，一九九二年十一月號。

最後一個句點

一九九二年八月二十三日
暗夜沉沉
一片死寂　他靜靜
走過了這一生旅程
寫上生命句點

記憶中的他
卻永如一首未完的詩
處處是他的痕跡
寸寸是細密之詮釋
像穿梭的雲
中秋之明月
永遠徜徉在人間
總是不寫休止符

似乎一切都是命定
他走了
卻留給我一份未改完的試卷
等待我來為他閱畢
加上最後一個句點

在這中秋夜晚
又是深夜沉沉
一片死寂
我為他改完試卷
在這樣的夜晚只見
滾熱的淚珠一滴一滴
滴在自己寫上的句點
和角上的「A」字分數

後記

我與安敏成共事六年，同事感情十分融洽。但敏成突於開學前一週病逝，消息傳來，全體師生無限驚愕傷痛。事後方知責任感極重的他，居然於逝世前四天夜晚（八月十八日）還拖著極虛弱的病身，獨自一人趕往三樓辦公室，為了要出考題給本系研究生 David Cornell 考試。敏成去世過後二週，系裡祕書交給我那一份未改完的試卷，要我把考卷看完並給分數。那天正值中秋，偶憶敏成種種，思念其短暫之一生，乃知人間至痛有如此者。

——《中外文學》，一九九三年二月號。

我最難忘的耶魯學生

我每年教「詩學」的那門課，其中有一個專題叫做「偶然」，專門欣賞和討論詩與偶然的關係。學生們尤其喜歡中國古代詩歌裡帶有附會和杜撰成分的本事，主要因為西洋詩的傳統中很少有這種把詩與事聯繫在一起的闡釋方法。中國古人總習慣把所有的詩都看成是「緣事而發」的表現。

關於「偶然」，我的耶魯學生最欣賞幾首唐代宮女寫的（或詩人假借宮女之名而寫的）「桐葉題詩」。據說，唐代天寶年間，洛陽宮中有位宮女把情詩寫在桐樹葉上，將之扔入宮殿的護城河中（俗稱御溝），讓它隨水漂流出去。詩曰：

一入深宮裡，
年年不見春。
聊題一片葉，
寄與有情人。

奇妙的是，有名的詩人顧況居然在偶然間拾到了這片樹葉，遂題了一首和詩在上面，讓樹葉從上游漂入宮中。誰知，那樹葉又為那個宮女拾得。十餘日後，顧況又拾得一片樹葉，上有一首來自該宮人的詩，〈又題〉：

一葉題詩出禁城，
誰人酬和獨含情。
自嗟不及波中葉，
蕩漾乘春取次行。

不用說明，學生早知道詩歌背後的故事是虛構的。然而，正是這種虛構性激發了學生對中國古代詩歌和文化的興趣。在編造的故事背後，其實蘊藏著中國人對「偶然」的重視。俗語說，「千里姻緣一線牽」，中國人真的相信，天意總會使有緣分者相遇，即使雙方原本處於互不干涉的千里之外。

有趣的是，「題桐葉詩」的故事一再地在中國詩史中出現，而唐代文人娶宮女的故事也一再地在史書中有所記載。例如，據說唐代貞元中（公元七九四左右），唐德宗的宮女王鳳兒寫了一首〈題花葉詩〉在樹葉上，也讓它隨水漂出後宮。後來該詩為一進士所得，德宗皇帝得知，遂讓兩人結成夫婦。又，《全唐詩》中有一首〈題紅葉〉的詩，據考證，乃唐宣宗（八四七—八六〇年在位）的宮人韓氏所作。據《雲溪友議》中載，詩人盧渥到京城長安參加科舉考試時，偶爾來到御溝旁散步。他看見一片紅葉在水中，上有題詩，也就是宮女韓氏寫的〈題紅葉〉詩。後來韓氏離開宣宗宮廷，終於嫁給了盧渥。一日在盧渥的衣櫃中，韓氏偶然發現這片紅葉，對於撮合良緣的命運之線，既感到驚奇，也產生了感激之情。所謂「詩中緣」，沒有什麼比這種故事更動人了。

中國古人相信，詩可以感天地泣鬼神，因而也可以產生召喚有情人的作用。據說，後來一連串的「桐葉題詩」之所以一再地重複有情人終成眷屬的故事，乃因受了早期一首宮女所寫的〈袍中詩〉的啟示。話說，從前朝廷送給邊防軍隊的衣服均由宮人縫製。唐玄宗開元期間（約七一二—七四一年），有個兵士在朝廷賜給他的棉衣內發現了一首詩，其詩曰：

沙場征戍客，
寒苦若為眠。
戰袍經手作，
知落阿誰邊？
蓄意多添線，
含情更著綿。
今生已過也，
結取後生緣。

這兵士把詩交給統帥，統帥立即奏上朝廷。最後查出了寫詩的宮人，玄宗一時動了仁慈之心，就把她嫁給了得詩的兵士。宮人臨走前，皇帝對她說：「朕與爾結今生緣也」——意思是說，你雖然認為今生已無緣，只能盼望「結取後生緣」，但我要讓你今生就實現這個願望。

我的耶魯學生特別喜歡這首早期的〈袍中詩〉。不論有關此詩的記載是否可信（故事取自孟棨的《本事詩》），但它對中國人的「緣分觀」有了頗為耐人尋味的心理描寫。所謂緣分，大概都始自有心人的情感投射或折射。比如在這首〈袍中詩〉裡，宮人自己說明，她是以極深的蓄意含情之態度來縫製棉衣的，故在冥冥中，她已對那位不知名的穿衣者付出了感情。對這位孤寂的宮女來說，為一位陌生人寄予深情，實已達到了作詩的目的了。也許她的心中曾泛起一絲模糊的希望，但除非上天有意牽線，她知道那種可能是極小的。總之，一切靠緣分，不能勉強。

我一向在教這種與「偶然」有關的詩時，總是抱著一種遊戲的態度。我告訴學生們，無需考證，我們就可斷定這些「袍中詩」或「桐葉題詩」都是虛構的故事。這些詩的背景和動機不外是：中國人向來有「本事癖」，面對一首抒情詩，他們總喜歡把它落實在故事的上下文中。尤其對於好事的讀者，杜撰一個撮合良緣的故事，已經成了一種遊戲的活動了。把「偶然」作為故事的主幹，主要為了製造傳奇的效果而已。

但去年有個偶然的經驗使我對「偶然」產生了不同的看法。那是涉及一位耶魯學生與我的真實故事。

那是一個秋日的下午。我才從詩學課下課回來。從三樓的辦公室窗口望出去，我看見一棵棵黃裡透紅的楓樹在秋風中挺立著，一股詩的感覺立刻浮上心頭。我一個人在關著門的辦公室裡靜靜地喝茶，感到生命如美麗的秋空，心境淡如流水……

忽然間，我聽見有人敲門。打開門一看，原來是一位詩學課裡的女學生。在班上，她算是最用功的學生了。她不但勤於預備功課，而且下課後，總喜歡到老師的辦公室裡來討論問題。她來自馬來西亞，自幼受過雙語教育，所以中英文俱佳。她主攻文學創作，不但寫短篇小說，也寫詩。最引人注目的是她那雙黑色的、亮晶晶的眸子，她好像時時刻刻都在注視這個世界，企圖捕捉寫作的靈感。

看到了她，我很高興。她說：「今天在課上讀過的幾首中國古典詩，很有意思。很想再和你聊一聊……」我沒等她說完，就請她進來，她慢慢地在沙發上坐了下來，隨手就把外套脫下，掛在橢圓形桌旁的椅背上。

突然間，那件外套引起我的注意，我頓時怔住了。那不是我的外套嗎？二十年前我在新澤西的普林斯頓城裡買的。那樣式很別致，藍色帶點淡紅的羊毛料，領上鑲著高雅的深藍絨布。因為太喜歡這樣式了，我當時就買下了最後僅有的兩件——一件七號、一件九號的。七號那件正合適，可立刻穿。九號那件則較寬鬆，可留在深冬時套在毛衣上頭穿。猶記得店裡的小姐還對我說：「你很幸運找到這個牌子的外套，這是特製的高級外套，他們只做了幾件，以後就不再做了。」果然，隨著流行潮流的改變，我在市面上再也看不見那樣的貨色了。十六年前我從普林斯頓城搬到紐黑文來工作，漸漸地在不知不覺中已進入了中年。後來生了小孩，身體無形中增大了許多，許多衣服再也穿不下了。於是我就把一大批衣服捐給了紐黑文當地的「救濟軍」，其中一件衣服就是七號的那件藍外套；我留下九號的，那件還勉強穿得下。如今生命已在不知不覺中溜走了大半，沒想到又與那多年前的外套重逢了。

我繼續痴痴地望著那件掛在椅被上的外套。許久一直說不出話來。我很想問那學生，那外套是哪兒來的。但又怕冒犯。萬一那不是我的外套，怎麼辦？最後我忍不住了，我說：

「你那件外套是在哪兒買的？」

「嘿，你覺得這外套很美嗎？……」，她似乎很得意地說著，接著微笑道：

「不瞞你說，我只花了四元美金買的，我在克朗街的救濟軍店裡買的……。」

我真不敢相信這種巧合，原來那真是我的外套。當我告訴她時，那女生非常驚奇。她像是一個從夢中驟然驚醒的人一般，面對著我，久久說不出話來。最後，她張開那雙會說話的眼睛，很誠懇地望著我說道：

「老師，這件事情的巧合絕不是偶然的。我早就注定要做你的學生，我們的緣分原先已有了。我們早就結下了師生的今生緣。」

從那天起，我知道我永遠不會忘記這位女生。我也知道，以後若再教那首開元宮人所寫的〈袍中詩〉，對於「偶然」的解釋，我會有更深一層的說法的。

——《世界日報．副刊》，一九九八年九月六日；
《青年日報．副刊》，一九九八年九月七日。

永恆的座椅

——是選校長還是選總統？

今年（一九九二年）對耶魯大學來說，是多災多難的一年，也是極其光榮的一年。今年真是禍不單行——首先耶魯院長辭職，接著副校長及校長先後辭職，而且報章雜誌盡其渲染之能事，把耶魯大學寫成一個充滿赤字、人心惶惶的地方。另一方面，今年的總統大選也給耶魯帶來無上的榮耀——因為兩位主要人選，柯林頓及布希都是耶魯校友，前者畢業於一九七三年，後者畢業於一九四八年。

今年因為校長位置空缺（雖然有位歷史教授充當代校長），於是幾乎所有活動均集中在「選校長」一事上。但另一方面，由於總統大選的緣故，每當說到「Presidential Search」一詞時，就必須加以解釋：究竟指的是選校長還是選總統？（因為President一字兼指校長和總統。）於是，無論是教授、學生、抑是路人，談論President竟成一種時髦風氣。

我由於公職在身，也不知不覺參加了「選校長」委

「永恆的座椅」坐落於「老校園」的中心。

員會的工作。其中責任之一，就是要到處採集意見，以供委員會參考（頗像古代「稗官」采詩的責任）。但在教學、研究與行政三忙之際，不知如何有效履行這個突然加給我的重擔？於是開始憂心忡忡，甚至愁形於色。

突然有一天，得到一個靈感：那就是，何不趁下課期間，坐在那「紀念嘉馬地校長的座椅」上，可以趁機與各種學生談論有關「選校長」之事？那座椅說來話長，是三年多以前嘉馬地不幸因心臟病過世後，他的同班校友（一九六〇年畢業於耶魯大學）捐款做成的紀念石椅——坐落於所謂老校園的中心，是校中學生（尤其是文學院學生）必經之地。除了方便之外，那石椅還象徵了一個耶魯的傳統信念——那就是，教育為上的信念。在教授與學生的心目中，嘉馬地校長（原是主教文藝復興文學的教授）代表著那個信念。於是那個石椅上深深地刻上兩行嘉馬地說過的話——左邊寫著「大學教育乃是一個社會的心臟」；右邊寫著「教書工作乃是大學教育的關鍵中心」。

那天獨坐在石椅上，果然獲益良多。雖然只有機會與幾位路過的學生聊天，但收穫（可說是豐收）卻是無價的。在那以前，我從未有空閒來細味所謂「耶魯視野」是什麼。那路過的學生們一再強調：選新校長最重要的是要選出一個有「視野」的校長，要選出一位像嘉馬地那樣為理想而奉獻生命的領導者。在美國人心目中，嘉馬地確是一位英雄，他有勇氣把犯規的棒球明星羅斯開除掉，但內心的痛苦抉擇卻使他因而忽然早逝。這種為正義奮鬥而無悔的精神就是學生們所謂的「有視野」。

我不知道耶魯能不能找到一位有視野的校長，這是需要時間才能證明的事。但那個永恆的座椅卻是活的象徵，它永遠提醒人們何者為「視野」——我們需要的是擁有那理想的校長（和總統）。

——《聯合報・聯合副刊》，一九九二年十一月二十一日。

耶魯新舊詩零拾

耶魯校長嘉馬地

讓馨香的泥土把你包裹好，
因為你曾轟轟烈烈地活過。
每日清晨我走過若無街，
隔著墓地的高牆
我總是聽見
一陣陣琴音
紛紛崛起
在重演一個
美妙的故事。

今天我走在路上
我聽見有風吹來，
是時間流動的聲響，
不知從哪兒來。

我伸出右手，
將那聲音握住，
在手指間
用力捏住。

我想，
這就是嘉馬地，
是他，就是他。
我第一次和他握手時
也有同樣的感覺。

前緣

她不斷對自己說，她確實
曾通過另一種存在認識了他，
於是，她追憶起年深月久的往事，
回想起失去的青春，也想起了
在遙遠的地方經歷的種種歡樂和憂傷。
所有這一切都沉積在她的記憶裡
都使她想起了往事中映現的某些瞬間。

現在，他們默默地站在墓地的邊緣，
她抬起了鏡子般明亮的眼睛
鎮靜而大膽地面對著他，
彷彿正在歎息與符號的線索中找回時間：
今世今生並沒有簡單的答案，
鍾情就免不了痛苦，
其實，我們稱之為前緣的東西，
往往只是一個隱喻，是愛情的別名。
——看電影《美麗佳人歐蘭朵》

——據維吉尼亞・吳爾芙，一九二八年的小說改編有感。

新英格蘭的夏夢：詩二首

（一）重訪若無街墓園

他們好比被遺忘的鴿子
好比孤獨的流放者
被拋棄給那稱為自然的巨大力量，
那擴散到生命種子中的力量。

是正午時分，細雨綿綿，
雨打濕了園內的墓碑，
滴落在榆樹的枝頭，
灑遍了每一根小草，
今天他們又回到了營地。

園內一片靜寂，
他們走入了夢境，
走得越來越近，
走進了未知的世界。
他們從其中游過，
好像魚兒赤裸著
睜大醒眼在水中自由來去，
好像南島上的洞穴裡
一面魔鏡上的映射。
他說，因此我們渴望去死，
好永遠地自由，永遠地光輝。

（二）夏日湖上有天鵝今夜是七夕

湖上沒有一絲波紋，

只有兩隻天鵝在靜靜地游，
注視著水中的倒影，
赤著腳端詳自己的模樣，
活像一對伴侶在查爾斯河邊行走，
彷彿它們與明月同時湧現，
疊印在清澈的水中。

啊，月亮，月亮，
就是在今天，
有兩隻天鵝從你那兒
噙回了我們新英格蘭的夏夢。

——《中外文學》，一九九四年十二月號。

春到耶魯萬事新，選出校長人稱奇

去年（一九九二年）春天，耶魯大學問題重重，人人怨言不絕。由於校長及副校長大失「民心」，二人先後辭職，一時耶魯頓失往年的氣派，內外諸事頗為拮据。幸而不久聘得一位慈祥和藹的老教授拉麻（Howard Lamar）為臨時「代理校長」，才能平靜地度過這一年。

轉眼間，今年春天已到。耶魯校園仍是出奇的美麗，到處賞心悅目，香氣襲人。唯一美中不足的是，經過這麼幾個月，新校長仍遲遲未能選出，使人無限氣餒，以為校董會諸人意見分歧，無能行事。突然間，四月十五日早上十一時，我接到校長室祕書的電話，說校董會已選出耶魯同事雷文（Richard Levin）為新校長，將於五個小時後正式公佈，請我於當天下午四時去參加宣佈大會，但在那以前請我暫時保密。

掛了電話，心中有說不出的驚喜。喜的是，平易近人的朋友Rick（雷文小名，我們一向如此稱呼他）一定可以帶給耶魯無限的希望，也能化解上一任校長所遺下的不良氣氛。

但頗令人深思的是，為何數月以來，居然沒有人想到雷文是個最佳人選？原來他早就被「選校長委員會」提名，但大多數人以為他不可能被選中。原因之一是，雷文雖具有領導才能，但他在行政經驗方面遠遠不及其他諸位被考慮的人選。其實，他被提名後不久就有人說，他絕不可能成為最後人選，因為他目前的職位只是研究院院長，在行政上即是副校長若燈的下屬，學校怎麼可能讓他跳到若燈的頭上，而將主屬地位顛倒？（按：若燈已被聘為賓夕凡尼亞大學校長，即美國常春藤大學第一位女校長，此為後話。）基於這種考慮，數月以來沒有人討論到雷文。一直到四月一日左右才終於有人（包括他自己）考慮到他或可成為新校長的可能性。

其實大家所以沒想到雷文會真的被選中，最主要的原因乃是他自己本無做校長的野心——相較之下，許多被考慮的人選均公然地野心勃勃，他們的響亮名字常在報章上出現，亂人耳目。反之，雷文只安心做他任內的事。直到最近發現自己居然被鄭重考慮時，才真正想到當校長之事。這種虛懷若谷的精神使我想到老子《道德經》所說的：「虛而不屈，動而愈出。多言數窮，不如守中。」（第五章）——意思是說，廓然空虛者能包容萬物而生生不已，但多所設施者反招致敗亡，所以不如抱守清虛，無為無欲。

最有趣的是，雖然這次大家都沒想到雷文會成為新任校長，但還在十多年前（當雷文還是三十歲出頭的助理教授時），已故校長嘉馬地就預言道：「有一天雷文會成為耶魯校長。」這個預言大家早已忘了，現在突然又想起來。例如耶魯資深董事路克先生最近想起此事而歎道：「嘉馬地並非什麼算命先生，能預卜先知。但他有過人的智慧，才能看出天才之潛力來。」這使我想起，數月前自己隨口說出的一句話竟也實現了，可謂巧合——我說，希望耶魯大學「選出一位像嘉馬地那樣為理想而奉獻生命」的新校長（見〈永恆的座椅：是選校長還是選總統〉，《聯合報》副刊，一九九二年十一月二十一日）。果然，現在雷文被選為校長，全校師生紛紛把他比成嘉馬地——當年嘉馬地也是從未料到自己會當校長，而被選中時也是一樣謙虛。嘉馬地當時既年輕又缺乏行政經驗（比雷文更少行政經驗），他從未當過系主任或院長，僅只當過「人文學科的主席」。但多年後的今天大家一致公認嘉馬地是「校長中之英雄」，仍對他的所作所為牢記在心，時時引為佳話。就如耶魯社會學教授耶利克森所說：「做校長成功與否不在於一個人有多老、多有經驗，而是看他有多少智慧。」

其實這種所謂的「智慧」與老子「虛而不屈」的思想暗暗吻合。這又令我想起另外一件與選新校長息息相關的事來。原來今年若非代理校長拉厤以犧牲小我的精神來挽救學校危機（他以七十一歲高齡每日工作到深夜），則耶魯也不可能如此順利地度過難關。由於拉厤為人謙虛和氣，才漸漸把上任校長所遺下的敵視氣氛轉為團結與希望，功勞確實不淺。憶及去年拉厤教授被選為代理校長時，他也是驚奇不已——因為他自己早已準備於六月底退休（滿七十歲），萬萬沒有想到大家突然請他擔任如此要職。經過考慮之後，甚得人緣的他終於答應做一年臨時代校長。消息傳出，果然全校一片喜氣洋洋。有趣的是，就因為他最沒有野心當校長，大家才更加信任、尊重他。

於是，前幾天（四月十五日當天）宣佈新校長雷文的同時，我們又為另一件意外消息驚喜不已——原來耶魯校董會全體投票通過，將拉厤的職稱由「代理校長」改為「第二十一任校長」（而雷文則將於今年七月一日以後正式成為第二十二任校長）。這突來的消息使在場人士忍不住落淚，都頻頻向滿頭白髮的拉厤致敬。最後校董事路克先生轉頭向拉厤說道：「您是我們的英雄，我們對您的感激無法用言語來表達。」接著全體師生掌聲如雷，在一片歡呼中逐漸散去。

沒想到耶魯大學原來想找一位新校長，現在卻得到兩位校長。此乃史無前例之舉，特記在此，以供讀者深思。

——《宇宙光》，一九九三年六月號。

墨西哥詩人帕斯與耶魯的一段因緣

我一向是墨西哥詩人奧塔維歐・帕斯（Octavio Paz）的忠實讀者，尤其對他那重視文字感覺性與政治意識之細緻的描繪衷心感到佩服。在美國，大家公認帕斯先生是拉丁美洲的第一大詩人，早在四十年前就有「新方向」出版社發行他的詩歌英譯本。幾十年來，帕斯一直是美國讀者心目中之偶像。我自己則不但佩服他的詩歌寫作天才，尤其更欣賞他的學問及銳利的批評精神。我認為二十世紀歐美詩人中，除了艾略特（T. S. Eliot）以外，只有帕斯一人兼具如此優秀之詩才與卓越的批評精神——他以為一個詩人也必須是個社會批評家。因此他除了不斷創作抒情詩以外，也不斷勤讀各國之歷史文學作品。在歐美文壇上，帕斯是一位傑出的「文化大使」，他雖然是墨西哥人，卻不把個人局限於墨西哥的文學領域中。我自己就經常在《紐約書評》（*New York Review of Books*）及《時報文學副刊》（*Times Literary Supplement Historical Archive*）讀到他寫的書評。帕斯學問廣博，最擅長把世界各國文學的相通點深入特寫，使人讀過他的評論就無形中增長許多文學領悟力。近兩年來我尤其對帕斯的文學評論大感興趣。主要是因為他那有關蘇華納（*Sor Juana*）的巨著（*Sor Juana, Or, The Traps of Faith*）於一九八八年被譯成英文，由著名的哈佛大學出版社出版。此書一出，立刻成為學術界的暢銷書籍。蘇華納是十七世紀聞名拉丁美洲的一位女詩人，無論在她的詩歌或生命體驗中，都令人對她另眼看待。我正巧去年開一門「中國明清女詩人」的課，於是就採用帕斯的書，拿它來做文學比較的資料之一。後來從事撰寫《明末詩人陳子龍》一書時，也多次引用帕斯的論點（尤其在寫有關女詩人「柳如是」一章之時）。

最近聽說本校 Timothy Dwight 學院院長（即藝術史教授湯姆生〔Robert Farris Thompson〕）邀請帕斯來耶魯朗誦詩歌，日期定於十月十日晚間。這消息使我大為興奮，心想若有機會親自認識這位詩人兼評論家，該有多好。正巧十月十日當天下午藝術史教授瑪麗・米勒打電話來，說詩歌朗誦會以前將有一個小型的宴會，是專請研究拉丁美洲文化的諸位同事與帕斯見面而設的。因臨時有一位客人不能參加，她希望我能頂個位置。我自然是欣然接受了。

十月十日晚間五時三十分，我終於見到了詩人帕斯。沒料到七十六歲的「老人」仍是眉髮濃密，倒像個六十歲出頭的人。一見面就問我最近讀什麼書，寫什麼書，喜歡那一國的詩歌——還問我中國傳統女詩人中，除了李清照之外，還有什麼優秀的著作家。我告訴他，目前自己正在研究明清女詩人，僅就清代，就有三千餘家女詩人，可謂蔚然大觀。帕斯眼睛一亮，衝口而出：

「這些女詩人中有多少個女道士？」「是有不少女道士，只是她們當初是『妓女』，後來才轉而變成女道士的……」我一本正經答道。

「是嗎？真有意思。我看中國女詩人真是特別。請介紹幾本書給我看看……」詩人謙虛地說。

我告訴帕斯，中國女道士與西班牙女詩人蘇華納極有相似之處——她們都希望解除女性傳統的羈絆，都是既有才識又富創見之婦人，在文學史上，她們的貢獻很大。她們主要在爭取心靈中的自由空間，她們的詩歌就是一段「心史」。帕斯立刻答道：「其實任何一個詩人都在爭取心靈的空間及自由。」

他這一句話使我情不自禁地想起帕斯從前所寫的一首詩，其中詠詩人愛詩的情懷：

在瞬間的「見」與「言」之間，
「言」與「靜」之間，

「靜」與「夢」之間，
「夢」與「忘」之間——永選是詩歌

（按：此詩作於一九七六年。）

也使我聯想到中國當代詩人鄭愁予的詩中意境：

從此時間才真的有了意義
從水之湄開始每個字都有了意義
沒有什麼再能取代那最初的真與手
燈船之後與傳說之美
如今我們看見一個卸卻喬裝的詩人獻出了
至善的頭顱。

——《燕人行》，頁三十六。

我告訴帕斯，說詩人鄭愁予的詩境與他的極為相近。二者之詩均極富抒情性，且又含有冷靜的理性。二者均喜歡在語言上創新，但又不捨棄古典之美。此外二者均廣受女性讀者的歡迎。

不知不覺談話間，時間過得很快。帕斯接著在本校藝術館公開朗誦詩歌（聽眾擁擠，頗近千人），當晚即回紐約市旅館休息。沒料到，次日清晨詩人突然被電話吵醒，原來是瑞典來的電話，恭喜他榮獲諾貝爾文學獎。這消息來得太突然，使他不敢相信。在記者座談會上，帕斯說道：

這消息使我感到十二萬分的意外。這文學獎給我一個新的挑戰——它雖然不是一個引向永恆不朽的護照，卻能使我擁有更多更廣的讀者。即使是最優秀的作家也需要讀者們的支援。

十月十一日整天耶魯校園充滿了笑聲。尤其是湯姆生教授一直笑不合口。他頗為時間之巧合感到驚訝——沒有想到他有先見之明，他主持的詩歌朗誦會好像是為了預祝帕斯榮獲諾貝爾文學獎而設。事後有人告訴湯姆生教授，說他和上帝頗有神祕的聯繫。當天下午上課時，許多學生都說：「耶魯大學邀請詩人帕斯，原來是因為校方人士早已知道帕斯將要獲獎。」我告訴他們，其實完全是一大巧合，就像帕斯在〈太陽石〉詩中所說：

水，在兩眼盡閉的背後，
整夜流蕩，流出了預言，像浪花舞動之一環，
浪花撲騰，直至大地一片濛凝。

——《中國時報‧人間副刊》，一九九〇年十月二十三日。

當代美國文化與《純真年代》

提起當代美國文化，通常總想到許多「後現代」的象徵以及愛滋病的危機、婦女集體減肥等。事實上，最近兩三年來美國文化發展更傾向於對「古典主義」的追求。這種「古典主義」不同於希臘羅馬的傳統，又有別於十七、十八世紀的「新古典主義」。目前美國風行的「古典主義」是一種對十九世紀的古老紐約文化的懷舊心態——而最能代表那種古老紐約的典雅文化則莫過於伊蒂絲・華頓（Edith Wharton）的名著《純真年代》（*The Age of Innocence*）了。

《純真年代》最近剛拍成電影（由Martin Scorsese導演），一時轟動了美國文化界。於是這個改編自文學經典的影片又喚起了美國人對那種「古典」價值觀的思慕。所謂「純真」並非真的「天真無邪」——相反地，指的是一種「成熟」之文明所醞釀出來的「無邪」表象。用艾略特的話來說，所謂「古典」就是一種「行為上的成熟」，在《純真年代》影片裡頭（小說亦然），我們看到的是一個與目前電影「全裸」風潮背道而馳的保守風尚。有趣的是，為了拉生意，電影廣告不得不用各種「迷人」的話語來解釋這部電影的「性感」所在。例如最近有一個廣告寫道：「銀幕上的情人從未如此性感過——雖然其中並無脫衣的鏡頭。」足見在這個後現代、多元化的社會裡，人們需要一套新的詮釋法則來解讀這種「純真」時代的美感興趣。

事實上，最近的美國女性時髦風尚已經反映了古老紐約的典雅風格——突然間，我們發現女人開始流行戴上各種顏色的緊項鏈，並在苗條的身材上穿上有古典趣味的衣裳。而《純真年代》片中所描寫的各色女子也正穿著這樣的服飾——雖然各方面都更有誇張的鋪陳，更表現貴族式的古典美。而整部影片始終貫穿著傳統的「約束」美感與愛情的「自由」追求之衝突——這種「約束」與「自由」的衝突，導致人們在無奈之中不得不做各種道德性的選擇，使人把美感與愛情道德化，從而體現一種看來似乎「純真」的時代風氣。

《純真年代》的主人翁阿伽代表這樣的時代道德觀——他一面想擁有「美麗天真」的妻子美伊，又不能擺脫自己對「優雅成熟」的愛倫・歐蓮斯加之深戀癡情，最後終於不得不屈服於社會的壓力，在「純真」的範疇內找到了避風港。然而這種道德性的妥協也正是阿伽悲劇生命的癥結，因為他既無法忘記那代表女性完美精神的愛倫，又不容許自己全心去愛妻子美伊（使美伊多少成為那種社會的犧牲品）。在小說中，作者伊蒂絲・華頓就借用了這個感情與道德的衝突，非常巧妙地具現這種人生的基本悲劇——人生的悲劇就是，既有自由發揮感情的需要，又無法超越自己的特定局限。

另一方面，影片中卻具體發揮了一種「純真」時代的審美觀，充分利用聲光影像的媒體來體現文字無法表達的意象。於是我們發現，在男主角阿伽的心目中，愛倫早已成為一幅永恆的美麗畫像——她那含情的注視，秀頸上的緊項鏈，優雅的背影都永遠含有無限的神祕意味。就因為阿伽與愛倫的關係沒有徹底得到「滿足」，而且曾經制約於「發乎情止乎禮」的局限中，他們才更加神魂顛倒，無形中加深了彼此的魅力。而這種若即若離的美感（或幻影）也正是十九世紀末期古老紐約的審美心態。

也許現代的人們已經厭倦了自由（尤其是性革命所帶來的自由），所以就對《純真年代》所體現的價值觀格外憧憬。說得更確切一些，這也正是近年來美國出版界突然產生「伊蒂絲・華頓熱」的主要原因。伊蒂絲・華頓首先出版*The House of Mirth*（一九〇五年）及*Ethan Frome*（一九一一年）而聲名鵲起，後來她的小說《純真年代》（一九二〇年）獲得普立茲獎，更加奠定其文學地位。半個世紀以來，雖然美國各大學的英文系不斷採用她的作品來做教科書，已廣大讀者卻已漸漸淡忘了她所描寫的

「古老紐約」世界，因此每當提起伊蒂絲・華頓，人們不免會搖搖頭，認為那是一個過了時的名字。

然而這幾年來，伊蒂絲・華頓卻搖身一變，成為最暢銷的作者之一。首先，她的小說分別於一九八六年、一九九〇年及一九九二年再版，而且有些版本已成為快速消費品。伴隨再版小說而來的批評著作也跟著佔據了很大的市場。最膾炙人口的《伊蒂絲・華頓之性教育》（*The Sexual Education of Edith Wharton*, by Gloria C. Erlich, U C Berkeley Press, 1992）特別用佛洛德的心理學來重新闡釋這位十九世紀末二十世紀初的女作家。而杜克大學的英文系教授大衛德生（Cathy N. Davidson）在其《愛情之書》（*The Book of Love: Writers and Their Love Letters*, 1992）中也特別聲明，那本書的寫作，得自伊蒂絲・華頓的情書之啟發。此外，包爾斯（Lyall H. Powers）所編的《亨利・詹姆士與伊蒂絲・華頓的通信》（*Henry James and Edith Wharton, Letters* :1900－1915, Charles Scribner's Sons,1990）也轟動一時，傳為佳話。最近又有作者紛紛為伊蒂絲・華頓寫續書。例如，曼瓦寧的 *The Buccaneers* 及韋訥爾的 *Fast and Loose and the Buccaneers* 算是最有名的例子。（參見《紐約時報書評》，一九九三年十月十七日）

由此看來，伊蒂絲・華頓顯然成為今日經典文學的偉大作者之一。但我們不禁要問：是什麼具體因素（除了上述所論有關道德觀及審美觀外）使這位女作家得到「平反」，而且激發讀者的想像力，使之成為與「後現代」交相匹敵的熱門主題呢？

事實上，所謂「伊蒂絲・華頓熱」，在很大程度上乃是由於耶魯大學的善本圖書館的收藏與宣揚之功，蓋耶大的善本圖書館乃世上存藏善本書籍及書信原稿規模最大的中心之一，現在共存五十萬冊善本書及好幾百萬種原稿作品和作家書信。其中尤以美國文學的藏書最為傑出，而伊蒂絲・華頓的藏書就是其中的精華之一。如果沒有這部分寶貴的材料，許多批評家一定無法寫出有關這位「神祕」女作家的生平故事。例如，葛羅・爾立克就完全根據伊蒂絲・華頓寄給莫爾頓・福樂頓的數千封情書寫成了那本有關「性教育」的暢銷書。那些連續三十年的情書，從前完全落於私人收藏家的手中，後來耶魯大學分別向 Winthrop Chanler、Max Farrand、Robert Grant、Frederick R. King 等人以高價買來，直到前不久才公諸於世。這些書信一旦公開，學者專家便一窩蜂地重新詮釋伊蒂絲・華頓的一生及小說世界，並點出了這種「新解構」所帶來的新意義。原來過去人們一貫把這位「古典」的女作家視為徹底的禁欲主義者，現在才知道她與莫爾頓・福樂頓的一段不尋常的關係乃是促使她情感成熟的重大關鍵。而她寫《純真年代》之時（一九二〇年出版）正是這段愛情結束後不久，所以在某一程度上，小說的主人翁阿伽代表女作家的自身寫照。基本上，伊蒂絲・華頓深信人類無法超越社會的道德得到自由的時候，也同時會意識到社會的牽制。但也只有極富想像力的第一等人才會在自己陷入感情自由的危險時，能終究領悟到人生道德精神之不可抗拒。在《純真年代》一書（及其電影）中，我們看到女作家那種「以色悟空」的智慧，也從愛倫一角看到一種成熟女子的自我肯定。即使在美伊身上，我們也發現她有自己定位的勇氣，其實既不「天真」，也非「無邪」，只是在無奈的人生之中選擇了最合乎理性的處世方式。

其實《純真年代》也多少代表婦女解放的契機，因為它暗示婦女如何在追求愛情的自由與傳統約束之間找到一個適當的權衡。這種權衡也就是自我成長、自我奠定審美標準的展現。或許因為如此，《純真年代》搬上銀幕後尤受女性觀眾的歡迎。我以為透過電影來呈現美國當今文化的新發展，更能有效地展現一種解構的新意義。

附注：為本文收集資料的過程中，作者得到陳淑平女士及嚴志雄先生的幫忙，在此特致感激之意。

——《當代》，一九九三年十二月號。

重感情者的負擔

我是個很會為自己製造壓力的人，在已經夠忙的行政、教學、家務之夾縫間，又不明不白地給自己加了許多「差事」，於是無形中外在的壓力無休止地脅迫著我的內在平衡，有時壓得我透不過氣來。仔細反省一下，我的問題就出在「太重感情」。

因為我太重感情，對生命就有無限的貪求和好奇。桌上的信件積壓了一大堆，電話答錄機的留言排著隊向我襲來，還來不及回覆已是深夜。這時若有人來電話請我做這做那，或要我許諾什麼，心裡明明知道不能再答應，卻按捺不住內心如熱情，很高興地一一接受。像一個貪食者，在自助餐廳裡硬把自己的盤子堆滿了各式各樣的食物，又逗著自己去品嚐每一種菜，最後讓食物撐得人變了形。因此，原本出於熱情的衝動終於變成無法解脫的懊悔。

就因為太重感情，我一直學不會說「不」。面對著對方的微笑，聽到他的溫和的聲音，心中就引起了無限的喜樂。誰會願意用「不」字來破壞這種情緒？天下最美妙的經驗莫過於說聲「是」時所帶來的希望——彷彿人間萬物都有了希望，像沙漠中遇到了流水，寂寞的旅客遇到了伴侶。但最嚴重的懲罰是說了「是」所帶來的壓力——那是諾言所帶來的嚴重的折磨的壓力。最痛苦的莫過於強迫自己去做一件明知自己做不好的事，但為了守信，即使打腫臉也得充胖子，即使無路可出也得設法走出一條路來。於是世界變成一個充滿焦慮的世界，除了寢不安枕、食不下嚥，又能若何？

也因為我太重感情，除了承受工作的重擔外，我也給自己許多情感上的負擔。我最怕傷害了周圍親友的心。有時誤會弄得大家不愉快，我的心總是憂傷的。我會像林黛玉一般地流淚，獨自吞飲被誤解的苦楚。日夜苦思，怯怯探問，只盼望有一天對方會瞭解。然而多情是極其辛苦的，當心中長久存在著無奈與不得已時，生活本身就成了一種壓力，所謂「壓力」就是一種對未知的焦慮，那是一種無處可逃的焦慮，也是對當前生活的恐懼。

我知道我必須換一種方式來生活。我突然發現自己的問題是由於感情的誤用就是，我上了「愛人」的癮，卻忘了自愛。我應當多愛自己一些，少愛別人一些。為了讓自己能平靜地走過人生旅程，我必須學會「放棄別人」的藝術——尤其是放棄自己最捨不得的那種「別人」。我應當學會選擇，因為選擇乃是一種「放棄」的過程，也是一種成熟的體驗。所謂「成熟」就是學習如何過一種以理性來指導感性和以感性來調和理性選擇的生活方式。誠然，我不應當過分驅迫自己，不論在事業上、日常生活上、感情經驗上都不能過於強求。我必須學會說「不」——不但對別人說「不」，也對自己說「不」。

不，我不應當再做壓力的奴隸。其實壓力都是自己造成的。壓力來自信心與安全感的缺乏。當一個人缺乏自信時，他自然向外追求滿足的方式，這就造成了一種心理的壓力。事實上，真正的力量必須來自我自己，用我自己所擁有的內在本質來實現自己的人生，這才是生命的目的。所以我應當努力解構自己，希望能透過不斷的、誠實的自我解構，以求理性地調整自己的生活。

然而，作為一個重感情者，我並不認為所有壓力都是有害的。在能承受的範圍內，壓力常常對生命的潛能有積極的促發作用。因為我多情，我喜歡寫作，有時在構思與推敲的過程中弄得寢食不安。於是寫好文章的壓力有時成為庸人自擾的重擔。但那是一種無怨無悔的重擔，因為寫作使我在有時壓得人抬不起頭的日常生活中，找到了一個最美麗的心靈空間。就如一位好友曾對我說過：寫作可以「補償現實中存在的缺憾」。

重感情不是一種缺憾，透過寫作，它也可以把壓力化為生命裡的陽光，惟有重感情，人生方可以無憾矣。

——《世界日報・副刊》，一九九五年七月五日。

愛情裡的「苦」與「貪」

在中西文學中，所謂偉大的愛情都表現出一個邏輯公式：那就是「戀愛即受苦」的悲劇定律。法國女作家喬治桑曾藉小說《賀瑞斯》（*Horace*）的男主角口中說：「如果我真的去愛，我寧願受盡折磨……我渴望受苦，我要發瘋。」可不是？從傳統文學的上下文看來，沒有受苦的愛不算真愛，沒有受創傷的人不算愛過。

在許多人的印象中，受苦最深的悲劇情人莫過於《茶花女》（*La Dame aux Camelias*）中的男主角阿爾芒・迪瓦爾（Armand Duval）：在女友生前，他愛得死去活來，無以自拔；在女友死後，他悲痛欲絕，非得把死屍掘出，重新見她一面不可。據說作者小仲馬（Alexandre Dumas, fils）的身世和經歷與《茶花女》的主人翁有直接關聯。小仲馬曾迷戀名妓瑪麗・迪普來西（Marie Duplessis），一度成為她的情人，也為她傾家蕩產，最後由於某種誤會而斷絕了往來。一八四七年瑪麗死於肺病，死時才二十三歲。當小仲馬得知噩耗時，摧心裂肺，欲待尋死，苦不堪言。他當時正在西班牙旅行，立刻趕回巴黎。回來後躲在聖日爾曼的一間旅館中，花了一個月的時間，含淚寫成了世界名著《茶花女》。

總之，不論在文學中或是實際的人生裡，愛情雖是至幸也是最大的不幸。因此有人說：「戀愛有時像天堂，有時像地獄。」所謂「地獄」就是指如火煎熬的癡情。

一般人說到戀愛中的「苦」，總是朝它偉大的一面著眼，很少有人把它與「地獄」的邪惡連在一起。但依我的看法，所謂「苦」實與人性中陰暗面息息相關，而其中最大的問題，莫過於「貪」。

不難看出，《茶花女》的男主角正犯了一個戀人所常有的「貪」的毛病：當初他剛迷戀上瑪格麗特時，只要贏得她的一笑，就能使他心滿意足，如癡如呆。但後來一旦擁有瑪格麗特後，他就變得心胸窄狹而多妒，於是屢次產生無理的要求以及多餘的猜忌。更多的貪求與佔有的欲望終於把一段兩情相悅、至死不渝的愛情推向了愁恨的深淵——是一種嫉妒的激情使他一心一意尋找方法，去折磨那個對他一往情深的可憐的女人。最後一直到女人魂歸離恨天之後，他才終於醒悟，終於看到自己的苛求與無情。

當初瑪格麗特曾警告過阿爾芒：「男人眼巴巴地期望著得到一次的東西，給了他們以後，時間一長，他們非但不滿足，反而要他們的情婦講清現在、過去甚至將來的情況。隨著他們熟悉了情婦，他們便想控制她。給了他們所需要的一切以後，他們變得越發得寸進尺。」（《茶花女》，鄭克魯譯，南京：譯林出版社，一九九三年，頁七十一）遺憾的是，熱戀中的男女很少有人能逃出這個陷阱。他們落入慾望的陷阱中，給自己套上鎖鏈。

但今日「後現代式」的愛情指向另一種可能——那是一種企圖脫離「苦」與「貪」的哲學生命觀。過去的愛必須是「死生相許」地全盤佔有，今日的愛卻提倡情感上的寬容與超越。這樣的愛開始得很淡，也終結得很美。因此過去的情侶一旦反目，便很容易成為仇敵；而今日的情侶即使分開，還能保持長久的友情——那是比《茶花女》式的愛情輕鬆太多的感情。

——《明報月刊》，一九九六年一月號。

情感的遺蹟

我終於來到了嚮往多年的古城西安。在偶然的機會中，我認識了一位西安人，他說願意領我尋找一些被一般遊客遺忘的文化遺蹟。顯然他一開始就看出我是懷著一個發掘者的心情來到西安的。

有一天我請他帶我到唐代詩人王維經常出入的終南山附近參觀。一大早兩人就出發前往目的地。抵終南山腳後，他說要先去一個古寺看看。步行約十分鐘，我們就到了寺院門口。我們進去的時候，只見滿園靜悄悄的，沒有一個人影，緊閉的殿堂似乎尚未睡醒，一切都給人一種世界還沒開始的印象。與兵馬俑和乾陵的旅遊點不同，這兒沒有人山人海的遊客，只有「空園不見人」的情趣。一切都那麼安靜的神祕。

轉身之間，我發現朋友早已坐在一個小亭中休息，手裡還拿著一朵從樹上剛折下來的石榴花。他呆望園中，若有所失。從他的面孔中我似乎能捕捉出某種西安人的古樸和神祕感。我本能地模仿他，也在路旁採了一朵紅花，就在他的身旁坐下來。我說：「這兒太好了，很幽靜，你從前來過這兒嗎？」只見他低下頭來，慢慢地說道：「來過，二十年前『文革』後期曾來過，這是一個令我終生難忘的地方……」

接著他就向我敘述一段個人的往事：原來這個古寺就是他二十年前的初戀之地。在「文革」的年代中，周圍的混亂和武鬥否定了人們應有的溫情與自由，於是一般年輕人徹底陷入了一種精神上的真空狀態。在這樣情感封閉的環境中，個人心中潛伏著的各種欲望都只能被長期地壓抑著，而男女之間的自由戀愛就自然成了封閉社會的一大禁區。一九七六年他正是一個二十三歲的青年人，由於某種機緣，他認識了一位名叫翔的女子。外在的複雜因素使雙方一開始就意識到，兩人不可能結合。然而在短短的數月間，兩人卻情不自禁地展開了一段有如火山爆發似的激情。在這以前，他從未接觸過任何女子，這是他生平第一次體驗到愛情的震撼力。他有一種把生命完全交出去的衝動。他回憶道：「就在這個被石榴花圍繞著的小亭中，我經驗到有生以來的第一次激情；就在這個被廣大社會遺忘的寺院中，我淌著眼淚走進了初戀的世界。」

這個真實的故事令我深深感動：在一個無情的冷酷世界中，一對純潔的男女敢於追求完美的愛情，敢於向外在的制度挑戰。雖然他們終究無法結合，但他們卻曾經擁有過，在感情上比許多人要來得富有。

從終南山回來的第二天，我就離開了西安。在飛往美國的飛機上，我不知不覺地流下淚來。我不知道自己是為了古城西安而落淚，還是為了朋友的古寺之戀而傷感。最令我感到驚奇的是，我原是為了發掘文化遺蹟才來西安的，卻找到了一個比文化遺蹟更加豐富的情感遺蹟。

——《今天》，一九九六年第四期。

渴望

故事的背景是耶魯附近的大西洋海濱，朋友與她的親人面對著靜止的海灘與翻騰的海濤。他們的心中都有一種淡淡的傷感，再過二十四小時，朋友就要離開美國回到西安。在微寒的涼意中，朋友喃喃自語道：「明天的現在，我就在太平洋的上空了……」突然間迎面飛來一群海鷗，他們都不知不覺仰起頭來，臉上煥發著美麗的、全神貫注的光彩……。就在那一霎那，我拿起相機，對準鏡頭，拍下了一幅令人難忘的海濱畫面。

我把那張相片的標題定為「渴望」，因為它給我顯示了一個嶄新的生命信息——原來真正的「渴望」不像世俗人所想像的那般充滿焦慮與患得患失。真正的「渴望」應是超越得失的，它是對生命存在本身的憧憬與羨慕。唯其有「渴望」，我們才能忍受現實生活中的許多麻煩與重擔。我們渴望海鷗的自由自在，渴望海的無邊無際，渴望某種心靈的淨化。在我們抬頭注視海鷗的瞬間，所有內心的浮躁、焦慮、衝動、怨恨、煩惱都隨之消失。在那一瞬間，生命的美麗發揮到了極限。而攝影之所以為藝術，乃是因為它能及時捕捉那個特殊的美麗瞬間。

我鼓勵自己盡量把這種美麗的瞬間拓展到現實的生活空間裡，讓人生化為藝術、藝術化為人生。我祈求上帝給我靈感，讓我把永不饜足的欲望提升到美的渴望。在人生的旅程中，我會不斷地面對荒漠中的苦澀與飢渴，但只要在心中不斷培養自由，我就能終究將哀傷化為美麗，將徬徨化為肯定。從欲望到渴望，我希望能體會到某種捨棄、某種超越、某種「重生」的經驗。我渴望成為一隻毫無擁有的海鷗。

此時當我提筆寫下這些感想時，朋友已回到海之彼岸。我願意把這篇短文獻給她，以紀念那個與她曾經共享過的美麗瞬間。

——《宇宙光》，一九九七年一月號。

有緣千里來相會

——記英若誠來訪耶魯

一九八八年獲獎的影片《末代皇帝》曾轟動了美國。所以當我宣佈著名影星兼劇作家英若誠（在《末代皇帝》中扮演審判溥儀的檢查官）要來訪耶魯時，學生們都興奮得難以形容。首先他們建議請英先生特別到我的課堂上講幾句話。最後的安排是：英先生於九月十六日在本校的東亞學會中心做正式的專題演講，再於次日到我的「中國詩學」班上與學生們會面。

與英先生初次見面就覺得似曾「相識」——不僅是因為自己常在電影中看見他的表演（例如最近我才看過《圍城》的電視連續劇，該片中英先生扮演西南聯大的校長），而是一種莫名的遇合之感使我頓時大受感發。那天我的研究生克羅派克和包瑞爾與我一道去東亞學會中心聽演講，兩人事後都說，他們聽完英先生演講，心中也有一種感發不能自已的情緒——好像有人突然在文藝欣賞上給了他們一把開啟門戶的鑰匙。

最讓人驚奇的是：英先生的英語流利得像個土生土長的美國人！這在中國文人學者中確是少見。僅此一點，就足夠學生們欽仰不止了（大家從前都以為，電影中英先生說的英語是美國人代為配音的，沒想到那是他自己的聲音）。

底下我就個人記憶所及，把英先生那天的專題演講略加敘述：

（一）在文革期間，因為中央只批准八部樣板戲，文藝水準自然是十分低落。當時老婦鄉人全部都被派出場，口裡哼著不成調子的歌兒，手中一面捧著工具做工，十分可笑。而且工人全部「被迫」去看戲，被分到「入場票」也非去劇院報到不可。

（二）文革以後，情況則完全相反——只要不屬那「八部樣板戲」，任何戲都可被接受演出。突然間在戲臺上，大家可以說從前不准說的話，就內容及風格來說，均與過去「反其道而行」。但就演戲技巧而言，演員仍然採用文革期間的方式，故一般作品不甚高明。反而是觀眾們進步較快，他們很快就學會了如何提高欣賞戲劇的方法。

（三）在這以後，戲劇界產生了兩個「文藝復興」，其一是話劇的興起，其二是京戲的復出。

先就話劇之興起而言。這股流行之風首先是經由日本傳入的（真沒想到）！話劇中首先以莎士比亞（William Shakespeare）的作品最受歡迎，因為據說馬克思（Karl Marx）本人非常鍾愛莎翁劇作。但莎翁作品中，仍有一些題材難以讓人接受（例如，《哈姆雷特》（*Harmlet*）劇中男主角與其母之戀情一節，頗不受觀眾歡迎）。

此外，蕭伯納（George Bernard Shaw）的作品也廣受觀眾喝彩，至少大家可以理直氣壯地說，「蕭氏本是一個社會主義的忠誠信徒」他的《芭芭拉少校》（*Major Barbara*）一劇（由英若誠先生譯成中文）演出時至為出色。亞瑟・米勒（Arthur Asher Miller）的《推銷員之死》（*Death of a Salesman*）亦由英先生譯成中文，也有極成功的演出。

一般來說，演西洋劇本最頭疼的事乃是版權問題。大陸一向反對付版稅給外國人——雖然這種稅不會太高（例如《推銷員之死》一劇演出時，票價很低，亞瑟・米勒頂多只會要求美金五十元的版稅）。但官方人員認為在版稅方面，不可開先例，因一旦給了一人，其他外國作者也會繼之來要版稅。英先生自己身居要職，常常必須接待外國作者但因政府不肯付版稅給這些人，他只好買些禮物

（如地毯、國畫之類的東西）贈給這些來賓。外國劇作家顯然並沒有因為版稅問題而產生不快的感覺，事實上，他們以自己的作品傳入中國大陸而感到自豪。

其次，再就京劇的興起而言。戲劇團開始演出《蔡文姬》等劇，本來是一種新嘗試。但沒料到觀眾們對中國過去文學作品所呈現的故事題材，居然有如此熱烈的反應。足見人們渴望知道過去的傳統，其態度既誠且真。有一次京戲觀眾太多，劇院外頭擁擠不堪，一片牆壁居然因而倒塌下來。

最後，英先生特別提到兩部具有時代意義的劇本：其一是《狗兒爺涅槃》（描寫鄉里人的切身經驗），其二是《桑樹坪紀事》。英先生的兒媳婦宋丹丹是位有名的演員，曾參與《桑樹坪紀事》的演出。當初此劇在北京電視上出現時，普遍受到觀眾的歡迎。可惜後來因為中央某官員不喜歡該劇的播映，無法進一步在中央電視臺演出。那位官員私下告訴英先生說，《桑樹坪紀事》確是難得的佳作，只是現在尚非演出的時候。是時機不對，不是作品有問題。

這次英先生在東亞學會中心的專題演講前後只用了一個鐘頭的時間，但學生們都感到無限的振奮。當天晚間英先生又特別給中國學會的學生演講，可惜我因臨時有事，未能參加。次日（九月十七日）英先生專門訪問本系（東亞語文系），也與歷史系的名教授史景遷有了相識見面的機會。

在那「中國詩學」的班上，英先生專門討論翻譯的困難。他多年來努力從事翻譯劇本，也體悟了一些基本的翻譯準則。但自己承認，迄今尚不敢翻譯詩歌——因為詩歌原意最難全部掌握，有人甚至以為詩歌是不能翻譯的。但他認為，詩歌還是可以翻譯的。他希望大家努力研究古曲詩詞，因為中國的詩歌傳統是世界上美文的精華。英先生這種提要鉤玄的「教學方式」，頓然使我想起他在《末代皇帝》最後一景所扮演的角色——在那一景中（即電影的高潮）溥儀喊他為「好老師」，因他曾以極大的毅力，堅持教育的功效。

我在前面說過，與英先生認識，給我一種強烈的遇合感。而最奇妙的是，在他臨走兩個鐘頭以前，我又得到一種意外的驚喜——原來他的父親是英千里教授，是我二十五年前的老師！乃知今日之遇，實非偶然。（事後才知，港臺文學界人士幾乎人人皆知，英若誠是英千里教授的公子。只是我身居美國多年，對於臺灣及大陸情事，早已孤陋寡聞。）回憶一九六六年我剛從東海大學外文系畢業，有幸考入臺灣大學第一屆外文研究所。英千里教授當時是馳名臺灣全島的英文專家，是青年學子所欽仰景慕的師長。當時我懷著無限興奮的心情來到台大，向他選修「文藝復興文學」及「十七世紀英詩」，每因僥倖得遇久所仰慕之前輩學人而慶幸無已。據我所知，那年只有我和另一位研究生課餘向英千里教授請益。當時教授身體已漸形衰弱，故在課上聽講之外，許多學生都不敢麻煩他，惟恐先生過於勞累（但英教授的大班課仍是當時台大校園中最熱門之一）。後來我一九六八年離開臺灣到美國來讀書，次年恩師英千里不幸去世。回想我自己半生定居美國，二十五載天涯，今天卻意外幸運地與英若誠先生有相逢一晤的機緣巧合。其感慨之情，更非言語可喻。

英若誠先生臨走前告訴我：「政治製造了許多人間悲劇。」原來一九四九年他父親英千里教授赴台後，直到一九六九年去世，就沒再見到自己的家人。現在他發現我原來是他父親的學生，也就無形中更對人生的憂患、飄泊乃至遇合，另有一種感觸之情。

——《明報月刊》，一九九二年一月號。

戀物癖情結：以詩代言

最近常思考文化問題，尤對詠物詩有新的體驗。中國古代的詠物詩確是世界文學史上最奇特的產物：它表面上描寫外在物件，實際上所要表現的卻是詩人的自我。因此我們在古代文人身上所看到的「戀物癖」實是一種「戀人癖」的反映。直到今天，我們仍可以從古典詠物詩中形象地感受到詩人的思緒情結。

在世紀末的今日，我們固有的戀物癖已轉為全盤的物化，而物化的廣告符號已代替了傳統的詩之情懷。於是物與人的關係演變成了一種商品和消費行為的關係，而「戀物」也就成了極其被動的大眾趨勢。當我們從文化角度反思這種現象時，不能不做深入的探討和反省。基本上，我們對於「物」的缺乏聯想，可說是一種媚俗，是一種情感的否定。

在反思大眾文化與古典文化之餘，我突發異想，於是就拿起筆來躍躍欲試地寫下了幾首古體詠物詩——為著是把眼前所見的幾種「物件」從物化的上下文中抽離出來。我渴望有一個更超越的「物觀」，而古典的詠物詩也就是把「物觀」轉向「情觀」的橋樑。我希望藉著以下五首小詩給讀者一種「貼身感覺」，希望他們也把中國固有的戀物癖情結提升到一種內在的超越。實際上，以詩代言乃是最傳統的超越方式。它與現代的論述方式不同，它是建立在微妙與不可言詮的美學基礎上的。

拆封（Letter–opener）

小小拆封，美如彩虹。
他人罕有，唯君享用。
君其持此，上開天穹。
如日生輝，雲廓霧清。

笛

日朗氣和，風生竹韻。
陽春召我，欲亂方寸。
人在何處，若遠若近。
長笛一枝，吹徹梅信。

畫

在彼荒野，有我沃登。
逍遙容與，目送飛鴻。
飛鴻天際，結隊遠行。
頡頏其翼，地心是聽。

自題小照

芳草天涯人似夢，都來此事到身前。
詩緣情債憑誰訴，負我幽思二十年。

小巢（相片）

愛有小巢，在河之陽。
唯君與我，安偎其傍。

——《明報月刊》，一九九五年八月。

我的禍從口出

讀到邵正宏先生有關〈沉住氣〉一文（《宇宙光》，一九九五年三月），令我感慨萬千。回首過去，許多讓我後悔和內咎的事也多半與「沉不住氣」有關，那些片段永存於記憶中，無法抹掉，成為內心罪咎的來源。

對我來說，「沉不住氣」的最大災害就是「禍從口出」。在我的人生經驗中，常常該說的話沒說，不該說的話卻說了，也曾為之付出無比的代價。尤其是，我有時用話語傷害到最親近的朋友，事後總是無限後悔，但一言既出，駟馬難追，雖是內咎，卻無從補過。不幸的是，一錯再錯，一誤再誤，總是無法從經驗中得到教訓。

最近在一次「禍從口出」的人際關係中，我真正嘗到言語所能製造的災難。當我安靜面對自己時，我發現自己的言語失誤乃來自一種控制別人的欲望——一種企圖透過語言奠定自己權力的欲望。可怕的是，欲望是無止境的，它像電腦抹掉一個檔案又製造一個檔案一樣，總是層出無窮，欲望愈多，愈感到難以滿足。在很長的一段時光裡，我曾讓自己成為這種欲望的奴隸，於是瞬間激發出來的欲望變成引發誤會與衝突的語言。而最近的言語之禍所造成的焦慮失落感尤其嚴重。我第一次看見自己在欲望的衝擊下所表現出來的人性黑暗面——想到自己也有如此脆弱、自私、陰險的一面。我發現，欲望可以讓一個人失去理智，使他什麼事都做得出，什麼話都說得出。

我覺得這是我該贖罪的時候了。我把自己的沮喪與焦慮交給了上帝，讓上帝看見我內心深處的傷口。在一次衷心的禱告中，我得到與上帝復合的喜悅，又從失落中得到了自我的信心。我突然領悟到，止欲才能隨心所欲而不踰距，止欲才能免除「禍從口出」的錯誤。

在探索自我的過程中，我突然悟到自己是世上最幸運的人，因為我有幸擁有一位凡事「沉得住氣」又慎言慎行的丈夫，使我在日常生活中不必忍受對方言語的傷害。然而另一方面，丈夫的美德卻成為縱容我的因素，使我縱情於言語的運用而無所顧忌，也算是大幸中的不幸。也就因為如此，我在一次又一次的教訓中，仍然屢次犯錯，成為長久以來內心的癥結。

我的朋友余英時教授常對我說，「每個人的生命要由自己來完成。」我認為自我完成的第一步，就是徹底懺悔、徹底認清「禍從口出」的真相、徹底面對自己。我不願再被縱容，更不願為了言語再付出代價。

——《宇宙光》，一九九五年六月號。

遊東北的世外桃源

——太平湖

我想：在這紛擾不安的時代，能在這水面度過一個寧靜的夜，就是一種幸福……

在中國歷史上，滿族一直是個與中國政治舞臺保持著曖昧關係的民族——有時它消失得無影無蹤，有時它又叱吒風雲地扮演了統治者的角色。滿族的歷史源遠流長，可以追溯到兩千多年前的肅慎，以及後來的靺鞨和女真。滿族的故鄉史稱「白山黑水」，即長白山、黑龍江流域一帶，它包括今日遼寧東北部、吉林省全部、烏蘇里江東部以及黑龍江以北的廣大地區。直到今天，滿族還是東北地區人數最多的一個少數民族，但它也分佈於中國其中以北京市和河北的承德地區為多。總之，到現在為止，滿族已完全「被漢化」了。

然而所謂「被漢化」只是從大漢族主義的立場而言的。作為一個屢次在中國歷史上佔據重要地位的民族，它在文化交流及融合上實已做出了傑出的貢獻。在中國政治史上，滿族至少有三次寫下了光輝的歷史：第一次是在唐代，由滿族先民靺鞨人建立了亞洲盛國渤海國，立國兩百二十九年；第二次是在宋代，由滿族前身女真族建立了雄峙北方長達一個多世紀的金朝；第三次就是統一全中國的清朝，在文化、經濟、政治上，它把中國的傳統文明推到了一個新的高峰。作為一個原本被視為邊緣民族的部落，滿族人最喜歡改名換姓，因為只有通過名字的更新，他們才能常常製造新的文化意象，進而以全新的姿態屹立於世界民族之林。事實上，所謂「滿族」一詞一直到明代末期才真正產生：一六三五年，清太宗皇太極才正式宣佈把「女真」（諸中）舊名改為「滿族」。眾所周知，在往後三百多年間，滿族在中國歷史舞臺上扮演了舉足輕重的角色，成為傳統中國的最後一個王朝。這就是直至今日「滿族熱」方興未艾的主要原因。

素昧平生熱忱招待

我是研究明清文學的，所以早就對滿族的民俗文化感到很大的興趣。最近，哈爾濱太平湖度假村的總經理余長江先生聽說我到了北京，就邀請我去太平湖畔度假，順便參觀該地的滿族文化古蹟。余先生事先安排了中國社會科學院的許明先生陪我乘坐由北京飛往哈爾濱的飛機，還邀請三位東北民俗研究專家（即王宏剛教授、于國華教授，及烏拉滿族趙東升教授）特從幾百里外的吉林省趕來為我解說滿族文化。余先生與我素昧平生，僅因從別人口中知道了我對明清研究的興趣，就如此熱誠地邀請了我，令我十分感動。尤其讓我感到好奇的是，這位農民出身的企業家據說是一位具有文化素養，而又豪爽、重友情、講義氣的人。我渴望認識這樣一個不尋常的人。

在微雨的黃昏中抵達哈爾濱機場，我終於認識了他——一個中等身材、留著平頭、帶有幾分學生味道的余先生。算來他該有四十多歲了，但他的臉沒有一絲皺紋，他的頭髮也依然烏黑，沒有一根白髮。我立刻感受到農村的純樸與莊嚴，他的臉就是農村的標誌。他使我想起陶淵明筆下那富有精神內涵的農民，一個樂天知命、隨遇而安的人。

突然我意識到他此回相邀的原因：他希望我從城市文明暫時解脫出來，也嚐嚐「回歸自然」的滋味。他說：「你看了太平湖就能體會我們住在世外桃源的生活，也會愈來愈年輕，永遠不覺得老。」

就這樣，我走進了如夢一般的太平湖世界。果然，與喧嘩的都市相比，太平湖給人一個與世無爭的情趣，那麼寬廣、那麼曲折、那麼委婉、那麼清爽自然的意象構成了一片如鏡一般的水面，面對這個寧謐的美景，我想道：在這個紛擾不安的時代，能在這水面度過一個寧靜的夜，就是一種幸福。

七彩神光增添神秘

在黃昏的夕陽中，我們首先沿著湖畔走去。只見整個湖被樹林包圍著，湖畔的格局令我想起美國東北的瓦爾登湖及其湖畔所標示的梭羅名言：「我進入林中，是為了努力活著，以體會生命中最基本的事實，看看我是否真能從中學到什麼。這樣，在我臨終時，就不會覺得白活一世。」相較之下，我覺得眼前的太平湖更給人一種面對茫茫世界的生命力，因為它的面積比瓦爾登湖要大出幾倍。

原來太平湖不是一個尋常的湖泊，它是從前金朝行宮之所在。自從女真人建立金朝後，它一直是皇宮運糧河。在金人的意識中，太平湖象徵著生命之源，因為據傳說，它是由大神龜用力張口所形成的「大河」。重要的是，這個神話反映出女真人對自然世界的幻想及熱情。直到今日，許多住在太平鎮的農民還偶爾會看見大神龜，他們把湖上常泛出的七彩之光稱為「神光」。

把這個「神湖」開闢成具備數十棟「水上屋」的「太平湖度假村」確是余長江超人的創作之舉。他所建的度假村是個真真實實的桃花源世界：那是一個自給自足的世界，來自中國各地的旅客三餐都可以吃到太平湖的自然產物，他們能享受到從湖中抓到的各種新鮮的魚，湖畔農田所種植的玉米，由農場產出的牛奶、牛肉、雞肉、豬肉等，與陶淵明「桃花源」詩中所謂「相命肆農耕，日入從所憩。桑竹重餘陰，菽稷隨時藝」的境界相映成趣。

豐富珍藏看到永恆

但與陶淵明的世外桃源「問今是何世，乃不知有漢，無論魏晉」有所不同，太平湖度假村建立在文化與歷史的根基上。面對著昔日金朝行官的遺址，所有旅客的心情都必然十分複雜：沒想到一個輝煌的王朝竟已全部消失，只剩下這個美麗的湖及湖畔的蛛絲馬跡來為歷史做見證。

也就是基於這種為歷史做見證的動機使余先生在湖畔設立了一個「滿族文化研究館」，展覽出十多年來由王宏剛等專家所收集的文化實物。當天晚間，還來不及用晚餐，我們就進入「文化館」，仔細觀賞其中所收集的物件。我發現那是一個極其豐富的收藏，都是一些我從未見過或聽過的東西：除了大大小小的神服、神裙、枕頭頂、荷包刺繡、圖騰雕像、鬼神面具、滿族骨曆、滿族骨披肩外，我還看見了滿族婚帖真跡以及至今唯一存留在世在「旗戶門牌」。其他諸如乾隆朝滿族古樂譜（「蓮生子」、「採蓮歌」等）以及清帝聖旨的真跡均富有文化價值。尤為難得的是，烏拉王後代趙東升教授（即烏拉王第二十二代子孫）為我講解從他家中所貢獻出來的「海西女真烏拉王宗譜」。所有這一切都是文化符號，促使我們去意識到這些「原樣」本身的永恆性——雖然逝去的歷代王朝是暫時的，它們所留下來的痕跡卻是永恆的。其實我們每個人在這世上所留下的痕跡也具有同樣的作用，任何痕跡都比不上文化的痕跡來得有意義。

大金王國只剩廢墟

抵太平湖的次日，我們就出發往阿城去參觀金上京的城牆廢墟，發現那八百多年前雄峙北方的大金王國已成了一片稻田村落，只剩下一圈突起的高地，隱隱約約地提醒我們那段歷史的痕跡，真沒想到一個王國也會消失得這般徹底。當天我們還順道去參觀了在阿城市內所造的假「金城」，一切樓梯、走廊、宮室均據想像中的「金城」而造。諷刺的是，這座原本可以作為文化象徵的寶城卻成了卡拉ＯＫ酒吧的場所，讓人行走其間只覺無限惋惜。比之於熱愛文化的余長江先生，多數的現代人還是俗不可耐，他們也很容易被歷史遺忘。

那天下午，我們終於回到了離太平湖畔不遠的綠姆甸草原上。那片空曠無邊的大草原乃是金朝皇帝的春獵之地。從資料上知道，女真和滿族的皇帝多被稱為馬上皇帝。金太祖阿骨打曾說過「我國中最樂無如打圍」，他可以連續三次射中飛鳥，被遼人稱為罕見的「奇男子」。清康熙皇帝「自幼至老，凡用鳥槍、弓矢獲虎一百三十五」（清宮遺聞），而他的孫子乾隆帝也有了「一槍中雙虎」的紀錄。這些都成了滿人引以自豪的佳話（見王宏剛與金基浩著《滿族民俗文化論》，頁八二），余先生之所以買下綠野甸草原，完全是由於其中所包涵的文化價值，他雇用了許多農民在草原上打草、養馬，儼然回到了金朝的草原盛況。

作為一個女性，我馳騁在草原上，別有一番滋味。原來滿族婦女是世上最爽朗解放的女性，她們執鞭騎馬，不輸於男性。滿族婦女不纏足，有「天足」之稱，不僅反映了滿族的特別審美風尚，也反映了婦女自由活潑的傾向。我漫步於草原中，突然想起納蘭性德「點絳唇」詞中所描寫的「有個盈盈騎馬過」的動人意象：「盈盈」在滿語中就是「姑娘」的意思。當天晚上余長江特為我舉辦了一個歡送晚會，請民族舞蹈專家于國華教授教我跳滿洲舞，使我更深刻地體會到滿族婦女的生活情趣。

文化祥旅難忘回憶

整整兩天後，我又登機從哈爾濱回到了北京。與余秋雨的「文化苦旅」不同，我的經驗乃是一種「文化祥旅」，因為我的心得建立在余長江所賜的吉祥上。我有幸屬猴，據說那是金人的吉祥象徵。金人相信猴神是專門在草原上看守馬群的，所以對之格外尊敬。不少滿族先人敬奉石猴，以為這種石神特別能為人解難救危。正巧在我抵達太平湖前不久，有人在湖畔發掘出一個時代久遠的石猴，人人以為此乃吉祥之象。其實最大的吉祥就是，余長江把一片荒廢的湖水草原重建成一個美麗幽靜的度假村。

——《世界週刊》，一九九五年十月八日。

空中的悼念

前言

瞻仰母親的遺容完畢，帶著一顆沉重的心我獨自登上了由三藩市（San Francisco）飛返紐約的航班。一路上，母親佔據了我全部思緒的內容：我沉陷在回憶中，恨不得把母親「想」回來。突然間，一種書寫母親的衝動抓住了我，我拿出紙和筆，一口氣寫下了這篇紀念母親的短文。從苦苦思念到自發的書寫，我體驗到一種淨化心靈的安慰。這算是從天空中寄給母親的一封信——雖然這是一封她永遠收不到的信。

悼念

我永遠懷念母親。我的母親孫陳玉真女士是一位不平凡的女子。她自幼與眾不同、品學兼優，與三位姊妹皆為校中名列前茅的高材生。母親又特別天生麗質，少女時期就以「鳳山三大美人之一」著稱。後來曾與家人二度移居廈門。十九歲時留學日本，入東京高女學習。年輕時代豐富的旅遊和留學經驗使得母親一生觀念開明。她很早就相信，女人受教育要比男人受教育重要；將來若不幸遇到經濟困難，她寧可送女兒先入學，而男兒次之。這是因為，男性即使不受高等教育也會受到社會的保護，而女性卻得不到如此保證。

在日本留學的期間，母親遇到我的父親。當時父親才是個來自大陸的公費留學生，正在早稻田大學主修政治經濟學。一九四二年底父親大學畢業，兩人決定要於次年結婚。父親先返回大陸，與家人為婚禮做準備。此時中日戰爭正熾，擁有日本籍的母親克服了重重阻礙，獨自一人長途跋涉，由東京經由韓國、東北，再乘火車終於抵達天津。母親這段驚人的歷險經驗培養了她日後凡事抱希望、凡事勇往直前的生活態度。她總是相信，夢比現實還要真實，因為夢可以改變一個人的命運；夢是主動的，現實卻是被動的。

然而，命運卻偏偏帶給她殘酷的現實。一九四六年我們全家從開始鬧通貨膨脹的北京離開，由上海乘船前往母親的家鄉臺灣。當時我才兩歲，大弟三個月大，小弟尚未出生。不料四年後，父親遭遇到政治災難，一向生長於富裕之家的母親突然面對山窮水盡的困境，深感前途無望。然而，堅強的母親很快就從軟弱中站立起來，在白色恐怖的年代勉強以教洋裁維生，努力培育我們姊弟三人。今天我所有的一切可說大多歸功於我的偉大的母親。一位看著我們長大的舊日好友最近來信說道：「你媽媽為了你們姊弟三人免於流落街頭，卻化悲哀為力量。在這『錦上添花有，雪中送炭無』的現實人間中，忍受一切無情的折磨痛苦……養育你們姊弟十年。」誠然，那是一段度日如年的「十年」，每日不到黃昏，母親就撕去當天的日曆，迫不及待地等候次日的來臨。每撕去一張日曆，就離父親歸來的日子更近一些。

信奉上帝乃是母親生命中的轉捩點。一九五五年母親正式成為基督徒：從此她完全依靠上帝，把個人生命中的缺憾視為神的恩典與試探。她不斷提醒自己也勸勉我們：人活著不是為了享受，而是為了從苦難中見證上帝的慈愛。可以說，在靈性方面，母親成了我們全家人的導師；後來父親獻出自己，全心全力講道服務教會，也得自母親的啟示。

母親的信心使她與上帝之間有一種特殊的、感性的聯繫。在十年受苦的期間，她百病纏身，幾次面臨生死關頭，都很奇妙地活過來。回想我幼年時期，有一天半夜母親心臟病發作，我慌張地大哭起來。突然聽見有人敲門，原來是當地教會的陳牧師。他說夜裡夢見耶穌用食指頻頻指著，口中叫著我母親的名字：「玉真、玉真、玉真……」他從夢中驚醒過來，立刻跑步趕向我們家，及時把我母親送往醫院急救。此後還有幾次類似的神奇經驗。每次回憶母親的過去，都令我感到不可思議。誠然，就如最近一位好友感歎道：「伯母是一個精力充沛而待人熱心的人，能為了維持這個家庭和生命本身而活到現在，以她那樣的身體狀況，已是一個奇蹟。我們只能把這樣頑強的生命力歸功於她對上帝的堅信。」是神的奇蹟使她享受到七十五歲的高齡。

我忘不了母親。最不能忘記的是母親的微笑——甜美的臉上時時湧現出淡淡的笑容。由微笑中看出，年過七旬的她仍擁有童稚般的純潔心靈。她的純潔贏得了上帝的祝福，也成為她的信仰的最有力的見證。記得她離世前十天，不斷重複的一句話是：「我現在在天堂上飛，輕飄飄的。我看見天上一條條金色的光，那是上帝的榮耀。」「她說這話時，總是面帶微笑」。

此時我在飛機上飛行，從視窗望出去，看見遠處的浮雲不斷流動，像一隻隻美麗的天鵝忽遠忽近地飛翔。我很自然地想起了母親臨終前的話來。

寫於聯合航班第四號，一九九七年九月十四日，中秋節前夕。

——《宇宙光》，一九九七年十一月號，今稍做修改。

遺悲懷

今天給學生講課，平生第一次失常地幾乎掉下淚來，我們正在讀元稹的一首〈遺悲懷〉的詩：「昔日戲言身後事，今朝都到眼前來。衣裳已施行看盡，針線猶存未忍開……」詩人描寫他喪妻後的悼亡之痛；意思是說，從前我們曾經開玩笑講些死後要如何如何的事，而今天一切都在眼前應驗了。你的衣服我拿去送給人家，幾乎快要分完了。只是你生前所做的針線活兒仍好好地收存著，不忍打開……

這一首詩使我想起自己最近的一段經驗。一個多月前母親離世，我到西岸去處理追思禮拜及安葬諸事。在我返回東岸的前夕，父親問我想不想帶回幾件母親的衣服做紀念。我一面整理母親的衣物，一面不停地拭淚。在她生前，母親一直是個傑出的服裝設計師，她所教過的學生豈止上百，但她總是親手為我們和她自己縫製衣服，對我來說，母親的愛都「縫」進了她的一針一線中；她每件衣服的背後總深藏著一段動人故事。現在面對她遺留下來的衣服，我不忍心把它們送給別人。我說：「爸，這些衣服都給了我吧……」

今天上課時我正穿著母親親手做的外套。我感覺到「慈母手中線」的溫暖，也體會到生離死別的無奈。奇妙的是，去年我與系裡同事共同設計今年的課程時，當然無法預料到母親將於今秋逝世，但我們卻不約而同地選了元稹這首〈遺悲懷〉的詩，而且正巧安排在此時（母親過世後七個星期）討論愛與死亡的主題，這一切都令人感到不可思議。

下課後我獨自步行在晚秋的耶魯校園中。我想著遠在西岸的父親，彷彿看見他在孤獨中也在吟誦這幾句詩：「昔日戲言身後事，今朝都到眼前來……」

——《世界日報・副刊》，一九九七年十一月十五日。

剪草

中國人常把萋萋草木比做離情，所以白居易說：「萋萋滿別情。」又說：「離離原上草，一歲一枯榮。野火燒不盡，春風吹又生。」意思是說，人與人之間的感情也和古原上的野草一樣，永遠具有頑強的生命力，野火是燒不盡的。

白居易的詩是給朋友送別而寫的，所以它指的是「生離」。但自從前年母親過世後，我突然悟到這種草木萋萋的意象實在更能表達我們對死者的永恆思念。尤其是，我住在康州的鄉下，每天上下班時總要經過幾個遼闊的草原，看見一片片翠綠連接著天邊，無論是晴天或是雨天，我總會很自然地想起母親來，因為母親生前最喜歡草地，最喜歡青翠的草綠色。但入冬以來，層層冰雪開始掩蓋著綠草地，到處吹起了陣陣的冷風，使我興起一種淒涼的失落感。

幾天前心裡突然有一股衝動，就臨時買下機票，坐上了開往加州的飛機。我想去母親墳前掃墓，希望再一次把思念之情獻給她。

一下飛機就看見大弟康成手上捧著兩束花。顯然他早已讀出了我的心願，他知道我想立刻就到墳地去，所以事先就買好了獻給母親的花。大弟是個內向而含蓄的人，見了我只微微一笑，然後輕聲地說道：「我特別選這些白色百合花，我想媽媽會喜歡，還有這許多襯托的綠葉子，你看怎樣？」

母親的墳就在有名的史丹福大學的旁邊。當初爸爸和我和大弟小弟之所以看上這個墓園，主要因為它充滿了淳樸恬靜的氣氛，尤其園內有許多廣闊的草地，在那極其靜謐的世界中，一切都散發著草的青色氣息。而且與新英格蘭不同，加州的氣候一年到頭都像是春天，所以那草地總是綠油油的。記得我們第一次走進這個墓園，正是夕陽西下的時刻，園內清靜無聲，只見一片片草地散落在一排排墳墓的周圍。清朗的天配上柔和的夕陽，一時使我從悲哀的心境中超越了出來。走在墓旁的人行道上，我心裡曾聯想到女作家張秀亞喜歡引用的那個題畫詩句：「芳草有情，斜陽無語……」

今天我和大弟又在黃昏的時刻來到了這個稱為Alta Mesa Memorial Park的墓園。我把花慢慢地插在墓碑兩旁的特製花盆裡，接著就坐在不遠的石凳上，開始欣賞起周圍的風景來。我發現黃昏的墓地上仍充滿著淡淡的草葉的氣息。整個墓園仍十分清靜，沒有別人，只有我們姊弟兩人。於是我靜靜地閉上眼睛，彷彿試著捕捉母親所代表的那個神聖而美麗的精神世界。我想像自己正在向母親述說一個新的故事，一個永遠沒有終結的故事。突然不知從何處傳來一聲聲剪刀的裁剪聲，那麼遙遠又那麼逼近……

我張開眼來，發現大弟跨在墳前，手上拿著一把剪刀，正在專心地修剪草地。那修剪的聲音聽來十分輕微，卻又頗為動聽。我走過去，低聲問道：「這兒有人鋤草，怎麼你還要帶剪刀來剪草？」大弟喃喃地，半閉著眼睛說：「他們鋤得不乾淨，所以我每回都重新修剪一番。」說完又繼續剪草，每一根小草都不放過，就像一個賣力的理髮師一樣，非要把每根頭髮剪齊了才作罷。

我聯想到母親過世前我自己給她剪指甲的情景。那是我平生第一次也是最後一次為她修剪指甲。一向沉浸在學術研究中的我，很少有機會為母親服務。而母親也從來不要求兒女為她做什麼。但那幾天，我正在加州，母親已自覺渾身無力，再沒有氣力給自己修飾了。我發覺她腳上的指甲很長，就自動拿起剪刀為她修剪。直覺告訴我，母親或許來日不多了，所以我每剪一段指甲，就故意拖長時間，企圖捕捉每一瞬間的永恆性。

現在大弟也是一樣，他撫弄著一根根小草，努力將它們剪齊，希望為母親做得更多。他始終靜靜地為母親服務著，而且將長久地做下去。從前我只知道綠草原的美，現在才知道「剪草」的動作本身所包涵的更深層意義的美與愛。在落日之中，我們走出了墓園，我心裡一直這樣的想著。

——《世界日報‧副刊》，一九九九年一月二十七日。

——《青年日報‧副刊》，一九九九年二月五日。

上帝的懺悔

今晨夢中醒來，俯視人間，只見迷茫一片，煙霧濃濃，簡直濃得化不開。我不知不覺地傷感起來，那一群我所創造的人類正沉浸於污濁的空氣裡。回想到舊約以前的時代，真令我感慨萬千。今天那一層濃沉的煙霧使人類更加遠離我。不管我多麼關切他們，仍然免除不了這種人神之間的隔閡。我時常感到莫名的孤單，冥想中使我無限懺悔起來，像人們在教堂裡所做的Confession一般。

我有許多感到又懺又悔的事，當初造天地時，我就不該造那一棵蘋果樹。那枝上長出的智慧果的確是今日人間的毒素。我當時疏忽那棵樹的嚴重性，以為只需向亞當叮嚀幾句就行了，誰知我竟因而將人類引人試探裡。還有那條蛇，我早知道它那麼狡猾的話，一定不造它。它偷偷摸摸地向夏娃獻殷勤，使她一時忘了我的囑咐，的確可惡極了。我當時氣得立刻將蛇逐出伊甸園外，將它貶入地獄。那蛇自食其果，我對自己的處置沒有絲毫後悔的餘地。然而，我卻後悔自己對人類的懲罰。夏娃生來愛美，當初被造時，第一個舉動就是往井裡窺探，她一見那形同仙女似的面貌，居然險些兒愛上了井中的「自我反映」。那條蛇抓住女人的心理，向夏娃大獻殷勤，自然贏取了她的信任。我實在怪不得她，人到底是人，不是神，我如何能過分奢求？亞當實在冤枉，他雖知罪的可怕，也瞭解夏娃的弱點，但愛情使他不得不跟著犯罪，他寧可與夏娃同下地獄，也不願獨居樂園。我怎能對他那般嚴厲？我愈想愈後悔，當時只因一時氣憤，居然給他們那麼嚴重的懲罰。今日想來，的確痛心。我何嘗不疼他們？我日夜思慮，只為人類的前途著想。誰知只因那一次的懲罰使人類對我產生畏懼的心理？在他們心目中，我是一個既獨裁又可怕的造物者，他們不敢向我吐露心思，躡手躡腳，終於捨近求遠，轉而拜鬼神。我曾捫心自問，難道我願意人類對我如此畏忌嗎？當然不。於是我掩泣淌淚，將我獨生的兒子耶穌降到人間，企圖讓他探風問俗，摩頂放踵，將我的超然之愛顯給人間。誰知猶太人竟揚揚得意，把他殺了。當然這也是我的本意，希望人類能藉此明瞭我的慈愛。我至今仍無法贏取猶太人的心思，他們已放浪形骸，故態復萌。當初是保羅將福音傳給世界的，今天我看只有靠中國人把福音反傳給西方了。

其實我一點也不後悔給了人「自由意志」。我相信許多人都承認那是我創造宇宙最有意義的一件事。如果人類沒有「自由意志」，他們將成為傀儡偶戲，沒有生存意義，壞的是，我無意間忽略「自由意志」的完整性。我為何造出那麼多種膚色？白人、黑人、黃人、紅人；今日黑人到處受欺，活在不見天日的貧民區裡，從生下來就嘗不到白人的「精神」與「物質」的權益，他們受苦、歎息、朝不保夕。黑人在膚色上沒有「自由意志」的權利，不能像白人那樣逢山開路。這種進退維谷的處境的確可憐。我日夜聽見他們的哭聲，只覺覆水難收，悔恨不已。啊！只恨我當時沒有用心策劃。

還有關於女人，我怎會是那麼重男輕女、頭腦不清的上帝？其實當初我所以抽出亞當的肋骨造成女人，只為了使男女互相敬重，成為相愛的一體，一點也沒有輕視女性的意味。沒有想到由於人神語言的不同，產生一種微妙的誤解，聖經裡卻常常帶著藐視女人的口氣。我實在不能讓這種幼稚的誤解再延續下去，許多女人竟然認命，生下來就不喜歡求真理，一旦結了婚，就不溫詩書，輾轉閭里間，挑撥是非。這些都使我極為痛心。然而，我也痛恨美國時下流行的「婦女自由運動」，她們那般無端惹身，降志辱身，令人作嘔。啊，我如何才能幫助她們認識自己呢？

那天我聽到一件駭人聽聞的消息，使我更對自己的「策劃不周」感到抱憾。有個什麼報紙，說美國空氣污染的程度已到不可救藥的地步了。那天，紐約市上一片汙煙；從視窗望出去，看不見對面的建築物。我一窺大地，好像一切都回到蒙昧時代。那一層濃煙頗似當初混沌未開的景象，我突然想起當初忘了一樣東西。我忘記創造「空氣的自餾劑」，否則今天再髒的空氣也不至於沉澱人間。想到這裡，我真想重造世界，來個風捲殘雲。

——《明報月刊》，一九七二年七月號。

聽覺之奇妙

——作者斯帖理的執著

我常常思考一個問題：那就是，為何詩人密爾頓（John Milton）在目盲之後，居然能寫出平生壓卷之作《失樂園》（*Paradise Lost*），而音樂家貝多芬（Ludwig van Beethoven）也在失去聽覺之時創作了那醞釀最深、體例最完整的作品——命運交響曲（Symphony No.5）。足見每每在嘔心瀝血之作的背後，蘊藏了多少生命之沉痛。

這兩個目盲耳聾的例子也同時令我想到一個普遍的事實：那就是，一般總把與生俱來之聽覺與視覺看成理所當然，殊不知擁有二者乃是一種恩賜。我常想，人要在喪失聽覺或視覺以後，才能領略到真正的痛楚。也就因為如此，我總是對目盲耳聾的人格外疼惜，想像他們在生命軸上過活有多麼困難！

我一向以為只有目盲耳聾的人方受視覺與聽覺障礙之苦。直到最近偶然看到電視上《二十／二十》節目報導「自閉症孩童」，才驚異地領略到，原來世界上有許多患「自閉症」的孩童，生來即受聽覺失常之苦，其中痛楚實非筆墨所能形容。例如，下小雨時，他們聽到的卻是可怕的槍聲；而輕微的呼吸聲，對他們來說，卻是難以忍受的巨響。最令人感到同情的是，這些孩童由於患自閉症，不能向他人表達其日夜所負擔之傷痛，於是總把自己關閉在茫然空洞的自我世界中。可憐的是，這些小孩一向被誤以為是低能兒童，通常被關閉在精神病院中，虛度著可怕寂寞的一生。（據說偉大的數學家愛因斯坦幼時曾患自閉症，但幸而遇到好老師，才免於被關在精神病院的災禍。）

可喜的是，最近由於斯帖理（Gergiana Stehli）女士出版了一本專著《聽覺之奇妙》（*The Sound of a Miracle*, 1991），記載她如何幫助女兒 Georgie 克服自閉症的故事，才終於使無數的患者首次得到了希望。《聽覺之奇妙》一出，即備受各界人士矚目。僅僅在數月間，此書就成為許多報章雜誌的討論焦點——例如，《讀者文摘》（*Reader's Digest, Dec.* 1990）首先摘錄此書，接著《出版界週刊》（*Publisher's Weekly*）、《柯克斯報》（*Kirkus*）、《書目》（*Booklist*）以及英國各種報刊均陸續評論斯帖理女士此書。也就因為這種熱烈的反應，電視的《二十／二十》節目才特別介紹這個題目。

電視上《二十／二十》節目一播出，讀者便紛紛購買《聽覺之奇妙》一書。於是在短短數月間，第一版（由 Doubleday 出版社首先出版）完全售完。緊接著就由英國的 Fourth Estate Limited 印出第二版，依然很快就被熱心的讀者們搶購一空。好不容易，終於又由美國另一出版社發行平裝版，才勉強能供應於求。

我也跟著大家去買一本《聽覺之奇妙》。我料想一般讀者渴望讀那書，乃是被書中所介紹的那個深具革命性的「聽覺治療」所吸引，因為據斯帖理女所說，她的女兒 Georgie 之所以痊癒，除去許多相關的因素之外，主要是得力於法國耳鼻喉科醫師布拉德給 Georgie 所施行的「聽覺治療法」。「聽覺治療」的背後也有一段感人的故事始末：原來布拉德醫師是在自己成為耳聾之後，才發現聽覺乃主掌人類腦力神經之關鍵，於是在體衰無望之際，終於發明那所謂的「聽覺治療」，以此治癒自己的耳疾。他發現自己的耳疾乃因頻率太高或太低所致；而自閉症的兒童也同樣具有不正常的聽覺頻率。故「聽覺治療」乃是治療頻率的有效法，幸運的患者只要經過十天的治療（每日三十分鐘）就能終身痊癒，可謂一勞永逸也。（我想，可惜貝多芬不生在今世，否則「聽覺治療」後或許會根治他的耳聾。）

不過，我之所以格外被斯帖理女士的書所吸引，乃是因為書中所描寫的一段不尋常的心路歷程，書中所記載的是一個生命的見證——一種精神意蘊與人生意義的見證。它見證的是一位母親如何用愛心及毅力克服人生悲劇的真實故事。從一般人的觀點來看，斯帖理女士早年所經歷的一切簡直是一場可怕的夢魘——正當長女 Dotsie 患白血球症、面臨死亡之際，她發現次女 Georgie 患了自閉症。而在此沉痛不堪的期間，自己還遭丈夫遺棄。但斯帖理女士終於能毅然走出黑暗之境，不斷為女兒 Georgie 的前途奮鬥，並與世俗成見相對抗——自始至終，她拒絕把女兒放進精神病院中，總是存著希望，不斷追求，而最後，終於成為生命中的勝利者。

在二十多年之後的今天，她的女兒 Georgie 已完全痊癒，斯帖理女士自己又與現在的夫婿彼得·斯帖理建立了一所慈善基金會，名為 Georgiana Foundation，專門幫助自閉症的兒童克服「聽覺失常」之毛病。（現在他們有一個十七歲的男孩 Mark 及十三歲的女兒 Sarah，均十分完美健康。）

斯帖理女士的故事令我深受感動，也使我想認識這位不尋常的作者。正巧上個月在一個偶然的機會裡，我發現她就住在康州的 Westport 城，離我們住處不遠，這使我喜出望外。後來通了幾次電話，彼此都覺得一拍即合，加上她的丈夫彼得也是耶魯大學校友，於是就更覺親切了。

前天（一月二十三日）正是舊曆新年，我終於有機會帶著家人去拜訪斯帖理女士。見了面，更加使我覺得這位作者像是一根充滿光輝的燃燭，她的光不但照亮自己，也照亮別人。我們在兩個鐘頭內滔滔不絕地漫談著，不知不覺好像進入了人生一個最高的境界。那真是一個最「奇妙」的心靈交通了，談到最深厚的境界時，突然令我領悟到：人生可以像「蠟炬成灰」，了無希望；也可以像眼前這種蠟炬發光，充滿希望。

斯帖理女士那天說的話，有「應當記得，每個人——無論大智或大愚——都有一『補償能力』，一個人如果在某一方面弱了，就自然在另一方面特強。比方說，一個患有自閉症的兒童總在某方面是個天才——例如在音樂方面、語言學習方面，或是數學方面。愛因斯坦患了自閉症，但卻擁有超人的記憶力，幸而他能利用自己所長，完全不去管那些生來的短處，否則就不可能生存」。這段話也令我想起《失樂園》的作者密爾頓。近代詩人艾略特曾在他的論文中說：「密爾頓眼睛算是他一生中最重要的經驗了」，因為詩人一旦眼瞎，視覺弱了，才可能創出那「充滿美妙聲音韻律」的《失樂園》來；換言之，艾略特以為，就因為視覺沒有了，詩人才更能專心發展聽覺。其結果是，密爾頓終於能發揮其生命潛力，創出英文詩中「最美妙的聲音」來。

這種「補償能力」的哲學殊有深意。其實那是一種對付人生的方法，一個人要像斯帖理女士一樣——遇到困難時，不要放棄希望，要把生命潛力（即補償能力）發揮出來，把人生昇華為更高境界，照亮自己，也照亮別人。

——《宇宙光》，一九九三年三月號。

端陽悲情

每逢端陽節，我都會想起一件傷心的往事，因為聽說爺爺是在端午節那天從天津老家失蹤的。他「出走」那天只留下一張小紙條：「我去火車站」，此外並沒留下任何線索。他失蹤後就不再去領糧票，所以親戚們斷定他與其他成千成萬的中國人走了同一條路——自殺了。

爺爺為何選擇在端陽節那天自殺？他是怎麼死的？他死前是否遇到什麼政治壓力？——這些重重的問題都成了我多年來的端陽悲情的癥結，一個無法落實的懸念。可惜一直沒有機會到天津去。不久前我得到南開大學和天津師範大學的合力邀請，終於實現了還鄉的願望。

在出發前我就開始搜集有關爺爺失蹤的前後資料。與其說我是以學者的身分來到天津，還不如說我是一個回老家的尋根者。負責邀請我的杜芳琴教授頗能意會我這種心境，所以在北京開往天津的途中，她不斷地為我安排一個有異於一般旅遊者的行程。下車後不久，我們就從天津英租界（當年爺爺工作的地方）一路遊到爺爺失蹤前的最後去處：天津火車站。而對著新裝修過的火車站，我竭力想像出一幅四十五年前的光景。一瞬間，我的眼前出現了一個滿臉憔悴的「老人」，我彷彿看見爺爺默默地、表情肅然地朝古老的火車站走去……

在美國我是一九七八年才獲知爺爺失蹤的消息的。那年中美建交，我們都急欲找到離別了三十多年的大陸家人。後來終於得到正式的通知：叔叔已去南京，姑姑定居上海，至於爺爺，則「自一九五三年起，查無此人」。這個消息對我無疑是一大打擊，因為打自童年起，我夢想能與爺爺重逢。母親常說：「你要好好用功，爺爺最希望你讀書。爺爺最疼愛你，你的名字就是他給取的。」可以說，多年來我把「重見祖父」視為人生一大目標。

現在站在天津火車站面前，已是接獲祖父失蹤的消息之後二十年。正想著，忽然聽見司機先生大聲說道：「看看那邊，那就是有名的海河，『文革』時期每天早上都有許多死屍浮在水面上……」他邊說邊把手指向車站的對面。

司機的話語像閃電似地打在我的心上；突然間，它有如謎底般地解除了我多年來的疑惑。原來爺爺是來這裡投水自殺的。直覺告訴我，他臨終前的留言「我去火車站」實是暗指車站對面的海河，一條通往大海的河流。而他之所以偏偏選擇在端陽節那天自盡，實是效法屈原那種「吾將從彭咸之遺則」的精神……那是傳統知識分子在徹底絕望時所面對的死亡方式。在近代中國不知有多少人，在飽受屈辱的壓力下，無聲無息地選擇了同樣的命運。

我知道今年的端陽節將與往年不同：我終於走出了痛苦的疑惑，因為我已親眼見證了爺爺選擇死的道路。他的自殺是極其勇敢的行為；它確實免除了以後的屈辱——如果他躲過了一九五三年，或許也躲不過一九五七年的災禍。若躲過了一九五七年，也絕對躲不過後來的「文革」。爺爺的自殺即王國維所謂「義無再辱」之舉也。

——《明報・明月副刊》，一九九八年五月三十日。

說愁：論愁的詞境與美感

說到愁，人們總是奉辛棄疾的〈醜奴兒〉為至理名言：

少年不識愁滋味，愛上層樓。愛上層樓，為賦新詞強說愁。而今識盡愁滋味，欲說還休。欲說還休，卻道天涼好個秋。

然而最近在「識盡愁滋味」後，我發現自己卻完全解構了辛棄疾的「少年」與「老年」的對立關係——我發現自己在給學生講課時，凡是遇到「愁滋味」的解讀時，不但沒有「欲說還休」反而更加熱切地詮釋，企圖把那種感情的形形色色當成人生畫布上的色彩來分析。

我認為詞裡有兩種「境界」最能捕捉愁的諸多面貌：一種是令人難以自拔的「哀愁」，一種是令人惆悵的「閒愁」。前者是詞人以赤子之心的情懷，在遭遇大苦大難之後，把人間哀愁的極致以無限痴情的態度，所表達出來的一種「全情」之傾注。後者則是詞人在感嘆人世無常的悲哀之餘，以一種言情體物的態度，把「不幸」視為客觀的玩味，並以一種理性的思索及觀察所表達出來的美感敘寫。

在傳統的詞中，最善於表達「哀愁」的詞人莫過於李後主。他在身歷國破家亡之痛後，以一種深情而直覺的感傷，在詞裡寫盡了人類所共有的斲傷及苦難，使詞敘寫出前所未有的哀感——無怪乎王國維要說：「尼采謂：『一切文學，余愛以血書者』，後主之詞，真所謂以血書者也。」最痛苦的人生遭遇莫過於在中年遭難，而內心又無法自拔地「哀而怨」。人生旅途走到半路，突被命運的浪潮擊毀，自己又無法變感情為理智，於是日夜被哀傷煎熬，獨自吞飲斲傷的苦楚。正是「往事只堪哀，對景難排」，「問君能有幾多愁，恰似一江春水向東流」。

另一方面，詞裡的「閒愁」還更能捕捉中國文人特有的抒情觀。所謂「閒愁」就是對人生瞬息性的感傷，也是對過去歡樂的一種貪戀及嚮往，表現在詞裡就是一種「舊地重遊」的詞人心態。在周邦彥的〈瑞龍吟〉裡，我們可以看到詞人如何用一次個人的經驗詮釋這種無可奈何的普遍生命經驗：

> 章台路，還見褪粉梅梢，試花桃樹。愔愔坊陌人家，定巢燕子，歸來舊處。黯凝佇，因念個人痴小，乍窺門戶。侵晨淺約宮黃，障風映袖，盈盈笑語。前度劉郎重到，訪鄰尋里，同時歌舞，唯有舊家秋娘，聲價如故。吟箋賦筆，猶記燕台句。知誰伴，名園露飲，東城閒步？事與孤鴻去。探春盡是，傷離意緒。官柳低金縷。歸騎晚、纖纖池塘飛雨。斷腸院落，一簾風絮。

這首詞寫的是典型的「舊地重遊」的惆悵：詞人重新來到章台大街，看到又是桃花梅萼初放的時節，不由得回憶起過去那段美如神仙的愛情經歷。但如今一切已如境般地消逝，美麗多情的「她」已經離去，只剩下一個當年與「她」同時歌舞的姊妹仍然走紅。過去詞人曾在此吟詩作賦，如今詩句仍歷歷如繪，但一切已是物是人非，了無蹤跡，只見「斷腸院落，一簾風絮」。真是若有所失，令人傷感。

這種對人世無常的感傷本是人之常情，誰會沒「舊地重遊」的經驗？因此這種所謂「閒愁」構成了宋詞的主要內容。我們發現詞人不論有多麼不同的遭遇，他們對人生的悵惋卻是一致的，因此當吳文英重遊西湖時，他就無限傷感地嘆道：「別後訪六橋無言，事往花委，瘞玉埋香，幾番風雨？」

（〈鶯啼序〉）。當張炎偶然來到舊居時，他就想起十年前曾經與一位女郎在此分手的情景：「十年前事，愁千折，心情頓別。露粉風香誰為主？都成消歇。」（〈長亭怨〉）歸根究底，生命的本質是悲劇性的，尤其是無情的離別所帶給人們的創傷與遺恨，使人在與情人離別之際，無可避免地一味惆悵。難怪吳文英要說：「何處合成愁？離人心上秋。」李清照也說：「一種相思，兩處閒愁。」就因為過去的經驗太令人心迷神醉，這種愁才更加苦澀而難耐。如英國浪漫詩人濟慈（John Keats）在其〈憂鬱之歌〉（*Ode on Melancholy*）中所說：「憂鬱總是與美麗之事物同在——在那種注定要消逝的美麗中」。

然而中國詩詞的魅力就在於詩人對哀愁本身的「品味」——愁既是痛苦的，也是美麗的。整個中國詩詞的精神，幾乎全都表現在這種感傷的美感中——詩人一方面慨嘆人世無常的空虛感，一方面又把品味之餘的苦澀轉化為美麗的詩歌。就因為人生是瞬息性的，每一刻的生命經驗才可能有永恆之價值；惟其是暫時的，每一段舊夢才是不可重複而獨一無二的。可以說，世界上沒有一種詩歌像中國傳統詩詞一樣徹底地捕捉了這種回憶的美感。原來對傳統中國文人來說，「作詩就是重溫舊夢，它補償現實中存在的缺憾」。[1]這也就是當代詩人席慕蓉在其〈詩的價值〉一詩中所謂的「美麗的價值」：

我如金匠，日夜捶擊敲打
只為把痛苦延展成
薄如蟬翼的金飾
不知道這樣努力地

1 見康正果：《風騷與難情》（鄭州：河南人民出版社，一九八八），頁二一七。

把憂傷的來源轉化成
光澤細柔的詞句
也不是也有一種
美麗的價值[2]

總之，從宋代詞人到今日的席慕蓉，我們發現詩歌便是美化憂愁的一種文學。在每一首詩詞中，我們看到了人間的痛苦與美麗，體驗到人生的短暫與永恆。

——中央研究院文哲所，《中國文哲研究通訊》，一九九五年三月。

2 見席慕蓉：《河流之歌：席慕蓉詩作自選集》（臺北：臺灣東華出版社，一九九二）。

極短篇七則

（一）過五十大關

二十五年前我正巧二十五歲。當同年朋友還處在「少婦不知愁」的階段，我不幸遇到了一件人間至大的悲劇。當時我曾流著淚向我的朋友黛思說：「我現在才二十五歲，真不知怎麼能活到五十歲？」年紀尚輕的我，在挫折與痛苦中，只覺得自己已經很老，對漫長的人生旅程已感厭倦。

最近我過了五十大關，不知不覺又想起二十五年前自己對黛思所說的話。頗感驚異的是，今日的我卻覺得自己比從前更「年輕」——現在我對無數個「明天」充滿了好奇，也對周遭的一切產生了不斷的興趣。我不再擁有三十歲時的執著，也不再惑於四十歲時的中年危機。可以說，我又走人另一個生命的開始，回到了另一個童年。孔子說：「五十而知天命」，庶幾近之。但我更喜歡法國小說家雨果（Victor Hugo）所說的，「四十歲是少年時代的老年，五十歲是老年時代的少年」。

——一九九四年二月。

（二）「忠實」的生命觀

不久前《白鹿原》作者陳忠實來訪。除了他贈我的雁塔漆器讓我無限懷念取外，最使我難以忘記的就是聚餐時的一段巧合——原來我們兩人都同時抽到一樣的「籤語餅」，上面寫道：「從最世俗到最神聖，你將獲得生命中最大的滿足。」當下兩人立刻舉杯慶賀，當時在餐桌上，有人就拿那籤語餅高聲宣讀，互相傳觀，一時成為助興的話題。於是我轉頭低聲問陳忠實：「你想那籤語藏的是什麼隱義？」只見他默默重新把玩那小小的紙條，微笑道：「這裡頭藏的是一種奇妙的生命觀，那就是說，最世俗的乃是引向最神聖的必要關鍵。」這真是小說家閱歷有得之言，籤語餅的闡釋本來見仁見智，誰都可以根據自己心中的期盼與祈求來會意。但我很喜歡陳忠實的籤釋，因為它表現了小說家的「忠實」的生命觀。

——《聯合報・副刊》，一九九五年七月五日。

（三）是斷章還是連鎖？

今年我與詩人鄭愁予合教現代詩的課，因此每週都能享受到重讀現代詩的樂趣。今天大家在班上讀的第一首就是卞之琳的名詩《斷章》：「你站在橋上看風景，看風景人在樓上看你。明月裝飾了你的窗子，你裝飾了別人的夢。」

讀這首詩時，首先想的不外是人世中無數的斷章與隔絕——我與他、人與物、以及現實中許多孤立的象徵符碼。而這種前後不連貫的文本意象，也正是後現代心態的表徵。難怪美國學生對這首「斷裂」的詩頗有「心有戚戚兮」之感。

下了課，當我獨自從教室走回停車場的途中，我突然領悟到，卞之琳的「斷章」寫的實是一種「連鎖」的因果關係因為我們有能力賞風景，看風景人才會有興致看我們；因為明月裝飾了我們的窗子，我們才有餘力去裝飾別人的窗子（夢）。剎那間，我覺得斷絕的又連接了，孤立的又合併了，所有過去活過，夢過的經驗全都形成了一個個連鎖的圓圈。是斷章還是連鎖？完全看你怎麼看。

——《聯合報．副刊》，一九九五年三月六日。

（四）一千零八面，世事也難全

今日偶然翻閱兩年前劉夢溪先生從大陸托人帶來的《臉譜大全》，那是一本精彩耀目的書，書的背面還有梅蘭芳的題字：「形形色色。」當我又重新揣摩劉夢溪給我的題字時，不覺觸動心弦，淚如雨下，因為它碰到了我內心的傷處。

劉夢溪的題字是：「一千零八面，世事也難全。」那本來是一句安慰人的話，意即世事千頭萬緒，凡事不必求全。然而，那句話正巧說中了我多年來個性中的弱點——那就是凡事追求「完美」的害處。人生包涵了無限的可能，也就因此給了我無窮的誘惑，讓我凡事渴求「完美」。但當我取得的成果與所付出的努力不相等時，問題就產生了，我常因此變得沮喪。

實際上，每個人都承載不起太多的「完美」，正如承載不起太多的夢想。一種夢想往往總是要犧牲另一種夢想，因此，人生才有所謂的「選擇」。選擇的意義就是體認世事之間的互相排斥性與「難全」的本質。

——《世界日報．副刊》，一九九五年六月五日。

（五）樹的聯想

我從前一直很欣賞紀弦的那首「我愛樹」的詩：「我愛樹，所以我是很悲哀的。而尤其悲哀的：我終於不能夠變成功一棵樹……」那種把自己變成樹（所愛）、的欲望代表著一種永無止境的虛幻的迷戀，也是一種盲目與癡情。它使我完全忘記自己，眼中只有那樹。

我現在依然熱愛著樹，但卻抱著一種欣賞的態度。如果說，過去那種「變成樹」的激情欲望使我喪失了自我，今日的欣賞美感卻令我擴展自我。我終於學會了透過自己的眼睛來看那樹，於是我改寫了紀弦的那首「我愛樹」的詩：「我愛樹，所以我是很愉快的。而尤其愉快的是：我終於不必變成一棵樹……」

——《聯合報・副刊》，一九九五年四月六日。

（六）手的相遇

朋友告訴我，他最近感情受挫，曾經歷了一段摧心裂肺的痛苦。我勸他把兩人共同踏過的每一痕跡、每一細節努力用文字寫出，因為人生在世只活一遍，絕不會再重演；曾經有過的，誰也奪不去，永遠屬於兩人共有。

於是，今晨他送來了一份傳真，回憶兩人當初相戀的經過。那是一段有關 Amtrak 火車上的奇遇。他寫道：「……我遞給她一張紙條，說我想握她的手。她拿過去看，然後羞澀而迅速地看我一眼，輕快地點了點頭，就又望向窗外。我伸出右手，輕輕地握住她纖小的右手。我告訴她，我這雙手就是從小寫詩的手，這隻右手決定握起筆，寫出它的寂寞，寫出它對生命的質疑……我看見她慢慢握緊我的手，眼裡噙著淚水……接著她摸了摸我的右手，說我的手又厚又軟，往後的命一定很好。然後她把它張開，一眼看見許多手紋交會成的小小正方格子。於是她深情地望著我，說看我為人忠厚正正方方的，又是滿手方格以後就叫我『方格子』好了。我說，她柔細圓巧，內純外真，如同兩圓相映，就叫『同心圓』。……然後我們就把方格子和同心圓兩個形狀結合起來，替我們往後的愛之旅創造了一個祕密的印記……」

讀了這段有關「手的相遇」，使我感觸極深。原來，手是會「說話」的：我們無法用語言來表達時，可用手來表達。而且，人與人之間的遇合真是奇妙：有時與二個人相處二十年而仍不相知，但有時偶然和一人碰面兩小時而成知心愛侶。於是我打電話給朋友，勸他千萬珍惜兩人相知相愛的那段時光，要為曾經擁有而獻上感謝。因為愛過絕對勝過從未愛過。生命本來充滿了偶然的色彩，可以說最寶貴的人生經驗莫過於某種偶然經驗的啟發。就如米蘭・昆德拉在《生命中不能承受之輕》中所說：「機遇，只有機遇才給我們啟示。那些出自必然的事情，可以預期的事情，日日重複的事情，總是無言無語，只有機遇才對我們說話。」愛就是一種機遇，一種「有言有語」的經驗。

——《世界日報・副刊》，一九九六年一月十八日。

（七）收藏的樂趣

一般說來，我的朋友可分為兩大類：一類是凡事力求「擺脫」的人，另一類則有「收藏」的偏好。前一類朋友喜歡常常清除抽屜，不斷地把過了時的書信和文件丟棄，每讀完一本書就迫不及待地歸還給圖書館，每看完一個電子郵件就立刻把它刪除。通常總帶著那種不受牽掛的爽快，而寫文章時也只憑記憶和想像來從事創作。但另一類朋友卻喜歡收藏文學資料和各種各樣的藝術品，而且對所收藏的每個物件都賦予情感的關切，特別是收集資料時更是全神貫注。每遇到久久遺失的資料時，就有一種「偵探家」的成就感，總是希望能把資料趕快整理出來，與廣大的讀者們分享。

上海陳子善教授乃是屬於第二類收藏型的人。他是帶著「收藏」的態度，把我的一篇篇文章從散佈於各處的報章雜誌中收集起來的。他那種持續的興趣和鍥而不捨的精神令我十分感動。

其實，陳子善本來就是個富有「收藏」癖的人。他不但廣收世界各地的藏書票，而且特別喜歡收集一些新發現的學術材料。在他的近著《文人事》裡頭，許多章節即與佚文的「新發現」有關。例如：〈新發現的魯迅致郁達夫書簡〉、〈知堂佚詩集錄〉、〈胡適佚文鉤沉〉、〈雜談新發現的郁達夫佚文〉、〈郁達夫佚文的發現〉、〈徐志摩佚詩與佚簡重光〉、〈新發現的聞一多佚詩和筆名〉、〈關於聞、梁佚詩的通信〉、〈遺落的明珠——新發現的雅舍佚文瑣談〉、〈少年情懷——談新發現的戴望舒早期佚詩〉、〈埋沒五十年的張愛玲「少作」〉、〈新發現的新月派史料〉……

最近以來，陳子善又開始研究海外華文文學，所以一直在收集這方面的作者的文章。我自己一向以英語寫作，直到一九九三年左右才嘗試用中文撰寫散文，他才開始在中文的報章雜誌上發表作品，幾年下來，居然也寫了不少篇章。但我從沒把自己想成是一個華文的「作家」。後來，有一天突然接到陳子善教授從上海的來函，說他很喜歡我的中文作品，而且還附上一期從西安剛出版的《美文》雜誌，其中收有他特別為我編訂的《孫康宜學術散文》三篇。這確實讓我感到喜出望外。我覺得子善先生是把我當成一個「新發現」來看待的，這就使我更加感到了一種「被發現」的喜悅。後來，我寫了一篇題為〈美文與荔枝〉的短篇，以紀念這個有趣的插曲。

然而，真正讓我感到興奮的乃是，借著這個有關《美文》的經驗，我發現了一個志同道合的朋友。我自己也和子善先生一樣，一向喜歡收藏——我不但收有許多藏書定畫，而且還在家中的「圖書館」（名為「潛學齋」）中放置了許許多多的「檔案櫃」。在那些檔案櫃中，我收有來自世界各地的友人信件、各種各樣的學術資訊、研究資料、相片、名畫影印、音樂簡介，以及多年來自己收藏的紀念郵票等。事實上，我第一次收到子善先生的名片時，就有一種偶遇知音的心電感應。我記得那個名片上寫道：「中國現代文學、臺灣澳暨海外華文文學研究者、藏書票愛好者、古典音樂愛好者。」這真是一張十分不尋常的名片，好似藏書票那般簡潔而樸素。

但我一直要到今年的七月間才第一次見到子善先生。他和妻子王毅華，藉著來哈佛大學燕京圖書館訪問的機會，終於有時間來耶魯參觀。雖然前後只有短短的一天時光，但他們的訪問卻給了我許多心靈上的啟發。

首先，我帶子善和毅華到耶魯圖書館參觀。剛進圖書館，子善的第一個問題就是，他可不可以要一張耶魯圖書館的藏書票。於是，我請中文部的龔文凱館長，去檔案庫要了幾張藏書票贈給他。我發現，無論走到那個部門，子善先生總是充滿了活力和好奇心。例如，在音樂圖書室裡，他看到了貝多芬的一份手稿，一時興奮莫名，好像就在那一瞬間，世界上的一切都為了這個「新發現」而暫時停頓了。同時，在那個有名的百納基大理石善本圖書館裡，他也看見了正在展覽的許多經典作家的手稿和經典音樂家的樂譜。這些新發現都讓富有童心的子善先生高興得忘了自身的存在。幾個鐘頭後，我們三人一起走在紐黑文的街上，邊走邊聊。這時，子善突然發現舊書攤上，擺著一本他所敬仰的女畫家 Georgia O. Keeffe 的精選集，於是，他就立刻停下腳步來，也不問價錢多少就買了下來。後來，我們終於到了耶魯大學的藝術館。剛進門不久，他就看見了一張他已尋找多年的梵谷早年畫作。一時他睜大了眼睛，露出了一種喜悅而驚奇的神情，還頻頻地說道：「啊，這是一個新發現。這一趟耶魯之行可真收穫不小……。」

就這樣，我們過了既豐收又令人難忘的一天。第二天臨別之前，我就把幾年前自己所珍藏的 Georgia O. Keeffe 紀念郵票送給了子善先生，上頭還附上了 Georgia O. Keeffe 的一首短詩：

從來沒人仔細注視過一朵花，
真的——那花太小了——我們總是
沒有時間，看花是需要時間的，
就如交朋友一樣，也需要時間。

Nobody sees a flower,
Really-it is so small——we haven't
Time,and to see takes time,
Like to have a friend takes time.

真的，友誼是需要時間的。我很珍惜子善先生以一種欣賞的精神收集了我的一些學術散文。劉勰所謂，「知音其難哉！音實難知，知實難逢。」誠不過也。

——《京華週刊・青年時訊》，二〇〇一年十二月十四日。

隨想錄多則

（一）

一個人必須努力追求真我，清靜心靈，給自己無限的空間與自由。一個不自由的人，無法欣賞生命中的「純美」，也不能體驗「痛苦」的真諦。所謂自由就是一種永遠的尋求，永遠的經驗，永遠地創造自己。真正的自由，其實就是一種對自我的全權控制力——懂得如何發揮自己的情感，也懂得如何控制內心的情緒。自由就是一種成熟，也是孔子所謂的「從心所欲，不逾矩」。

（二）

中年不是一種危機，而是一種再生。過了中年的女人常把自己比成凋萎的玫瑰，為了失去青春時期的美貌而悲傷。但這是一種錯誤的心態，因為中年以後的美才是完整的美。如果中年以前算是女人的「第一生」，中年以後則是「第二生」的開始——讓生命的熱力在你的體內開花，讓它給你一面全新的鏡子，照見你的豐收與成熟，給你一種永恆的、常春藤似的美麗，一種第二生的喜悅。

（三）

能讓「超越性」重新肯定你的命運，重新闡釋你的生活，重新調整你的心靈境界——這才是真正的上帝恩賜。

（四）

愛是不斷的妥協，不斷的諒解，不斷地為對方著想。真正的愛不是一種世俗的執著，而是一種經驗的神聖化。因為前者會使人淪為奴隸，後者則給人心靈的自由。真正的愛既像一首長詩，呈示出生命的多種痕跡；也像一首短詩，充滿著超越與昇華的意境。它是抒情的化身，也是心中的美感觀照。

（五）

記得有人說過：「自由就是自由地退出已進入的地方，以免它成為自己的陷阱。」我想世界上的種種試煉，正是要訓練我們何時進入，何時退出，如何放、如何收。

（六）

「害怕」並非完全有害。有時當一個人走到窮途末路時，會因害怕而突然轉向，把生命引向另一個境界。這種因外在危機而煉出的自覺感與虔誠心態，基本上乃是一種成長的經驗。所以「害怕」有如「悲哀」，它可以促使個人去瞭解生命內容的豐富性，因而接觸到某種永恆的啟示。

（七）

我們每個人都是歷史（過去）的產物——讓我們深刻地捕捉，深刻地體會過去，以便充實「現在」的生活。一個真正活過的人，乃是有勇氣去面對「過去」經驗所具有的無限涵義的人。

（八）

幸福就是絕對的安靜、信賴與平安。它是避風港，也是我們贖罪的地方。因此，對於幸福，我們應當永存一顆感激與欣賞的心。

（九）

愛是平靜，欲是騷擾。愛是自由，欲是陷阱。愛是勇敢，欲是懦弱。人就是那決定愛與欲的權衡者。你在二者之間選擇什麼，你就是什麼人。任何選擇都有一個代價，否則縱然勝利，亦不知愛惜。

（十）

世上第一等人就是像海一般具有無限包容雅量的人——他是永遠存在的浪花，不斷進行，不斷到來。他給你一種生命的希望，為你解脫生命的負荷。他告訴你，惟有愛方是不朽的，惟有愛方能讓你欣賞生命本身的神奇。他也教給你，惟有勇敢的付出，才能像大海一樣的自由。

（十一）

記得有人把感情比成「一種像植物一樣生長著的東西，分享的面越大，感情的生長越旺盛」。這是何等境界，何種包容。感情的發生是始於對對方「全人格」的傾慕，但若要達到真正的相知境界，還須凝聚精神去努力培養，像栽種一棵果樹一般，讓它慢慢吸收養料，開花結果。蓋生長與成熟乃是生命中最寶貴而神祕的經驗。

（十二）

愛的藝術就是一種分享對方祕密的藝術——一種能欣賞對方精神靈魂的力量，也是一種懂得分擔對方傷痛的心態。愛的藝術始於知心的相視而笑，終於「不言而喻」的祕密溝通。

（十三）

非默在〈堅持〉一詩中說道：「放棄幾乎是不可能的，堅持的人並不在乎這世界是否只剩下他一個。」我鼓勵自己永遠堅持下去——無論在學問追求上或是生命把握中。

（十四）

在這個「後現代」的世界裡，人人總是匆匆忙忙。但我說，學習等待才是生活的真正藝術，讓我們等待著傷口的復原，等待著春天的到來，等待著靈感的誕生。等待是自我提升的一種力量，它使人在苦澀的經驗中，吃到人生的甜美。等待是一種欣賞，一種「雨窗獨啜苦茶香」的滋味。

（十五）

心理學家容格曾經說過：「我們在生命的午後不能活得像生命的早晨一般——因為早晨重要的事到晚間就變得不重要，早晨的真理到晚間會轉為謊言。」我想，重要的是，我們必須熱切地經歷不同的人生階段，集中精神去品味每個階段的意義，讓早晨與午後都有絕對的價值。

（十六）

三島由紀夫曾把寫作比成河流。他說：「這個河流用它的水來灌溉我的田地，支持我的生活。有時河水氾濫成災，幾乎把我淹死。」一個最幸運的作家其實就是生活在波濤滾湧的靈感中的人。在那「幾乎淹死」的靈感中，也就是最能全神貫注的創作時刻。

（十七）

不要怕被傷害。一個肯接受「傷害」挑戰的人，才終究能達到純美成熟的人生境界。讓我們勇敢地跳入生命的瀑布中，因為那才是人類的尊嚴所在。

（十八）

真正的愛就是把自己變成和「他」一樣。真正的寫作就是完全忘我，把自己變成所寫之「物」。所以寫作就是一種愛的過程——是一種忘我、重生、蛻化的過程。

（十九）

什麼是人生的選擇？選擇就是學習如何為自己規定「限度」，如何在接受一種方向時懂得放棄另一種可能的方向。

（二十）

愛就是「吾道不孤」——因為在愛中，你會發現萬物與你合一。見花不只是花，見樹不只是樹，見山不只是山，見水不只是水——世界的一切都含著「你」的生命。

（二十一）

承認並接受自己的脆弱就是一種自由。自由的意義乃在於建立一種自覺性的態度——自覺地去接受命運，自覺地去愛人生，自覺地去面對自己。

（二十二）

要做雪中送炭的人，不要做錦上添花的人。馬克・吐溫也曾經如此說過：「真正的朋友就是當別人都說你錯時，他卻獨自站在你這一邊。因為當人人都說你對時，支持你的人自然大有人在。」

（二十三）

真正的朋友就是給對方無限生存空間的人。他幫助對方認識自我，也因此認識了自己的真相。所以歌德說：「上天給人的最佳禮物就是擁抱這種朋友的機會。」

（二十四）

對於現代解放的婦女來說，什麼才是愛情的真諦？西蒙・德・波娃早在四十多年前就已預言得十分得體。她說：「有一天這一切都會變得可能——那就是女人以強者，而非弱者的態度去經驗愛情；在愛中她不是為了逃避自我，而是為了面對自我；不是去貶低自我，而是去確定自我——在那一天，愛情對於女人（就如對於男人一般）將變成生命的泉源，而非生命的危機。」

一九九三年十一月。

輯二

人文教育還有希望嗎？

我在耶魯執教已經三十二年。記得一九八〇年代初剛到耶魯工作時，我是東亞系教授中最年輕的一員，現在卻已是系裡最年老的教授了。

也許有人會問我：這三十多年來，美國的大學教育大體上有什麼變化？

在我看來，二十一世紀初以來，美國教育最大的變化就是人文教育的逐漸衰落。最明顯的就是，專攻人文學科的大學生數目早已減半：一九六〇年代期間專攻人文學科者占學生總數的百分之十四，到了二〇一〇年已減為百分之七。換言之，那些可能專攻人文學科的學生們，處於目前這種金錢至上的大環境中，早已紛紛轉入了金融專業或其他更有利的科技專業了。許多人因此擔憂，年輕一代對人文學科的忽視是否會導致人類精神文明的全面失落？有關這個問題，美國的教育界早已進行全面的檢討，報章雜誌和網路新聞更是接二連三地發表有關這一方面的討論——其中尤以最近《紐約時報》（二〇一三年十一月三十日）所登出的〈真正的人文危機〉（*The Real Humanities Crisis*）一文（由當代哲學家加利・古丁〔Gary Gutting〕所寫）最受歡迎。

加利・古丁的論點之所以得到許多讀者的肯定，乃是因為他換了一個新的角度來思考問題。他以為關鍵問題不在於年輕的一代，也不是人文學科的罪過，而是因為我們整個社會的功利價值取向之問題。當今的社會強調對某些行業的人（例如球賽明星等）付以天文數字的高薪，卻完全忽視那些從事人文工作者的收入和福利，教師的工資奇低，學校自然也失去其應有的文化影響力。

加利・古丁的文章給了我很大的啟發，使我想到文化的傳承問題。我擔心，在這樣凡事以功利為上的社會價值之影響下，年輕的一代會逐漸淡忘那淵源已久的文化傳承。

諷刺的是，耶魯的校園建築到處都使人聯想到那種「文化傳承」的寶貴傳統。原來一七〇一年該校之所以建立，乃是由於十位虔誠的神職人員無私地捐出四十本書，希望建立一個重讀書貴求知的新學院。因此三百多年以來，那個「贈書」的創校故事就不斷被重複，時時提醒耶魯人有關這段寶貴而悠久的歷史。以那座富麗堂皇的大學圖書館（即著名的斯特靈圖書館）為例，當初該圖書館於一九三〇年剛落成之時，學校就以一種空前的隆重儀式來慶祝耶魯大學這種「以書立校」的人文傳統。據說當天眾多的教授和學生以及校友都參加了遊行，而在前頭領隊的就是捧著古書、效法早期神職人員的圖書館員們——他們本著敬書愛書的精神，一步一步走向斯特靈圖書館的大門口，親自獻上他們所捧的書籍。他們要向眾人顯示，書籍就是儲存在這座知識殿堂內的寶藏。

但令人擔憂的是，今天許多年輕人或許已經無法理解這種人文精神的真正價值。對他們來說，功利要比書本來得重要，每月工資的收入要比這抽象的人文資源來得實在得多。然而，年輕的一代之所以變成如此講求實利，以至於很少有人關注人文價值，這究竟是誰的罪過呢？

我以為傳授人文學科的教師們應當負起很大的責任。在很大程度上，人文學科的沒落和「文學經典」課程（包括在中學和大學）的普遍取消有直接的聯繫。如果我們不再把傳統的「文學經典」教給學生，不再能培養他們熱愛讀書的習慣，不再教導學生們領會悠久的人文傳統之價值，也就難怪他們不去選擇人文學科的專業了。因為對他們來說，目前所謂「人文學科」的內容似乎多顯得薄弱而空泛，亟需增加厚度，充實質量。我的耶魯同事布盧姆（Harold Bloom）就經常向我發牢騷，他以為這一代的年輕人乃是「文學經典」失落的受害者，他們唯讀哈利波特（*Harry Potter*）一類的大眾文學，不讀傳統的經典作品。他因此撰寫《西方經典》（*The Western Canon*）一書，希望能幫助一些熱愛文學藝術的年輕人尋找到人文傳統的根源。

我很同意布盧姆的觀點。其實在我自己的課堂上，我早已覺察到目前的耶魯學生和三十多年前的耶魯學生有很大的不同。從前我班上的耶魯學生（有許多是剛從中學畢業的大一學生）早已熟悉柏拉圖、喬塞、莎士比亞、密爾頓、葉慈等人的經典著作，因為他們在中學裡就已經讀過這些作品。但目前的學生們卻很少熟讀過這類文學。當然我的課程主要是介紹中國的古典文學經典——例如《詩經》以及陶淵明、李白、杜甫等人的著作——但我仍希望學生們對西方經典有一定的基礎，這樣可以激發他們建立比較文學或比較文化的角度。幸而耶魯大學有所謂Directed Studies Program（即有關西方人文經典閱讀的導論課程），多年來由雷文珍博士大力主持，是專門給大一的新生開設的，才勉強補充了這一方面的缺陷。

總之，對於年輕一代人的教育，我們絕不能一味責怪他們的不足，從而推卸身為人師者自己的責任。如果我們希望年輕人能繼承傳統的人文精神，那麼我們必須在教學上有所改進，多開些吸引學生的人文課程，振興校園內的人文氣氛。

另外，時代也不同了，我們似乎應當改變「文科與理科」的傳統二分法。而目前的「跨學科」傾向正好讓我們學習「文理互動」的思考方式，或許我們也可以趁機發展出一種新的人文傳統。其實那也就是當初一八二八年耶魯教授們對「通才教育」一詞所下的定義：「所謂通才教育，就是在文科和理科之中，利用最有效的方法，制定一套共同學習的方式，讓人能因而加強和擴大其思考的能力。」

——《明報月刊》，二〇一四年二月號。

從零開始的「女人桌」

在常春藤盟校中，耶魯大學算是最善待女性的學校了。僅在最近幾年間，耶魯就接二連三地把榮譽博士學位授給了幾位傑出的女校友——包括以演技出名的奧斯卡影后梅莉・史翠普（Mary Louise Streep）、著名導演兼影星茱蒂・福斯特（Jodie Foster）和以設計越戰陣亡將士紀念碑而聞名全球的華裔女建築師林瓔（Maya Lin）。事實上，在耶魯，女性扮演著極重要的角色。除了以上所列的榮譽博士以外，我發現在每年的畢業典禮中，絕大多數得獎的畢業生也是女性。

在人人都接受男女平等的今日，這樣成績斐然的女性成就已被認為理所當然。但很少有人想到，在一九六九年以前，耶魯和其他幾個常春藤盟校（如哈佛和普林斯頓）還沒開始招收大學部女生。有兩百多年之久，耶魯等貴族學校都是清一色的男性世界。（雖然自十九世紀末以來，耶魯就開始有了少數的女研究生，但在一向以大學部為主的學校裡，這些女研究生的「聲音」微乎其微。）長期以來，以男性為主的活動才是正規教育的目標，所以從週一到週五，一般男生的生活規律是：努力讀書，專心參與各種各樣的「兄弟會」。一到週末，他們才有分心的機會；他們或出城去與附近女校的學生約會，或讓一輛輛巴士把女生從外地載來，一同在校園裡舉行週末的娛樂節目。對他們來說，女性只是週末生活的點綴或玩物，是一群永遠無條件地迎合「耶魯人」的興趣的人。不用說，在這種環境之中，像耶魯那種「男校」的學生一般不會把女性當成平起平坐的同學來看待。

然而，一九六〇年代，隨著女權主義的興起，人們漸漸對這種傳統的大男人觀念不以為然了。首先，號稱當代「婦運之母」的貝蒂・傅瑞丹（Betty Friedan）於一九六三年出了一本轟動美國女界的書叫《女性迷思》（*The Feminine Mystique*）。當時美國中產階級婦女的處境與今日十分不同，她們大都以丈夫和孩子為中心，自己在家靜靜地操持家務，由丈夫在外掙錢。但傅瑞丹認為，傳統女性之所以滿足於這種現狀，之所以習慣於接受現實，乃是由於女性陷入了自我合理化的「迷思」。所以她要設法消解和解構那些製造女性困境的「迷思」。她奉勸婦女們在受教育和就業上爭取與男人平等的權利。她鼓勵她們走出家庭、發展事業，以建立新的女性價值觀。果然，這個女性「獨立宣言」立即引起了當時人們的熱烈反響，僅僅幾年間，婦女運動向前邁了一大步。

如今人們談到婦女運動，總以為那是女人自發自導自演的運動，其實那是以偏概全的說法。美國女權思潮之所以逐漸轉為深廣的社會改革運動，實與男人普遍的覺醒有關。尤其在一九六〇年代，當時的年輕男性在某種程度上直接促成了婦女解放。以耶魯大學為例，當初如果不是男學生們一再地集體示威抗議，校方絕不會那麼早就開始招收大學部的女生。據說，從一九六五年開始，學校在重重壓力下，已經開始討論男女合校的可能性，然而傾向於保守的校董會卻一拖再拖。到了一九六八年的秋天，學生實在沒耐心再等下去了。他們強迫校方立刻舉行一個「男女合校」的試驗週——那就是，邀請五百位來自各個女校的學生來耶魯試讀一星期，看看效果如何。這些自告奮勇的耶魯男生自己住在臨時搭成的帳篷中，卻把自己那設備齊全的宿舍讓出來給女生住。結果一週下來，這個試驗引起了學生們普遍的支持，也為男女合校的想法吹響了勝利的號角。

此時，校方正式公佈，「四年後一定開始招收大學部的女生」。但消息一出，學生們失望的聲浪洶湧而來；他們抗議校方的敷衍作風，他們要學校立刻作出決定，並於次年（一九六九年）即開始男女合校。於是，學生們（約有七百五十名代表）聯合起來，一起步行到校長家門口示威。三天後又接著呈上一千七百名學生的簽名請求。當時耶魯校長正是以智慧和勇氣著稱的金曼・布魯斯特。眼見這群充滿熱血的年輕人主動要求改革，他知道勢不容緩，當晚就徹夜不眠地策劃、商議，希望以速決而合理的方式來答覆耶魯學生。結果，他沒等校董會和校友會開會，就決定於次年開始招收女生。五天之後，他把全盤計畫在緊急召開的校務會中提出；全體教授一致歡呼，百分之百投贊成票。有了教授們的全力支援，校董會只得通過這個議案。布魯斯特早已是美國青年人心目中的偶像，這次他做事的果斷自然又贏得了人們的讚賞。不久以後，《紐約時報》特別登載了一篇題為〈耶魯如何選招第一屆女生〉的長文來談論此事。誠然，時勢所趨，在女性地位日漸高升的情況下，其他的常春藤盟校也不得不正視此問題。於是，一九六九年也成為哈佛和普林斯頓開始招收大學部女生的一年。

另一方面，布魯斯特的革命性作風也招來許多校友的批評。校長室頻頻接到來自各方的校友來信，有時一天上百封，令人應接不暇。不少校友表示不能原諒校長的輕舉妄變；他們認為，把兩百多年來的男校傳統在一夕之間摧殘蕩盡，乃為罪大惡極之行為：

> 常春藤盟校之所以得到學生、校友及廣大人民的尊重，就因為它擁有一些特殊的傳統。難道現在就這麼輕易地被破壞了？那些喜歡過不同生活的人可以轉到其他學校去——現在到處都有男女合校的學院和大學……讓我們持守耶魯兩百年來的校風。世界上只有這樣一個耶魯大學……

此外，不少持大男人偏見的校友，卻把箭頭對準了女性本身。他們認為，常春藤盟校主要是為了培養一些自己能獨立思考的男性，他們將是來日的領導人物。在四年的大學教育中，他們應當專心用功，不要受女人的干擾而導致分心：

> 從純教育的觀點看來，我們還可以強調：許多男人在男校的環境中較能專心學習，不像在

男女合校的地方，總是充滿了許多可能分心的因素……

男人們，讓我們面對現實吧；女人雖然可愛，但一旦成天與她們交往，就會發現她們是很麻煩的人……

同理，許多校友認為，一旦變成男女合校，耶魯的學術優良傳統將變質，所以也就辜負了多年來無數校友的支持與期待：

每年都有成千上百的男孩進不了耶魯，因為校方說學校不夠場地。但現在學校突然宣佈，有足夠場地給新來的五百位女生……這難道是報答那些慷慨捐贈母校的校友（包括已逝和在世的）所應有的做法嗎？……

在面對重重危機的一九六〇年代裡，一個校長若收到這樣的校友來信，應當是倍感頭疼的事。自始以來，像耶魯一樣的私立學校之所以有雄厚的經濟基礎，主要是靠一代代校友的忠心捐贈。如果許多校友不願再為母校撐腰，那種前景是不堪設想的。幸而，當時很少有校友真的抽回他們對母校的饋贈。當他們後來發現男女合校並沒有給耶魯帶來預想的麻煩時，他們也就漸漸接受新的觀念了。事實上，並非所有校友都反對耶魯招收女生。有一些較年輕的校友，由於受到新起的女權主義的影響，曾經站出來為布魯斯特校長說話。他們強調：在道德上，任何性別和種族的歧視都是錯誤的。而且，他們認為，在今日日漸多元的社會裡，如果耶魯不開始破除性別的界限，它將無法再處於知識和文化上的領導地位。

據我個人從一九六〇年代以來的觀察，常春藤盟校裡有關男女合校的爭議，從頭就不是性別之爭，而是代與代之爭——一般說來，年輕人（不論是學生、教授或校友）都贊成招收女生，而年紀較長的則傾向於大男人的想法。所以，在很大程度上，女權主義的興起實質上反映了新一代與上一代人的衝突。與老一代的人不同，年輕一代的男孩開始瞭解男女平權的意義，也漸漸學會如何實現兩性和諧的新關係。尤其自男女合校以來，常春藤的校園已不再是男權的獨霸中心；至少在教育上，女人開始有獨立思考、實現自我的平等機會了。這樣的成就是兩性互相合作、一同走過無數困境才終於爭取到的。

諷刺的是，現在的耶魯女生大都不知道以前那段歷史；她們抬頭挺胸走在校園內，以為世界從開始就是這個樣子的。她們的人數與男生相當，有時還過半。走在花草繽紛的路上，她們只會計畫著來日美好的前途，怎麼會想到上一代人曾為她們做過什麼犧牲呢？她們是幸運的一代。但對於女性的奮鬥史，她們缺乏歷史感，缺乏一種見證的經驗。

有鑒於此，著名耶魯女校友兼建築師林瓔特別於二〇〇三年為母校設計了一個大理石的「女人

1990年「母與女」，當時尚未有女人桌。巧合的是，後來1993年Maya Lin所建的「女人桌」就在「母與女」拍照的地方，這張相片的故事已成為耶魯的一段佳話。

女人桌建成後一年（1994）。

桌」，以見證耶魯女性自始以來的奮鬥史。在桌面上，她精心設計了一連串的年代和相對的女生人數，如一八七〇年的「〇」、一九八〇年的「四一四七」（包括研究所女生）等。年代與數目全都在桌面上很規則地（呈螺旋狀）顯露出來，但桌中心不斷湧出的泉水使得字跡若隱若現，別有一種美感。與Maya Lin在華府所建的越戰紀念碑不同，這個「女人桌」帶給人許多「空白」的感覺，桌面上刻有無數的「〇」字，似乎在象徵普遍女性「從零開始」的辛酸史。

二〇〇四年在耶魯慶祝男女合校二十五週年的會上，林瓔正式把這個「女人桌」獻給了母校。對於這個無價的禮物，賴文校長感到十分高興，還特別強調地說：「自從一九六九年男女合校以來，女性的影響可以說是無所不在。」目前這個「女人桌」已被安置在校園裡最醒目的位置上，即大學圖書館的面前。[1]

——《中央日報・副刊》，一九九八年八月二十七日。

[1] 耶魯的大學圖書館確實是校園裡最醒目的地方。一九九〇年有一天，我那四歲的女兒Edie突然在耶魯大學圖書館面前瞥見我，立刻興奮地跑來和我擁抱，就在那一瞬間，我的先生拍下了一張照片。沒想到後來一九九三年Maya Lin所建的「女人桌」就在我和女兒曾經「擁抱」的地方，因此這個巧合頓時成為與「女人桌」有關的一段佳話。後來我們為了紀念這個冥冥中的巧合，就把那相片取名為「母與女」。（孫康宜補註，二〇一五年六月）。

耶魯上海生死交

David F. Musto 是耶魯醫學院的著名教授，曾在卡特總統執政時任「毒品管制政策部」首席顧問，他著作豐富，在美國醫學界很有影響。近年來，隨著中美交流的發展，耶魯大學與中國高教科研機構的合作越來越多。經過多方的努力，Musto 教授負責籌畫的項目「Center for International Drug Control Policy Studies」（國際毒品管制政策研究中心）也在今年於上海大學成立。Musto 教授除致力籌畫外，還把他個人的三千多部藏書與不少珍貴的文件捐贈給上海大學，應上海大學之邀，他前往那裡參加捐贈儀式。

Musto 教授十月八日乘飛機抵達上海，不幸在飛機著陸時他的心臟病突然發作，當場在機艙裡倒地猝亡，享年七十四歲。消息傳來，耶魯師生無限悲傷。

我與 David 二、三十年以來同為耶魯戴文坡寄宿學院的成員，但他習醫，我弄文，彼此隔行如隔山，見面雖不少，交談並不深。奇妙的是，去年通過一次偶然的經驗，我居然得與 David 建立起頗為密切的精神聯繫。有關這段奇妙的人生遇合與緣分，一直到今天參加 David 的追思會之後，我才有了會心的領悟。因而頗感生命中所謂的「偶然」，似乎充滿了一種神祕的「必然」。

二〇〇九年秋季，來自上海的張勇安教授剛抵耶魯不久。由於國內的一位同事托他帶一本雜誌《文衡》給我，所以那天他特地來到我的辦公室。張勇安自我介紹，說他在上海大學歷史系教書，同時是耶魯醫學院的訪問學者。（作者按：張勇安後來曾任美國 Brookings Institution 的研究員）。

當天我們相談甚歡，離開之前他就順便在我的「本子」上留言，並答應會再來造訪。

不久之後，在戴文坡寄宿學院的耶誕節聚餐裡，我見到了David F. Musto 教授。David 那天興致特別高，他把我和丈夫欽次拉到一旁，開始告訴我們有關他多年來和上海大學學術合作的情況。他很高興，因為他所籌畫的「國際毒品管制政策研究中心」就快要成立了。那天我第一次發現，我和David之間有許多興趣上的契合。同時，我很驚奇地發現，他雖然是醫學院的教授，卻有很深厚的文史知識。再者，我們都對跨學科研究以及中西文化交流有很大的興趣。

突然間，他很興奮地說道：「我想介紹給你一位從上海來的年輕學者，他專門研究毒品管制，這些年來一直是我的合作者，他現在人就在耶魯……。」

「啊」，我幾乎打斷了他的話。「你是說張勇安教授嗎？其實他已經來看過我了。沒想到他就是您的訪問學者，真太巧了……。」

那天晚上談話給我留下很深的印象，從中我也間接地瞭解到張勇安的學術成果。我尤其欣賞David的真性情，看他如此熱心栽培一位來自中國大陸的年輕學者，其中所付出的真誠和努力，都自然令我肅然起敬。

誰知那竟是David 在世的最後一個耶誕節！

據說，David 及其夫人Jeanne 的上海之行，是由張勇安親自陪同的。他不但親眼目睹了David 猝亡的現場，也在這次意想不到的事故中分憂解難，照顧和安慰Jeanne，在顛簸造次中協助安排了David的後事。從遺體的火化到葬禮的安排——包括最後在上海大學的「捐贈儀式」——自始至終，可謂仁至義盡，感人至深。後來他又陪著Jeanne 飛回美國，一路上一直抱著David的骨灰。

今天（二〇一〇年十二月十八日）中午，我和丈夫欽次以一種沉重的心情，前往耶魯的Dwight教堂參加David的追思會。一走進教堂，發現所有座位都坐滿了人，只見張勇安和 David 的家人早已安靜地坐在前頭，一切都極其肅穆。

但我發現，這個追思會的氣氛正適合 David 的個性：既帶有溫暖，又吻合他對人生的觀察力，置身其中，我們的感傷心情遂漸次超脫，化為對死者肅穆的懷念。首先，David 的長子（David K. Musto）彈奏巴哈的聖樂，又由耶魯老牧師 Harry Adams 帶領大家禱告。接著由 David 的次子（John B. Musto）、耶魯教務長 Peter Solovey、Linda Mayes 等人回憶 David 的生平愛好，並告訴大家有關死者生前的一些特殊生活片斷——包括他幼時上學即開始廣泛涉獵的情況，和後來教書時的趣事等。此外，David 的幼子（Christopher Musto）、友人 Jay Jackson 和戴文坡寄宿學院的院長 Richard Schottenfeld 等也都先後作了感人的追思。從頭到尾，該追思會讓人深深體驗到 David 一貫的做人態度與其豐富的人生經驗，同時也令人對他產生無比的思念。

追思會後，又在戴文坡寄宿學院裡舉行了一個聚餐。聚餐期間，David 家人照舊把張勇安當成他們家中的一員，並請他以「家人」的身份和與會者親切地握手。David 的女兒 Jeanne-Marie Musto 還告訴我，他們全家人對張勇安感恩不盡。總之，在場的客人，無不為此深受感動。

會後，我請張勇安教授再到我的辦公室重新一遊，並趁機敘舊。我按例把那個「本子」拿出來請他簽名。他翻閱一下那本子，突然就很吃驚地說道：「唉，這怎麼可能？世上怎麼有這種巧合？」接著就用手指著他去年在那「本子」上的簽名。「你看，去年我來拜訪您的那天正巧是十月八日……！而今年 David 去世那天也正是十月八日啊！」我把那本子拿過來，仔細端詳一番。真的，我實在不敢相信自己的眼睛，這果然是個奇妙的巧合。

接著他就又在本子上寫道：

今日重回耶魯，與去年實是心情完全不同。去年是高高興興赴耶魯，同 Dave 開展聯合研究，高高興興來康宜教授的辦公室聊學問，聊相識之人。而現在同樣坐在康宜教授的辦公室，卻與 Dave 陰陽兩隔……Dave 雖然離我們而去，但他的精神將與我們同在，並陪伴我們一同前行！

張勇安，二〇一〇年十二月十八日。

我把這個有關 David F. Musto 和張勇安的故事稱為「耶魯上海生死交」，為要紀念一個不尋常的人生機遇。

——《世界日報・副刊》，二〇一〇年十二月三十一日。

經營的頭腦：耶魯校長雷文和他的治學與治校

我永遠忘不了耶魯校長里查・雷文今年五月給應屆畢業生的演講。[1]他的演講題目是：「從社區服務走向全美和全世界。」令我難忘的是，雷文在這個演講中所傳達的使命感，那是一種把自己獻身於無私的公眾服務的使命感。他提醒學生，「服務公眾」乃是耶魯的一貫傳統，耶魯的畢業生在這一方面的成就早已十分傑出：在最近五屆的美國總統中就有三位是耶魯畢業生，目前美國議會裡有十二位成員是耶魯校友。他鼓勵學生要努力成為社會與國家、甚至全球的領導人物；這不是為了取得權力，而是為了推進良好的制度和公共政策。他一再強調，良好的制度乃是一個成功的政府的必要條件。他認為這一代的美國年輕人特別幸運，因為他們一直活在經濟繁榮之中，也很少受到戰爭的威脅，同時少數民族的族群也漸漸受到了平等的對待。然而，他要學生們注意的是，這些絕非偶然的現象，一切全都得力於一些領導人物深思熟慮後所建立的諸種政策。比方說，假使我們沒有一個支持自由市場的競爭制度和推進各種科技研究的政策，我們就不可能有今日的經濟繁榮。[2]又如，一九九〇年代初蘇聯政府瓦解之後，幸而布什總統和他的國防顧問 Brent Scowcroft 等人有遠見，寧願照顧國際關係的遠景，不取眼前的政治利益，才終於保住了全球的安定。至於少數民族的利益與權利，如果不

1 雷文校長已於二〇一三年退休。目前耶魯大學的新校長是Peter Solovey（孫康宜補註，二〇一五年五月）。

2 當然，一九九九年雷文校長還無法預料美國後來（尤其是二〇〇八年以來）的經濟危機。（孫康宜補註，二〇一五年五月）。

是約翰遜總統一再努力爭取、一再促使它成為美國法律之的一部分，至今還不可能有如此之成就。總之，一個國家若沒有良好的政策，它的公民就不會有真實而穩當的保障。

那麼要如何作個有遠見、能設計良好政策的領導人物呢？雷文再三地對學生們強調：一個人必須通過理性的思考才能設計出有益於人群的政策，否則害人害己，終會導致後患之憂。他很傷心地說，最近柯林頓總統在處理克索沃和南斯拉夫的軍事行動上，其決定過於倉促，給人一種未經深思熟慮的感覺。為了全球的安全，雷文認為將來美國政府必須策劃出一貫而合理的策略，藉以減少核子戰爭的威脅和人類種族滅絕的危險。這些理想都有待年輕一代人的努力。為了強調理性思考的重要性，雷文特別引用早期美國憲法奠基人之一 **Alexander Hamilton** 於一七八〇年前後所說的一段話：

> 我看我國的公民應當以實際的行動來回答這樣一個重要的問題……他們究竟願意以冷靜的思考和抉擇來支持一個良好的政府呢，還是寧可讓偶然的強大因素來永遠左右個人的命運呢？

於是雷文校長很懇切地勸勉學生，要立志做「冷靜思考」的知識分子，不要成為外在的「偶然因素」的犧牲品。

這一段話使我深受感動。我突然覺得自己好像又回到了學生的時代，又重新面對著未來的遠景，又重新做起了許多年輕時代的理想的夢。我告訴自己，現在雖然已不再年輕，但還是要重新培養冷靜思考的信念，所謂活到老學到老，為時未晚也。在人群中，我不知不覺地轉過頭去，望一望畢業生們的神情：在他們年輕而純淨的面孔上，我看見了信心與希望。我看見一位女生含著感激的眼淚，專心注視著台上的校長。還有一位我認識的男學生，把頭抬得高高的，作出一種悠然神思的樣子，好像正在考慮自己未來前途的許多可能性。

雷文是大家公認為近年來對耶魯做出最大貢獻的一位校長。記得一九九三年他剛被選為校長時，我曾發表了一篇題為〈春到耶魯萬事新，選出校長人稱奇〉的文章。在那篇文章裡，我曾談到前任校長及副校長如何在重重危機之下紛紛下台，接著研究生院院長雷文教授又如何在眾望所歸的情況下被推舉為新校長的經過。我曾用「虛懷若谷」和「虛而不屈」等詞語來形容這位年輕校長雷文的處世態度，並說他「一定可以帶給耶魯無限的希望，也能化解上一任校長所遺下來的不良氣氛。」現在，僅僅過了六年，雷文不但在治校的政策上不負眾望，而且還被譽為是一個特別有智慧的校長。

在逐漸變得複雜的後現代的世界裡，所謂「有智慧」其實就是懂得用理性思考的意思。首先，身為一名傑出的經濟學家（三十五歲就拿到經濟學系的終身職教授職位，四十四歲榮獲著名的 Frederick William Beinecke 講座教授席位），雷文一直是以理性的思考作為研究學問的方法。他認為經濟學的目標並非訓練一群只會打算盤的商人；它的主要功用是教人如何用理性的方法來分析各種情況、各種資源、各種人際關係，並想出各種問題的解決方法。也許正因為如此，雷文特別喜歡研究一些難解的問題；他曾多次為政府部門（美國司法部、能源部、經濟法特別委員會、跨州的商務考察會等）貢獻出寶貴的意見，也直接影響了美國商業法的設立。他在研究新的工業技術和全球市場的關係上，尤其有了卓越的成就。以下是他曾經研究過的主題：例如，新的化學工業和電腦如何影響了國際市場？將來如何改建新工業的研究？如何推進更有效的自由競爭的市場？所有這些項目他都盡量以理性的思考方式來研究，以求做到盡善盡美的地步。在學術界裡，雷文早就以紮實的研究方法著名；例如，一九八〇年代期間，他曾主導一項有關一百三十個工業投資機構的龐大計劃，在研究的過程中，他努力收集所有可能的資料，同時也和其他的同行斟酌商討，以求事實與理論的相互配合。一直到現在當了校長，他還繼續在做他的專業研究。目前他正在研究專利與媒體版權的問題，計劃於明年二月在耶魯召開一個有關這一方面的國際會議。作為這個會議的發起人，他所最關心的問題是：目前通行的專利制有哪些實際的問題？在執行版權的事上，我們是否做得有些過了頭？要如何為全球製造一套新的合情合理的專利版權？總而言之，他關注的是一種所謂「知識產權」的問題，他一方面希望能保障發明人的權利，另一方面也想避免由於不合理的專利制所引起的不公平事件。可以說，他的顧慮既是現實的，也是道德的。

有這位傑出的經濟學家來當校長，可以說是耶魯人的幸運。從許多方面看來，已有三百年歷史的耶魯確實需要這樣一位有經營頭腦的校長來引領它平安地走向二十一世紀。到目前為止，雷文校長在兩個方面特別有貢獻：重建耶魯校園；協助改造紐黑文城。許多人都知道，耶魯大學一向以美麗別致的建築風格著稱。凡是走過校園的人總會用藝術的眼光來欣賞那些無數具有古典歐洲風味的建築物，以及遍佈於各處的雕像、圓柱、石壁、石凳等。但很少有人會想到，要維持這樣的校園景觀是極其昂貴的。尤其在最近一、二十年來，校園裡的建築開始呈現出頹敗的現象（其他幾個歷史悠久的常春藤大學也有同樣的問題），大家都知道學校遲早必須作一次大規模的重建。然而，若沒有足夠的經費來源和遠大的經營策劃，任何一位校長都不能也不敢輕易地開始進行這個艱巨的大工程。就這點看來，雷文校長確是耶魯大學的救星。從他一九九三年上位以來，在短短的六年間，雷文校長已經安排好往後三十年的校園重建計劃；他以一種未雨綢繆、防患於未然的態度，按部就班地從事改建，計劃於公元二〇三二年全部完工。為了保持耶魯的古老建築的壯觀，他還特地由歐洲請來許多專家，希望盡量在舊的建築基礎上把仿古的優雅和現代技術配合起來。到目前為止，座落於校園中心的斯德靈圖書館和具有東歐格調的英文系系館已大致重建完畢；現在已開始改建規模宏大的法學院。此外，每年計劃重修一個住宿學院，定於十二年後完成（全校共有十二個住宿學院）。如果說一八五〇年左右和一九三〇年左右是耶魯史上兩次擴建校園建築的著名年代，那麼我們可以說，雷文校長從一九九三年以來的「重建工程」乃是耶魯有史以來第一次以如此大規模的方式進行「重建」的時代。另一方面，雷文也以同樣有計劃、有步驟的方式與紐黑文城的市長合力主導該城的改造工程。雷文把這個「新的榆城計劃」視為耶魯全面策劃的一部分；為了這個城市的改造，校方已經貢獻出許多筆極為可觀的資金。據說這個計劃一旦完成，紐黑文城將成為一個繁榮而優雅的「藝術聖地」，一個以藝術館、博物館、和各種劇場著稱的大學城。此外，紐黑文的周圍也要開始發展現代科技工業。總之，由於耶魯大學的主動參與和投資，多年來已日漸沒落的榆城將會在不久的將來完全改觀。據雷文校長推測，二十一世紀的美國大學將與城市的規劃漸漸合而為一，絕不可再繼續沉陷於傳統的象牙塔了。

然而，雷文校長那具有遠見的經營頭腦並非只建立在他的經濟學的基礎上。更重要的是，他有著很深的人文修養，而且時常強調通才教育的重要性。一九九三年他剛上任時，曾在歡迎新生的演講中說道：「通才教育以教育本身為目標，與實際的功用無關；它主要為了培養學生自由思考的能力，除此之外，別無其他目的……通才教育能使我們有批判自己、界定自己的價值觀的能力……它使我們抵擋偏見與不寬容的想法，進而推進我們的獨立思考和自由言論的悠久傳統。」人人皆知，在通才教育的制度下，每個學生除了自己的專業以外，都必須學習文學、哲學、歷史、藝術、以及科學的基本課程。然而，雷文特別強調，「通才教育並不教我們去思考什麼，而是教我們如何去思考。」這是因為他認為每個人都必須獨立地尋找自己、面對自己，才真正能發揮通才教育的效用。

但如何才能尋找到自己、面對自己呢？四年後，在一九九七年的畢業典禮講話中，雷文用兩位詩人的例子來解說這個問題。首先，他強調，尋找自我是需要經過時間的考驗的；有些人很早就找到自己的人生方向，有些人要經過很長一段時間才慢慢發現自己的潛能。但無論是前者還是後者，尋找自我都是極富挑戰性的人生經驗。在他的演講中，雷文舉英國十九世紀桂冠詩人渥茲華斯（William Wordsworth）作為前者的例子，舉十七世紀著名詩人密爾頓作為後者的例子。兩位詩人都是極有成就的偉大作家、都擁有超人的才華。但他們發現自我的過程卻十分不同。對渥茲華斯來說，寫詩好像是早就命定了的天職。他於一七八七年進劍橋大學讀書，從一開始他就對正式課程和充滿強烈競爭的學院氣氛感到厭煩；他更喜歡獨自在大自然中思考人生的意義。有一天，在一個暑假的清晨，他從他喜愛的湖濱區步行回家，看見美麗的湖光山色和沿湖的草地，突然感受到一種閃電似的衝動和啟示，於是年紀輕輕的他（當時才十九歲）毅然決定要做個詩人。十五年後，渥茲華斯在一首詩裡回憶當年的情況：

在那些日子裡
我第一次獲得鼓勵
和堅強的信心……
有一種勇敢的念頭告訴我，
我將寫出某種不朽之作，
永遠感動一些純潔的心靈。

與渥爾華斯不同，密爾頓從頭就把全部精力放在學業上；在劍橋大學上學的期間，他除了讀書以外，簡直沒做什麼。他的腦子裡充滿了書本的知識，滿肚子的學問遲緩了他的創作心靈。這種情況持續了許多年，一直到三十六歲才寫第一首詩，五十一歲才出版那部經典之作《失樂園》。在開始寫詩的過程中，密爾頓完全意識到自己「晚熟」的缺憾，他曾在詩中寫道：「日子一天一天飛馳而過／在我生命的晚春，仍不見有萌芽開花的跡象。」然而，他一直相信自己擁有一種「內在的成熟」，有待開發。這樣的信心使他不斷努力下去，終於成為英國詩歌傳統中的典範詩人。

身為一個經濟學家，雷文校長居然對古典文學如此嫻熟，還能信手拈來、運用自如，這使我十分佩服。但他說，他之所以舉這兩個例子，並不是希望全體畢業生都去做詩人的意思，而是要說明「人各有志」，同時要鼓勵每個人去尋找、去發掘自己的道路。人生是一條充滿了各種可能的道路，我們必須不斷思索、不斷成長才能擁有真正的豐收。一個人不論所取的方向為何，最好去走一條既能滿足自己也能貢獻他人的道路。

在那一次的演講中，雷文校長很感慨地對學生說：「這四年我們是一起走下來的。」他的意思是，他從九三年開始做校長，到了九七年，等於是與該屆的學生一起學習了四年。他要讓學生們知道，生命的意義就在於不斷地學習。此外，他提醒學生，英文中「畢業典禮」一詞的原義就是「開始」的意思。所謂開始，就是做一個獨立思考的人的開始，一個有教養的公民的開始；不僅為國家之公民，亦為天下之公民也。而通才教育正是訓練一個人走向這種「開始」的必要階段。

真的，我每回參加學生的畢業典禮，都有一種重新開始的感覺。我想，唯其有這些不斷重複的開始，生命才顯得更加有意義。

——《中央日報》，一九九九年八月二十日。

人權的維護者

——戴維斯和他的西方奴隸史

不久前，我聽到了一個消息，那是有關耶魯的著名歷史學家戴維斯（David Brion Davis）獲今年哥倫比亞大學榮譽博士的消息。在此之前，戴維斯教授早就在其他幾個大學（例如，著名的 Dartmouth 學院）拿過榮譽博士頭銜。但在學界裡，哥大的榮譽博士被公認為特別難得，主要因為該校傾向於把這種榮譽授給政界或媒體的名人，很少授給學者型的人物。俗語說，「物以稀為貴」，所以學者大衛斯得到此項榮譽的消息也就得到了學界人士的注意。據說，畢業典禮那天，哥大校長贈給戴維斯的讚辭是：「你改變了奴隸史在近代世界史中的地位；你在這一方面的成就超過了當代的任何一位學者。你大量提供了奴隸解放運動的史料和其中心意義，直接啟發了我們的自由思想、人權意識、和道德倫理……。」

這則新聞使我想起了從前的一件事。那是一九六八年的一個令人難忘的夏季。那年我剛到美國普林斯頓城定居不久，對新世界的一切都充滿了好奇。我尤其喜歡逛書店，每看見一本好書，就有一種發現新大陸的欣喜。有一天我又去普林斯頓大學書店，正在瀏覽一堆暢銷書的多彩多姿的封面，突然聽見一個站在旁邊的人用英文對我說：「這本書最好，我鄭重推薦這本書。這是幾個月前剛獲普立茲獎的作品，作者是康乃爾大學的教授……。」他邊說邊把手指按著那個作者的名字：David Brion Davis。就這樣我買下了戴維斯的書：《西方文化中的奴隸制度問題》。一九六〇年代的美國正在流行公民權的運動，有關黑白種族平等的意識已經漸漸成為風氣，所以我就特別對這一方面的書籍感到興趣。尤其我想看看，大衛斯是怎樣以一個白人的身份，來解讀美國傳統的黑白衝突問題的。當時我只想滿足一點好奇心，並不想把這種問題當作學問來認真研究。

後來到了耶魯教書，我才偶然發現戴維斯已轉到耶魯的歷史系來工作了。他的辦公室正巧也在約克街的研究生院大樓裡，與我同在第三層樓。然而，隔行如隔山，彼此一直沒有往來。直到最近我突然激起了往日的回憶，又重新拿起那本多年前購買的《西方文化中的奴隸制度問題》（*The Problem of Slavery in Western Culture*）來讀。隔了這麼多年，我發現如今自己對該書的理解確實深刻多了，而視野也隨之擴大了。

我重新領會到，戴維斯的書不只是一本針對美國種族問題而寫的書，它更重要的，乃是提供整個西方文明自古以來與奴隸制度有關的文化現象。它的確是一部難得的文化史和思想史，它的龐大的視野很是吸引了我。從前，我每想到奴隸制，只會聯想到美國的南北戰爭。但現在，戴維斯的書給我提供了一個更富有歷史意義的上下文。他首先把奴隸制追溯到古希臘羅馬的文化傳統；他一再提醒讀者，古希臘是利用「主人」對「奴隸」的控制來維持其社會秩序的。偉大哲人柏拉圖和亞理斯多德就曾用各自的宇宙觀和自然論來為當時的奴隸制作辯護。一般說來，古希臘的奴隸大多是一些外表和習俗與眾不同的外來人或「蠻族」。這些希臘人所謂的「蠻族」通常是從外地捉回的戰犯或是無家可歸的異族人；為了便於控制，主人都在他們的身上標出某種容易辨認的印記。後來回教徒、希伯來人、俄國人和其他各地的人也都按照這樣的模式來維持他們的奴隸制度。本來奴隸制與種族無關，但後來由於非洲的奴隸大多為黑人，它才漸漸變成了與種族有關的問題。戴維斯以為，最初奴隸制的形成恐怕與人類飼養家畜的起源有關，二者都以控制對方馴服對方為目的，而且都把對方看成了私有的財產。這使我想起了中國古代也有畜養家奴的習俗；那些家奴通常是因為無法償還債務才被迫到別人家裡當奴隸的。唐代著名文學家柳宗元被貶到柳州時，其貢獻之一就是，幫助當地人廢除這種畜養家奴的惡習。

看完戴維斯的書，尤讓我受到啟發的，乃是其中有關道德意識的闡發：奴隸制確是自古西方宗教和哲學傳統所強力支持的體制，可以說，它早已成為人們習以為常的制度了。然而，是什麼原因促使有些近代人要站起來反對這個體制，並以一種勇往直前的態度來發起行動？是怎樣的道德意識支配著這種行動？另一方面，我們也可以問：為何一直要等到十八世紀才有人對這種非人道的體制提出公開的抗議？在抗議者和奴隸制的維護者之間，兩者又存在著怎樣不同的道德意識？

這些問題一直縈繞心頭。最後我決定要當面請教戴維斯教授。我打了一個電話給戴維斯，訂好了一天上午在他的辦公室裡會面。

一見戴維斯，就有一種十分投入的感覺，兩人很快就進入了正題的討論。我問他，在什麼情況下，西方人開始有了反奴隸制的思想。

「你知道，」戴維斯慢條斯理地說，「早在十六世紀就有一個法國人提出了反奴隸制的想法，但他的動機並非基於道德或人權的考慮；他主要是怕擁有大量奴隸的人會日漸擴大他們自己的權勢。可以說，一直要到十七、八世紀才有人本著自由主義的思想提出反對奴隸制的意見。到了十八世紀末、十九世紀初，那股反奴隸制的風潮更加流行，因此無論英國、法國、或是北美洲，也都受到了強烈的影響和震撼。那些人主要是遵循了孟德斯鳩（Charles de Secondat, Baron de Montesquieu）和Francis Hutcheson等人的自由思想；此外，也有人受到了新教福音的啟發……。」

「能不能談談美國當時的反應？」我突然插嘴道。

「其實當時在美國，很多具影響力的人還是贊成蓄奴制的，我們自然不可用今天的道德標準來批判他們。」戴維斯微笑地說，「例如，著名的耶魯校友加爾弘（John C. Calhoun）是十九世紀初美國的名人，他曾作過美國副總統（一八二五–一八三二），參議員（一八三二–一八四三；一八四五–

一八五〇），國務卿（一八四四－一八四五）等，但他是個極力擁護蓄奴制度的人。他不但不覺得買賣黑奴有什麼不當，而且還進一步宣揚它的正面價值。大家都知道，耶魯的加爾弘住宿學院就是為了紀念他而設立的。一九六〇年代公民權運動盛行之際，有不少人建議要把那個住宿學院改名，但因種種麻煩而不了了之。後來校方聘了一位黑人教授 Charles Twitchell Davis 擔任該住宿學院的院長。聽說那位院長任期之間特別愉快，主要因為自己覺得，身為黑人居然還能指揮白人，真乃主僕易位也。當然，那種以白人為主，黑人為僕的傳統印象也並不完全符合事實，在殖民時代的美國南部，有不少有閑階級的黑人就蓄養過許多黑奴，例如路易斯安娜（Louisiana）州有些黑人擁有五十到一百個黑奴之多。在研究歷史的過程中，我總喜歡收集各種不同的材料，從其中考慮各種不同的觀點。」

戴維斯接著給我講述他本人開始研究奴隸史的經過。一九四五年他剛從中學畢業，正遇上二次世界大戰末期，他被召入伍，在維及尼亞州的一個步兵團裡工作。入伍後不久即被派往德國作戰。在前往德國的途中，他偶然發現軍中的兩千名黑人士兵全被「拘禁」在軍艦的下等艙中，儼然被視為黑奴。當時他的心中頓起了一股強烈的正義感。他回憶當時的心情：「我自己沒想到坐上了一艘運奴船！」抵達德國後，他又目睹軍中存在著十分嚴重的種族歧視，他發現黑白之間的衝突比美軍和德軍之間的衝突更甚。這一年他才十八歲，但已開始醞釀了研究奴隸史的心願。然而一直要等到多年後，在 Kenneth Stampp 教授的啟發之下，他才漸漸投入了奴隸史的研究。認識 Stampp 教授那年，戴維斯已快要從哈佛研究所畢業，正在努力完成他那本有關美國小說和歷史中的殺人問題的博士論文。當時在歷史學的研究領域中，奴隸史還是一個極其邊緣的課題，因此 Stampp 教授於一九五六年出版的有關美國殖民時代蓄奴制度的書，一直得不到學院派學者們的注意。但戴維斯很看重 Stampp 教授的研究方法，畢業後還繼續向他學習，終於在十年後完成了那部《西方文化中的奴隸制度問題》的書。

面對這樣一位富有正義感而又執著於學術研究的長者，我不禁感到肅然起敬。我注視著他，好奇地問道：「當時那本書得到普立茲獎，你是否感到很驚奇？」

他沉思了一會兒，接著點點頭，慢慢說道：「啊，當然。那是一九六七年，我剛過四十，剛從康乃爾大學拿到半年的休假，正在作環遊世界的旅行。我經過羅馬、黎巴嫩、巴基斯坦、印度、到中國邊疆去看日出，又到泰國、香港、日本、臺灣等地去旅遊。普立茲獎公布的當天，我還在印度邊玩邊教暑期班，有一位女記者前來報訊，說從收音機裡聽見我得了一個獎的消息，但沒聽清楚是什麼獎。幾個鐘頭後，我終於收到電報，才知得的是普立茲獎。我當時對這個消息自然感到興奮，也感到意外。那本《西方文化中的奴隸制度問題》曾被有名的 Knopf 出版社拒絕，而且自從正式發行以來（由康乃爾大學出版社出版），一直沒得到媒體太大的注意，特別是沒見《紐約時報》有什麼書評介紹。現在既然得了獎，自己多年來的苦心終於得到了大眾的認可，也令我安心了。」他停下來，笑一笑，又繼續說道，「沒想到得獎後，僅在一年之中，一連串的好運接二連三地到來，包括 Anisfield- Wolf 獎，全國媒體獎等，而且西班牙、意大利等國的譯本也紛紛出籠。當時有一位朋友對我說，既然我已得了普立茲獎，往後的生活一定會有一百八十度的改變，也可以從此高枕無憂了。但我說，這樣的想法是錯的。得獎是一件極其偶然的事情。其實人生永遠充滿了偶然性，唯其富有偶然性，生命才有繼續開拓、繼續闡釋的可能。我告訴他，我就一直用這樣的態度來研究歷史：歷史是一連串的偶然因素的組合，而我們的責任就是要從這些偶然之中設法找到生命的意義。」

戴維斯這段有關「偶然」的話很富啟發性。我想起唐代詩人杜牧那首「赤壁」詩的末尾兩句：「東風不與周郎便，銅雀春深鎖二喬。」意思是說，如果當年的東風不給吳國的周瑜方便，東吳就會被魏軍所敗，二喬也就會被曹操擄去，整個三國的命運自然改觀，歷史也必須重寫了。據杜牧看來，歷史中有很大程度的偶然性，而東風也就成了這種偶然性的象徵了。我想戴維斯所謂的「偶然性」大概就是這個意思。在他最近出版的一本有關美國歷史的書（即 *The Boisterous Sea of Liberty*,1998）中，他曾提醒讀者，學習歷史的目的就是要設法「更深刻地瞭解過去事件的複雜性和偶然性」。比如說，根據新發現的史料，當年美國殖民地的軍隊是在很偶然的情況下才打敗英軍的。如果不是因為那種偶然的條件，今日也就沒有美國了。

我很佩服戴維斯不斷發掘史料、不斷闡釋歷史與人生的熱情。我問他，現在是不是又在研究什麼新的題目。他告訴我，他現在正在努力寫一篇比較黑人與猶太人的文章。再過幾天他就要啟程到倫敦去作這一方面的演講，所以他特別想把這篇文章的主題提出來與我談談，順便交換一下意見。他的主要論點是，黑人和猶太人在他們受苦的經驗中有極相似的地方；過去有不少黑人曾認同於猶太人，所以他認為現代的黑人不妨把猶太人爭取自由的漫長歷史當成值得借鑒的榜樣。首先，《聖經》裡的「出埃及記」有一段記載猶太奴隸如何學習向神禱告、如何出死入生的故事；過去非洲就有不少黑人奴隸效法那個聖經故事，而最後終於成功地得到了釋放。此外，本世紀中，許多黑人領袖紛紛仿效猶太人回國重建以色列的行為，也隨之返回了非洲（雖然早在一八二二年已有極少數的黑人自發地返回了非洲）。目前在美國，猶太人已取得了空前的成就；有百分之九十的猶太人都進了大學，尤其是醫學界、法律界、和金融界也大多為猶太人所控制。所以，戴維斯以為，黑人應效法猶太人，以取得全面的成功。

我早就在《紐約書評》和 *The New Republic* 等雜誌中讀到了戴維斯發表的有關猶太人的文章，最近又聽說他改信了猶太教，所以對他的個人信仰和生活感到好奇。我說，「有人告訴我，你已正式改信猶太教，能不能請你講講你和猶太文化的關係。」

聽到這個問題，他的眼睛閃了一道亮光，抬頭看看擺在書桌旁邊的一張妻子的獨照，很高興地說道：「你知道，我太太 Toni 是猶太人，孩子們自小就受猶太教育。但我一直到六十歲才改信猶太教，在此以前我基本上是個不可知論者。那是十二年前的事了，我遇到了一個很好的拉比（猶太教的牧師），他的講道深深地觸動了我。在他的影響之下，我發現我一向熱中的歷史細節都充滿了價值和意義，原來上帝就存在於這些歷史細節的意義之中。我開始對希伯來人的歷史和文化產生了同情與熱愛，也著手閱讀有關德國猶太人的各種傳記。此外，那位拉比常常講述男女平等的觀念，他的正義感令我十分感動。我告訴他，我想改信猶太教。後來發現入教的程序及要求還十分繁瑣，但我決心無論如何要努力克服阻力。首先，我花了整整一年的時間選課，努力研究猶太教的教理，最後終於通過了一個由三個拉比組成的口試。現在回想起來，那個口試比我多年前在哈佛的博士班考試還要難……。」

接著他告訴我，除了口試以外，他還必須面對一個十分富有挑戰性的試鍊：受洗的考驗。口試後不久，他被領到一個郊外的湖邊。根據要求，他必須先游到湖中，並潛入水底將游泳衣脫掉，然後靜靜地站在水中禱告片刻。等對岸的拉比做完了讀經禱告等儀式後，他還必須再次潛入水中，重新將游泳衣穿上。此時他已筋疲力盡，幾分鐘之後才慢慢游回岸上，最後終於得到了那一份久久渴望的入教證書。如今回憶起來，他還很佩服自己當年的毅力。他說：「那水真冷啊，能通過那一關，可真不容易！」他一邊說，一邊還繪聲繪色地比了起來。

我很佩服他說故事的技巧。不知不覺我好像看見自己也到了一個湖邊，正在重複著他所描述的動作。於是我想到了一個問題：「你的敘述如此生動，又富有視覺的聯想效果，真像個小說家。你想過搞創作嗎？」

他特別喜歡我這個問題。他說，他於一九二七年在科羅拉多（Colorado）州出生，小時候一直在講故事、聽故事的世界裡長大。他是獨子，自幼與父母和祖母住在一塊。祖母尤其喜歡看書，個人經驗也十分豐富，故腦子裡總是充滿了各種各樣的情節，加上又能言善道，所以戴維斯從小就熟悉許多歷史故事。除了祖母以外，父母對他也產生了很大的影響。他父親 Clyde Brion Davis 以新聞記者出身，後來專心寫小說，成為美國一九三〇年代很有名的暢銷書作者。他母親 Martha Wirt Davis 是個作家兼畫家，以出版偵探小說出名，可惜英年早逝，死時才四十六歲。戴維斯既出身於這樣富有文學氣氛的家庭裡，所以他一直喜歡嘗試創作，曾一度進了寫作班。然而，他後來發現自己還是比較適合做個學者，故改而轉入哈佛研究所。

我想，戴維斯不只是成功的歷史家也是卓越的作家。他的學術著作之所以能成功地再現歷史，恐怕與他的寫作天才有很大的關係。他喜歡遊走於過去與現代之間，喜歡以生動的筆墨寫出這一代人的文化意識與衝突。比起小說來，歷史對他更富有吸引性，這是因為歷史比小說更具有那種無法預測的偶然性。

——《世界日報・副刊》，一九九九年七月十七—十八日。

尋找隱喻

——普羅恩和他的器物文化觀

「器物文化」已成為美國跨學科研究的一門顯學。所謂「器物」是指所有人工製品，例如服裝、家具、銀器、繪畫、建築等，可以說凡是人類創造出來的大小物件都包括在內。而「器物文化」就是藉著闡釋這些人工製品來研究各種文化的一門學問，所以它可算是文化史或文化人類學的一個分支。嚴格地說，「器物文化」只是代表一種學科，卻不能算是一個個別的研究領域。但另一方面，由於它的跨學科的性質，它又適用於許多不同的領域。

說來事情也巧，「器物文化」研究的創始人之一就是在耶魯教英美藝術史的普羅恩（Jules David Prown）教授。在校園裡，普羅恩是個無人不知的名人，尤以做過第一任「耶魯英國藝術中心」的館長而著名。他經常和我在一個行政委員會裡開會，所以漸漸地成了朋友。這位六十九歲的教授是個很健談的人，不但平日舉止很年輕，而且在開會的時間特別喜歡和別人交換意見。所以有時開會結束後，大家都走了，他還留下來和我們少數的幾位繼續交談下去。有一次我向他問起有關器物文化的問題，他說最好選一天讓我到他的辦公室去，兩人可以藉這個題目聊一聊。

幾天後，在一個陽光燦爛的早晨，我從約克街走到位於高街拱券旁的藝術史系大樓。到了館裡才知道普羅恩的辦公室在五樓，本想自己慢慢爬樓梯上去，但一位熱情的祕書立刻跑來把我帶進了電梯。這才發現那是我生平看到最老的一個電梯，雖然製造的年代並不特別久遠，但已呈現出或深或淺的綠鏽斑，看來已像個古董電梯。正在靜靜思索之際，不知不覺已到了普羅恩的辦公室。看到我，普羅恩不停地伸出雙手歡迎，我卻迫不及待地說著：「你們藝術史系故意不把電梯換新，是不是等著哪位學生來寫一篇有關電梯的論文？」他微笑了，笑得很開心，接著說道，「你說的很對，我一直希望有人在我的器物文化的課裡能就這個具有文化特色的電梯寫出一篇論文來，但到現在為止，還沒有哪個學生那樣做，嘿……。」

我把東西放下，坐定了，就開門見山地問：「你在課堂上是怎麼教學生分析器物的呢？」對於這個問題，普羅恩顯然特別感興趣，所以他就滔滔不絕地說著：「啊，當然，我首先要訓練學生的視覺能力，我通常除了繪畫以外，總喜歡選擇最平常的物件讓學生分析。尤其對於那些熟悉的日常用品，學生必須學會以新的眼光來觀察，必須學會把他們的視覺觀感用適當的語言和文字表達出來。我告訴他們應當尋求物品背後所表現的人文價值，因為每件人工製品（不論大小輕重、不論其功用）都可算是一個歷史事件，也都帶有某一時代人類思想建構的影子。凡是人製造的東西都可以用這種方法來分析。」

接著他說，他教給學生的三個分析步驟是：描寫，推論，和臆測。在「描寫」的階段，學生必須用最客觀最具體的方式把所有印象捕捉出來，這些印象包括視覺、味覺、觸覺，以及一切足以幫助他們解讀物品的感觀功能。至於「推論」的階段則主要涉及觀察者的主觀意識與物體客觀性的互動關係。在這個階段，學生必須利用聯想設法進入物體本身，例如聯想他自己正在握住這個東西、正在用它、正在拿著它行走。最後到了「臆測」的階段，則是觀察者得以充分想像和創作的最佳步驟了。經過這樣嚴謹的訓練，學生自然不得不發揮想像，他們的感性和理性的潛力也就得到了全面拓展的機會。他說，無論在他的器物文化課或是英美藝術史的課上，他都用同樣的方法來教課。說起他的學生，他特別感到驕傲。他還站起來，從書架上拿來幾篇學生的學期論文給我看。我發現那些題目都很有趣，其中一篇討論口紅與女性生理和心理的關係，另一篇則涉及透明膠帶的後現代涵義。他常對學生說，「藝術是長久的，人生是短暫的。」他的意思是，這些大小器物總會存在下去，在我們短暫的生命中，我們這個時代的人只能賦予它們某種闡釋的意義，但將來的人還會繼續闡釋下去，會讀出許多新的可能涵義來。他認為到處都能找到值得解讀的對象，到處都能觸發我們對於文化的闡釋。

普羅恩的研究方法使我聯想到我們在分析文學作品時所經常採用的新批評「細讀」方式，只是文學研究者面對的是用語言文字寫成的文本，而普羅恩注重的則是物件本身。於是我向他請教，他所謂的器物文化觀到底與文學領域中的新批評研究有什麼不同？

普羅恩承認，以物體為重點的「器物文化」闡釋確實受了「新批評」的影響。他說，一九四〇年代後期他開始在大學部讀書，主修的就是英美文學，當時他尤其喜歡新批評的閱讀方法。他總喜歡仔細推敲每個字的涵義，分析詞句之間的微妙關係，並從這種細讀中歸納出作品的文學整體性。後來他到哈佛改學藝術史，正巧遇上德國知識份子大量移民美國的熱潮。當時他的幾位哈佛師長都是優秀的德國形式主義者，自然與他的新批評的背景十分合拍。例如，他從 Jacob Rosenberg（即有名的Fogg博物館館長）那兒學到基本藝術形式的系統分析。而 Wilhelm Koehler 特別在細讀圖畫的功夫上給他很多啟發；Koehler 時常在課堂上用兩個鐘頭的時間分析一幅畫，還鼓勵學生盡量丟開書本。普羅恩自己說，他這些年來在器物文化分析上的成就，可以說很大程度得自於早年師長們的啟發。

但普羅恩強調，在文化的闡釋上，他的器物分析法實已超越了新批評和德國形式主義的範疇。他說，「其實我所尋找的就是各種物質與人的世界的隱喻關係。」他認為，在日常生活中我們不斷在發現各種不同的隱喻——例如以物質象徵精神，以具體象徵抽象，以有限象徵無限，以現實象徵理想等。為了解釋這種關係，他把「器物文化」分成兩方面來講：「器物」主要是指具體而實用的一面，而「文化」則指理想和象徵意義上的闡釋。他把前者比成兢兢業業的農夫，把後者比成有閒而富想像力的牧人。他認為從他自己的學術研究經驗看來，早期的他是個「農夫」，總是沉浸於個別藝術家的生平資料的收集、作品真偽的辨析、年代的考證等。一直到後來負責博物館的職務，他才慢慢地轉為「牧人」，開始投入了文化的闡釋工作。

把「器物」和「文化」分別比成農夫和牧人，確是普羅恩的一大發明。我特別欣賞他隨時發明隱喻的情趣。和許多其他的藝術史家不同，普羅恩不喜歡談論真與假的問題，他更喜歡思考的是象徵性的問題。透過隱喻，他希望能把物與物之間或物與人之間的潛在關係聯繫起來。尤其器物是人類利用想像力而創造出來的產物，所以他認為任何一個人工製品和人都存有一種「非語言」的聯繫；如何把這種關係用語言闡釋出來，乃是器物文化工作者的責任。此外，這種闡釋常常藉著隱喻來達成，因而其作用又與讀詩相似。他說，「與解讀詩歌一樣，器物文化的闡釋是一種過程——一種把物體本身的含蓄、曖昧的內在特質有效地表達出來的過程。」

我開始覺得這樣的討論有些抽象，所以想請他給我舉例說明。突然間，我想到對面的那座有名的建築，那個座落於砌坡街的「耶魯英國藝術中心。」

「聽說你曾在英國藝術中心的建築設計上投入了不少心血，可否請你就那個建築說說你的隱喻觀？」我邊問邊指向對面的街道。

「啊！」他說，「那是一個好問題……一九六六年著名的保羅・梅龍把他在英國藝術方面的收藏（被公認為英國本土以外的最佳收藏）全部獻給了母校耶魯，而且還預備了一筆可觀的基金，作為建造英國藝術中心之用。於是不久我就開始擔任起該中心的主任，一邊在我們系裡開一門課。當時我們還沒有一座獨立而完整的建築可用來存放和展現保羅・梅龍所贈的英國藝術品。所以在當主任的八年間，我真的負起了主導該博物館建築的責任——包括初步策劃新博物館的大體形狀及風格等。我想英國藝術是一種有關地方情調和人類活動的藝術，它總脫離不了現實世界。所以我從一開始就認為這個新的藝術中心，不管它的格式如何，總得環繞著人的生活世界來建造。為了讓這個新的建築與隔街的耶魯藝術中心和我們的藝術史館形成一種理想的三角對稱關係，我的確花了不少時間思考。直到有一天我突然得到了一個靈感，我想最好讓新博物館的第一層樓設有一連串的商店，這樣最能傳達人的現實生活，最能體現一種人文氣息……」

「太好了。」我搶先說道，「所以你的構想基本上還是建立在一種隱喻的關係。你把這個新博物館看成一個具有活力的人，要讓它能呼吸、能活動。現在我才知道，原來那兒本來沒有什麼商店的……」

「對了，」他接著說，「但當時全世界還沒有任何一個博物館採用過這種新的格局，所以我很擔心新聘來的著名建築師路易士・坎不會和我贊同。沒想到路易士・坎很喜歡我的想法，所以一切建築過程還算順利。只可惜路易士・坎中途於一九七四年去世，該館一直拖到一九七七年才全部完工。建築完工後，我決定不再做館長，決定從此專心教書。這樣又過了二十多年。」

他說完了這些話，我看看錶，已到了中午的時刻，我必須告別了。臨走前，他告訴我，他就要從教授的職位退休了，現在正忙著把東西搬到對面的英國藝術中心，因為那兒的人給他預備了一間辦公室，讓他從今年暑假起開始做他們的資深研究員。

我知道，不論多老，他還會繼續與人共享他那尋找隱喻的熱情和樂趣。我告訴他，下回我一定會去英國藝術中心找他，請他為我介紹英國的風景畫。

——《當代》，一九九九年十月號。

難忘的耶魯老校園

每回有客人來訪我家的「潛學齋」，我總會向他們展示一件收藏品：一幅「耶魯老校園」的小畫。那是某畫家於一七一三年（即耶魯大學建校十二年後）所繪畫作的複製本，畫面底部的作者簽名早已模糊不清，但整幅畫面恍若攝影作品，既逼真寫實，又富有韻味。但我之所以特別珍惜一七一三年的那張「老校園」畫作，乃是因為該畫背後所隱藏的一段因緣。

故事發生在二〇〇一年耶魯大學三百年校慶的期間。有一天我邀請我的朋友吉川孝先生和他的友人Donna來耶魯的莫里斯俱樂部吃午飯。午飯前我們先利用幾分鐘的時間到附近的畫廊Merwin's Art Shop欣賞圖畫。一走進畫廊，我就被眼前的那幅「耶魯老校園」小畫給吸引住了。我注目那張一七一三年的畫作（其實只是一幅高質量的影印），不由得將它和今日的耶魯老校園相比。令我感到驚奇的是，雖說三百多年已經過去，而且老校園已經陸續增加了一些新的建築和銅像，但其基本的佈局和情調並未大變，今日的老校園風貌依然仿佛往昔，真不愧「老校園」之稱。於是我當下就對吉川孝說：「Tak（我一直喊他做Tak），今天下午下完課之後，我一定來買這張畫！」

那天下課後，我匆匆趕到Merwin's畫廊。可惜那張畫已被別人買去。畫

吉川孝先生所贈的一七一三年「老校園」畫作。

廊裡的職員告訴我，他們已經沒有複製本，因為那種高質量的版本很難再製作出來。

三個星期後，在聖誕節前夕，我又見到吉川孝先生。那時才發現，他原來是那張「老校園」畫作的買主。吉川孝真是有心人，他當機立斷買下那畫，乃是為了給我一個聖誕節的驚喜。而且他特別叮嚀Merwin's畫廊的老闆，請他千萬不要把那畫的任何複製本賣給我。確實，那天當我打開禮物包裝的瞬間，我真不敢相信自己的眼睛——在那幅美麗的畫面上，我又看到了另一層永恆的價值，那就是真誠友誼的珍貴。

在那以後，我就開始研究耶魯老校園的歷史及其文化意義。我發現，幾個世紀以來，雖然耶魯的校區已經擴展了許多，但老校園仍然是大學的核心。尤其是，所謂的老校園入口至今仍被視為耶魯「校門」，成為耶魯大學的傳統象徵。每年的畢業典禮仍然在老校園舉行，新入學的本科生第一年也都被分派住在老校園的宿舍裡。那些宿舍大都是美麗的歌德式建築，與一七一三年那張圖畫裡所描繪的建築十分相像。其實一七一三年的那些建築早已毀於後來的一次大火中，今日的老校園建築大都是後來重建的。目前在老校園裡，最古老的一座建築（建於一七五三年）就是康奈迪克大樓，那是全校教授定期開會的地方，也是決定教授們終身職的權力中心所在。但當初在十八世紀的時代，康奈迪克大樓原來是學生的宿舍。殖民時代最有名的愛國者Nathan Hale（一七七九年被英國政府處死）當初在耶魯讀書時就住在康奈迪克大樓裡（他於一七七三年畢業於耶魯）。後來耶魯人為了紀念他，就在康奈迪克大樓的旁邊給他立了一個銅像，並刻上他的名言：「我唯一的憾事是只能為我的國家捐軀一次。」（「I only regret that I have but one life to give to my country」）。[1]

直到今日，老校園給人留下的最深刻印象就是矗立其中的幾個突出的銅像。最早的一座銅

[1] 該銅像立於一九一四年。

像就是耶魯首任校長皮爾森（Abraham Pierson,1646?–1707）的銅像。一七〇一年耶魯創校時，皮爾森就被選為校長[2]，一直到一七〇七那年他去世於任上為止。[3]另一個銅像乃為紀念耶魯史上最有名的校長烏爾西（Theodore Dwight Woolsey,1801-1889），他任職長達二十五年之久（一八四六–一八七一），自始至終任勞任怨，在他任職期間耶魯大學的規模和影響均得到很大的改善。他的銅像也就特別生動感人，表現出一種莫大的撼人力量。[4]這兩座銅像顯然象徵了耶魯大學那種以教育為上的傳統信念。所以一九八九年著名的耶魯校長嘉馬地去世後，耶魯校友也特別為他在老校園裡立了一個紀念石椅，並刻上他說過的兩句名言：「通才教育是公民社會的核心，而教書工作則是通才教育的核心。」（「A liberal education is at the heart of a civil society，and at the heart of a liberal education is the act of teaching.」）[5]

美國殖民時代最有名的愛國者Nathan Hale。

但今日的老校園之所以擁有如此動人的力量，還靠圍繞著它周圍的耶魯教堂Battell Chapel（於一

2 當時「校長」被稱為「牧師（rector）」。
3 該銅像一直到一八七九年左右才建立。
4 烏爾西校長的紀念銅像建於一八九六年。
5 請參見拙作〈永恆的座椅〉一文。

八七四—一八七六年間建立）和哈克尼斯鐘塔。[6]這兩座歌德式的建築都古色古香，典雅別致，都是我們經常進出的地方。有時我走在校園裡，就會突然聽見從哈克尼斯鐘塔傳來的一陣鐘聲，此起彼落，十分動人。有一次外子欽次有幸陪耶魯學生艾瑞祥上哈克尼斯的最高塔去敲鐘，雖然只有十分鐘不到的經驗，但讓他終身難忘。[7]（很巧，一九六八那年我和欽次就是為了參觀哈克尼斯鐘塔，才到耶魯校園度蜜月的。那時我們還無法預料，我們的後半生居然會定居於康州。）

現在我天天進出耶魯校園，看到老校園周圍的景物，也自然會聯想到吉川孝送我的那張一七一三年的「老校園」畫作，彷彿自己已經走入了圖畫中。

二〇一五年二月十四日

——《世界日報・副刊》，二〇一五年三月二十一日。

[6] 一九一七年哈克尼斯夫人（Anna M. Harkness）捐款給耶魯大學，提出要建鐘塔的建議，為了紀念他早逝的兒子Charles W. Harkness（一八八三年從耶魯畢業）。該鐘塔於一九二二年六月九日第一次敲鐘。

[7] 那是二〇一四年一個早春的傍晚。通過此次的敲鐘經驗，欽次才發現那鐘塔裡的每個鐘都其重無比，大約五百磅以上，同時敲出的鐘響可達四分之三英里之遠。而且每個鐘都刻上耶魯的校訓：「為上帝，為國家，為耶魯」（FOR GOD, FOR COUNTRY, AND FOR YALE）。其中一個最重的鐘（六噸重），上頭刻有Charles W. Harkness的名字。

耶魯畢業典禮（2015）。（相片取自 http://news.yale.edu/2015/05/18/chimes-cheers-and-applause-sounds-celebration-highlight-commencement-2015），Michael Marsland攝。三百多年來，耶魯畢業典禮一直在老校園舉行。

哈克尼斯鐘塔裡的大鐘。這個最重的鐘（六噸重），上頭刻有Charles W. Harkness的名字。James S. Hedden攝（1922）。相片取自Manuscripts and Archives, Yale University Library. http://bit.ly/1JHZMGv。

耶魯學生談孫子、老子與莊子對今日金融危機的啟示

我的耶魯同事哈羅德・布盧姆曾在《紐約時報》撰文（題為〈走出恐慌，自力更生〉）指出，二〇〇八年的金融海嘯，與一八三七及一九二九年的危機有著驚人的相似之處。[1]一八三七年，美國大作家愛默生（Ralph Waldo Emerson）對當時的金融風暴感到「電擊般」的震驚，當下提出了自力更生的解決之道。愛默生認為，時人缺乏原則和希望，這才傾家蕩產，因而他希望所有美國人以此次危機為契機，恢復他們自力更生的傳統價值。面對二〇〇八年再次爆發的大蕭條，布魯姆強烈呼籲美國新任總統儘快找出類似的解決方案。

但選修我這門討論課的耶魯學生卻不相信愛默生——這樣的十九世紀哲學家會有什麼靈丹妙藥能解決當今的全球金融危機呢？於是，他們把目光轉向東方文明，想要從東方智慧中悟到解決西方問題的門徑。

我上學期開了一門研習《孫子》、《老子》與《莊子》的討論課程，討論的話題常常集中在如何將中國古代思想應用到諸多現代議題上。班上學生的傾向大體可分為三組：第一組樂於運用《孫子》的實用兵法解決當今的經濟問題；第二組相信莊子的道家思想，試圖找到一種超乎立竿見影效果之上的解決之道；第三組介乎上兩者之間，主要從《老子》一書的文本出發提出他們的理念。

---

[1] Harold Bloom,"Out of Panic, Self Reliance." New York Times, Op- Ed Contributor, October 11, 2008.

以上三組，觀點各異，卻又互相補充。寫這篇短文，就是要概括介紹我的學生在課堂上運用中國古代哲學思想應對諸多當代議題的見解，尤其是對當今金融危機的應對之道。

孫子的解決之道

在當今美國商界，師法《孫子》業已成為風尚。[2] 布賴恩・科菲爾德（Brian Caufield）最近在《福布斯》發表〈蘋果新紀元〉（二〇〇九年四月二十八日）一文，後來一個「互聯網專業使用者」在評論中提出，孫子乃是當今商界的最好宗師：

> 我認為，科菲爾德……依然沒能抓住史蒂夫・約伯斯（譯者注：蘋果公司總裁）的根本才能，即戰略才能。所謂戰略即是營銷，但並非是像出版物及傳統上誤解的所謂營銷，也不是他們將要界定的那樣，營銷就是在戰場上佔據恰當的位置。

其實耶魯的一些學生也早已將《孫子兵法》作為實用商業手冊。例如Peter Wong（黃裕隆，經濟學專業）就建議將《孫子》作為美國商業學校的核心課程。他在其論文〈MBA101：孫子兵法〉中說到：

> 中國習語說：「治產如治兵」，如今，「商場如戰場」一語，已經被廣泛接受，並在媒體、商

---

[2] 我要感謝Ben Jacobs的提醒。Ben Jacobs, "In or Out of this World: Water in Sunzi, Laozi and Zhuangzi", 2009, p.1。

界、學界使用。以上兩者所隱含的道理相同：戰爭和商業都是競爭性的、殘酷的，兩者密切相關。孫子向軍事將領提供了以非典型及迂迴方式的取勝之道。戰爭中，具有無數的不確定因素，在直接與間接之間有無數的戰略與戰術。在商界，互相競爭激烈，為求勝出，管理者必須提出具有創造性的戰略與戰術，孫子提出的「攻其不備，出其不意」已經大行其道，並已成為成功的經營策略的標誌。[3]

中國諸子，如老子、莊子等人，在傳統文化中的地位與孫子同樣令人尊重，但在當今的西方世界，孫子何以要比其他諸子更受青睞？學生們對此也作了探討。[4]很明顯，孫子的兵法與當今的財經問題有著諸多的關聯，但是，我想，孫子善用活生生的自然意象，比如水、火之類，形象地說明問題，而不是用一種綜合的方式去闡述，這讓現代讀者更易於理解，並能夠在實際中應用。幾個學生曾撰文討論孫子運用水火意象的問題。如 Peter Wong 探討了《孫子兵法》中火的意象與讀者的視角問題。[5] Ben Jacobs 和 Nick Huang 則討論孫子中水意象運用的作用：

> Ben Jacobs：以水為喻，以其物質上的性質作為軍事上的譬喻，這就是貫穿《孫子兵法》全書的一種手法。此書一開始論水之益，即在於「避高趨下」。大意是說：用兵最好像水的流動那樣，要避開高處而流向低處，因為若要取得勝利，必須避開敵人的「實」處，而攻擊其「虛」處。（見《孫子兵法》〈虛實篇第六〉，「夫兵形象水，水之形，避高而趨下；兵之

3 Peter Wong, "M B A101: Sun Tzu's The Art of War," 2009, pp1-2.

4 例如，Ben Jacobs 就提出這問題。Ben Jacobs, "In or Out of this World", p.1.

5 Peter Wong, "Sun Tzu's Art of War Chapter 12-Attack by Fire." 2009, p.1.

形，避實而擊虛」）。[6]

Nick Huang：其突出的意象就是水：攻擊力應該像水流，「激水之疾，至於漂石者」。另一個意象就是決堤之水：「稱勝者戰民也，若決積水於千仞之谿者，形也」。（〈形篇第四〉）。這種激流的攻擊力很容易令人聯想到孫子在〈勢篇第五〉所提到的另一種強大的意象——那就是，一個善於作戰的將領，總會設法造成有利的形勢，讓勝利就像圓石從高山上滾下來一樣，勢不可擋。這樣一來，敵軍自然不攻自破。（「故善戰人之勢，如轉圓石於千仞之山者，勢也。」）[7]

總的來說，我班上的學生最欣賞孫子的「全勝論」。所謂「全勝論」乃是指一種不戰而勝的信念。（「不戰而屈人之兵，善之善者也。」）即使在非戰不可的情況中，也要設法速戰速決，儘量讓雙方的損傷減低到最少。所以一個成功的將領必須掌握我方和敵方的實況，所謂「知彼知己，勝乃不殆；知天知地，勝乃可全」也。[8]當然，這也要看一個指揮的將領如何面對實際的客觀狀況而定。至於何時應當大膽地冒風險，何時應當收斂，也就見仁見智了。在這一方面做得最成功的人，孫子稱之為「神」：

> 故兵無常勢，水無常形，能因敵變化而取勝者，謂之神。[9]

---

6 Ben Jacobs, "In or Out of this World.", p.4.

7 Nick Huang, "The Meaning of Victory in Sun Zi's The Art of War", 2009, pp.1-2.

8 Nick Huang, "The Meaning of Victory in Sun Zi's The Art of War", pp.1-2.

9 《孫子集注》，魏武帝、孫星衍注（臺北：東大圖書股份有限公司，二〇〇六），卷六（虛實篇），頁一一八。

美國漢學家 Victor H. Mair 也很欣賞孫子這一句話，他的英譯為：

Therefore,a body of soldiers has no constant configuration; a body of water has no constant form. He who can gain victory in accordance with the transformation of the enemy is called daemonic.[10]

然而試看美國二〇〇七－二〇〇九年的金融危機，我們已經逐漸認識到，導致這場次貸災難與銀行危機的原因之一就是沒有正確地預估到風險！正是高風險的借貸加上缺乏制度上的約束，最終導致了這場巨大的全球性危機。所謂商場如戰場，在此得到了一個印證。

莊子的解決之道

孫子戰略的背後即是利，此自不待言。《孫子兵法》之言戰事，多半必先說如何爭利。[11] 誠然，無論是戰爭，還是商業，其核心所在都是重利。

但與孫子的重利不同，莊子卻以為宇宙萬物都是相對的，因此他主張一個人要超越人間的利害才能得道，而且必須接受「有生必有死，有得必有失」的自然規律。雖然我的耶魯學生們很難完全瞭解莊子的哲學，但其中有不少學生卻認為莊子的生命觀正好可以用來對付目前的金融危機，至少它可以提供一種新的人生態度。尤其當他們失業時，他們可以從莊子的哲學得到某種啟發。比方說，莊子以

10 Victor H. Mair, trans, The Art or War: Sun Zi's Military Methods (New York: Columbia University Press, 2007), p.99.

11 有關爭利，請參見《孫子集注》，卷七（軍爭篇），頁一二二：「軍爭之難者，以迂為直，以患為利。」

為人間所謂的「有用」和「無用」的概念都是靠不住的，這點也可以讓我們學會「跳出傳統的框架」來思考問題：

> 莊子曰……今子有大樹，患其無用，何不樹之於無何有之鄉，廣莫之野，彷徨乎無為其側，逍遙乎寢臥其下。不夭斤斧，物無害者，無所可用，安所困苦哉？（《莊子》〈逍遙遊〉）

可見，只要擺脫傳統的「有用」和「無用」的概念，自然可以領略到一種新的人生觀。美國漢學家 Burton Watson 對莊子這一段話的英譯頗能引起美國學生們的共鳴：

> Zhuangzi said... Now you have this big tree and you're distressed because it's useless. Why don't you plant it in Not－Even－Anything Village,or the field of Broad－and－Boundless,relax and do nothing by its side,or lie down for a free and easy sleep under it? Axes will never shorten its life,nothing can even harm it. If there's no use for it,how can it come to grief and pain? （Zhuangzi," Free and Easy Wandering"）[12]

學生們最喜歡談論莊子的特殊人生觀——亦即他們所謂的「自由觀」。特別是，他們從莊子學到了回歸自然、超越世俗名利的那種自由觀。在面對目前的金融危機時，他們也因而獲得了某種心靈釋放。例如，班上的學生 Debbie Li 就如此說道：

[12] Burton Watson, trans., Zhuangzi: Basic Writings (New York: Columbia University Press,2003), p.30.

我的意思是，一個人（如果受了莊子的影響）自然就會擺脫所謂的「假我」。其實一般人所謂的「自我」只是某種外在的意識形態、加上傳統的權威意識以及其他虛假的價值所累積而成的「假我」。因此，莊子所提倡的「非我」才是真正的自我，那是不再與世俗規範認同的「真我」……。[13]

另外，學生Jessica Dvorak從莊子的「身體觀」（即擺脫對形體的執著）來討論如何順應自然的變化以及個人的得失。[14] Ben Jacobs 則從〈德充符〉一章所引述孔子的話（其實是莊子虛擬孔子的話）來說明當今面對金融危機的年輕人所應持有的平靜心態：

> 人莫鑒於流水而鑒於止水，唯止能止眾止。

（Men do not mirror themselves in running water – they mirror themselves in still water. Only what is still can still the stillness of other things.）[15]

大意是說，人們通常不會到流動的水中去照自己的身影，只會到靜止的水面去照。這是因為，只有靜止的東西才能起到靜止的作用。所以Ben Jacobs以為，我們必須學習莊子，凡事應當保持心平氣和，尤其在對付「不可避免的困境」之時。[16]

---

13 Debbie Li, "Zhuangzi and Nietzsche's Ideal Man," 2009.
14 Jessica Dvorak, "Laozi and Zhuangzi on the Sage," 2009.
15 Burton Watson, trans., Zhuangzi, p.64.
16 Ben Jacobs, "In or Out of this World," p.16.

確實，在這個金融危機的困境中，美國的年輕人自然又想起從前一九三〇年代經濟不景氣時羅斯福總統所說過的一句話：「這世代代的美國人必須面對命運的挑戰！」因此，我的許多耶魯學生都認為，在計畫自己的事業前途以前，必須先作徹底的「自我反省」——也就是「鑒於止水」的意思。人生的境遇十分奇妙，有時遇到困境反而可以被引向一個全新的、更有挑戰性的人生。

老子的解決之道

第三組學生的態度居於孫子與莊子之間，但總的來說，他們似乎傾向於老子所倡導的「軟力量」。例如，Gina Chen 指出：

> 老子強調弱者及柔性力量的優勢。最終的勝者屬於那些實現了軟力量者。因為過度的進取、強硬，直線前進，就有自我毀滅的危險。這種毀滅可能形式不同，如戰爭、與敵人的競爭，內耗等。[17]

同時，Gina 也指出，老子在《道德經》中通過使用水的意象，將其「軟力量」思想令人信服地表現出來。她對《道德經》第八章及七十八章的水意象特別感興趣：

> （一）上善若水，水善利萬物而不爭，處眾人之所惡，古幾於道……。（第八章）

[17] Gina Y. Chen, "Tao's Passive Aggressiveness", 2009, p.5.

（二）天下莫柔弱于水，而攻堅強者莫之能勝，以其無以易之。（第七十八章）

值得注意的是，老子認為水的特質最近於道，而且水總是往下流的，所以「上善」之人都不與人相爭，他們甘心像流水一般，自願處於卑下的地位。而且，雖然水比任何東西都要「柔弱」，但即使最堅強的東西也不可能勝過水，因為它們永遠無法改變水的形狀。所以，Gina Chen 以為水象徵了一種最理想的「軟力量」。[18]

總的說來，我的學生們認為「軟力量」的觀念近乎老子的基本概念「無為」。他們都傾向於對「無為」作一種廣義的理解，因為「無為」並非字面意義上的「什麼都不做」，而是不干預，不好爭，不傲慢，不追求自己的私心和欲望。事實上，無為可以使一個人的工作更有效率，因而更有信服力。即所謂「無為而無不治也」。

此外，不少學生都認為，孫子的「不戰而勝」之概念有可能受到老子哲學的影響。不用說，老子基本上是反戰的，但他也知道戰爭有時卻也避免不了。只要翻開老子的《道德經》，我們就會發現該書充滿了有關兵器的描寫——例如，第三十一章（兵者不祥），第六十八章（善為士者不武），第六十九章（用兵有言）等。顯然對老子而言，兵器是「不祥之器」，但一個國家還是必須具備兵器，否則無法自衛。說穿了，惟其有兵器自衛，才可能有效地預防戰爭的發生。所以，學生 Debbi Li 就說道：「最佳的防戰策略就是：有了足夠的軍備，但不必真正用到武器」。所以說，老子對兵器的看法很可能影響到後來孫子所提倡的「不戰而勝」論。[19]

總之，學生都很佩服老子的用心——老子雖然主張凡事採取不爭的態度，但也教人如何自衛。

---

18 Gina Y. Chen, "Tao's Passive Aggressiveness," p.5.

19 Debbie Li, "Weapons in the Daodejing," 2009, pp.3-4.

尤其在今日面對金融危機的時代，如果我們能善用老子的智慧哲學，或許可以避免許多不斷重複的難題。[20]有關這一點，學生們很贊成王蒙先生在《老子的幫助》一書中稱老子為「處事奇術」的能手。[21]

一些難以解決的疑惑

總的來說，我的學生們都很醉心於中國古代思想，但是他們心中還是有一些疑惑。一些學生覺得，中國古代哲學家似乎忽視人類本性這一基本問題，這些東方思想家在宣揚「道」方面都顯得極其理想化。當面對誘惑的時候，我們能確信我們人類有能力控制私欲嗎？我們真能成為莊子所說的「真正的」自由人嗎？在現實世界中，老子式的理想統治者可能存在嗎？人們真能像道家先哲們所倡導的那樣克服自己的私欲嗎？正像歐巴馬總統在一個電視訪談中談到 AIG 花紅問題時所說的那樣，我們人類基本的貪婪或許是這次金融危機的主因。因此，我們應該問：人類能夠擺脫貪欲，而臻自由嗎？

所有這些問題不可避免地將一些學生引入了宗教領域。基督教的原罪說仍然是一個最接近心靈的啟示。哈里・富司迪在其名著 The Meaning of Faith（《信仰的意義》）中指出，罪是人類的最真實、最實際的問題。[22]他援引愛默生作為佐證，並進而指出，宗教信仰可以為此一問題的解決提供「道德驅

20 Debbie Li, "Weapons in the Daodejing," p.6.
21 王蒙，《老子的幫助》（北京：華夏出版社，二〇〇九），頁四。
22 Harry Fosdick, The Meaning of Faith (1917; reissued New York: Cosmo, Inc.,2005), p.240. 此書於一九二一年譯成中文，見《信仰的意義》，富司迪原著，胡貽穀譯（上海：青年協會書報部，一九二一）。有關罪的問題，請見《信仰的意義》，頁三七〇。（我要感謝臺灣國立中央大學王成勉教授把此書介紹給我。）

動力」。[23]

正像歐巴馬總統一樣，有幾個學生發現，尼布林的「基督教現實主義」（也稱「悲觀的樂觀主義」pessimistic optimism）更令人信服，因為這種現實主義認識到，在民主體系內，既存在人類完善的不可能性，也認識到人的正義能力。[24]如果能夠建立起限制金融管理人的某種制度，那麼，尼布林的觀念或許確實是當今金融危機可能的解決之道。[25]但那又將是另一篇論文的話題了。

（張健譯）

*本文的英文原稿（題為*My Yale Students' Turn: Sunzi, Laozi, and Zhangzi as Solutions to Today's Financial Crisis*）曾部分宣讀於二〇〇九年十一月五日－八日在北大舉行的「北京論壇」：「化解危機的文化之道——東方智慧」小組。

---

23 Harry Fosdick, The Meaning of Faith, p. 262:"Faith always supplies moral dynamic. Emerson's challenge, 'They can conquer who believe they can,' is easily verified in daily life." 此句的中譯請見《信仰的意義》，頁四〇五。

24 有關尼布林（Reinhold Niebuhr）的「基督教現實主義」（Christian Realism），請見http://en.wikipedia.org/wiki/ Reinhold_Neibuhr。有關尼布林的「悲觀的樂觀主義」（pessimistic optimism），請見Robert Mc Afee Brown,"Introduction,"The Essential Reinhold Niebuhr: Selected Essays and Addresses (New Haven: Yale University Press,1986),p xii.並參見張灝的《幽暗意識與民主傳統》，見《張灝自選集》(上海：上海教育出版社，二〇〇二)，頁一至二四。

25 必須一提，諾貝爾獎金得主經濟學家Joseph Stiglitz對今日金融危機所提出的解決之道，似乎與尼布林的「悲觀的樂觀主義」觀念有其類似之處——尤其有關對人性的瞭解。見Michael Hirsh,"Joseph Stiglitz Predicted the Global Financial Meltdown. So Why Can't He Get Any Respect Here at Home?" Newsweek (July 27,2009), p.46。

永恆的緣份

——記耶魯同事McClellan

感恩節的前些時候，我和丈夫欽次照例來到耶魯校園的若無街墓園，看望幾位已故友人的墳墓，略表一己的感恩之情。我在感恩節期間掃墓的做法並非遵從任何既有的風習，那完全是我個人一次奇妙的經驗所導致的結果。

二〇〇九年十一月間，因恐怕自己於一九九一年出版的那本英文專著將來再買不到了，我突然心血來潮，在亞馬遜購書網上訂購了一本該作的舊書。網上待售的舊書有好幾冊，我從中隨便挑了一本。正好在感恩節前夕收到了該書。打開包裹後翻到扉頁一看，我一下子愣住了，好半天都說不出一句話來。那扉頁上白紙黑字，明明是我的簽名，是多年前該書剛出版時我親自簽贈給耶魯同事Edwin Mc Clellan 的，上書：「To dear Ed with appreciations,from Kang－i,January 1991」沒想到，我贈給友人的書又讓我買了回來！真是天下太小，巧事都讓我碰上了。

但我相信這是一個冥冥中的奇妙安排。那幾個月正當Edwin Mc Clellan（我一直稱他為Ed）和他的妻子Rachel先後去世，他們的子女顯然基於實際的考慮，自然就把Ed 的許多圖書收藏或轉贈他處，或以廉價出售。當時我正因好友的去世而傷懷不已，這個奇妙的「包裹」卻給帶來安慰，使我從中感受到友誼的緣份，一種如往而復的回應。這種「如往而復」的回應立刻令我聯想到《易經》裡的「復」卦。我也同時想起美國詩人朗費羅（Henry Wadsworth Longfellow）所寫的一首題為「The Arrow and the Song」（〈箭與歌〉）的詩。該詩的大意是：詩人向空中射出一支箭，不知那支箭最終落於何處。接著，詩人又向空中高唱一曲，不知那歌曲有誰會聽見。但許久之後，有一天詩人偶然發現那支箭原來附在一棵橡樹上，仍完好無缺。至於那首歌，從頭到尾都一直存在一個友人的心中。總之，我感到自己的經驗也呼應了這種反轉復歸的人生意蘊。

從那以後，我決定在每年的感恩節前後，一定要到墓園向逝去的好友們致敬。今晨當我們走向Edwin Mc Clellan和他的妻子 Rachel Elizabeth Mc Clellan 的墳前之時，溫和的陽光照遍了大地，好像在見證一段美麗的生命故事。墓碑上除了他們兩人的姓名、生卒年月以及出生地以外，只有「In Loving Memory」三個詞簡單扼要地刻在下部。

我不知不覺又回到了過去：記得一九八二那年我從普林斯頓來到耶魯執教，當初由於年輕缺乏經驗，在待人接物上尚不成熟，若非 Ed 隨時指出我的某些不夠周到之處，並不斷地給予教誨和激勵，我恐怕很難順利通過那一道道考核晉升的大關。他是主教日本文學的講座教授，當時任東亞語文系主任。我比他小十九歲，而且只是一個剛開始執教的助理教授，故我自然視他為前輩。他富有文才，二十多歲時就因翻譯日本小說而榮獲美國的優秀寫作獎，他的博學多聞和文學成就很自然地啟發了像我這樣的晚輩。他的人生經驗極其豐富，父親是英國人，母親為日本人；他在日本出生，青年時代回歸英國，進著名的 St. Andrews 大學，後來轉到美國學術界，成為日本文學研究的泰斗，與他的日常交談中我獲益良多。他的夫人 Rachel 是英國人，是他在念大學時的同班同學，兩人十分恩愛，令人羨慕。

著名的余英時教授曾於一九七七–一九八七在耶魯執教，他與夫人陳淑平一向與 Ed 夫婦交情不錯，回想與他們兩家人相處的往事，至今仍情景宛然，仿佛昨日。一九八七年余英時轉往普林斯頓大學，他給Ed的臨別禮物就是親自抄錄唐代詩人張繼《楓橋夜泊》的一幅書法：

月落烏啼霜滿天
江楓漁火對愁眠
姑蘇城外寒山寺
夜半鐘聲到客船

Ed 十分珍惜這幅充滿情趣的墨寶，一直將之掛在他的耶魯辦公室。他曾多次和我討論張繼這首膾炙人口的詩作，也表示很佩服余英時的才學和為人。我知道，Ed 心中一直都是重視他與余英時的友誼的。作為著名的榮退教授，Ed 退休後得到學校另分的一間辦公室，余英時送他的那幅字也隨同他的書籍轉入其中。他過世後學校要收回那間辦公室，東亞系遂將這幅字交給我收藏。得到這幅字同樣讓我甚感驚喜，因為它不只增添了我書房內的收藏，而且在朝夕面對時讓我想起前輩學者的友誼和他們給予我的恩惠。

那天在走出若無街墓園時，我看見滿天飛翔的鴿子，也聽見來自 Branford 住宿學院高塔的鐘聲。耶魯校園的鐘聲很自然使我聯想到張繼詩中所描寫的〈夜半鐘聲〉——那是從唐代就縈繞在人們心頭，而且連接中日情感的永恆鐘聲。

——《書城》，二〇一二年第三期。

大雪教書記

這次康州的大雪，乃為平生所罕見。首先，下雪的兩、三天前，電視上已頻頻警告，說雪的厚度將達兩英尺以上，一時間說得人心惶惶。本地的學校或公司，平時若逢大雪，多會臨時停業停課，但在我執教的耶魯大學，三百年來都沒出現逢大雪全校停課的事情。這因為學生通常多住在校內，從宿舍步行到教室，既不困難，也無危險，至於教授們如何從住處驅車來校授課，對校方來說，那完全是他們自己的事情了。

怎麼辦呢？大雪眼看就下起來了，要如何對付才好？是新學期開始的第一周，我想我無論如何也不能缺課。左思右想，想了個辦法，就在即將下雪的當天晚上，我住進了耶魯戴文坡寄宿學院的招待所，從那裡步行去教室上課，肯定比從家裡開車去穩當多了。再加上可到學院的餐廳用餐，飲食起居，樣樣都很方便。招待所位於院內特別安靜的角落，住在小小的單人間內，一晚上感到特別舒適和安謐。因為明早起來，可以徑直走向教室，再不必考慮驅車上路的諸多麻煩了。

但沒料到，第二天早上（即一月十二日）正要出門，房間外頭的那個大門卻怎麼也打不開。我正覺得奇怪，突然發現，那扇門是往外的。啊，我的天，一定是門外的雪積得太厚，這扇門被擋住，才無法打開！這下可糟了，我真的被大雪困住了。

我一時心急，翻開電話號碼，也不知要打電話給誰！跑回屋裡，打開電腦，心想是否應當給住宿學院裡的工作人員發郵件，但又想到：下這樣大的雪，辦公室裡絕對不會有人的……。最後我靈機一動，急忙上樓找住在樓內的院訓導長Craig Harwood ，到他門前，按了門鈴。「啊，Craig，」看見他立刻應門，我興奮地叫了起來。「真高興，原來是你……。我需要你的幫忙。我急著要趕去上課，沒想到外頭的雪積得太厚，招待所的門打不開呢！」「嗯……我想有一個辦法可行。」他邊說邊從牆上拿下一個鑰匙，「我看，由於大雪的緣故，昨天晚上本來要住進你隔壁房的那位遠道客人好像沒能來成。或許我們可以先打開那個房間，你再從那房間的大門走出去，因為那門的方向是往裡的，和我們通道那扇門『往外』的方向不同……。」

果然訓導長很快就打開了隔壁房的大門。但這時我們發現災難正在眼前！從大門看出去，整個院落的雪已堆積得像山坡一般高，而且雪花還在飄，彷彿沒有止盡，這景象令我們感到驚愕。「啊，這樣厚的雪，你怎麼走過去呢？你如何能一個人安全地走到院落的另一邊？」訓導長用一種很焦急的聲音說道。「而且，如果要等到學院的工人最後能順利來到這個角落鏟雪，可能還要幾個鐘頭！你一定來不及上課了！」

然而，最後我鼓起勇氣，背起書包一步一步在雪上慢慢跋涉，每走一步，雪都幾乎埋到膝蓋上。但幾分鐘之後，我終於走到了院落的另一端，並且欣喜地發現前面的小路已清除乾淨。這時我才回過頭去，向遠處的訓導長不停地揮手，表示感謝。

原來那天一早鏟雪工人就來工作了，只是雪積太厚，學院的範圍又大，不可能一下清到招待所門前。但飯廳附近的通道都已清掃完畢，我看見學生們正走向飯廳，便也跟著走進去。

早餐後，我很輕鬆地走出了學院，到了約克街，直朝研究所大樓的方向走去。但路上很滑，我將腰身前傾，慢慢地挪步前進。當時大街上積雪深厚，看不見任何車輛，只見幾個學生在那邊滑雪玩，除了雪還是雪。

突然間我看見有兩三個流浪的乞丐在路旁有說有笑，他們正在喝咖啡，還一面對我大聲說道：

「早啊，走路要小心。」他們仍舊衣褲破落，但一瞬間那種滿意的眼神散發出生命的喜悅。會不會是咖啡店的老闆在這大雪天破例請他們吃早餐，他們才這麼開心？我也很愉快地對他們揮手說道：「謝謝。」

我還繼續慢慢往前走，一面仰頭遙望灰色的天空，覺得一切都如此開闊而爽淨。的確，每天生活都充滿了挑戰，但活著總是好的。在這種大雪天，人情溫暖特別顯得珍貴。

有趣的是，那幾個流浪在約克街的乞丐，突然使我聯想到唐傳奇《李娃傳》裡有關滎陽公子大雪天出外乞食的那段故事：

> 一旦大雪，生為凍餒所驅，冒雪而出，乞食之聲甚苦。聞見者莫不淒惻。時雪方甚，人家外戶多不發。至安邑東門，循理垣北轉第七八，有一門獨啟左扉，即娃之第也。生不知之，遂連聲疾呼「饑凍之甚」，音響淒切，所不忍聽。娃自閣中聞之，謂侍兒曰：「此必生也。我辨其音矣……。」

很巧，今天上課的題目正好和唐傳奇有關。《李娃傳》首先描寫滎陽公子為妓女李娃花盡千金、後來流落市井、被丟棄路旁，以乞討度日的情況。但故事的關鍵是：後來在一個大雪天，命運卻改變了滎陽公子的後半生。原來，下大雪那天，公子為饑寒所迫，仍舊冒雪外出討飯，乞求之聲極為淒苦。不想卻正巧被李娃聽出他的聲音，因而為他的悲慘遭遇所動，當下就收留他，加以細心照顧，並自己贖身，與滎陽公子從此生活在一起，最後在李娃的鼓勵之下，公子苦讀上進，一舉中第，夫婦兩人終身顯貴。

想著想著，我終於走進了研究所大樓，到了我自己的辦公室。這時我突發奇想：今天上課，何不就用《李娃傳》那段有關大雪天的感人故事作為本學期課題的「導言」？

那天一共來了七位學生。他們果然十分欣賞《李娃傳》有關「冒雪而出」的那一段，甚至還異口同聲地說，將終身不忘那天的閱讀經驗。

後來聽說，有不少教授也和我一樣，在下大雪的前一天就已經住進學校附近的旅館或其他方便的住處，以便次日可以準時上課。但不知他們的「大雪教書記」是否也和我的一樣具有如此的戲劇性？

——《世界日報・副刊》，二〇一一年二月十四日。

卡內基的閱讀精神

每次給學生們談到閱讀的好處，總是情不自禁地提起企業家卡內基（Andrew Carnegie）的生平故事。卡內基是許多美國人的崇拜偶像，主要因為他在世時是舉世聞名的億萬富翁，但他卻將自己的大部分財富捐出來做慈善事業。他以為財富不應當傳給自己的後代，因為他相信一個人致富之後首先必須回饋社會，這才是民主制度下該有的倫理精神。他生前一共捐出美金三億五千零六十九萬五千六百五十三元的巨額（以今天的幣值來說，數目還要大得多），臨終前還立下遺言，要把剩餘的三千萬元全部捐出。但在這篇文章裡我要強調的是，卡內基之所以持有如此慷慨的人生態度，實與他一生不斷努力閱讀的心得有密切的關聯。閱讀使他受益一生，因而他也希望別人能得到同樣的閱讀機會。最顯著的例子就是：僅僅在美國境內，卡內基一共出資建立了三千個圖書館。此外，其他國家——如加拿大、英國、澳大利亞、紐西蘭等——也都有他所捐贈的圖書館。足見他對閱讀的重視。

從許多方面看來，卡內基確是一個標準的「self-made man」（自我造就的人），這實與他出身下層家庭有關。他出生於十九世紀的蘇格蘭，父親是紡織業的工人，每日所賺的工資極低。後來終因生活太過艱難，舉家移居美國。他們在紐約登岸時，卡內基已是十三歲的青年。當時全家人都感到人地生疏，生存極其不易，因此年紀輕輕的卡內基只好在紡織廠裡當小幫工，一星期賺美金一點二元。然而，聰明的卡內基卻憑自己的努力，很快就適應了美國的生活和文化環境。他的成功祕訣就是：開始培養良好的閱讀習慣。這時卡內基突然如飢似渴地迷上了讀書，每天做工之餘，除了吃飯睡覺以外，可以說都在啃書，所以二十歲不到就已經讀完了幾百部經典作品。追根究底，卡內基的閱讀習慣主要歸功於一位嗜書的退伍軍人James Anderson上校的啟發。Anderson家中藏有四百部左右的書籍，他當時很同情附近失學的青年工人，於是每星期六晚間特地開放自己的圖書館，讓那些不幸的年輕人能到他家來借書、看書。當時卡內基每週必到，每回都借出不少書。

從此之後，卡內基每日不忘讀書。十六歲時當上電報傳播員，業餘時還勤讀莎士比亞作品，且迷上戲劇，因而對戲劇表演開始有深入的研究——這與往後他在紐約市建立的那個聞名全球的卡內基音樂廳是有密切關係的。後來，在南北戰爭期間，他逐漸發揮各方面的潛力和知識，慢慢建立起自己的事業基礎，最後終於致富而變成鋼鐵大王。然而，即使在他成為世界第二首富之後（第一首富為洛克菲勒Rockefeller），他仍以追求人文知識和精神理想為他人生的第一要務，至於金錢則只要夠用即可，其餘均可以給掉。他曾在自己的座右銘中這樣寫道：

> 人活著不只需要麵包。我親眼看見有些百萬富翁因缺乏人文精神的滋養而面臨人性的饑餓；相反，有些所謂的窮人卻在精神上十分富有，遠非百萬富翁可及。由此可知，是一個人的精神使他的身體變成富有。一個只擁有金錢而別無所有的人乃為世上最可憐的一種人……因此我想把自己提升到更高的理想層面。我希望盡自己的能力幫助別人獲得心靈的啟發和愉悅，幫助他們發展精神上的東西，當然也希望能實際幫助勞苦的工人……讓他們也嘗到人生中的甜蜜和光明。我想這就是財富的最大用處了。

不斷的閱讀把卡內基引向了寫作的道路，他的後半生大多過著淡泊的「半作家」生活。平日他儘量遠離城市（雖然他在最繁華的紐約第五街上有個公寓），除非出外處理慈善事務，大部分的時間他都退隱在老家蘇格蘭的一座別墅裡。在那兒，他把許多時間都花在閱讀和寫作上。早期他曾出版過一本題為《勝利的民主制度》（一八八六年）的書，該書從一個移民者的眼光來稱讚美國民主制度的好處，同時也批評英國「封建」制度的弊端。後來，他乾脆全心寫作，又出版了七本書，尤以《財富的福音》（*The Gospel of Wealth*,1900）最為著名——在那書中，卡內基說明瞭財富的用處，以及富人對公共社會的重大責任。他再次強調，一個人絕不可把金錢當做偶像。所謂「福音」就是把金錢化為公共利益的「福音」。

我是一九六〇年代末期移民到美國之後才開始對卡內基的生平感到興趣的。當時我們住在普林斯頓城裡，校園裡有個卡內基湖，那湖三英里長，八百英尺寬，風景十分優美。據說那湖是卡內基先生於一九〇六年贈給普大的一個十分昂貴的人工湖。從一開始我就喜歡上那個湖——我想，如果沒有那個湖，普大校園將失去它的真正魅力。那些年裡，我們經常在湖邊散步和野餐，冬天時則在冰凍的湖上溜冰。而且，每年暑假一到，我們就搬去湖邊住（即好友 Edith Chamberlin 的家）。Chamberlin 夫人把她的家命名為Viewpoint（瞭望點），亦即瞭望卡內基湖的主要景點之意。每天清晨和黃昏我都坐在 Viewpoint 的陽臺上讀書，一面閱讀一面欣賞湖上風光，有著仿佛神仙似的經驗。我最喜歡從陽臺上看那湖的對岸，看見對面樹林忽隱忽現，似遠似近，不覺詩意頓生，有時還會不知不覺地對著那湖朗誦起詩歌來。其中有一首詩是 Chamberlin 教我的當地流行曲，題為「Tammany」：

卡內基，卡內基
他給了我們一個湖
現在你可以聽見水浪的聲音……

雖說「可以聽見水浪的聲音」，其實是誇大其詞。在那湖上划船，只會感到一種「清風徐來，水波不興」的靜穆氣氛。在船上，你似乎聽不見水浪的聲音，你只是聽任小船隨意漂流，渡過茫茫一大片的水面。記得，在普大做學生的時代，我最喜歡搭起陽傘，在船上悠閒地閱讀詩歌。

我想，當年（正好是一百年前）卡內基之所以贈送這個人工湖給普大，大概就是為了讓後人能享受這種美妙而富有詩意的經驗吧！其實，當時普大校長Woodrow Wilson（即後來的美國二十八任總統）最希望卡內基能捐贈一座龐大的建築物給學校，但卡內基卻選擇贈送一個人工湖。據說，校長十分失望，還對卡內基埋怨道：「我們需要麵包，你卻給了我們蛋糕」（We needed bread and you gave us cake.）

我經常想起這個麵包和蛋糕的比喻，覺得這個比喻意味深長。在他的一生中，卡內基賺得了最多的金錢，但他卻以為「人活著不止需要麵包。」他雖然經常贈給別人麵包，但他卻更注重靈魂的「蛋糕」，否則我們今天在美國也不會有那麼美麗壯觀的卡內基音樂廳和卡內基湖——還有那供給人們不斷閱讀的三千座卡內基圖書館。

——孫康宜，《我看美國精神》，臺北：九歌出版社，二〇〇六年。

美國的牛仔文化

美國歷史雖然始於東岸，但許多人都說，美國西部的牛仔文化乃是美國精神的最佳代表。最近有機會勤讀耶魯同事拉痲（即上一任的耶魯校長，也是著名的美國西部史教授）所編的那本既龐大又詳盡的《美國西部百科全書》（*The New Encyclopedia of the American West*，一九九八年由耶魯大學出版社出版），更加使我相信「牛仔」在美國文化中的重要地位。通常一提起「牛仔」，人們就自然會想起美國「西部」（即密西西比河以西的領域），而「西部」乃為美國後來開拓的新領域，它代表著美國人不斷前進和冒險的精神。就如拉痲教授所說，「西部將繼續是美國的過去和未來之象徵。」換言之，離開西部文化，無法談所謂的美國精神。

有關牛仔與西部文化，我自己曾經有過一段頗為切身的經驗。一九七〇年代初期，我們曾經住在頗為偏遠的南達科達州，那兒正是充滿牛仔和印第安人的社區，該地並以黑山區的四總統石像著稱。每到週末，我們經常參觀當地的農場，故對「牛仔」（其實是農場工人或牧童）的情況知道不少。當時我最感到驚奇的是：原來「牛仔」的實際生活完全不像好萊塢電影裡所描繪的那種英雄式的浪漫——他們的平日生活極其艱苦，白天在太陽底下工作十多個小時，晚間還要照顧牲畜的安全，而且住宿條件極差，工資很低，讓人看了十分同情。其中不少牛仔工人是印地安人，這點也與美國電影中經常描繪白人牛仔如何與印地安人廝殺的鏡頭有所不同。倒是當地那些表演騎術競賽的「牛仔」們還多少表現出電影中那種強悍的英雄氣概。記得當年我很喜歡看rodeo的表演，幾乎每個月的演出我都準時報到，而且自己經常打扮成「女牛仔」的樣子，混在觀眾中，很是過癮。最有趣的是，我的一位英文系教授 Paul Jackson 還經常扮演 rodeo 競賽中的騎手，看他騎在馬上，一副無所畏怯的姿態，很是佩服——他騎馬速度之快捷令人心驚膽跳，僅在霎那間，他已抵達終點，速戰速決，何等風光。我當時正在研究美國文學（專攻美國西部作家，如Willa Cather，N. Scott Momaday 等），Jackson 教授能在理論和實踐上都給我第一手資料，確實是我的幸運。至今想來，還覺得當年那種「純西部」的經驗是極其寶貴的。

由於Jackson 教授的啟發，我逐漸學會了如何欣賞西部「牛仔詩歌」。我特別喜歡牛仔詩歌中坦白直率的聲音——在那些詩中，我們聽到了一群任勞任怨、孤寂又經常面臨生命危險的牛仔工人之心聲：

……風雨大作，我心驚慌，
只怕領頭的牛羊受驚後驚動了整群的牛羊。
要是擋不住狂奔的頭牛，
整群牛就狂奔不止，會有很多傷亡。
唉，出生入死的日子呀，
與牛為伍，來日茫茫……

以上詩句譯自十九世紀美國牛仔詩人James Barton Adams 的詩集，《活潑自在的西部詩歌》（*Breezy Western Verse*，1889）。Adams 年輕時曾在新墨西哥州的一個農場裡做過牛仔工人，後來轉行成為新聞記者。從他的詩中可知，多年後他仍忘不了從前所經歷的那段牛仔生涯。原來，當年正值美國南北戰爭結束，許多年輕人（包括南方和北方人）都面臨失業的困境，在走投無路之際，他們都紛紛遠走西部，於是當牛仔工人就成了他們的唯一出路。總之，牛仔的人數在南北戰爭之後突然比往常多出了幾倍。

本來牛仔只是一群失業、無家可歸的失意青年。但不知怎的，牛仔工人後來卻被一九三〇和一九四〇年代的好萊塢西部電影刻畫成浪漫英雄的形象。從此，「牛仔」變成了美國精神的代表——在電影中，他們表現得堅韌無比，所向無敵，每到一處總是像羅賓漢一般地抑強扶弱。經過這樣的渲染，牛仔們所穿戴的牛仔帽、靴子等也自然成為大眾所嚮往的英雄標誌了。可以說，當時的電影開始運用牛仔的造型來創造一種新的「偶像」。時到今日，眾所周知，牛仔褲早已成為所有男女最喜好的穿著了。但很少有人知道，今日的牛仔褲名牌Levi's當初在十九世紀中葉時只專產牛仔工人和礦工的粗製長褲。一直到後來，「牛仔」成了電影中渲染的對象後，Levi's 牌的牛仔褲才開始廣泛流行的。我想Levi's的創始人Levi Strauss（於一八五三年開創牛仔褲的商標）若地下有知，一定會對今日牛仔褲在全球的時髦景象感到驚奇的。

當然，並不是所有的牛仔都來自失業而走投無路的一群。例如，不久前我那位長年住在科羅拉多Granby 山中的師母陳效蘭——即著名歷史學家兼漢學家 Frederick W. Mote（一九二二－二〇〇五）的夫人——告訴我一個有趣的故事。據她說，舉世聞名的富豪卡內基先生的孫女Barbara M. Lawson 居然自願放棄自己富家的享受，最後成為一個「女牛仔」，每日在農場裡過著刻苦耐勞的養牛生活。原來，多年前 Barbara 曾嫁給一位瑞典皇室的伯爵，並育有子女，但終因夫妻不和而離婚。後來，Barbara有一次到科羅拉多山中度假，偶然愛上一個在農場工作的「牛仔」，兩人不久之後結婚，並在山中買下一個農場，從此過著簡單刻苦的牧牛生活。他們的農場就在 Mote 和陳效蘭山中別墅的附近。目前Barbara M. Lawson 和他的牛仔丈夫已過世，農場由她的女兒（即卡內基的曾孫女）負責經營。（有關富豪卡內基本人的故事，請見本卷中〈卡內基的閱讀精神〉一文。）

我一直對牛仔文化很感興趣，因此一有機會就收集這一方面的資料。回憶從前，當我開始來耶魯執教時（一九八〇年代初），就聽說校園裡有一位專門研究牛仔文化的教授。後來才知道他就是當時耶魯本科生部的院長 拉麻（他於一九九二年成為耶魯校長）；他每年都在歷史系教一門有關牛仔與印地安人的課，該課一直為校園裡最熱門的課程之一。這個資訊令我感到興奮，所以有一天我就拜訪了拉麻，向他請教有關西部牛仔的問題。我開門見山地問：為什麼好萊塢電影還繼續不斷在把「牛仔」浪漫化呢？我以為美國牛仔的生活真相完全與電影中的造型不同。接著就向他描繪我自己在南達科達州的親身經驗。沒想到，那次交談一拍即合，我的問題正好也是他一直關注的。

拉麻告訴我，當初他之所以開始對牛仔和西部文化感到興趣，乃是因為從小就迷上西部電影。他生在南部的阿拉巴馬州，該地區本來就較偏僻，所以在他頗為孤寂的成長過程中，逐漸培養了看電影的樂趣。後來幾乎每星期都要看上四場電影，無形中電影就成了他做夢的管道。當時好萊塢電影中所描繪的牛仔和西部情景一直都是他最喜好的主題，因為電影中的風土人情使他想起自己的成長環境。在他的家鄉阿拉巴馬州，到處都可以看見飼養牛羊的牛仔工人。而且，他的祖母和外祖母都喜歡說故事，尤其喜歡向他講述美國南北戰爭的故事，這些經驗都直接影響了他日後研究學問的方法——他總喜歡用詩歌或其他的文學材料來討論歷史。例如，在他一篇有關「牛仔」的文章裡，他曾引用小說家 Steinback 書中所描寫的牛仔形象。在比較美國東部和西部的文化時，他則引用散文家 Henry D. Thoreau 的話來進行討論西部文化的「自由」情結。所以他想，牛仔文化既是美國西部的特殊產物，那麼好萊塢電影中對牛仔的浪漫化或許與西部的「自由」情結有關——因為所謂「美國精神」正好和這種追求自由、追求自立更生的西部精神有關。再者，牛仔工人的苦幹和討生活之艱難正好與這種新的英雄主義相吻合。所謂英雄，不外是指那種能吃苦耐勞而終究站起來的人。

然而，在他的課堂中，拉麻以回歸歷史真相為目的。首先，他要學生們認識到「牛仔工人」這個艱苦的行業今日仍存在，而且那些農場仍繼續在發展中。在課上他不但介紹文字的資料，而且也放映現實的紀錄片。此外，他喜歡用比較文化的角度來分析當初歐洲人是如何看美國西部的牛仔文化的——例如，為何歐洲人會以為「牛仔」可以代表美國的基本精神？同時，他也講解印第安人與牛仔文化的密切關係。最令拉麻感到欣慰的是，在耶魯教書的數十年中，他培養了不少研究美國西部史的年輕學者，他們今日都已成為學術界的佼佼者。其中有些男生每年暑假都到西部去當牛仔工人；還有一個女生因選他的課而遷往懷俄明（Wyoming）州，毅然成為當地的「女牛仔」，每天在農場做苦工，最後出版了一本有關女牛仔的書。另外有幾位印第安人學生，後來成為西部史專家，目前分別在科羅拉多、印第安那州等處教書。

拉麻今年已經高齡八十四歲了，但他還經常提著書包到校園來做研究，還繼續寫作，繼續出版。每回在路上或停車場遇見他，我總是停下來和他聊幾句，看他那研究學問的熱情，我不禁由心底佩服。我想他是一直以「牛仔」的刻苦精神在耕耘他的人生道路的——雖然我從未見過他穿過牛仔裝。

——《萬象》，二〇〇六年七月號。

美國的「寒山」

《寒山》（*Cold Mountain*）在美國是一部頗為賣座的電影。首先我要說明的是，一般新聞報導都把今日美國正在上映的電影 *Cold Mountain* 譯為《冷山》，不但字面上不文，也有違原作的本意。原小說作者是熟讀唐代詩人寒山詩的學者，這*Cold Mountain* 雖為美國一確實存在的山脈，但在原作及電影中確實有所寓意，在在反映了寒山詩的意境，所以其中譯名應為《寒山》，萬不可譯為《冷山》。

電影《寒山》改編自 Charles Frazier 的 *Cold Mountain* 一書（一九九七年出版）。Frazier的小說曾榮獲國家圖書獎，被譽為近代以來「美國文學中的巨作之一」。電影則由曾經導演過《英倫情人》（*The English Patient*）的Anthony Minghella 導演，由著名影星 Nicole Kidman，Jude Law，以及 Renee Zellweger 合力演出。該影片十分吸引人，其中一個重要的原因是，除了以上幾位大名鼎鼎的演員參加演出之外，片中許多次要的角色也都由著名影星分別擔任。而且因為電影的主題涉及戰爭與激情，場面又大（其中許多特寫鏡頭是在羅馬尼亞拍攝的），很迎合後現代觀眾的趣味。

電影的故事情節並不複雜。時間是一八六〇年代美國南北戰爭將要結束的那幾年。一個南方士兵 Inman（由男主角Jude Law 扮演）在 Petersburg 戰場上受傷慘重，頻臨死亡的邊緣。後來他在醫院裡逐漸清醒恢復過來，心裡不斷想念多年不見的情人 Ada（由女主角Nicole Kidman扮演）。他來自北卡的寒山一帶，離家參戰已經三年多了。有一天，他還躺在病床上養傷，突然接到 Ada 來自家鄉的一封信，信中催促他早日回到她的身邊。（三年多以來，Ada 一共給他發了一百零三封信，但這只是他所收到的第三封。）總之，收到信之後，Inman 就冒著生命的危險，翻越山林，萬里跋涉，開始了他那漫長的徒步歸程。一路上，他不但要時時躲避北方軍隊的侵襲，也生怕被南方憲兵捕捉，因為逃兵是要受極刑的處罰的。總之，旅途中一切都驚險萬分，他曾多次自死裡逃生。數月之後，他終於在一個冰天雪地的冬日，回到了家鄉，得與Ada 團聚。然而，也在那同時，一群兇狠的南方憲兵徑向 Inman 圍攻過來。於是雙方互相撕殺，兩敗俱傷，Inman 最後死在寒山的雪地中……

顯然，激烈的戰爭場面和愛情的震撼力提高了電影的戲劇性。是那愛情的召喚，造就了片中劇情的連貫性。然而，據我個人觀察，許多看過 Frazier 原著 *Cold Mountain* 的人，都對電影有幾分失望。這是因為電影和文學的藝術手法本來就十分不同。如果說，電影注重情節的戲劇化，Fraxier 的小說則更強調主人翁對生命與文明價值的反思。這些年來，實在很少有美國作家像 Frazier 那樣把戰爭的真面目和南方文化描寫得那麼深刻感人，而且把生活中粗野強悍的一面刻畫得那般真實細膩。尤其是，書中許多筆觸所及的細節都能扣人心弦。這樣一部深刻的文學作品自然很難透過電影的方式把書中所有的意涵淋漓盡致地表現出來。總之，電影的改編終究與原來的文學性不同。

所以，我想藉著這篇短文簡單介紹一下 Frazier 原著的中心思想，尤其是那些經常被現代人忽略了的另一種「美國精神」。

在最近一次訪談中，作者 Frazier 曾說：「我希望藉著語言創造出一種『它者』的境界，一個另外的世界。」那個「它者」原來指的是美國南方山地的文化，一個早已被美國中心文化遺忘了的文化。同時，那也是一個更接近大自然的領域。作者自幼生長在北卡的山區（即所謂的 Southern Blue Ridge Mountains），尤對海拔六千多英呎的高峰 Cold Mountain 有所嚮往。所以他把小說取名為《寒山》，是有其原因的。

從某一方面看來，《寒山》也是一部有關回歸的小說。在訪談中，Frazier 承認自己在寫小說的過程中，曾多次參考荷馬的古典作品《奧德賽》（*Odyssey*），因為他所要表現的正是一種美國式的「奧德賽」精神：一個在戰場上歷經了千難萬險的戰士渴望回鄉，在回歸的道上，不斷遭遇到各種危險和試探，同時家中也有個女人在等著他。與《奧德賽》相同，《寒山》從頭到尾都採用「雙線發展」的敘述結構。但不同的是，《奧德賽》寫的是一個勝利者英雄的回歸，《寒山》寫的卻是一個厭倦了戰爭的「逃兵」生涯。同時，小說《寒山》基本上歌頌自然，史詩《奧德賽》卻強調神力與命運的相互關係。對 **Frazier** 來說，所謂「回歸」有很大程度是回歸到大自然的意思。因此，在小說裡，我們不斷聽到男主角對大自然的呼應，也看見他經常在細讀那本隨身攜帶的經典作品，那就是William Bartram 所寫有關旅行的書。**Inman** 最喜歡 **Bartram** 書中那種描寫自然的句子。例如：「我的想像力全部關注在這片廣大而壯麗的山水上。這山水之景千變萬化，沒有止境。相較之下，眼前所有美麗的東西都已對我失去媚力了……」。（頁三四九）這種對大自然的描寫，充滿了動態與震撼力，令人神往。

其實，《寒山》的作者Frazier本人，就是這種「回歸」自然的有力見證。**Frazier** 原本學院出身，一九八六年獲英文系博士，畢業後曾到科羅拉多大學等處教美國文學。但一九九〇年他卻毅然離開學術界，回到了家鄉的北卡山中，與妻子共同養馬為生。《寒山》這本小說，就是他在回歸山中之後所寫的。書中的男主角其實就是他的曾伯父W. P. Inman——據家人傳說，他的曾伯父當年曾到維吉尼亞州參加南北戰爭，不幸身受重傷，就一個人穿過重重山嶺，跋山涉水，一步步走回家去。曾伯父沒有留下任何相片和信件，也沒有任何有關他的具體生平資料。所以，**Frazier** 在山中完全靠個人的想像來寫這本小說。一九九七年小說完成之時，他已經四十六歲了。《寒山》是作者所寫的第一本小說，沒想到書一出來，就獲得讀者的全面肯定，有四十五星期之久，該書一直名列《紐約時報》的暢銷書榜上。

然而，一般讀者有所不知，《寒山》雖然是作者的第一本小說，但書中所呈現的深度思想確是個人長期以來不斷思考的成果。那是經過了多年的思索、猶豫和反省，才慢慢地完成構思的過程的。因此，無論在語言、造境、或是結構方面，這本小說所採用的手法都別具一格，讓人讀來覺得特別深刻。

但 Frazier 所要表現的「寒山」究竟是怎樣一個世界呢？當然，書中的「寒山」指的就是北卡山中的高峰 Cold Mountain。但值得注意的是，小說前頭的「扉頁引言」竟然引用了中國唐代詩人寒山所寫的兩句詩：「人問寒山道／寒山路不通」。（Frazier 將之譯為：「Men ask the way to Cold Mountain／Cold Mountain: there's no through trail.」）用這兩句詩來描寫北卡山峰的封閉性，可以說十分恰當。然而，詩人寒山的原詩還有以下兩句：「夏天冰未釋／日出霧朦朧」，可惜Frazier沒有同時引用，否則會更加完美，因為北卡的 Cold Mountain 就是一個終年積雪、充滿了朦朧之霧的山峰。但無論如何，我相信今天很少有美國讀者會注意到Frazier 的書與中國詩人寒山的關聯。

但不可否認的是，作者在小說的開頭之所以引用寒山的詩句，是別有一番用意的。首先，寒山是中國歷史上一個有名的詩僧兼隱士。數百年前，寒山曾獨自一人住在天臺山的「寒山岩」上，他棲隱岩穴之中，經常頭戴樹皮，腳穿木屐，全身穿著破爛，自號「寒山子」。他的生活方式，與常人不同，是一種純粹回歸自然的狀態。很顯然的，Frazier 是藉著寒山的意象來反映他個人歸隱山林的嚮往。另一方面，詩人寒山也象徵著與眾不同的叛逆精神，所以一九六〇年代有不少美國年輕人特別崇拜寒山，藉此以反抗美國的中心文化。很巧，這些美國人把詩人寒山的名字也譯為 Cold Mountain。（女作家鍾玲目前正在做這一方面的研究）。

因此我以為，Frazier 把他的小說取名為「Cold Mountain」是絕對有其重要的寓意的。在此，「寒山」不僅僅是個地理名詞而已，它代表了作者心中極其個人的象徵意義，也可以說是整個故事的靈魂主幹。所以，作者在處理這個題材上，曾經花過一番心思。首先，北卡的 Cold Mountain 一帶是屬於印地安人的領域，只是後來時間一久，卻被後人遺忘了。如果說，Cold Mountain 象徵著另一個世界的理想，則它也進一步代表了原始印地安人的生命觀。同時，早期印地安人那種依附山林的生活方式或許也使 **Frazier** 聯想到了中國詩人寒山的形象。總之，*Cold Mountain* 這本小說代表了作者對某種原始價值的追求。

那個「原始價值」其實就是 Frazier 心目中的「烏托邦」。據書中男主角Inman回憶，他小時候，曾聽過一個老印地安女人談到 Cold Mountain 的故事。（那個說故事的老女人自稱已經有一百三十五歲了）。原來，許久以前，印地安人把 Cold Mountain 叫做 Datsunalasgunyi。人們一直相信，在寒山的懸崖峭壁後頭隱藏了一個世外桃源。那是一個充滿了和平安樂的世界，在那兒沒有戰爭，也沒有病痛。但凡想進入那個世界的人，都必須先禁食七日，持續保持安靜，才能平安地進入一個通往世外桃源的洞穴。後來印地安 Kanuga 村莊的人為了躲避白人的侵襲，曾一度企圖逃往那個理想世界。聽說他們已經走到了那個桃源世界的洞口，並已瞥見了裡頭的美麗山林和田園，但最後卻因為他們其中有人犯了規，終於導致功虧一簣，從此那個世外桃源的洞口也就關閉，不再向世人開放了。

據書中男主角 Inman 自述，他幼年時代曾經爬上了那個寒山的最高峰，他終身以此為榮。

有趣的是，故事一開始，當男主角 Inman 正躺在病床上養傷，還處於半清醒狀況之際，他內心所念念不忘的就是他從前爬過的那個 Cold Mountain。對他來說，在此生死之際，寒山已經變成了一種「療傷」的動力了：

> 浮現在他腦海中的意象就是：寒山已經成了他重拾全身精力的凝聚中心。Inman 認為他自己不是一個迷信的人，但他完全相信，那個肉眼看不見的另一世界是存在的……於是他想盡全力抓住那個另外的世界，一個比此地更好的地方。最後他乾脆把寒山看成是那個美好世界的具體

所在了。（頁二三）

不用說，那個美好的「另一世界」與眼前戰爭的殘酷現實是完全相反的。然而，後來真正促使Inman毅然走上逃兵之途的，卻是一個生來就瞎了眼的人。那是一個天天到醫院門口販賣東西的瞎子小販。瞎子當然看不到任何人，但躺在病床上的Inman，每天只要望出窗外，就可以看見瞎子的一舉一動。有一天，Inman勉強可以下床了，他就慢慢走出去，和那瞎子開始聊天起來。言談之間，Inman問瞎子：「如果有這麼一個可能，讓你能突然恢復視覺，哪怕只有十分鐘之久，你肯出多少錢呢？」但瞎子說，他一分錢也不肯出，因為他很慶幸自己生來就瞎眼；他害怕一旦看過這世界，他就會變成一個仇恨的人。接著Inman就答道：「對了，我自己就有過這種經驗，這世界確實有些事情，我希望自己從來沒見過。」那瞎子聽了那話感到很驚奇，於是就問他所謂「從來不想看到」的事情是指的什麼。

就這樣，Inman才開始向那瞎子述說他最近所經歷過的戰場經驗。他用很長的時間，滔滔不絕地仔細描寫了戰爭的殘酷。（頁九至一四）。他說，他親眼看到，在廣大的原野上，處處堆滿了成千成萬的屍體。無論是敵方或是「我方」，均可聽見倒下的傷兵那悲慘的叫聲，令人難以忍受。他告訴瞎子，當時在戰場上，面對如此殘酷的景象，他所能想到的就是「回家」。

瞎子靜靜坐在那兒，聽他講完，一句話也說不出。最後瞎子說：「你最好設法忘掉這些吧。」但Inman再怎樣也無法忘記戰爭的殘酷場面。夜裡夢中所見的全是充滿了血跡的屍體片斷：到處都是成堆的手臂、頭顱、斷腿和殘軀……。顯然，他面對過太多的死亡，對戰爭已愈來愈厭惡了。於是，他想起了那瞎子，也想起了Cold Mountain，也想像寒山的頂峰，以及那兒的美麗風光。在他腦海中，家鄉的影子又再一次浮現了。於是他就拿起筆來，給Ada寫信：

無論如何，我一定要設法回家去。但有關我們之間的關係，我不知道將來會演成怎樣……我心裡幾乎可以預測，如果你一旦知道我最近所見過的一切，和所做過的一切，妳大概不會（再愛我了）。（頁二四）

以上所述這些情節（即小說裡第一章的情節）是Frazier 小說中很重要的一段。但可惜電影卻完全沒有把它呈現出來。在電影中，我們看不出男主角究竟是反對戰爭，還是支持戰爭。我們只看見，是那愛情的召喚（即Ada的那一句「Come back to me!」）激發了男主角決定走向逃兵的路上。其實在小說裡，一直要等故事進行到將近尾聲的時候（頁三四四），女主角Ada才忍不住在信中寫道：「我要求你回來！」（「Come back to me is my request.」）但那時，Inman 早已離開了戰場，早已走上長途跋涉的途中，而且就快要抵達家鄉了。當然那封信也永遠收不到了。

我們可以想像，當男主角Inman 一步步走在回歸的路上、一步步走向寒山之時，他所要尋找的正是印地安人的原始價值。我以為，書中最精彩的章節之一，就是有關男主角在歸途中被一個印地安老女人拯救的那一章（頁二六〇－二八三）。小說寫到Inman 已經餓得全身精力不支，加上身上的傷口又發炎，已到了臨死的關頭。但那個老印地安女人卻幫助他起死回生，給他敷藥，並殺羊款待他，還給他許多寶貴的生命啟示。Inman 發現，那老女人原來屬於他一向很喜歡的印地安Cherokee 族的人。多年前那女人為了躲避婚姻，才獨自逃到山中，從此過著隱士一般的生活，匆匆已過了二十六個年頭。她每天在山中，以捕羊為生，還利用休閑的時間畫畫，並按時寫下短篇日記。她完全不注重外表的修飾，身邊也沒有鏡子，因此對於這些年來自己面貌的變化和衰老全然不知。每天她只與自然對話，與動物為伍，雖然十分辛苦，卻也欣然自得。她知道自己來日已經不多了。當死亡來臨時，她預備要靜靜地躺在山頂的懸崖上，讓烏鴉把她的身體一塊塊地分解掉，讓它自然地逐漸消失。

可以說，這個印地安老女人的生活使 Inman 洞悉了另一種文化的真實性。這使他暗自思索道：「這種歸隱山林的日子或許也是一種可行的生活方式吧！」（頁二八二）因此，他開始幻想自己在寒山頂上隱居的情況：在那充滿迷霧的山中岩石上，他想像自己獨自建了一座木屋，雖然數月不見人影，卻也十分清靜。他愈想愈覺得那是一個可行的計劃。於是他就利用與那印地安老女人相處的時刻，盡量找機會和她言談，從戰爭談到人生的意義，從時間的無情談到他那美麗的情人 Ada。的確，小說藉著這個場景令人看到了人性溫馨的一面。可以說，在整個逃亡的旅程中，這是一個最富有療傷意味、最沒有恐懼和焦慮感的插曲。（在這裡順便必須一提的是，電影中有關這個印地安老女人的一幕是十分生動的，但可惜無法深入表現片中主人翁對印地安人文化的嚮往）。

然而，故事的結局卻與想像中的大不相同。後來 Inman 果然回到了理想的 Cold Mountain，同時他也驚奇地發現，Ada 早已和友人在寒山上建了一座木屋，正在那兒等著他。就這個層面而言，生命是美麗的，因為愛情終究可以勝過一切。然而，在那同時，他卻也無法躲過生命裡那種強悍、殘忍的一面。當他最後被南方憲兵槍殺，倒在寒冷的寒山道上，正面臨死亡的那一刻，Inman 的心中不知包含了多少強烈的感受？

作為一個敏感的讀者，我很自然地想起了詩人寒山的詩句：「人問寒山道，寒山路不通。」寒山雖是一個理想的境界，但卻是外人所不能瞭解的。對有些人來說，那條路是「不通」的。問題就在於：人心各異，各人的成見有所不同。或許有人能像寒山一樣，樂於處在原始的生命狀態中。但另外有人卻要堅持某種約定俗成的規律和制度，這個世界原來就如此地充滿了矛盾。

——《世界日報・副刊》，二〇〇四年二月九－十日。

捐贈與審美

美國文化是個崇尚捐贈的文化，它鼓勵人們以捐贈的方式來行善，同時也在稅制的利益方面儘量讓捐贈人感到划算。從這種利人利己的行動中，人們不知不覺就提高了個人對公共福利的關注。因此，在美國我們經常聽到人們捐贈大筆金錢的資訊——尤其是，哈佛耶魯等常春藤大學院校的資金大多來自校友的大批捐贈。很多時候，捐贈者的熱情和無私成為提高社會公德心的主要動力。例如，著名的Rockefeller和卡內基都曾將過半的家產捐出，成為西方慈善事業的人物典範。不久前世界首富Bill Gates開始建立慈善基金會，立志救濟社會。最近美國富豪Warren Buffett（即排名世界第二富的億萬富豪）宣佈要為慈善事業捐出其四百四十億財產中的百分之八十五，其捐贈數目乃為美國有史以來最高者。消息一出，令人驚歎，媒體也紛紛為之表揚。

談到捐贈，我個人最欣賞那種與開拓園林景觀有關的捐贈——通過建造一個公園（或把自己的美麗莊園整修後捐出），捐贈者可以為他人貢獻一個獨特的藝術世界，讓人們能從匆忙的日常步驟中，停下腳步來欣賞美。在美國，許多公園都來自私人（通過基金會）的捐贈，因此經常可以在公園裡看到紀念捐贈者姓名的銘文。通常那些捐贈者不惜花費大量資金和想像力，他們利用天然與人工的巧妙結合，把自己獨特的審美價值實現出來。每回我漫步於這樣的公園，感受到各種花樹的陶冶，總會產生出無限的詩意，也自然會想起藝術家宗白華那首著名的小詩：「生命的樹上／凋了一枝花／謝落在我的懷裡／我輕輕的壓在心上／她接觸了我心中的音樂／化成小詩一朵。」

每次走在公園裡，當我陷入這種詩意的遐想時，很自然地就會從心底產生對捐贈者的感激，我感激他們那種大公無私的捐獻精神和美好的藝術鑒賞。因此，每次參觀一個公園，我總是先找有關捐贈者的生平介紹，希望從他們的生命理想中讀出某種藝術的啟發。

到目前為止，我最喜歡的美國公園就是三藩市附近的 Filoli 公園和紐約附近的Innisfree公園，兩個公園原來都曾經是私家園林，後來由主人捐贈給基金會，才開闢為公共花園的。這兩個公園正好一東一西，格調各異，而且捐贈者都有極不尋常的生命觀和藝術觀。

西岸的Filoli

Filoli 公園距三藩市市區約三十英里，該園的營造和佈局顯示出傳統西方人所崇尚的那種堂皇壯觀、整齊、全面、而又勻稱的美感。一走進公園，你就會以為自己到了伊甸園，好像世上所有的花樹都在那兒，應有盡有。該園占地六百五十多畝，園中共植有兩萬多種花樹。所有園中的花木都按季節開花，好像在輪流炫耀各自的美好。因此，你若在不同的時候參觀此園，你就會看見不同的花。例如，四月間當你沿著花園的小道走去，許多玫瑰花、鬱金香、櫻花等都會有次序地一一展現在你眼前。此外，園中處處可以看見美麗的石雕，修整的一排排高樹烘托出一種崇高的美。我初次參觀此園，就被那種「百科全書」式的花木種類所震撼，似乎看到了所有歐洲花園的總和。

原來 Filoli 的創始者 William Bourn II 曾在英國讀過書，對愛爾蘭的風光特別欣賞，很懷念歐洲的風景，一直想在他所住的美國加州也建立起一個類似的別墅，於是在一九一五年便建立了這座規模宏大的公園。同時，他也很欣賞歐洲文藝復興時代的藝術，所以在別墅裡到處展現出那種古典的藝術風格。他一生的座右銘乃由三個字組成：即 Fight（為真理戰鬥），Love（有愛心）和 Live（好好生活）。所以，他就把這座公園別墅命名為Filoli（取三個單字的前兩個字母組合而成）。後來一九三七年Lurline B. Roth和她的丈夫買下了這個別墅花園，數十年間一直保留原有的藝術風格——只是增加了不少花木的品種。最終由Roth夫人把整個公園捐出。為了標榜夫人的慷慨捐贈，今日的Filoli公園裡有一段銘文，上頭寫道：「這是為了紀念Lurline B. Roth夫人——她非常喜愛她的花園，所以在一九七五年把它捐出，讓人永遠保護並分享。」

東岸的Innisfree

如果說，西岸的Filoli公園展現了歐洲的那種全面而完整的宏大景觀，那麼東岸的Innisfree公園則相容了東方的含蓄秀麗之美。Innisfree公園位於紐約州的Millbrook小城裡，離紐約市大約九十英里左右。該公園的面積只有Filoli的三分之一，但其風景之魅力毫不遜色。整個公園按照中國山水畫軸的展現方法慢慢展開，每一景集中在一個美的焦點上——哪怕只是一片浮在水面的睡蓮，一叢青綠的菖蒲，幾朵顏色鮮豔的牡丹、一塊精美的太湖石、一條蜿蜒的小溪，一對游水的天鵝、一個滿月形的山洞、一座優雅的木橋、還有到處散佈的瀑布流水。總之，每一個景都像故事中的插曲，節節相扣、交相呼應。同時，這些小景又都圍繞著中間的大湖，映著遠山，所以不論從任何角度向那湖望去，都可以看見各種不同的奇景。

確實，中間那個大湖乃為公園的心臟所在。沒有湖，就沒有這個公園。原來，當初的主人Walter Beck和他夫人之所以買下這塊兩百英畝的地，就因為這個大湖使他聯想到英國愛爾蘭詩人葉慈那首〈Innisfree湖心島〉（*The Lake Isle of Innisfree*）之詩的意境。在那首詩中，葉慈把Innisfree形容為一個世外桃源的世界——詩人夢想他將在那兒建一間簡陋的小屋，過著退隱的鄉居生活，每日種花種菜，面對著大湖，在安靜的環境中，可以全心傾聽湖面的波動：

我將聽見湖水輕拍岸邊的聲響；
當我站在馬路或灰色的鋪道上，
我將在內心深處聽見那聲音。

這就是為什麼當初Beck先生把他的別墅取名為Innisfree的原因。

然而，後來Beck先生卻在建築師 Lester Collins（一九一四－一九九三）的影響下，把這個別墅很巧妙地改建成一個理想中的中國園林，於一九六〇年正式對外開放。Collins 先生曾任哈佛大學園林建築系（School of Landscape Architecture）的院長，曾到日本和中國大陸讀過許多年的書，特別對東方世界的園林藝術有研究，所以就把重建Innisfree公園的使命當成發揮自己畢生藝術哲學的好機會了。後來他出版《Innisfree：一個美國公園》（*Innisfree: An American Garden*, 1983）一書，以為紀念。

值得注意的是，建築師 Collins 在設計的過程中，是以想像中唐朝詩人王維的輞川園為構圖基礎的。Collins 不僅熟讀過王維的《輞川集》，而且也仔細研究過王維的畫作《雪溪圖》（雖然，我們無法知道《雪溪圖》是否真為王維所作。）他發現，王維的美學觀基本上是建立在山水的對映和個別景點的相互關聯中的——例如流水和霧氣的關聯，遠山和雲彩的配合等。這種局部美的配合從西方的古典美學觀看來，是不夠全面而勻稱的；但卻是中國美學的骨幹。而王維的《輞川集》詩中描寫的就是二十個不同的小景，是那些個別的小景合起來組成了一個美麗的輞川園。當然，後人從沒真正看過王維的輞川園，所謂王維的美學也只是從詩中推測而已。但無論如何，Collins 在王維的藝術觀中看到了某種西方文化中所缺乏的東西，故把王維的作品介紹給 Innisfree 別墅的主人 Beck 先生。果然不出所料，Beck 先生從此對王維和中國的園林藝術產生了莫大的興趣，一直到高齡八九歲還手不釋卷地閱讀有關中國藝術的書籍。

然而，在遊 Innisfree 公園的過程中，我卻有一種感想——那就是，Innisfree 公園雖有意模仿中國園林，卻不十分「中國」。比起中國園林，它要來得簡樸而靜穆得多，我想那是受了日本美學的影響吧（因為 Collins 先生曾留學日本）。但歸根究底，它還是一個美國式的公園，因為它已經加入了美國特有的那種「多元文化」的氣質——所以 Collins 把 Innisfree 稱為「一個美國公園」。

同理，西岸的 Filoli 也是一個「美國公園」——即使它原來是根據愛爾蘭的園林藝術觀來建的。例如，它移植了來自其他國家的不少花樹；尤其是，每逢春天，園中就充滿了盛開的日本櫻花。從這兩個來自私人捐贈的公園，我們可以領悟到：所謂美國精神，其實就是向其他文化取長補短的熔化精神。

——《世界週刊》，二〇〇六年七月二十三日。

《耶穌受難記》在美國

劉再復先生在《世界副刊》上發表的他所寫有關電影《耶穌受難記》（*The Passion of the Christ*）的一篇文章：〈十字架大悲劇精神的復活〉。我一向是劉再復的忠實讀者，他的文章我總是百讀不厭，最佩服他在行文間所展現的寬廣視野和童心似的熱情。

但他這篇有關耶穌基督釘十字架的文章尤其令我感動。我邊讀這篇短文，一邊頻頻落淚，眼淚一直滴到我那本天天閱讀的黑皮聖經上……。

我之所以如此感動，乃是因為劉再復以一個非教徒的身份，居然寫出遠比一般美國信徒更深刻感人的讀者反應。他說：

……此次我看到的基督，卻是逼真的、鮮血淋漓的、受盡折磨的基督……人類的折磨手段如此野蠻，如此殘酷，如此行瘋狂，真難以想像……然而在十字架上，他卻寬恕把釘子打進他的手心的人……連用鐵錘把釘子打進自己的血肉之軀的人都能原諒，那還有什麼不可寬恕的呢？

這樣短短的幾句話，看來似乎很簡單，卻只有像劉再復那樣觀察敏銳、富有靈性的人才說得出。從前劉再復對基督的認識並不太多，但這次透過電影的視覺經驗，居然由感性的印象轉為直接的參與，使他在受震撼之餘，能深深體驗到基督的大愛，可以說已經成了一個真正的見證者。重要的是，他在文章裡很清楚地把這部影片最深刻的主題一語道破：那就是，人人都犯了罪，是你和我這樣的罪人把耶穌釘在十字架上的。這樣的認知其實就是一種徹底的懺悔，一種甘願背上十字架的決心，和一種自審的意識。從基督教的立場來看，如果沒有這個自審的懺悔意識，是無法得救的。這就證實了耶穌所說過的話：「凡不背著自己十字架跟從我的，也不能作我的門徒…我告訴你們，一個罪人悔改，在天上也要這樣為他歡喜……。」（路加福音，一四：二七；一五：七）

值得注意的是，劉再復從前曾經說過，美國人最為缺乏的也就是這種自審的意識。在他那本題為《閱讀美國》的書中，劉再復曾經很感傷地嘆道：

> 我在洛麗塔（即納博科夫小說中的女主角）身上讀到了美國，讀到了這個年輕的國家遠離歐洲的人文傳統…讀到了這個被物慾所覆蓋的國家一切都納入做生意的軌道，現實到了極點……更可憂慮的是……洛麗塔卻沒有自審的意識。（頁一〇三）

然而，現在情況不同了，因為劉再復從美國電影《耶穌受難記》裡看到了一種真實的懺悔意識，那是美國人繼「九一一」的現實悲劇之後所激發出來的一種新的覺醒：

> 「九一一」事件後美國人似乎在恢復一些關於建國初期基本價值觀念的記憶，也會恢復一些對基督受難的記憶和對悲劇精神的記憶。倘若真如此，倒是美國文化的幸事。即在文化迷失的時候，多少還會找到一點「方向」。

總之，目前劉再復已看到了當前美國精神文化的一道曙光，使他相信，美國終究還是有希望的。

所以，「九一一」的災難無形中卻給美國人帶來了某種救贖的意義。我很同意劉再復這個觀點。我以為，這一點可由最近美國觀眾對電影《耶穌受難記》的熱烈反應得到證明。

首先我們發現，《耶穌受難記》在聖灰日剛上演的那天，全美四千家戲院都爆滿了，而且散場時，許多觀眾都流著淚走出來。後來，從網絡上的反應可以看出，不少美國人都說，這個電影使他們的心靈產生了極大的震撼，因而個人的宗教信仰也更加堅定了。甚至有人說，這是他們有生以來所看的最為重要的電影，因為該電影改變了他們對「救贖」的認識。他們說，從前曾經把上帝的救贖視為理所當然，但現在藉著電影的逼真演出，終於能體驗到耶穌為了世人所付出的沉重代價。此外，有些虔誠的教徒則以為，這個電影給了他們一種「提醒」的功效，因為電影從頭到尾都在提醒大家，神的兒子耶穌基督是如何經歷苦難、如何替犯罪的世人贖罪的。

在這裡，我們還必須認識到，該電影的導演梅爾・吉勃遜是純粹以奉獻的精神來製作這部電影的。據說，幾年前梅爾・吉勃遜曾有過一次精神頻臨崩潰的危機，嚴重到幾乎要自殺了。但他後來經過禱告、靈修的過程，終於逃脫了痛苦。在那段逐漸康復的期間，他天天想到的就是基督的受難與大愛：他想，那來自上帝的耶穌既已不惜為世人釘了十字架，為了愛世人而受難，那麼作為一個有罪的常人，他難道不能承受生活上的一點點折磨？因此，梅爾・吉勃遜就不斷勸勉自己，無論如何要努力靠耶穌站起來，要徹底「重生」。因此，多年之後，為了感謝上帝的救恩，梅爾・吉勃遜就決定拿出自己三千五百萬美元的資金來導演一部有關耶穌受難的電影，他盼望別人也會因為十字架的故事而得益處。為了導演這部影片，他簡直孤注一擲，竭盡所有，凡事都為了完成他一生中最重要的一部電影。在這同時，他也有幸找到一位和他一樣充滿奉獻精神的教徒演員Jim Caviezel 來扮演基督的角色。據說在排演的過程中，Caviezel 遇到許多實際的困難。例如，為了演出血淋淋的逼真場面，有一回男主角 Caviezel 的背上被刺傷，傷口長達十四英寸。同時，他在背十字架的過程中，肩膀不小心受了傷，許多天都動彈不得。還有一次他在山上演出耶穌傳教時，突然被天上的雷電撞擊，身上還迸出火花來，差一點喪命。後來又不幸患上嚴重的肺炎，可以說是受盡折磨才終於完成這部電影的。

此外，《耶穌受難記》雖然獲得了廣大民眾的支持，卻也遇到了一些強大的外在阻力。首先，該電影一直受到了猶太團體的譴責。有不少猶太人認為這部電影主旨在控告猶太人陷害耶穌，因為它似乎把耶穌受難的責任推給了猶太的大祭司和民眾們。於是許多美國的報章雜誌都紛紛批評導演梅爾·吉勃遜的「反猶太」情緒。事實上，電影尚未演出，《新聞週刊》就已經以〈誰殺了耶穌？〉為題，為猶太人作了辯護。[1]有些猶太人甚至在電影上映的當天，成群結隊地在電影門口示威，表示抗議。

另外，還有不少人批評梅爾·吉勃遜的這部電影過於「血腥」；《時代雜誌》即以〈有生史以來最血腥的故事〉來形容《耶穌受難記》。[2]而且，一向享有盛譽的《紐約書評》也特別撰文譴責梅爾·吉勃遜，以為他之所以極盡暴力血腥之能事，或許與導演自己一向喜歡演暴力電影有關。[3]有人甚至懷疑梅爾·吉勃遜本人就有暴力傾向。

總之，像這一類不公平的批評似乎愈來愈多了，而且愈是知識階層高的人愈對該影片苛責得嚴厲。因此，導演梅爾·吉勃遜也為此感到有些痛心。他說：

> 我沒想到他們會如此之惡毒……其實他們很早就打擊這個電影了。當初我剛說要排演這個電影，他們就開始傳說這是一個多麼「危險的電影」。我看，本來就已經有許多反基督的情緒在那兒；那些人本來就厭惡看這樣的電影。他們是惡毒的……現在好像有一場戰爭正在進行著，

1 Jon Meacham,"Who Killed Jesus?" Newsweek (February16,2004):45-53.

2 Richard Corliss,"The Goriest Story Ever Told", Time (March 1, 2004):64-65.

3 Garry Wills,"God in the Hands of Angry Sinners," The New York Review of Books(April 8,2004):68-69.

一直在打擊著我們。

沒想到，原來那個出自虔誠之心的宗教電影居然被歪曲成一種族群對立的政治片了。許多人因此也埋怨導演故意激起人們對猶太人的仇恨，以為他罪大惡極，應當受法律的制裁。這真是梅爾・吉勃遜當初所始料未及的。

我想，在這種情況之下，劉再復那篇有關《耶穌受難記》的短文正好可以為導演梅爾・吉勃遜辯護。就如以上所述，劉再復已經很清楚地點出了這個電影的主題關鍵——那就是，基督受難，乃是由於我們所有人都犯了罪：「基督作為神之子來到人間，是幫助人類負荷苦難與罪惡的，可是人類卻形成一種合力，把他推向十字架。這是人類共同犯罪。」而且，劉再復特別指出，導演梅爾・吉勃遜為了在電影中傳達這個重要的資訊，他還不惜用自己的手，親自拿鐵錘把釘子打進耶穌的手心。那是影片中一幕十分深刻的景，其涵義甚深。可見梅爾・吉勃遜確是有心人，他「特意用這一細節說明，所有人都對基督犯了罪」，而他本人「也進入共犯結構之中，也犯了罪。」

這樣一來，所有那些針對梅爾・吉勃遜的所謂「反猶太」的控告，就自然不成立了。無形間，劉再復的短文已成了該電影的有力見證了。

據聖經裡的記載，耶穌死時的情景是這樣的：「那時約有午正，遍地都黑暗了，直到申初，日頭變黑了。殿裡的幔子從當中裂為兩半。耶穌喊著說，父阿，我將我的靈魂交在你手裡。說了這話，氣就斷了……聚集觀看的眾人，見了這所成的事，都捶著胸回去了。」（路加福音，二三：四四－四八）。

其實，當電影結束，眾人「見了這所成的事，都捶著胸回去」時，人們心中的懺悔意識早已開始萌芽了。這一切乃為了見證聖經裡的話。

——《世界日報・副刊》，二〇〇四年四月十九－二十日。

基督教與美國大學校園

我早就聽說有關《動物莊園》（*Animal Farm*）的譯者張毅的生平故事了。[1]張毅今年四十歲左右，原是西安人，一九八九年「六四」之後開始接受基督教信仰，一九九三年移居香港，正式受洗成為基督徒。目前他是 Praxair 公司的業務開發經理，工作雖十分忙碌，卻一直在教會裡領導各種活動。此外，他還利用晚間業餘的時間努力攻讀神學課程。可以說，張毅一直在尋找自己的根，終於找到了信仰的泉源。

此次張毅碰巧來康州附近的 Danbury 城出差，故想順便來耶魯一遊。知道張毅是個虔誠的基督徒，我的耶魯朋友們早就為他安排到當地的中國教會（即紐黑文華人宣道會）講道。此外，我們也想利用星期日上午的時間先帶他到有名的耶魯大學教堂 Battell Chapel 參加英語禮拜，並順便把耶魯大學的歷史介紹給他。於是大家商量好，將由我和我的丈夫張欽次負責帶張毅上耶魯大學教堂。

終於星期天來臨了。那天一大早，我的耶魯同事康正果就把張毅送到我們家來了。之後，我和欽次兩人一起和張毅到了耶魯校園。

在這以前，我從沒見過張毅。這次初見他，心裡感到一陣驚喜。首先，我在他的臉上看到了一種不尋常的「光」，那光平靜溫柔，又充滿虔敬，它使我想起了從前在某些少數神職人員臉上所見過的

[1] 此書的合譯者為高孝先，也是我的朋友。見《動物莊園》（上海：上海人民出版社，二〇〇〇年第二版）。

一種相似的「光」。我知道，那種光來自上帝，只有心中充滿了聖靈的人，臉上就才會發出那樣特殊的光彩。

「啊，張毅」，我笑著對他說：「你今天又把光帶到耶魯來了。你知道嗎？耶魯校徽上頭寫著LUX ET VERITAS，那就是Light and Truth，也就是光明和真理的意思。」

張毅笑了，臉上又發出了那種富有靈性的光。

我就告訴他，三百年前的耶魯大學原是由一群康州的哈佛校友建立的。那些哈佛校友因為不滿母校哈佛所傳授的「偏離」的神學教育，以為它失去了原有的基督教精神，故決定要建立一所新的理想大學。他們把耶魯大學的校訓定為「光明和真理」，乃為了補充哈佛校訓所謂的「真理」。換言之，建立耶魯大學，就是要為「真理」帶來前所未有的「光明」。原來三百多年前，這些早期的常春藤大學其實都是神學院，校長就是學校裡的牧師，所以神學教育也就成了一個大學的命脈。有趣的是，在二〇〇一年耶魯大學三百年校慶的典禮中，哈佛大學當時的校長Lawrence H. Summers就曾開玩笑說道：「你們耶魯一直活在光明中，不像我們哈佛行在黑暗中。」一時引起了台下幾千位觀眾們的笑聲。但其實這些年以來，耶魯已經漸漸失去了原來的基督教精神。比如說，從前無論教授和學生都一律會在星期天到教堂做禮拜，但今天大學教堂裡的會員人數已經變得寥寥無幾了。尤其是近十年來，其變化最為明顯。當然，這種現象不能完全怪罪於教授和學生們，主要還是由於美國教會本身普遍地產生了問題和危機的緣故。

於是，走在校園裡，我忍不住提前警告張毅：「我們很快就要到大學教堂了。到了教堂，你可別失望啊！這幾年來，Battell Chapel的人數已變得很少，現在又遇上暑假的時間，學生都不在校園裡，所以參加禮拜的人一定更少了。」「沒問題，沒問題，請放心，」張毅邊說邊指向聳立在老校園的教堂。「啊，那就是Battell Chapel嗎？真美……。」

果然，一走進教堂，張毅就被它那古色堂皇的建築給迷住了。他不斷抬起頭來，來回地端詳著教堂頂部的圖案細節和裝飾雕刻。那教堂的周圍全配有各種各樣的彩色玻璃窗，上頭有許多若隱若現的圖像和字跡，處處流露出一種神聖的氣氛，令人如置身於古老歐洲的教堂中。接著，我們選了前頭的座位坐下。一時美麗動聽的喇叭吹奏聲悠然響起，給人一種特殊的情調。我看見張毅一直在低頭默禱……。

終於，禮拜開始了。我們先唱"Your Hand,O God,Has Guided"（神啊，是你的手引領我們）那首聖詩，又高聲朗讀了幾段經文。再下去，副校牧 Rev. Pamela Bro 就開始講道了。奇妙的是，她講的主題是「教會的意義」，這正是張毅所想要聽的。副校牧一開始就談到美國大學的歷史，說教會本來就是美國大學的精神所在。據她解釋，「大學」的根本意義就是要幫助每個學生尋找他們在這個龐大宇宙之中的位置。可見大學對於一個人的精神成長之重要性了。而所謂「禮拜儀式」本來就是「一群人為了別人的好處而一起努力作工的意思」。[2]因此，副校牧說，今天我們之所以稱教會的會眾整體為 congregation，也就是這個意思——因為 congregation 的原意是「許多人集合在一起」。此外，Pamela Bro 強調，每個教會裡的人都必須相愛，要學習神的榜樣、凡事原諒別人。

等副校牧講完道了，我就站起來，把張毅介紹給大家。一聽到張毅來自遠東，教友們都表示歡迎，向他說：「平安歸於你」（Peace be with you）。最後，令人驚奇的是，副校牧突然請張毅到前台去，讓他為所有的會眾作一個禮拜終結前的祝福和禱告。我聽見張毅高聲唸道：

Be kind to one another tender hearted, and forgiving.

[2] 這段話的原文是"The work of the people for the good of the people."

Live in love as Christ demonstrated God's love.

（你們要互相恩待，要存溫柔之心，要彼此寬恕。要活在愛裡，像基督一樣表現出上帝的愛。）

在張毅的臉上，我再一次看到了光。我終於悟到，那光其實是愛的光，也是充滿信心的光。眼前的情景，令我深深感動。沒想到，以基督精神立國的美國，最後終於還得靠虔誠的中國基督徒來給予祝福。真可謂後來者居上了。

這時，我抬起頭來，突然看見有一道很強的陽光照在教堂最高處的彩色玻璃窗上，那道光把 Jonathan Edwards 幾個大字頓時照得閃爍發亮。原來 Jonathan Edwards（一七〇三－一七五八）是耶魯最有名的校友之一，他是美國史上數一數二的偉大神學家兼哲學家，他曾在一七三四年發起了有名的「大啟蒙」宗教運動。後來於一七五八年他被選為普林斯頓大學的第三任校長，可惜上任後不久就因病去逝了。從此之後，為了紀念 Jonathan Edwards 不平凡的一生，耶魯校園到處都有他的遺跡。最引人注目的是，耶魯的十二個住宿學院中，其中之一就叫做 Jonathan Edwards College。此外，耶魯大學圖書館的檔案部門收藏了他的無數手稿，而多年來耶魯大學出版社又發行了一系列他的作品集。當然那是一個極其可觀的系列，因為 Jonathan Edwards 是人們公認有史以來最為多產的神學家之一。然而他為了傳教，短短一生的歲月中充滿了挫折，可以說全憑信心才活了下來，而且活得轟轟烈烈。最近耶魯大學出版社又出版了一本有關 Jonathan Edwards 的傳記，又再一次激起了美國人對這位殖民時代的偉人的懷念。[3] 因此，有名的作家 Garry Wills 就在《紐約時報書評》中形容 Jonathan Edwards 的一生為

[3] George M. Marsden, Jonathan Edwards: A Life (New Haven: Yale University Press,2003).

「烈火上的靈魂」。[4]

在教堂裡，我全神注視著那片閃爍發光的彩色玻璃窗，反復玩味著窗上那幾個大字：JONATHAN EDWARDS，以及周圍的圖案。我覺得自己彷彿藉著那道陽光進入了某種超乎肉眼的境界。不知不覺地，我想起了Jonathan Edwards 的那篇名著：〈一種神性的、超自然的光〉（*A Divineand Supernatural Light*）。[5]記得那篇原來是個證道詞，其中有一段寫道：

> 的確，當一個人的心靈真的找到了靈界的東西，而大大地受那神性的光感召之時，通常極有可能就會產生極大的想像力：也就是說，伴隨著靈性的突破，你可能會看到一種美麗的表相和亮光本身的諸種印象。但事實上，真正的神性之光，並非只是想像中的印象而已，它是一種絕然不同的光……。[6]

這時，我也很自然地想起了孟子的話：「充實之謂美，充實而有光輝之謂大」。（孟子，〈盡心下〉，二十五章）足見「光」的隱喻的確存在於世界上許多文化傳統中。然而我知道，我那天所感受到的光不止是一種文化上的美麗形象，而是「神性之光」。因為藉著那道光，我確實體驗到了一種靈性的感召。我相信，那是超越肉眼感官、超越物理性的光。

那天，和張毅走出耶魯教堂之後，心中滿是感慨。沒想到這次張毅「光臨」耶魯，又使我重新感

---

4 Garry Wills, " Soul On Fire,"New York Times Book Review (July 6,2003):10.

5 此篇原來的標題很長，原名是："A Divine and Supernatural Light, Immediately Imparted to the Soul By the Spirit of God, Shown to be Both a Scriptural, and Rational Doctrine."此篇為一七三四年的講道詞。見The Sermons of Jonathan Edwards: A Reader, edited by Wilson H. Kimnach, et. al (New Haven: Yale University Press,1999), pp.121-140.

6 The Sermons of Jonathan Edwards, p.125.

受到了上帝的「光」。其實，從Jonathan Edwards 所遺留下來的作品中可知，那種追求「神性的光」的執著精神原來就是殖民時代時所謂的「美國精神」。

那天，吃午飯的時刻，我就把這種原有的「美國精神」很詳細地給張毅解說了。他聽了也很高興。我們都認為，此次大家在耶魯相遇，並成為朋友，絕不是偶然的。

——孫康宜，《我看美國精神》，臺北：九歌出版社，二〇〇六年。

「傷逝」的教育

我時常想到《世說新語》的〈傷逝〉篇中有關王戎（《晉書》一作王衍）喪子的一則故事。[1]王戎之子王綏（字萬子）十九歲時，不幸去世，王戎因而悲不自勝。不管朋友們如何安慰他，王戎都無法消除內心的悲痛，他說「情之所鍾，正在我輩」。誠然，最讓人感傷的，莫過於喪子之痛了，那也是人間最深之情了。

其實，凡遇到青年人不幸早逝，總是令人格外地傷心。可以說，凡是有「情」人，都會為之悲哀，豈止是親情之間的哀慟而已。

不久前，在耶魯的校園裡，我徹底感受到了這種悲痛的深度。原來那天清晨，由於下雪路滑，一輛卡車經過康州九十五號州際公路時突然失控，闖入對方車道，造成連環車禍。當時有一輛載有九名耶魯學生的多功能車首當其衝、損失甚重，其中三個學生當場死亡（另一名學生在一天後因重傷不治而去世），此外還有兩位學生進了醫院的緊急室，傷勢十分危急。這些耶魯學生都是橄欖球隊或棒球隊的隊員，他們前一天晚上到紐約去參加一年一度的D K E兄弟會（即Delta Kappa Epsilon fraternity），誰知在回來的途中竟然遇到災禍。

出事後不久，當時的耶魯大學本科部院長布理查教授（Richard Brodhead，目前Brodhead已改任杜

[1] 根據《晉書》的記載，喪子之人應為王衍。見《晉書・王衍傳》。因此《世說新語》所記有關王戎的故事，似為王衍喪子的誤傳。

克大學校長）立即以電子郵件通知全校師生們。消息傳來，耶魯校園一片哀傷。當天晚上本來在耶魯的體育館中已經安排了一場和布朗大學的橄欖球賽，如今球賽只好臨時取消，而體育館卻成了哀悼死者的「守夜大會」（Vigil）之處了。那天有一千人左右（包括教授和學生們）參加了「守夜大會」。在會上的開場白中，布理查院長首先很傷心地對大家說，那是他在耶魯服務多年來最為陰沉慘淡的一天（"the blackest day"）。那天幾乎所有的與會者都找不到適當的言語來表達他們內心的哀傷和驚愕，因此他們只是低著頭流淚。後來，有幾個學生自動上台唱 Amazing Grace 那首聖詩，其餘的人則在沉默的片刻中為死者默禱。

在我的記憶中，二〇〇三年的「一月十七日」那天確實是我來耶魯任教二十多年以來、校園裡最為陰沉沉的一天了——其悲戚哀傷的情境，大概只有九一一事件可以與之相比。那天晚上，所有學校裡的牧師和心理醫師們全都一齊出籠，而且他們還徹夜值班，希望能幫忙學生們解答心靈上的疑難。同時，每個住宿學院的院長家中都一直開到深夜，歡迎學生們隨時進入交談。真的，在這種普遍憂傷的時刻，也只有藉著大家的互相扶持，才能勉強得到一點安慰了。就如耶魯校牧 Rev. Frederick Jerry Streets 所說：「當大家聚在一起的時候，我們時常會找到一股奇妙而強大的力量，那是一個人獨處時所難以得到的力量。」

本來耶魯大學之所以經常被視為一個具有人情味的社區，乃是因為它擁有一種類似大家庭的結構。尤其是，校園裡的每個住宿學院扮演著這個大家庭裡很重要的部分。例如，剛出事那天，有一位住宿學院的院長就當眾宣布：「我們都是這個家庭的成員，無論如何我們必須像一家人一樣地站在一起。」

此次車禍，其中兩位死者（Sean R. Fenton 和 Andrew K. Dwyer）都來自我所屬的戴文坡寄宿學院。可以說，整個學校裡就以戴文坡寄宿學院的死傷率最為嚴重。作為一個戴文坡寄宿學院的 Fellow，我內心的憂傷自不待言。雖然我和這兩位遇難的學生並不怎麼熟，但我時常在飯廳裡看到他們，有時也和他們一起用餐。他們兩位都是學校裡數一數二的球隊明星，功課也都十分傑出。Sean 因為經常幫助別人解決電腦的問題，同學們就給他取了一個外號叫「電腦專家」。Andrew 則一向平易近人，且以助人為樂，朋友們每遇到生活上的問題，就找他幫忙，大家都喜歡喊他的小名「Andy」。

現在這兩位優秀的青年都在車禍中去世了。此事發生得如此地突然，很難令人接受。

車禍之後的次日，我忍不住在冷風刺骨的約克街上，獨自一人走到了戴文坡寄宿學院門口。進了學院，我很安靜地坐在一棵大樹下的長椅上，就開始沉思了起來。我一直在想，Sean 和 Andy 的父母不知如何能承受這個突來的打擊？這兩位學生都是聰明活潑、前程似錦的二十歲左右的男孩，沒想到就這樣突然地告別人世了。於是，不知不覺地，我又想起了《世說新語》中有關王戎喪子的那個故事。重要的是，王戎的兒子去世之時也是同樣年輕，也同樣令人嘆息。所不同的是，今日耶魯學生的悲劇發生在美國高速公路上。在新英格蘭的雪地上，連死亡也顯得如此地無情而具戲劇性。

難怪在星期五的「守夜大會」中，布理查院長一再重複地歎道：「這些學生當初到耶魯來，乃是為了受教育。他們從來也沒想到還要接受這樣的『教育』。」其實，把死亡看成是一種「教育」，乃是我這幾天以來、在哀悼的過程中所得到的最大的啟發。首先，我參加了星期日那天在耶魯大學教堂裡為 Sean 所舉行的追悼會。

且說，為 Sean 所開的追悼會十分莊嚴而樸素，周圍沒有任何鮮花，只是整個教堂裡坐滿了人，大約有數百人的光景。我抵達教堂時，早已看見雷文校長夫婦和布理查院長夫婦在前頭和 Sean 的父親說話，大家都帶著極其悲傷的表情。據 Sean 的父親說，他的兒子生性樸素，凡事重實質，相信在這個場合，他絕不會喜歡他的朋友們把精力放在買花上，所以他決定不接受任何人的鮮花。其實，或許由於這個追悼會顯得特別樸素，它才更加感人。

在追悼會中，Sean 的朋友們一一輪流上台致詞。我發現，每一位致詞者都企圖控制自己激動的情緒，但最後個個都很難壓制自己的眼淚。Sean是出事當天充當司機的那個人。從學生們的致詞中，我認識到了一個活生生人物的內在世界。朋友們最難忘的就是 Sean 經常帶在臉上的微笑，以及他見義勇為的精神。據說，有一天半夜裡，同樓的一個同學生病了，病得很重，他就連夜從三樓上把他背到救護車裡，並一直陪他到了醫院的緊急室中。連師長們也一致稱讚 Sean 的善良，以曾經有過那樣的學生為榮。可以說，Sean 那種為了朋友全力以赴的精神就是那天追悼會中許多致詞的主題。

當Sean的室友 Clifford Cheung 拿起他的吉他走到教堂的前頭，開始奏起那首 Sean 平生最喜歡的曲子Hey Jude 時，我不知不覺也流下淚來了。那音樂使我想起了英國的作家兼思想家 C. S. Lewis 在他的《沉靜的哀傷》（*A Grief Observed*）一書中所說的話：「哀傷像一個長長的山穀……哀傷在那彎處不斷以不同的面貌出現，仿佛沒有止盡……。」[2]

那天印象最深刻的就是，一個從車禍中生還的大一學生的致詞。他拖著拐杖，慢慢走上前台，以一種很平靜的口氣說道：「這兩天以來，我一直在心中盤問，想從這次災難中看到某種意義。我痛苦、我掙扎、我無法接受同車的幾個朋友已經去世的事實。但昨天清晨醒來時，我突然感到他們來到了我的中間，我意識到那是一種極其平靜的境界——我知道，那是他們給我的信號，讓我知道他們已經圓滿地走完了生命的旅程。」

那個學生說話的聲音十分親切，卻也十分遙遠。他說完話之後，又慢慢抓住拐杖走下台來。這時，Sean 的父親慢慢站起來，給他一個緊緊的擁抱。

接著，Sean 的父親面對與會者，頻頻向大家致謝。他說，他的兒子一向以進耶魯大學為志願（他

2 見劉森堯，《天光雲影共徘徊》（臺北：爾雅出版社，二〇〇一），二〇四頁。

當初只申請耶魯一個學校），後來真的進了耶魯，終於如願了。他認為耶魯一直是 Sean 的第二個家，尤其是 Sean 一直把朋友視為他生命的全部。他說，重要的是：「現在我們還需要療傷，也必須彼此幫助。」（"Now, we have to heal and help each other."）

Sean 的父親說這話時，大家都禁不住流下淚來。這位勇敢的父親令所有在場的人又欽佩又感動。

後來我才知道，Andrew（Andy）Dwyer 的父母也是極其不尋常的人。聽說，當天剛發生車禍不久，他們自己雖然面臨喪子之痛，卻還到醫院裡去探望 Andy 其他那些受重傷的同學們（可惜一位和 Andy 同年的學生 Nicholas Grass 於二十多小時之後在醫院裡去世。）我認為 Andy 的父母之所以如此偉大，除了他們本人出自內心的博愛之外，更重要的乃是：他們相信，Andy 如果在世，他一定也會無條件地幫助那些朋友的。所以，從某種意義來說，Andy 的父母只是在成全自己兒子的生命理想。

Andy 去世之後第四天，他的父母在他們紐約州的 St. Matthew's 教堂裡舉行了一個盛大的追悼會。那天布理查院長和許多耶魯學生也從老遠特地趕去參加。大約有一千多人參加此會，整個教堂裡都擠滿了人，最後有人只好站在極其寒冷的門外默禱。從頭到尾，那個追悼會充滿了關切與熱情，給所有的與會者帶來了安慰和啟發。

在這同時，另外兩個學生 Nicholas Grass 和 Kyle Burnat 的葬禮也分別在他們的家鄉舉行。在這兩個場合裡，也都有上千上百的人參加，那情調也是既肅穆又感人的。

誠然，尤其在哀傷之中，人們的互助與同情是十分可貴的。它至少使人更加接近人生的本質。對我來說，這幾天的個人感觸又使我學了一課：那就是，不僅學生們需要從哀傷的經驗裡得到教育，就是父母和師長們也應當從這種痛苦中學到人生的功課。可以說，這種「傷逝」的教育也就是愛的教育。

——《世界日報・副刊》，二〇〇三年，二月十五—十六日。

二十一世紀的「全球大學」

耶魯大學校長雷文在《新聞週刊》國際版（Newsweek International,2006/08/21-28）登出的一篇文章裡曾經指出，今日的大學已逐漸走向「全球化」。[1] 換言之，大學教育已不可能像從前一樣地關閉自守。

然而，我以為全球化的觀念和通才教育有著密切的關聯。通才教育的成功與否，與學校的大小無關。例如，哈佛和耶魯兩所大學可謂極其龐大，但普林斯頓大學則以「小而精」著名，校方多年來一直刻意排除醫學院和法學院的建立，以保有其小而優厚的傳統。但無論大小，在美國要能成為一個真正頂尖的著名大學，沒有不注重通才教育的。所以在二〇〇一年的三百年校慶演說中，耶魯校長雷文特別提出通才教育與歷史上的耶魯大學（以及其他規模相似的美國大學）的關係。他重申，通才教育的推廣乃是耶魯之所以建立之主因。為了強調其重要性，他特別引用一八二八年耶魯教授們對通才教育一詞所下的定義：「所謂通才教育，就是在文科和理科之中，利用最有效的方法，制定出一套共同學習的方式，讓人能因而加強和擴大其思考的能力。」一直到如今，耶魯學院還是堅持進行這種教育的方式。

有關「通才教育」的重新檢討，雷文校長特別強調：這半個世紀以來美國大學裡的通才教育之

[1] 雷文（Richard C. Levin）校長已於二〇一三年退休。現在的新校長是Peter Solovey。

所以十分成功，乃是因為美國人已普遍地學會了獨立思考的習慣。據他說，從前在一九三〇和一九四〇年代，美國的一般大學還以背書為主要的教學方式。但一九六〇年代以後，美國學校的課堂上漸漸開始加重「參與式的研討」和「討論式的小組」，從此大家才開始鼓勵學生們參與討論並發表自己的意見。顯然這樣的教學法大大地培養了學生的分析能力，也直接觸發了民主制度的推進。以耶魯大學為例，今日所有大班的課程都帶有小班的討論小組，而學生的成績也與討論課上的表現有著密切的關聯。這種討論式的教學法之所以成功，乃是因為它本來就是建立在個人的思考過程的，它與個人的人格成長息息相關。

在今日情況日漸複雜的世界裡，美國大學正在面對各種新的挑戰。然而，即使在重重經濟壓力之下，耶魯的雷文校長仍盡全力保證本科教育的完整和卓越。一直到現在，耶魯學院仍對美國最優秀的本科生保持最大的吸引力。耶魯的其中一個特色就是強調系與系、學科與學科之間的「相互聯合」。在這樣跨學科的環境中，耶魯學院、研究生院、和十個專業學院都不是孤立的，它們互相給予幫助並刻意培養對跨學科有興趣的學生。尤其在人文學科、生物科學、和醫學方面的各科系，耶魯已有了非常卓越的跨學科基礎，所以今後學校將繼續在那些方面發揚光大。關於這點，雷文校長所持的將是一種「優化選擇」的原則。那就是，繼續用有限的資源來發展已經特別卓越和龐大的專業，但對於其他一些學習領域，耶魯則寧願保持原有的小規模，讓少數專業領域的優秀教師能集中精力，作某方面的研究。換言之，學校希望這些領域的「小團體」只作選擇性的發展，只在幾個特定的領域裡取得國際領先水平。因為，就如雷文校長所說：

> 人類的知識範圍是如此的廣大豐富而變化無窮，任何一所偉大的大學都不能期望涵蓋每一個值得學習的知識領域。即使在耶魯具有強大潛力的科系裡，那些教授領域的不斷專業化和學科的

不斷繁衍也使我們難以做到全面。所以優化選擇的原則對我們的某些科系的發展是十分適當的……。

然而，在這種情況之下，所謂的「全球大學」要如何具體地進行發展呢？首先，雷文校長以為，一個「全球大學」必須建立一套很好的「國際性合作」的制度。以耶魯為例，「雅禮協會」已在一百年前與中國建立了密切的合作。早在一八八六年耶魯學生就發起了一個「學生自願服務的運動」，由學生們到世界各地去作文化傳播和傳教的工作。於一九〇一年（耶魯兩百週年那年）正式成立了「雅禮協會」並於一九〇六年在湖南長沙設立了雅禮中學，之後又在中國建立了一連串的教育機構，總之一切皆以教育中國人為其宗旨。然而，今日「全球化」的國際性合作卻與一世紀以前的「自願軍」拓荒者有所不同。今日國際關係的重點基本上是「雙向」的，不像從前那種努力救助中國的「單向」運作。目前，凡是要到中國大陸、臺灣、或日本學習中日文的耶魯學生都可以輕易地獲得「賴德獎金」，其獎學金數目之高，待遇之優厚，實為美國學界中前所未見。這些學生到遠東去，主要是想瞭解中日文化，想經驗另一種「不同」民族的生活方式，顯然與從前美國傳教士的態度大相徑庭。由於世勢所趨，現在美國人出國的目的大多是為了學習。在一篇題為〈為耶魯的第四個世紀作準備〉的文章裡，雷文校長曾說：「我們必須認識到，二十一世紀的領導者，無論在任何行業和專業，都必須學習如何活動於全球化的環境中。任何一個『公眾服務者』都應當對另其他文化有深刻的瞭解。」

然而，「全球化」也有某種潛在的危險，它所帶來的方便有時卻也為人帶來了不必要的災難。所以，二〇〇二年哥倫比亞大學的校長 George Rupp 就在畢業典禮中說道：「全球化可以讓商業和媒體的運作很快地在世界各地進行。但它同時也意味著仇恨與暴力逐漸由世界各個角落走向了我們——那是由於某種嫉妒心、被歧視的感覺、以及基本信仰的不同而引起的危險。我們其實都在Ground Zero。」

全球化所製造的另一種危險，就是「文化戰」的沖擊。自從多元文化在美國校園裡流行之後，有些美國教授和學生開始趁機反對西方傳統中的經典文學，並把「政治正確性」當成了他們的擋箭牌。這樣就自然引起了各種各樣的文化之戰。不久前，耶魯著名的文學評論家布魯姆把那些打擊西方經典的人說成是一群「怨憤派」的門徒，意思是說：那些人只想到權力，只懷怨憤，卻不會欣賞真正的文學。布魯姆的論點後來引起了不少人——諸如女性主義者、新歷史主義者——的反彈。另外，耶魯另一位英文系的教授David Bromwich則持一種不同而全新的立場。在他著名的《另一種政治化》（*Politics by Other Means*）那本書中，他提出了極其中肯的想法。他以為，不論是極端的「右派」或「左派」，兩者都是對通才教育的背逆，因為這兩種人都企圖利用教育的方式來灌輸某種專權化的政治意識。他說：「今天在人文學科裡，最讓人感到困擾的就是，左右兩派的人都同樣注重權威，但卻都漠視傳統。」因此，他在書中一再強調，教學的真正目的乃為了啟發學生們的獨立思考，以讓他們在面對傳統之時能自發自知，並學會容忍別人不同的觀點。唯有如此，通才教育的精神才能得到充分的發揮。

所以，在這場「文化之戰」的多種聲音之中，雷文校長特別喜歡 Bromwich 教授有關通才教育的論點。事實上，雷文校長基本上是個自由主義兼人文主義者。在這個日漸複雜的全球文化中，他相信每個人有其選擇言論和信仰的自由。而使他最感興趣的，也正是「人」的多種素質。記得一九九三年，他在就職典禮中的演說就是以這樣富有詩意的一句話開始的：

> 莎孚克理斯（Sophocles，B.C.495？–B.C.406）在他那本Antigone劇本的第二段合唱中曾說道：「這個世界充滿了數不盡的奇妙的東西，但沒有什麼東西比人更為奇妙……」[2]

[2] Richard C. Levin, "Beyond the Ivy Walls: Our University in the Wider World," Inaugural Address, October 2, 1993. 英文原文是："In the second chorus of Antigone, Sophocles celebrates humanity: 'Numberless are the world's wonders, but none more wonderful than man.'"

可以說，雷文校長所經營的「全球大學」也正是充滿了人的多種聲音的「合唱」，在那個擁有多元文化的校園裡，他希望能藉著通才教育的燻陶，把一些年輕人塑造成有智慧、有理想、且能在這個全球化的社會中獨立思考的人。

雷文校長的想法使我聯想到最近捷克共和國總統哈維爾（Václav Havel）在紐約市的一次演講中所說的話：

> 如果人類想躲過新的浩劫、想倖存下來，那麼全球的政治秩序就不可不輔之以不同文明、文化、國度、及大陸間真誠和相互的尊重，也不可不同時誠心努力地尋求並找到共有的價值或基本的道德訴求，進而將其鑄成在今日全球性聯繫的世界上共存的基礎。[3]

與哈維爾相同，雷文校長也認為在這個日漸複雜的世界裡，不同文化的人應當互相尊重，也應當設法找到共同的「道德訴求」和「共存的基礎。」而他所謂的「全球大學」也就是建立在這種相輔相成的基礎上的。

——孫康宜《我看美國精神》，臺北：九歌出版社，二〇〇六年。

---

[3] Burton Watson, trans., *Zhuangzi: Basic Writings* (New York: Columbia University Press,2003), p.30.

「童化」與「教化」

臺北中央研究院著名研究員林玫儀教授最近突然來信，說希望我能在匆忙中趕出一篇論文，題材不拘，文章將收入一本慶祝施蟄存先生百歲華誕的文集中。多年來，施先生一直是我的忘年之交，是我生命中很重要的人，所以對於林教授約稿寫論文的事，我自然欣然同意。關於文章的題材，後來經過考慮再三，我決定還是寫一篇較為感性的散文為佳。首先，施蟄存先生很早就鼓勵我要多用中文撰寫散文。從二十世紀八十年代初期，我們成了筆友開始，他一直不斷來信給予指示。他說，許多移居海外多年的華僑早已經不會用中文從事寫作了，他以為那是很可惜的事。因此，他希望我無論如何要繼續勤寫中文散文。

後來一九九六年六月六日那天，我終於有機會在上海拜見了施先生。記得他老先生那天精神特別好，滔滔不絕地講了三個鐘頭的話，臨別之前還不忘叮嚀我，要我努力從事中文寫作。他說：「對你來說，成天活在英語的世界中，用英語寫作自然較為容易。但你一定要下定決心，最好把自己訓練成一個散文作家。通常人大多像一塊麵團，總是很被動地接受了社會環境的塑造。但我勸你無論如何要用自己的毅力來塑造你的生活環境。其實說穿了，每個人的人生都像一個大舞臺，開始時你總是不太清楚自己所要扮演的是什麼角色。但後來隨著自己的努力，就會成為劇中的女主角、男主角、丑角等。我看你從此就扮演一個『文化使者』的角色吧。我勸你一方面能繼續用英文把中國文化介紹給西方讀者，一方面也能多用中文把西方文化介紹給中國的讀者……」他邊說邊微笑，依依不捨地把我送出了他家門口。

至今我仍然忘不了施先生對我說的那段話。可以說，只要時間許可，我總會在生活的空隙中抓緊機會，努力學習用中文寫作。而每每在構思和寫作的過程中，也經常會想起施先生來。可以說，施先生不但是我的中文寫作的導師，也是我生命中的榜樣。就如他所說，他的人生目標就是超越名利，並且「順天命，活下去，完成一個自己喜歡的角色」。

於是這次我決定寫一篇散文獻給施先生。我決定寫有關美國的Rogers先生的事蹟（因為與施先生相同，Rogers也扮演了一個十分不尋常的角色。——二〇〇三年三月，作者孫康宜謹識）。

這些年來，經常有人問我，對於美國目前的教育制度有何感想。有關這個問題，我總是感到很難回答。這主要是因為一九六〇年代以來的這一代美國青年人，他們所受的教育與上一代的美國人十分不同，而且其對「教育」的概念也不同，一切都顯得較為複雜，並非三言兩語就可以說清楚的。

首先，這一代的青年人堪稱為半世紀以來電視教育的特殊產物。有一回，我問一個耶魯的大一學生：「妳年紀還那麼輕，今年還不到十八歲，就這麼會寫詩？妳是從哪個中學來的呀？是哪個中學老師教妳寫詩的？」

「啊，我從三歲開始就會朗誦詩歌了。是從電視上的 Mister Rogers 那兒學來的。妳知道嗎，我們這一代的人都是看 Mister Rogers 的電視節目長大的。Mister Rogers 就是我們生命中的第一個老師……。」她一面說著，一面強調Rogers那個字，把每個音節都清楚地念了出來。

確實，許多美國人都把 Rogers（Fred Rogers）先生當作他們心目中的偶像，主要因為 Rogers 不惜把他的一生奉獻給了兒童教育。在一九五〇年代上大學的期間，Rogers原來是攻讀音樂的，同時也研究心理學。畢業之後他就到電視台工作，開始在電視上開創一系列專為兒童表演的「木偶」節目。一九六二年之後，他正式成為電視上獻身於傳教工作的長老教會牧師，不久就發展出一個名為Mister

Rogers' Neighborhood（羅家斯的鄰居）的節目，其目的是針對兩歲至五歲之間兒童的需要而設的，但由於它的精彩內容，連很多成年人也受到了吸引。該節目每天播出三十分鐘，Rogers 先生每次登場都輕鬆地唱著那首名叫〈你願意是我的鄰居嗎？〉（*Won't You Be My Neighbor?*）的主題曲，他邊唱邊換上鮮艷的毛衣外套和運動鞋，然後就開始介紹當天的節目內容。他要告訴兒童的問題可謂無所不有，連死亡、父母離婚、戰爭等一向為人所忌諱的題材他都能給小孩子講得娓娓動聽。接下來他會唱幾首和主題有關的歌曲，最後就領著大家乘坐一輛玩具火車，前往一個 Neighborhood of Make－Believe（想像中的鄰里從一九六〇年代後期開始，這個節目一直受到觀眾的歡迎和讚賞，故多年來Rogers先生屢次獲獎，包括二〇〇二年布希總統頒給他的「總統自由獎」。

最使觀眾難忘的就是Rogers先生和藹可親的態度，還有他那慢條斯理的言談風度，以及令人永遠感到溫馨的微笑。

這樣，三十多年來，Rogers 每天都在電視上和兒童見面（當然，有些節目是屬於轉播性質的）。無形中隨著時光的流轉，那些「兒童」都已經長大成人，而他們對於 Rogers 先生的教誨卻還是刻骨銘心。因此，Rogers 成為美國校園裡最受歡迎的來賓。例如，他曾經有一年在耶魯的畢業典禮中榮獲榮譽博士，後來其他學校也紛紛頒給他同樣的頭銜。他最近一次的榮譽博士是二〇〇二年在波士頓大學得到的——據說，那天畢業典禮中，當頭髮灰白的 Rogers 先生慢慢走上主席台的時候，全體師生興奮得一直高聲喊叫，以至於他一句話也說不出。大約有幾分鐘之久，Rogers 先生只能面對觀眾微笑，最後他說，「你們可以和我一齊唱歌嗎？」沒想到全體在場的五千多位學生立刻大聲唱起了那首 Rogers 先生的主題曲，一時歌聲此起彼落，陣容盛大：

這是一個美好的日子在這個鄰裡

對於一個鄰居這是一個美好的日子
你願意做我的鄰居嗎？
你能是我的鄰居嗎？……
（It's a beautiful day in this neighborhood,
A beautiful day for a neighbor.
Would you be mine?
Could you be mine?…）

二〇〇三年二月底，Rogers 先生終因胃癌不治而去世，享年七十四歲。他逝世的消息公佈之後，美國的媒體紛紛報導他的生平故事。同時，電視上陸續轉播 Rogers的節目，網上也出現了許多網客的來函。這三十多年來，Rogers 一共完成了一千多個兒童節目，製作了數百首曲子。從作曲、編故事、導演、準備材料到演木偶，都是他一個人的精心傑作。其成就之可觀，自不待言。難怪有人把他稱為「美國偶像」，連他那有名的毛衣外套也在華府的 Smithsonian Institution 博物館中展出。[1] 一般美國人只要看見那毛衣外套，就會立刻想起 Rogers 先生，且頓生敬慕之心。那種感覺，極其自然，不學自會。

對我來說，Rogers 一直是我多年來教學方面的榜樣。我經常看 Mister Rogers 的節目，可以說自己是一步一步地跟著他走過來的。我教的這些大學生當然非看兒童節目的小孩子可比，但在我看來，Rogers 的教育哲學其實對各國層次的教學都有一定的適用性。一般說來，Rogers 的教育方法可用「童

1 據說，Rogers先生一共有兩打相同樣式（但不同顏色）的毛衣外套，其中有許多件是他母親親自編織的。

化」和「教化」兩個觀念來概括。所謂「童化」就是把自己「變成」小孩、用孩童的觀點來看世界。而所謂「教化」應當是一種愛心的感化，而非嚴肅的說教。

記得一九八〇年代後期，當女兒 Edie 還很小的時候，我幾乎天天陪她看 Mister Rogers 的節目。女兒最喜歡的就是 Neighborhood of Make－Believe 裡的那個國王和那隻貓頭鷹。我以為那是因為「Make－Believe」的世界本來就是遊戲的世界。當遊戲被提升為一種儀式化（ritual）的場景時，人們自然會走進一個比現實更真實的幻境，教化的信息便以奇跡的方式活生生顯示給每一顆單純的心。在那個遊戲的世界中，Rogers 真的把自己變成了兒童，並用孩童的方式來教小孩，所以他的教育方式最能產生教化的功能，其影響也最能持久。

一直到現在，我的女兒還念念不忘 Rogers 的「想像中的鄰里」。她經常會對我說：「我從 Rogers 先生那兒學到，無論是對人或是對動物，最重要就是要凡事發自內心，絕不可虛偽。可惜今天許多電視節目都不是這樣。」

女兒的話使我回憶起許多年前我們一起看過的幾個令人難忘的節目。記得有一次，Rogers 請當時波士頓交響樂團的總指揮 Seiji Osawa 來給兒童表演。那天Rogers 安排了一個別出心裁的「動物合唱團」——只見 Osawa 先生站在台上很賣勁地指揮，而合唱團裡的許多小狗、小貓、小鹿、小熊都在一齊張口大聲歌唱。（當然那些全是玩具動物）。女兒在電視機前看得很開心，邊跳邊說道：「我也要參加合唱！」，接著就跟著 Osawa 指揮起來了。另有一次，Rogers 請著名的音樂家馬友友來演奏大提琴。馬友友一開始就閉著眼睛在拉琴，好像很陶醉的樣子；女兒於是拍手叫道：「真好，他在睡覺也能演奏，Good for him!」我當時忍不住大笑了起來。誠然，孩童是永遠純真的；他們的想像也是無邊無際的。尤其在遊戲的世界裡，他們更能自由自在地創造新的想法。

Rogers 非常瞭解兒童心理。他以為在今日人情日漸複雜的世界裡，我們的首要之務就是要幫助兒童們建立他們的安全感。因此，他喜歡告訴所有的小孩，讓他們知道，不管他們生於何處、處在任何環境，他們每個人都是世界上最重要、最特殊的人。我永遠忘不了 Rogers 在電視上曾為兒童唱的那首〈我喜歡的就是你〉（*It's You I like*）：

我喜歡的就是你
不是你的穿戴，
也不是你的髮式——
我就是喜歡你
喜歡眼前的你，
喜歡你的內心——
但不是任何掩蓋你的東西，
也不是你的玩具——
因為那全是外在於你的東西……。

（It's you I like,
It's not the things you wear,
It's not the way you do your hair——
But it's you I like
The way you are right now,
The way down deep inside you——

Not the things that hide you,
Not your toys——
They're just beside you.…）

記得第一次聽到這首歌曲時，我的心裡感受到了一種震撼。我發誓，我一定要以同樣的態度來教我的學生，要把每個學生視為世界上最重要、最特別的人。

這些年來，有好幾次，在個別的場合裡，我曾經為我的學生們朗誦這首歌曲。有一年，班上一位成績優異的女生 Ivanna，她感情突然受到挫折，正在憂鬱症的邊緣上掙扎。她來找我談話，我於是勸她唱 Rogers 這首曲子，也鼓勵她開始勤寫詩歌，把心裡的憂鬱盡量寫出來。幾天後，她交來了幾首詩，其中一首題為「Music」（〈音樂〉），結尾寫道：

Reflecting wilderness，the wild within rejoicing,
I drown in glory,
enveloped by the silence that folds.
（面對荒野，我心歡騰激蕩，
沉浸在榮耀中，
在安靜的懷抱裡。）

看完這首詩，我終於安心了。真的，這一代的年輕人，常會感到孤獨和寂寞。但因為他們曾經受了 Rogers 先生的感情教育的陶冶，所以在緊要關頭時，大多能回到那個想像的詩歌的世界裡，而不至於陷入極端的情況中。尤其是，他們在很小的時候就已經聽過 Rogers 唱的那首「What Do You do?」（你怎麼辦？）的歌了：

當你氣得快要發瘋的時候你怎麼辦？
當你氣得想要咬人，
當整個世界都那麼糟糕的時候……
哎，不管你怎麼做都不對頭！
你怎麼辦？難道你要打皮包出氣？
難道你要搗泥土或摔麵團？……
啊，若能適可而止最好
當你想要做壞事的時候。……
你知道在我們的內心深處
總有一股幫助我們成長的力量……。

（What do you do with the mad that you feel
When you feel so mad you could bite?
When the whole wide world seems oh，so wrong. …
And nothing you do seems very right?
What do you do? Do you punch a bag?
Do you pound some clay or some dough?. …

It's great to be able to stop
When you've planned a thing that's wrong. …
Know that there's something deep inside
That helps us become what we can. …)

Rogers 以為一個人在憤怒的時候，最好能藉著音樂來取得心理的平衡。因此，在以上這首曲中，他還勸小孩子們能通過歌唱來息怒。

我以為 Rogers 最成功的地方就是用音樂教育來取得孩童的共鳴——那是一種心靈的共鳴，而非理論的解說。這種音樂的共鳴很容易讓兒童潛移默化，因而達到實際的教育效果。說穿了，這種「實際」的教學方法正好代表了美國人凡事追求實際的精神。最近有一位同事曾對我說：「我看，那些解構學派的大師、那些搞形而上學的人還不如 Mr. Rogers 呢！Mr.Rogers 是用「心」來教學，因此他的教法更為直接、更能觸動人的感情。」

其實，Rogers 的「心」教就是音樂教育的本質。這使我想起了中國古代的人對音樂的看重。《禮記》中的〈樂記〉篇裡曾經說過：「樂者，心之動也」，又說「致樂，以治心者也……心中斯須不和不樂，而鄙詐之心入之矣……故樂也者，動於內者也。禮也者，動於外者也。樂極和，禮極順……。」意思是說，音樂本來就淵源於人的內心，所以一個人若能努力於音樂，就可以陶冶心性（治心）。再者，人的內心只要有片刻不和順不快樂，那卑鄙詭詐的念頭就會乘虛而入，十分危險。但音樂可以補救人心錯誤的動向，因為音樂本來就是一種內心的活動——相對來說，禮則是外在的活動。古人認為音樂能使人達到和平的境界，禮可以使人謙順。所以，我經常在課堂上告訴學生們，中國古代所謂「詩歌」原來指的是音樂的力量，《詩三百》其實也以禮樂的內容為重，一直到後來詩歌才成了以文字為主的文本的。因此，我總是強調，研究詩歌，若只是套用今日盛行的文學和文化理論，確實是「失其真」了。那種詩歌研究不但不能陶冶自己的心性，也無法感人。

但 Rogers 的教育方法之所以感人，乃是因為他所用來教小孩的音樂是一種「仁聲」，一種充滿了愛和關切的聲音，因而才更能引起孩童和大人們的共鳴。據說，有一次，一個美國小孩在醫院裡將要接受一個大手術，他心中很害怕，所以一直不停地哼著 Rogers 先生的歌曲，以為狀膽。他的父母聽了那些歌曲深受感動，特別去信給 Rogers 先生致謝。此外，有一位唸博士班的女生，因論文一直寫不出來而感到氣餒。後來，她突然想到童年時聽到 Rogers 先生唱的一首歌，而得到鼓勵：「你就是必須做下去……一點一點地做，當你完全做完工作的時候，你會說，啊我終於做完了。」[2]

這些故事給了我許多啟發。無論如何，它們說明了一點——那就是，Rogers 先生的「童化」與「教化」乃是最佳的教育方式。有時候，那種教育的成果要到多年後——甚至數十年後——才能見效。但那也正是教育的本來目的，即所謂「十年樹木，百年樹人」也。

——華東師範大學中文系編，《慶祝施蟄存教授百歲華誕的文集》，上海古籍出版社，二〇〇三年十月。

2 那歌曲的原文是："You've got to do it. …every little bit…and when you're through, you can say you did it."

愛情的化學化

自古以來，愛情一直是人類的歌詠對象。它是一種夢，一種虛構。在愛情的虛構中，戀人把主觀的想像投射到對方的身上，譜成樂章，演為詩歌，讓人心醉神迷，於是愛情就成了歷史上文化藝術的紀念碑。希臘女詩人薩福（Sappho）曾說，她的心「被渴望燃燒」。[1]羅馬詩人 Catullus 承認，他的情人「令他發狂」。[2]十九世紀美國詩人惠特曼（Walt Whitman）則把愛情比成那令人顫抖的「大風暴」。[3]總之，歷來許多飽嘗愛情經驗的人，即使曾深受其苦，卻也甘心情願地成了它的歌頌者。

然而，美國女作家兼人類學家海倫·費雪兒（Helen Fisher）卻在她那題為《我們為何愛》（*Why We Love*）的新書中聲稱，那種令人神魂顛倒的愛情不過是人們大腦中的化學成分在作祟而已。此一理論十分吸引人，所以該書還沒出版時，《時代雜誌》早已登出書中的精彩章節，代為宣傳。由該書的副標題「情愛的本質及其化學構成」（The Nature and Chemistry of Romantic Love）可知，作者費雪兒的研究方式是解構的，也是科學的。她要藉著自己多年來在大腦方面的研究，企圖把愛情的神祕性做一次更準確的「化學化」解讀。

費雪兒目前是美國最享盛名的人類學家之一。她過去曾服務於美國自然史博物館，多年來以研

1 《Sappho薩福：一個歐美文學傳統的生成》，田曉菲編譯（北京：三聯書店，二〇〇三），頁一二五。
2 S. Hamill, The Erotic Spirit: An Anthology of Poems of Sensuality, Love and Longing (Boston,Shambhala,1996), p.25.
3 J. Lahr and L. Tabori, Love: A Celebration in Art and Literature (New York: Stewart, Tabori & Chang,1982), p.110.

究演化論著名，目前則執教於紐澤西州的 Rutgers 大學。為了撰寫《我們為何愛》這本書，她曾與東京大學的教授合作，一共調查了數百名正陷入熱戀的男女（其中包括四百三十七位美國人，四百零二位日本人），並為其中許多人做了腦波測驗。為了取得較高的準確度，她還特別為此製作了一個「愛情測量器」（the love-o-meter）。據她多次的調查和腦波測驗的結果，她發現所謂情愛其實是大腦中三種化學成分（dopamine, norepinephrine, serotonin）的某種組合。首先，熱戀中的人大腦裡都有極高成分的dopamine; 那種化學因素使他們專注於某一對象，甚至時時刻刻達到狂喜的境界。Dopamine還會讓人產生「上癮」的癥狀，使人無法停止對情人的癡念幻想。當dopamine高到一定程度的時候，它會發出一種叫做testosterone的化學成分，因而導致強烈的性渴求。此外，熱戀者的大腦中也含有很高成分的 norepinephrine，特別容易使人產生興奮、失眠、食欲不振等現象。Norepinephrine 還會促進記憶力，使人牢牢記住情人的每一句話每一個動作。另外，熱戀者的大腦裡總有特別低的serotonin化學成分，那種癥狀也會使人整天感到興奮，不停地相思。總之，費雪兒發現，這三種化學成分似乎一直是左右人類情愛的特殊動力。因此，所謂愛情之「火」，不外乎是指大腦中有極高的 Dopamine 和 norepinephrine，加上很低成分的 serotonin 罷了。可以說，在她從事調查熱戀者的過程中，尤其在大量使用「愛情測量器」的期間，費雪兒每天所看到的都是一些「大腦相愛」的影像和圖案（見該書第六十八頁）。

然而，費雪兒的一個最富革命性的論點就是：情愛並非來自感情，而是來自人類本性的自然需求。換言之，是一種生物性的「渴求」使人自然地進入情愛的情境，就如饑餓迫使人尋求食物一般。這麼一來，大腦成了控制情愛的機關；熱戀中的人也隨時得聽大腦的使喚。費雪兒以為，這種愛的動力來自原始人類傳宗接代之基本需求。情愛之所以演變到目前的階段，全與人類幾億年以來的生存演化過程有關。然而，她以為，人類的愛究竟不同於動物。人類的愛千變萬化，要比動物複雜得多，而其中一個主要原因就是：人類大腦的特殊複雜性。

因此，莎士比亞雖然曾把人的大腦比成「靈魂的脆弱之處」（soul's frail dwelling place），費雪兒卻把人的大腦視為「情愛的脆弱之處」（a frail dwelling place for romantic love）（見該書第一百七十頁）。

據費雪兒研究，人的大腦有一種「愛之網」（web of love）的結構，其間錯綜複雜，其功用和反應，因人而異。但一般說來，有三種主要動力在大腦中掌管愛的網狀活動。她把這三種愛的動力分別稱為：「情慾」、「情愛」、和「依戀」。有趣的是，這三種動力分別主導著一個人不同的思想和行為，而且也與體內的化學成分有關。例如，一個人情慾之多少和體內的 testosterone 賀爾蒙分泌量是息息相關的。情愛則與大腦中的 dopamine 和 norepinephrine 兩種化學因素，以及另一種低成分的 serotonin 聯繫在一起。至於情人之間逐漸發展成的依戀，則大部分來自oxytocin 和 vasopressin 等賀爾蒙分泌物。（見該書第七十八頁）總之，這三種愛的動力總是受大腦的化學成分的指揮。一般說來，情即為性；testosterone 偏高的男女較有性愛的需求。年輕的男子體內有較多的testosterone，因而較有性的慾望。婦女在排卵期間也會有性衝動；正在服用 testosterone 賀爾蒙的中年婦女也會增加性慾。當然，就如以上所說，熱戀期間所產生的高成分 dopanmine 也會促進 testosterone 的分泌，因而導致強烈的性渴求。然而，費雪兒發現，有關一個人體內 testosterone 成分的高低，其主要因素仍然來自遺傳的基因。所以，有關這一點，我們可以說，基因即是命運了。

但費雪兒強調，情慾並不等同於情愛（雖然情慾所導致的性愛及其所產生的化學因素有時會把人引向情愛。）比方說，一個男子若擁有太高的 testosterone 化學成分，性愛需求多，就容易出軌，也經常會導致情愛和婚姻方面的失敗。反之，情愛成分較高的人，則較容易發展穩固的婚姻關係。例如，長期的情愛會使男性的身體產生 vasopressin 的化學成分，也會使女性產生 oxytoncin，而這兩種化學組合正是男女雙方長期保持互相依戀的主要因素。（據費雪兒研究，類似的現象也出現在其他脯乳動物的身上）。這就是為什麼許多夫妻均能死守終身的原因。可惜的是，因長期的依戀而產生的化學因素則又經常會扼殺一些與情愛有關的化學構成。因此，不少結婚多年的配偶需要透過心理醫師的幫助，才得以尋回情愛的溫馨。也有人因此走向離婚。但有些人卻寧願選擇一種平和而情愛淡薄的夫妻生活。

不過，費雪兒以為，現在人們既然已經懂得了愛的自然本質及其主要化學構成，我們完全可以設法培養情愛。我們不但可以培養情愛，而且還能學會控制情愛的走向；其中一個祕訣就是，設法左右大腦的活動。因此，費雪兒屢次強調，一個人只要有決心，有想像力，情愛自然會來臨。但她也承認，我們仍必須接受情愛的某種神祕性，因為直到如今，我們仍無法找到一種會令對方愛上我們的化學藥品。（見該書第一百九十九頁）所以，莎士比亞的《仲夏夜之夢》中所描寫的那種會使人墜入愛河的眼藥水，仍屬於一種難以實現的神話。

但另一方面，費雪兒告訴我們，現有的化學藥品卻能用來幫助我們減輕情愛的苦惱。例如，一個人如果不幸愛上不該愛的人，或是不幸被情人遺棄、整天陷入癡念而無以自拔之時，則不妨考慮服用某種控制憂鬱症的藥品（例如時下十分流行的 selective serotonin reupatake inhibitors, SSRIs），藉以提高大腦中serotonin的成分，以適度地控制情愛的折磨。因為情愛是一種人類的原始需求，其潛力十分強烈，故一個人一旦被遺棄就可能導致激怒，甚至引向悲劇。此時若能服用Serotonin，則至少可以使人進入平和的心境，也可以預防自殺或殺人的危險。此外，愛與恨原來都屬於大腦中的同一種機能，都與興奮有關，故二者都會發出同樣的化學成分—即高成分的 dopammine 和 norepinephrine，以及極低的serotonin。所以，此時若能設法提高 serotonin 的成分，則可以減少失戀中某些暴力傾向的危險性。

但費雪兒承認，服藥並非最好的解決方法。然而，如果情愛的癡念已經到了極其危險的境況，則吃藥也無妨。除了服藥以外，還有其他一些控制大腦化學成分的好方法：例如，運動、曬太陽、經常保持微笑等都可以刺激大腦，使其分泌較多的 serotonin，而導致身心的平和。總之，費雪兒以為，戒除情愛的癡迷有如戒酒一般，總需要很強的毅力才能完全戒除。所以，就如企圖戒酒的人經常參加戒酒無名會（Alcoholics Anonymous,AA）的組織一樣，不少為情所苦的美國男女也開始參加所謂的性與愛上癮無名會（Sex and Love Addicts Anonymous,SLAA）的一種團體。

我個人以為，費雪兒的情愛理論目前之所以在美國如此地風行，是有其文化的原因的。首先，化學藥品早以成了時下商品文化的「興奮劑」。每天打開報章雜誌，到處都可以看到有關偉哥、賀爾蒙等藥品的宣傳。事實上，這二、三十年以來，情愛已從文學的領域轉為心理學的領域，最後又進到了生化的領域。記得幾年前，情愛才開始在學術界裡被當成「性癮」（sexual addiction）來研究，甚至被做為心理病來治療。所謂「唐璜癥候」（Don Juan Syndrome）指的就是一些多情種子所患的風流病，與菸癮和酒癮的病癥相當。一時許多心理學家都成了文化救星。

現在，費雪兒卻因為她的愛情化學論儼然成了今日的「文化明星」。她不但把情愛文化從心理學的基礎轉移到了生化學的基礎，而且還利用目前暢銷書的炒作方式，把一些古典文學作品（例如荷馬史詩、莎士比亞戲劇、泰戈爾詩篇）的精華不斷穿插其中，加鹽加醋地調味一番，以至於書中許多有關化學成分的討論也讓人讀來不覺得枯燥。其實費雪兒這種調味方法正好反映了後現代商品文化的精神。

在此，我必須附帶說明的是，費雪兒不但把愛情「化學化」了，她也把性別「大腦化」了。幾年前（一九九九年），她剛出版一本叫做《第一性》（*The First Sex*）的書，書中討論的就是男女大腦的區別。該書的副標題為：「女人的天賦正在改變世界」（The Natural Talents of Women and How They Are Changing the World）。記得這本書剛出版時，也同樣引起了廣泛的注意。有趣的是，該書的書名《第一性》顯然是對西蒙・德波娃的經典作品《第二性》（出版於一九四九年）的反動。西蒙・德・波娃以為「一個女人並非生來就是『女人』；她是變成『女人』的」。言下之意就是，「女人」的定義是由傳統男性和外在文化塑造而成的，所以只能稱為「第二性」。然而，五十年之後，費雪兒卻很勇敢地宣佈，「女人」已經成了人類的「第一性」，而且是自然「生成」的。

那麼，費雪兒這種性別論點的根據是什麼呢？

與她的情愛理論相同，費雪兒的性別理論仍然建立在大腦的化學基礎上。她根據一些最近的腦科研究，以為男女有著不同的大腦結構。簡言之，在女人左右腦的連接部位上，有一個「腦樑」（即一個稱為 anterior commissure 的腦部連接點）比男人的厚度多出百分之十二。根據這個證據，費雪兒做了以下的推論：那就是，女人腦部的演化自始就與男人不同。如果說，女人的頭腦造成了她們的「網狀思維」，那麼男子的頭腦結構則造成了他們的「直線思維」，或是所謂的「步驟思維」。這是因為，從原始時代以來，女人為了整天養小孩操家物，已經發展出那種掌管來自四面八方事務的能力，而她們那個厚厚的「腦樑」也正好反映了她們善於聯係左右腦的能力。反之，男人自始就需要百分之百的專注，也只有專心於獵取的對象，才能生存下來。因此，男人終於發展了「直線思維」，凡事只要專心一致，不分心。而他們那個較為稀薄的「腦樑」正好反映了他們那種不需要經常聯絡左腦和右腦的工作方式。

因此費雪兒說，女人較善於處理全面的事情，也較注意事物的相互性。相對而言，男人則較善於專注於工作的某一領域。此外，她以為女人的網狀思維和她們顧及全面的本領正好十分適合目前全球化和廣泛資訊時代的需要。再者，隨著計劃生育的改善以及現代工業化的進展，女人已不必再為家務過分煩勞，並已大量地進入工作市場，因此據費雪兒推斷，女人將成為新世紀全球經濟化的重要資產，而二十一世紀也必然是女人的時代。這就是為什麼她說，女人已成為「第一性」的原因。

費雪兒的「第一性」學說自然引起了許多女性主義者的喝彩。不過，她的理論其實只繼承了哈佛大學心理學教授 Carol Gilligan 有關女人「本質論」的思想。在其一九八二年的名著《不同的聲音》（*In a Different Voice*）一書中，Gilligan 早已強調男女從小就擁有不同的自然特質。[4] 據Galligan 研究的結果，一般在回答問題時，女孩經常會注意事與事之間的相互性；男孩則喜歡把事情部分性地分開，並以分類的方式回答問題。因此她斷定男女兩性有其本質上的區別。

然而，並非所有女性主義者都同意 Carol Gilligan 這種論調，而且二十多年來隨著時代的變遷，性別「本質論」也開始顯得有些過時了。尤其是，最近有更多的學者開始相信文化的因素要比性別「本質論」來得可靠。

就在這同時，費雪兒的那本《第一性》的書出現了。費雪兒使用的研究方法當然已與 Galligan 不同，但她表彰的卻仍是有關兩性的本質差異問題。因此，《第一性》一出，立刻有人撰文批評。例如，Jim Holt 曾在《紐約時報》上指出費雪兒的大腦性別論太過於主觀，因為實際上男女不一定有那種本質的區別，而且有關大腦的研究也有待證實。[5] 實際上，一直到目前為止，有關腦的研究還只是在起步的階段。至於男女的腦部結構有什麼不同，其不同的意義何在，還是令人感到十分爭議的題目。因此，若僅以腦的研究來作為性別區分的基礎，仍是十分冒險的。

我覺得費雪兒的「愛情化學化」理論也存在著同樣的冒險。即使目前的美國媒體和商品文化還會為她的《我們為何愛》這本聳人聽聞的書一直宣揚下去，讀者也可能繼續為它著迷，但就如以上所述，作者之把情愛視為純粹的化學反應，甚至將它一律「大腦化」，這確實是把問題簡單化了。更嚴重的是，這裡似乎還存在著一個本末倒置的問題：究竟人是先有情愛才有大腦裡的那些化學反應呢？或是大腦先有了那些化學成分，才把人引向情愛的呢？關於這個問題，作者當然也不能置可否。那麼，

4 Carol Gilligan, In a Different Voice: Psychological Theory and Women's Development (Cambridge: Harvard University Press, 1982).

5 Jim Holt, "La Difference: Do the Sexes Owe Their Distinguishing Traits to Culture or Biology?", New York Times (July 11,1999).

情愛是否就如作者所說那樣，只是一種生理的原始「需要」呢？這個前提恐怕也很難令人完全同意。

此外，我們還必須面對一個嚴重的道德挑戰：如果一個情殺案的兇手在法庭裡宣稱自己無罪，說「殺人者不是我，而是化學」，那麼我們又該如何辦呢？

我以為，人終究還是必須為自己的行為負責的。人之所以有別於動物，乃是因為他具有良知和自省的道德意識。有時人的毅力還可能超越生理的局限。誰知道，不同程度的毅力會不會導致大腦裡不同的化學分泌呢？一般說來，人的趣味還是多方面的，絕不止於「性」而已。至於「我們為何愛」，當然也是因人而異的。

——《世界日報・副刊》，二〇〇四年三月三十－三十一日。

斷背山與羅浮山

看完李安導演的《斷背山》（*Brokeback Mountain*）之後，心中不斷思考的一個問題就是：這部有關同志戀情的電影所要表現的是什麼？我以為這是一個很值得思考的問題，因為它牽涉到人類情感空間的複雜性。

從劇情上來看，《斷背山》很容易令人聯想到中國古代小說中有關一對同性戀者合葬羅浮山的故事：

潘章少有美容儀，時人競慕之。楚國王仲先聞其名，來求其友，因願同學。一見相愛，情若夫婦，便同衾枕，交好無已。後同死而家人哀之，因合葬於羅浮山。塚上忽生一樹，柯條枝葉，無不相抱。時人異之，號為共枕樹。

這則記載出現在《太平廣記》卷三百八十九的〈潘章〉一節（並見康正果，《重審風月鑑》，臺北：麥田，一九九六，頁一三八），小說作者顯然是以極其同情，甚至歌頌的筆調來敘述這樁「生同室，死同穴」的同性戀故事。後來明代末年小說《石點頭》（作者署名「天然癡叟」，其真名或為席浪仙）將之改編為白話小說，題為〈潘文子契合鴛鴦塚〉（卷十四），遂將注意力轉向了性的描寫，並以一種諷刺而說教的口吻敘述潘文子、王仲先二人後來如何為社會所不容，終於無處藏身、只得逃至羅浮山的故事。小說的結尾尤其令人深思：潘王二人最後都同時得了異症，都「似癡非癡，似顛非顛」，終於雙雙絕食而死，了卻了兩人「但願同年同月同日同時死」的願望。

有趣的是，李安導演的《斷》片正好綜合了中國古代對同性戀者的——即以《太平廣記》和《石點頭》為代表的——兩種態度。一方面，《斷背山》表現出對同性戀者的絕對同情；該故事十分感人，原著作者 Annie Proulx 本來就希望陳述一種真摯愛情的永恆性。但另一方面，電影中卻不斷提出了同性戀者所面對的社會和道德之壓力，也展現出人性的許多脆弱和黑暗面。電影描寫兩個年輕英俊的牛仔（即二十歲不到的 Ennis 和 Jack）於一九六三年暑假期間來到 Wyoming 的斷背山從事牧羊的工作，兩人在深山中日夕相處，遂而生情。關鍵是，在一個寒冬的夜裡，兩人偶然為了取暖，共一床鋪，一時衝動，而發生了性關係。次日兩人均對該次經驗表示驚異，因為他們原都以為自己不是「同性戀」者（尤其是，Ennis 早就有了未婚妻），沒想到會發生這樣的關係。後來暑期結束，兩人必須離開斷背山，只得互相勸勉，希望雙方都能把這段異常的戀情忘諸腦後，而且發誓，有生之日兩人絕不再見面。臨別前的最後一晚，兩個牛仔大漢居然以相互打鬥來表現他們心底的無限哀傷。不久之後，兩人果然都分別結婚成家了。

然而，四年之後，Jack 突然寄來一張明信片，建議兩人見面。Ennis 接信後欣喜若狂，立刻回信答應了對方的請求。需要一提的是，在兩人的同志關係中，Jack 一直都是主動者，Ennis 則為被動者，他是一個較內向、卻經不起誘惑的被愛者。（然而，所謂主動與被動也不是絕對的——例如，在兩人的性行為中，Ennis 卻扮演了男性的角色）。雖然兩人都已結婚生子，但久別重逢，兩人互相之間的悅慕之情自然更加有增無已。哪怕要開一千多英里的長途，他們仍渴望每幾個月就見一次面，而且每次見面的時間愈拉愈長。他們通常以「釣魚」為藉口，在深山中祕密約會，如此延續了整整二十年之久。在這期間，Ennis 離了婚，但仍安分地工作。然而，Jack終於經受不住這種充滿距離感的苦戀，於是建議兩人乾脆一同回到他的家鄉莊園，希望從此同居，能過真正清靜的日子。但這個建議被 Ennis 立刻拒絕了，兩人為此激烈地吵了一架。Ennis 的理由是：他雖然已經離婚，但他每月為了子女，必須賺足夠的撫養金，因此無法一走了之，總之他無法逃脫社會給他的責任。同時，在他的內心深處，他忘不了幼年時目睹的一樁慘劇——原來，在他的家鄉，同性戀者不但是被歧視的對象，而且經常被人毆殺至死。有一次，他親眼看到一個被群體殺害的同性戀者，其屍體後來被丟棄在山谷中。（他父親特別帶他到山中觀看那屍體，以為告誡）。因此，他絕不能和Jack同居，他無法面對美國當時社會輿論對同性戀者的譴責和唾棄。

Ennis 的恐懼感很容易令人聯想到中國小說《石點頭》裡的潘文子。在潘王的同志關係中，王仲先一直扮演主動和勾引者的角色，而潘文子則較為被動，且開始時總有些恐懼感。第一次受到王仲先的挑逗時，潘文子就表現出十分為難，而且還教訓對方，以為「讀書當體會聖賢旨趣」，不應當產生邪念。然而在一個「衾枕生涼」的深秋之夜，王仲先又以情相誓，潘文子終於經不起誘惑，兩人就發生了性關係，從此兩人「神動魂銷」，日則同坐，夜則同眠。二人的關係和電影《斷背山》中的同性戀情可以說十分近似，只是潘王二人的關係發生在學堂裡（學堂乃為中國古代最容易滋生同性戀關係的地方），而《斷》片中 Jack 和 Ennis 之間的戀情則發生在美國西部一個偏僻的牧場中。此外，二者不同的是，潘文子外表十分女性化，其美貌打自娘胎就「九分像母，一分像父。」但 Ennis 是個牛仔帥哥，其儀表極具男性美，雖然內裡溫柔；他代表美國男性勞動者那種外表強悍而內心脆弱的一種。然而，相同的是，潘文子和 Ennis 在他們各別的同性戀情中，均扮演了被動而較保守的角色，他們都對社會成規抱有某種謹戒和畏懼。他們都懼怕自己會失去那個僅有的立足空間。

有關這一點，《石點頭》的描寫尤其生動。小說中的一個高潮就是，當潘王的同性戀關係成為大家譏諷的話題，而且兩人因此被趕出學堂時，潘文子尤其感到「羞愧」，恨不得地上有個孔兒可以

「鑽了下去」。後來，他與王仲先只得回去辭絕各自的父母、並囑妻子轉嫁，然後相約逃往羅浮山中。羅浮山是個神仙世界，也是所謂的「海外丹台」，故潘王二人想要逃離這個世界的意願已十分明顯。但重要的是，他們之所以逃往深山窮谷，乃是因為現實的輿論世界已使他們失去立足之地了。就如潘文子所說：「通是這班嚼舌根的弄嘴弄舌，挑鬥先生，將我們羞辱這場。如今還是怎地處？」意思是說，在社會的壓力之下，他們已失去了生存的空間。其實，《斷》片中男主角Ennis所最感到恐懼的，也正是那種失去生存空間的災難。他知道，自己一旦被社會輿論所不容，生命就會失去價值。他之所以堅決否定了Jack的同居建議，就是害怕社會壓力所帶來的災難後果。所以最後他仍決定要維持他那一向恬淡自如的生活方式。

但與Ennis不同，Jack是一個比較不能安於現狀的人，他需要刺激，也需要把戀情不斷地具體化。因此，在日常生活中，他經常把時間花在「思慕」的情緒中，他既為相「思」而受苦，也不斷地企「慕」對方，希望能隨時接近所愛。這種思慕之情就是英文中所謂的longing。問題是，長期以來，那種可望而不可即的情緒已使他感到無限的焦慮，因為空間的障礙很容易產生猜疑、擔憂、煩惱，以及一種把握不住的不安全感。諷刺的是，就因為他所嚮往的是一種「禁忌之愛」，是一種充滿距離感而又無法完全成就的愛情，那種思慕之情才會如此地迫切而強烈。反之，如果他真正擁有對方，那種思慕之情反而會隨之而消逝。然而，處於火熱戀情中的Jack自然無法客觀地理解到這一點。他最無法理解的就是：為何Ennis不能放棄一切，和他隱居田園，以畢此生。Ennis的拒絕令他感到痛心，因而自己就有了一種被遺棄的感覺。最後他憤怒至極，毅然告別了Ennis獨自前往墨西哥，準備在那兒加入一個同性戀的群體。然而，不久Jack就遇到了意外。在一次偶然的事件中，Jack不幸被人殺害了。

值得注意的是，在電影結束之前，我們發現，Jack的遺言就是要把自己的骨灰灑在斷背山下。這個情節與《石點頭》的〈潘文子契合鴛鴦塚〉之故事結尾頗有相似處，因為潘文子和王仲先的生死之交極為感人，於是家人就把兩人同葬於羅浮山。可見，潘王二人生前雖淪落到無地生存的景況，但死後卻能共同在「鴛鴦塚」裡開拓出一片無限的空間。據作者的描寫，後來從潘王兩人的墓中，還生出「連理」的大木，兩樹合抱，並常有比翼鳥棲於樹上。所以，那一對曾經被世人唾棄的同性戀人最終已變成了永恆相愛的比翼鳥，是死亡使他們超越了世間的審判。

《斷》片中的 Jack 也同樣盼望死後能在斷背山保有他與 Ennis 的一段永恆的愛情。但不同的是，Jack 最終並沒有達到他的遺願，因為他的父母堅持要把兒子的骨灰葬在祖墳中。因此，Ennis 也只能在自我回憶中獨自憑吊那段寶貴的情誼了。相較之下，中國古代的社會還是對同性的關係較為同情，這是因為中國人特別看重「情」的緣故吧。

——《世界日報・副刊》，二〇〇六年一月十三－十四日。

巧克力文化症

在西方食品文化中，巧克力可謂差事繁多而角色豐富，過情人節或復活節，它總是最佳的禮物，特製成心形，更象徵愛情、親情和友情。從外表上看，巧克力呈黑褐色，並不顯得多麼色彩悅目；通常的方塊形也頗為單調。至於它的味道，更是難形諸言詞——它的甜（一種燒糊了的味道）含著很濃鬱的怪味。但不知怎的，西方人總以「甜香」、「迷人」等詞來描寫他們對巧克力的偏愛。對他們來說，巧克力已經不是純粹的食品，它代表著一種重要的文化價值。這種由「可哥樹」的果子製成的糖果一開始出現，西方人就特別喜愛那樣的怪味。早在十六世紀初，那個發現美洲的哥倫布（Cristóbal Colón）就為了搶奪巧克力——當時巧克力叫做「可哥豆」——而與當地的土著發生了你死我活的拼鬥，足見他渴望巧克力之切。聽說當時的印第安人甚至把「可哥豆」當成錢幣來使用。

直到今天，巧克力仍給人一種神祕的誘惑。由於巧克力的種類愈來愈多，滋味也隨之變得十分豐富。但除非你把個別的巧克力放入口中，你無法知道它的真正味道。而且，每回你打開一盒新的巧克力，很難決定從哪一顆先吃起，因為每一顆巧克力都具有略微不同的形狀和味道，每一顆都吸引著你去吃它。真的，食用巧克力確是一種審美鑑賞的享受。或許就因為這種頗富神祕感的選擇藝術，我一直迷戀巧克力。我每次總愛挑那形狀怪異的先吃，然後好奇地挑第二顆、第三顆……。是好奇心的驅使令我繼續吃下去。我喜歡在嘴裡反復感受每顆巧克力的微妙滋味，正是那種不尋常的怪味使我感到興奮。而且，每吃完一顆就有一種成就感，好像讀完一首新詩一般地滿足。

但在美國住久了，胃口變大了，不知不覺就對當地各種品牌的巧克力味道十分熟悉，因而失去了某種程度的好奇。例如，只要一見 Danny Wegman 的商標，就知道那是紐約州有名的 Wegmans 公司所製造的高級巧克力，那種巧克力帶有酒味；一見 Hershey's，就知道那是最平常、最合美國人胃口的廉價牛奶巧克力。此外，其他有些美國巧克力的味道，對我來說，似乎千篇一律。因此，我特別欣賞歐洲的巧克力——雖然巧克力最早出產在美洲，後來才傳入歐洲。我想我之所以特別喜歡歐洲的巧克力，或許因為它來自異域，故較能滿足我的好奇心。對於我，從歐洲進口的每一種巧克力都是新鮮的，它還會讓我感覺出某種詩意。

不久前，朋友從歐洲帶來了一盒巧克力。那盒巧克力外表十分特別，整個盒子像一本書，還散發出富有異國情調的香味。打開那盒巧克力，突然有一股莫名的興奮，我立即聯想起多年前一個叫 Barrie Roberts 的英國人送我的一盒巧克力——之所以令我難忘，是因為 Barrie 的那盒巧克力夾帶著一首有關巧克力的詩。那首詩原是商人特意拿來做廣告用的，本來不必當真。但作為巧克力的愛好者，我一直都珍藏在抽屜中，對詩中的某些句子，至今仍能背誦如流。該詩題目為《巧克力的樂趣》（*The Pleasure of Chocolate*），作者署名為 Pierre Hermé。我請朋友為我譯為中文：

真是一塊魔糖
令人回味無窮，
其樂無比的巧克力。
若要充分品嘗這美味，
你可得心平氣和，
還得保持一點食欲，

以使味覺更加敏銳。
在不冷也不熱的華氏六十度氣溫中，
巧克力最能揮發芬芳顯示質地，
它給你視覺的誘惑，讓你享受
它的色澤和精美的外形，
那神祕的甜香會一直吸引著你。
當它在你口中溶化，粘住你的上齶，
會帶給你光滑如綢緞的口感，
同時它會產生一連串強烈的美味，
通過你的味蕾
傳遍你的全身。
美味的巧克力啊，
回味無窮的美味。
優質的巧克力總是
充滿芬芳，美味持續，
給人樂趣，誘人耽溺。

此詩最後一句，「給人樂趣，誘人耽溺」（It gives pleasure and tempts you back for more.）正好概括了我個人多年來迷戀這種「魔糖」的情結。我耽溺於想像的樂趣，每日幾乎都要「偷」吃一顆巧克力，為了感受一下吃的放縱，吃過後再回味其中的浪漫。

但最近有人告訴我，說我之所以對巧克力如此愛好，乃因長期受巧克力化學成分影響的緣故，而且說這種「巧克力癮」與煙癮、酒癮完全一樣，都令大腦產生某種慣性的反應，因而難以戒除。原來巧克力含有一種叫 Phenylethylamine 的化學成分，它是一種興奮劑，一旦到了大腦就會使人變得出奇地靈快，也會讓你的情緒「來勁」（high）。有人甚至以為，巧克力中所含的化學成分與毒品 marijuana 有些近似，二者都對大腦有極其類似的作用——其中一個共同的作用就是：它們都能讓人產生暫時的美感愉悅幻境。由此可見，巧克力既然會使人產生如此奇特的生理反應，吃多了自然對人體有害。

因此，我很想戒掉我的巧克力癮，希望從此遠離這種有害的化學成分。然而，每回發誓戒食巧克力，接著就更加想吃——尤其對來自歐洲的巧克力。於是我總是破戒，而且總是一發而不可收拾地又繼續耽食下去。

其實我發現，今日的美國人已不再對巧克力存有太多的幻想了，因為他們更關心的乃是，吃巧克力會給他們的身體帶來多少的卡路里？美國人最擔心發胖，所以許多人已不再多吃巧克力了。一般說來，他們寧願吃味道次等的「減肥巧克力」，也不敢吃卡路里偏高的高級巧克力了。這樣一來，製造巧克力的廠商們也只得迎合大眾的趣味，他們似乎都在絞盡腦汁地發明各種各樣的「假」巧克力，一切以降低卡路里為目的。

然而，這些變種的假巧克力卻吸引不了我。它們的顏色雖與正宗的巧克力十分相似，但其味道已經變質，且已失去原有巧克力那種濃鬱的味道了。再者，一旦所有禁忌消除，人們可以無憂無慮地吃那減肥巧克力，那麼巧克力的魅力也就隨之減少。我一向以為，傳統的巧克力之所以迷人，乃因為它具有一種「禁果」的性質，它既使你沉醉，但也給你一種警戒——使你吃多了會產生一種莫名的不安。例如，我親眼看見一位嘴饞的美國女士，因為在 party 裡多吃了一顆巧克力，直喊「造孽、造孽」——sinful,sinful。對那位女士來說，吃多巧克力算是一種恥辱。

至於我，我至今仍無法擺脫自己的巧克力癖。與許多美國人相同，我似乎患了一種巧克力文化症——一方面已經無可救藥地沉溺於其中，一方面又渴望從中得到解脫。

——孫康宜《我看美國精神》，臺北：九歌出版社，二〇〇六年。

一個外科醫生的人文精神

又是一年一度的國殤日，一大早我就開車前往外科醫生 Gary Price 的診所去了。Gary Price 是耶魯附近最有名的外科醫生之一。他的診所位於康州Guildford 城郊，依山傍水，十分幽靜。按照約定，今天是我要採訪他的日子。

記得多年前，我因為背上長了一個疙瘩，通過好友兼醫師 Denis Miller 的介紹，有幸請到 Price 醫生為我開刀。接著，我又患了眼毛倒長的毛病，他再為我動過一次手術。從此，我們一家大小，只要遇到任何與外科有關的問題，一律找 Price 醫生幫忙，漸漸地大家就成了好朋友。但一直到後來，我才知道，原來像我們這種微不足道的小手術，對於 Gary Price 來說，簡直是「殺雞焉用牛刀」了。因為聽說他是新英格蘭區數一數二的整形手術名醫，年年得獎，名氣很大。我想，當初如果不是因為看在 Miller 醫生的面上，他大概不一定有時間照顧我們這樣的病人吧。

我一向對於整形外科感到好奇，也認為那是現代美國文化很特殊的現象，所以多年來一直盼望能寫一篇有關 Gary Price 的文章。最近聽說他剛得了「新英格蘭整形外科及重建手術醫師學會」（New England Society of Plastic and Reconstructive Surgeons）所頒的最佳論文獎，所以我想此時該是訪問他的絕佳時機了。

在國殤日採訪 Price 醫生，還另有一番深意。眾所皆知，國殤日是美國全民一同紀念陣亡將士的節日，通常在這一天美國總統會親自到阿靈頓無名英雄國家公墓，以極其莊嚴隆重的儀式特別向無數英靈獻花致敬。由此可見，國殤日就是美國人的愛國之日，也是讓人重新思考立國精神的日子。我以為 Price 醫生的家族奮鬥史很感人，充分反應了殖民時代的刻苦精神，因此希望利用這個國殤日來思考一下這種美國精神的歷史意義。

原來 Gary Price 的祖先早於十八世紀時就從威爾斯移民到美國來了。他們是教友派的信徒，定居於西維吉尼亞州，好幾代都過著十分艱苦的拓荒生活。由於西維吉尼亞州位於山區，較為封閉，故一切發展都比其他美國各州晚了五十年。

據 Price 醫生說，當初他祖父一邊在學校裡當工友，一邊賺學費給自己上學，生活十分清苦，但他後來終於幸運地從神學院畢業，並當上了浸信會的牧師。在這樣的環境裡長大，Gary Price 的父親從小自然學會努力奮鬥，後來他果然成為很有成就的牙科醫生。至於 Price 醫生本人，那就不用說了，他一直希望自己能效法祖父和父親那種努力向上的精神，並能為社會作出新的貢獻。他成熟得很早，從小讀書就出類拔萃。顯然，他後來在醫學界的非凡成就也絕對不是偶然的。

在他的診所裡，我首先提出的問題就是：他這些年來是如何走過來的？

「咦」，他微笑地說道，「我走的其實是一條曲折的道路。當初我申請大學，本來希望要攻讀海底生物學，因為我對海中的一切生物植物都充滿了好奇。所以我進的是邁阿密大學……。」

「啊，是嗎？」我忍不住打斷了他的話。我又不知不覺朝診所裡那個透明的大魚缸望去。「難怪你那魚缸裡養了許多五花八門的魚類，簡直是應有盡有了。而且你的診所的內部裝潢也十分別致，裡頭的植物盆景特別好看，總是呈現出美麗的生命光彩。」

我這些話倒把他說得不好意思起來了。「其實，我後來並沒有繼續攻讀海底生物學。」他邊說邊回憶道：「後來我轉行了。大學畢業時拿的是化學系的學位。但說來話長，最後真正使我改變人生方向的卻是在進了醫學院以後……。」

至今他仍念念不忘從前在醫學院裡他所認識的兩位恩師：William Graham 和 Steven Miller。本來在大學畢業後，他之所以申請賓州州立大學的醫學院，乃是因為他立志要作一個「家庭醫師」，而賓州州立大學的Milton S. Hershey醫學中心則是少數擁有Primary Care 那門新專業的研究中心。幾年下來，在醫學院裡讀書，可謂一帆風順，就只等畢業後要當個「家庭醫生」了。然而，就在最後一年，正在準備畢業論文的過程中，他突然改變了研究的方向。而這個關鍵性的改變乃是受到了以上所提到的兩位教授的影響。那年他在外科手術房裡作有關畢業論文的實驗，正巧在William Graham和Steven Miller 兩位教授的指導之下。他們兩位教授都是資深的整形外科醫師，他們特別欣賞年輕有為的Gary Price，一眼就看出他將來必定會在整形手術方面有所突破，所以就推薦他畢業之後到耶魯大學的醫學院作實習醫生。果然，那年在賓州州立大學的畢業典禮中，Gary Price 以優異成績畢業；該校校長還頒給他有名的Mosby Award 之獎。

後來到了耶魯大學實習，他的表現也照樣傑出，並陸續獲獎。所以僅僅在一年之後就被推薦為耶魯醫學院的助理住院醫師，接著很快就生為外科主任住院醫師，一九八四年終於成為「整形外科及重建手術」部門的主任住院醫師。在短短幾年間竟有如此驚人的成就，實在不得不讓人欽佩。總之，在耶魯的前後七年間，Gary Price 真正奠定了他在整形外科方面的成就。目前在美國，整形外科已是一門既新又富挑戰的熱門專業，該專業醫師的訓練時間通常要比一般醫生長得多。（現在美國每年一共訓練一百八十個整形外科醫師。）據 Gary Price 說，耶魯的經驗是他平生事業的轉捩點，從此他知道應當何去何從，也使他對於醫學教育有了一種使命感。因此，他一直把提拔年輕人視為自己的責任。一九八五年之後，他雖然開始開私人診所，但一直不忘在耶魯醫學院裡授課。直到如今，他仍每個星期三晚上如期到耶魯教書，按期給醫學院的學生們講解有關整形外科方面的新知識。

每想到人體的整形手術（包括臉、額、鼻、頸、胸、腹等部位的手術），我就會很自然地聯想到一些不幸遭到車禍或不小心受傷的人；那些人全靠整形醫師的幫助，才得以尊嚴地活下去。可想而知，Gary Price 在這一方面的貢獻很大——尤其是，他曾經擔任過耶魯醫學院嚴重外傷方面的顧問。然而，說實話，我現在更想知道的卻是有關他的整容手術的病人（其實是「顧客」）。一方面，這或許是我自己的好奇心的緣故——因為一般說來，作過整容手術的人都喜歡絕對保密，所以無形中更令我對於他們產生了好奇。但另一方面，我也想趁機瞭解一下目前的整形手術。所以想到這裡，我就忍不住開口問了：「啊，很抱歉，Gary，可不可以請你談一談你的整容病人大多是什麼人？他們大部分是女性嗎？有許多是明星之類的人物嗎？」。「哦，你這個問題問得很好。」他看看我，以一種格外輕鬆的口氣答道：「我的答案可能會令你驚奇。其實，我大部份的整容病人都是極其普通的人——諸如家庭主婦、教師，和公司裡的職員等。明星和模特兒固然有，但那些還是少數。接受我的整容手術的病人大多不是一些愛虛榮的人；他們只是看重自己的外表，希望藉著局部的整形，使自己看起來較為美觀而已。目前在我的診所裡，整容手術的病人大約有百分之八十八是女性，但男性的百分率每年都在上升。據全國最近的統計，接受整容手術的美國人，其平均家庭總收入每年只有美金四萬五千元左右。所以我說，大多數的整容病人都是很普通的人。我的病人來自社會上各個不同的階層，可以用 diversity 一詞來形容……」

「真的，」我很興奮地說道。「就像今日美國的社會一樣，到處都充滿了 diversity。」

「對了。」他果然很高興地說道。「美國可以說是世界上最能容忍和接受 diversity 的國家了。其實，就是這個文化意義上的 diversity 使我特別喜歡我的職業。我喜歡努力瞭解不同的文化，也喜歡通過瞭解來幫助別人。我曾經到過世界各地旅行，也接觸過不少其他文化的人，如海地人、牙買加人等。記得從前上大學時，我曾選過一門叫做「醫科人類學」（Medical Anthropology）的課程，使我學到許多有關不同文化的知識，那門課確實對我影響很深。我也選過一門藝術史的課，記得我特別喜歡荷蘭畫家Jan Vermeer的畫，尤其欣賞他對光線的處理和他那十分獨特的美學觀。[1] 此外，我永遠忘不了一門有關東方宗教的課；那門課的教授是日本人，他還是第一個成為猶太教的拉比的日本人呢！目前我感到最驕傲的就是，我的十七歲的女兒Morgan正在努力學中文，她希望將來上大學後要主修東亞研究。」

聽了這些話，我對Price醫生，不禁又生出另一種敬意。我想，他算是美國少數具有多元文化的修養的醫生了。此外，他的舉止言談處處顯示出他的文學知識之深厚。

於是，我繼續說道：「對了，我忘了問你一個重要的問題。你好像讀過不少文學作品，是嗎？我發現，你在診所的接待室裡到處都放有各種不同的詩歌選集。我第一次在你的診所裡讀到詩人David Jauss的詩集《你不在此地》（*You are Not Here*），覺得特別新鮮。在那以前，我從來沒看過David Jauss的任何作品。你是否也在文學方面下過工夫？」

「我想，你說得很對。我基本上是個熱愛文學的人。這主要因為，從前在上大學時，我曾經受過一位文學教授的啟發。她的名字叫Evelyn Helmick，她教「世界文學」（World Literature），完全用「跨學科」（interdisciplinary）的方法來引發學生們的興趣——在她的課上，我們不但讀文學作品本身，而且還把音樂藝術等題材納入討論的範圍中。由於受了她的影響，後來我進賓州州立大學醫學院之後，一邊攻讀醫學，一邊進修人文課程。所以，我在醫學院裡求學的四年間，每學期都選修一門文學課。有兩門課特別有意思，一門叫「現代文學裡有關醫生的困境」（The Doctors' Dilemma in Modern Literature），另一門叫「身體的來電」（The Body Electric）……。」

「啊」，我突然打斷他的話，「The Body Electric使我想起詩人惠特曼！」「對了，那課程的題目

---

1 這一點我十分贊同。例如，我最欣賞Vermeer的一張題為〈繪畫的藝術〉(The Art of Painting)的作品，那是一張一六六六-七年左右所作的自畫像，畫中作者對光線的處理十分高明。

就是取自惠特曼的一首長詩，『I Sing the Body Electric』。該課程的主題就是探討文學如何體現人類身體的問題。除了惠特曼、D. H. Lawrence以外，我們還讀了William Carlos Williams的作品。William Carlos Williams的詩歌，我尤其感興趣，因為他原來是醫生出身，他的許多觀點，都讓我心中產生共鳴，我一向欣賞像他那樣的『醫生作者』。事實上，醫科與人文藝術自古以來就有極其密切的關係。比如說，著名的十五世紀畫家Leonardo da Vinci，他不僅是個藝術家，也是一個成就很高的解剖學家。」

這才想起，聽說最近Price醫生得獎的論文題目就是有關現代醫學和古代希臘神話的關係。所以，我就順便請他講一講有關這一方面的問題。

一說起希臘神話，他的臉上立刻浮現了無比的興奮：「其實那只是一篇演講稿。演講稿的題目是：『神話、醫學與整形外科手術』。我主要在說明，現代我們在手術房裡所用的術語和醫學用具，其中有不少都來自於希臘神話。一個最有趣的例子就是有關注射管（syringe）的聯想。今天很多人已經忘記syringe一詞本來出自希臘古代一個女神的名字Syrinx。這其中牽涉到一個十分動人的故事。原來，Syrinx是Arcadia河畔的一個仙女（nymph）。有一天，牧羊神Pan偶然在路上遇見Syrinx，很被她的美貌所吸引，於是就瘋狂地追過去。問題是，牧羊神Pan長得實在很醜，他的下半身如同公羊，而且頭上有角。據說Pan的母親剛生下他時，就被他的醜相嚇得立刻逃走了。而且Pan有時還會發出可怕的嚎叫聲，讓人陷入一陣驚惶（panic）。[2]所以Syrinx一見有這麼個怪物在後頭追趕她，她就死命向前奔跑。最後跑到了Ladon河的河邊，眼見Pan就要追上她了，她一時情急，就請求河神把她變成了一束蘆葦。Pan看見美麗的仙女已經化為蘆葦，而且混在河邊無數的蘆葦之間，已無法辨識。Pan一時傷心欲絕，只好採下幾根蘆葦作成笙，從此以吹笙的方式來紀念Syrinx。雖然在現實中，男神Pan無法擁有

[2] panic一字即由Pan的名字演變而來。

美麗的Syrinx，但他卻能透過笙樂的想像來懷念她。後來管樂器Panpipe（牧神笙）一詞就出自Pan的名字。[3]此外，我要順便說明的一點是，根據西方的天文學，所謂Capricorn（摩羯宮）就是指的牧羊神Pan，因為Capricorn原指頭上有角的山羊，其外貌與Pan正好吻合。同時，現代外科手術醫生所常用的syringe（注射管）也直接從仙女的名字Syrinx演變而來——想是出於對蘆葦形狀的聯想，因為Syrinx就是tube（管）的意思。十九世紀英國詩人Robert Louis Stevenson和二十世紀美國詩人Robert Frost都先後在詩中提到這個有關Pan和Syrinx的神話故事。只是今日醫學界的人很少做這方面的聯想。當然，在我的那篇演講稿裡，我不止討論這個神話故事——我另外還提到愛神Aphrodite和她的兒子邱比特（Cupid）與現代外科手術用語Philtrum一詞的關係。總之，我那文章的目的是為了討論希臘神話對現代醫學的影響。事實上，神話和醫學本來就有著極其密切的關係，例如在希臘神話裡，阿波羅神的兒子Asclepius就是一個醫生，但他後來惱怒了眾神，因為他讓病人起死回生，破壞了自然次序……。」

這一段話真把我說得很心動。看看錶，時間已經超過了約定的時限，但我還是接下去問道：「你當初怎麼會想到要寫那篇文章呢？你是從那兒得到的靈感？」

「說來誰也不會相信，」他不假思索地答道，「那個靈感來自一次坐飛機的經驗。記得我正在從非洲回美國的途中，在飛機上自己玩起了一個cross－word puzzle（縱橫填字遊戲）。當時所有的字謎都已解答出來，只剩下一個字一直解不出，只知道那個謎的線索是wings，並知道其答案必須是四個字母。我在飛機上百思不解，無論如何也猜不出。於是在下飛機前忍不住偷看了一下解答，才知道正確答案是「alae」。我恍然大悟，alae為ala一字的複數形式，ala來自拉丁文和希臘文，原意是翅膀。後

---

3 現在，這種笙(panpipe)可以從Internet網絡上買到。

來ala成為整形外科手術的常用語，指的是鼻子旁邊那塊形同翅膀的骨頭。在古典希臘文裡，ala那個字原指一種美麗、神祕而有曲線的翅膀，並非如我們現代人所瞭解的那麼簡單。總之，在那次旅行之後，我就得到了一個靈感，我決定要寫一篇有關神話、文字和醫學的文章。我對於人類文字傳統的連續性一直感到好奇。幾千年下來，各國的語言文字不斷在改進，但總還是能追溯到其文明的源頭。」

我告訴Price醫生，其實他很像一個標準的文字學家，因為他不但瞭解語言的奧妙，也瞭解其上下文的文化意義，更瞭解語言發展的歷史原則。我想，當初他如果不從醫，或許也會走人文研究的道路吧？

臨走前，我告訴他，我要立刻趕回去重讀希臘神話。

於是，整個下午我完全沉浸在神話的世界裡。我重新閱讀海神Poseidon、太陽神Helios、月亮神Selene、晨曦之神Eos，穀神Demeter，春神Persephone等故事。這中間有追逐、有搶劫、有報仇、有陰謀，更少不了男女之間的愛情。奇妙的是，這些情節我早就讀過了，但它們的含義，卻從未如此引人入勝過。這次我真正體驗到，希臘神話不僅反應了西方人自古以來對人性本質深切的瞭解，而其情節之戲劇化也預設了後來西方科學與醫學研究多層方面的發展。

有趣的是，作為一個文學研究的專業者，我對希臘神話的重新領會卻得自於一個外科手術醫師的啟示。那種啟示是極其偶然的，但也是最寶貴的。

——《青年日報・副刊》，二〇〇三年六月二十三—二十四日。

在休士頓「遊」太空

一九六九年是我移民美國的第二年，那一年的七月二十日，美國太空人阿姆斯壯（Neil Alden Armstrong）登上了月球。當時我也和全美國的電視觀眾一樣萬分興奮，驚奇地從螢幕上觀看阿姆斯壯登月的實況轉播。電視把千萬裡外月球表面的景象拉到了我們的眼前，只見那太空人輕飄飄走過來在月球的陸地上插上了美國國旗，大聲向地面遙呼：「嘿，休士頓，我已到達死寂的月球，我們的老鷹號號安全著陸了……。」那就是美國太空史上有名的阿波羅第十一號。此後接著又有一系列的阿波羅第十二，十四，十五，十六，十七號等登陸月球的成功之旅。

還記得當初剛聽到阿姆斯壯的那一聲「嘿，休士頓」時，確實感到好奇。那休士頓何許人也？後來才知道，原來位於德州休士頓城（Houston）的太空中心是美國載人的太空飛行之總指揮部（原名Manned Spacecraft Center），所以正在飛行的太空人必須隨時向那兒通消息，久而久之也就把休士頓給人格化了。阿姆斯壯當時呼喚休士頓，其實也就是在向全體美國人歡呼。因為全美人民心裡都明白，這人類首次登月的壯舉意義非凡，它首先是對付蘇聯太空戰的一大勝利。早在蘇聯成功發射人造衛星四年後的一九六一年，甘乃迪總統就呼籲全國人民把登月視為共同的目標：

> 我希望我國人民團結起來，共同建立這樣一個目標：那就是，在一九六〇年代尚未過去以前，能有一個美國人登上月球，而且還能平平安安地回到地球上……

為實現這一宏偉的計劃，美國政府除了大量撥款努力發展太空工程以外，還開始積極地引入卓越的外國科技專家，以期在人才的培育和儲備上長期保持全球領先的地位。這就是為什麼向來在移民上有各種嚴格規定的美國在一九六〇年代突然大量招收外國留學生來美讀書的個中玄機。當時正巧美國人權法於一九六四年成立，接著又於一九六五年十月三日廢止「對中國人存有偏見的限定名額」之移民法，所以不少具有高科技和文化水準的中國人，尤其是來自臺灣的理工科留學生，一時間都紛紛進入了美國，組成了美國科技人才的重要資源。

在那些讀理工科的中國留學生中，我最欽佩研究太空工程的科學家；我的丈夫張欽次當時就在普林斯頓大學攻讀與航空工程有關的博士學位。總之，一九六〇年代有不少工學院的研究生都以進德州休士頓的太空中心為來日的就業目標，所以休士頓一直都是我嚮往的高科技聖地。畢竟那只是一個年輕學子的天真好奇之心，等後來我從事中國古代文學的研究，一直忙著本行的事，慢慢也就淡忘了那個令人感到憧憬的太空世界。

最近，有幸應美南寫作協會會長陳紫薇之邀去休士頓講學，我終於有機會去了我嚮往已久的NASA，參觀了那裡的詹森太空中心。首先，有幾位寫作協會的成員和家屬都是NASA的人——例如，作協副會長廖秀堇本人、主要幹事胥直萍的丈夫陳欣南先生等。據統計，休士頓的NASA太空中心共有雇員一萬五千人（包括所有的工程顧問和承包商），當中就有華裔數百人。所以，作協的執行祕書錢莉再三地對我說，休士頓區的中國人在科技方面特別有成就。其中，來自臺灣的張元樵博士就是一個好例子。（很巧的是，張元樵的妻子石麗東是我從前的中學同學；他的兒子 Karl Chang 在耶魯上學，是少數以 SAT 滿分入學的特優學生）。在詹森太空中心，張博士是負責管理太空梭熱控制系統的人。他的工作對美國太空飛行具有舉足輕重的重要性，因為太空梭的飛行與太空飛行員的安全大多取決於太空中心的溫度控制。當然，NASA 除了在休士頓的主要基地以外，還有散布於美國其他各地的太空中心——包括著名的佛羅里達（Florida）的甘乃迪太空中心。

然而很少有人知道，每一次太空梭和火箭從佛羅里達發射出去，僅僅在幾秒鐘之後，所有的太空操作就完全轉到休士頓太空中心的監督管理之下了。這樣一來，像張元樵那樣的太空科學專家就得夜以繼日地工作下去，盡力在太空與地球之間取得完美無缺的聯絡。據科學家所說，溫度的控制乃為太空梭的生命主線，因為太空的大環境與地球上大為不同，所以更需要隨時隨地進行必要的調整。通常一個太空梭一旦發射出去，張元樵就必須每天於清晨三、四點鐘到太空中心去，不但要解讀其他工作人員所收集的有關太空梭溫度的資料，而且還要快速地設計出必要的補救方法。這樣，他才能於早上七時左右準時出席會議，以取得連續不斷的資料控制與監督。除此以外，他還得應付任何時候都可能來自太空梭的緊急報告，其敬業不苟的精神令人肅然起敬。據說有一天晚飯之後，他偶爾到控制中心去查看資料，突然接到報告，說正在飛行的太空梭才送來一個機件失控的緊急信號。當天晚上張元樵自然就整夜不歸，一直留在控制中心與同事們不停地磋商工作。後來，經過嚴謹的分析和解讀之後，他發現問題是太空梭裡的電熱器壞了。

於是他立即發出緊急的解救措施——那就是，白天裡每當溫度升得太高時，讓醒著的太空飛行員隨時把太空梭裡的電熱器關掉；夜間大家睡著的時候，則讓駕駛員將太空梭面向太陽行駛，以便取暖。就這樣，那次的太空之行得以安全地完成了。必須提到的是，自一九八〇年代以來，張元樵博士參與了所有的美國太空梭的發射與運行（至今已發射了一百零四次）。而每次太空梭的操作和運行都不相同，因而其可能遭遇的問題也不一樣。在這一方面，張元樵已經成了 NASA 的主要靈魂人物了。聽說每次美國的太空梭要起飛之前，大家都還要再請教他一次，否則不敢冒然行事。此外，NASA 許多部門的工作經常都由外頭的工程承包商來負責處理，唯獨張元樵有關溫度控制的那部分工作還是由

NASA 自己負責。足見大家信任張元樵的程度了。張博士終於在二〇〇〇年三月間獲得太空總署傑出服務獎章，可謂名至實歸。

此次我去詹森太空中心參觀，有張元樵這位難得的專家作導遊，可謂再幸運不過了。如果說，一九六〇和一九七〇年代是美國人努力到月球探險的時代，那麼我們可以說，一九八〇年代以來即為太空梭開始飛行運作的時代。與前此所用的一次性的火箭不同，太空梭的好處之一就是：它很像人們所乘坐的飛機，回到地球之後，仍能一用再用。同時，一九八〇年代以後太空工程的目標也有所改變：目前各個國家所重視的是，如何繼續維持那些圍繞著地球的各種人造衛星的設備與安全，如何建立可靠而長久的太空站。此外，今日的國際政治情況也和從前有所不同，因為美俄之間的太空競賽已逐漸發展為兩國之間的妥協與合作，甚至有不斷走向全球化的趨勢——其中包括法國、德國、英國、日本、加拿大等國的密切參與。關於這點，張元樵博士告訴我，有一個很好的例子就是：最近才發射出去的一個太空梭，其中一個機械手臂就是由加拿大政府供給的。

那天在詹森太空中心，我真的經驗了一次「遊」太空的好機會。可以說，在短短的兩小時之間，我大大地開闊了眼界。我走入了一連串的太空梭模型，想像著自己和許多太空飛行員在一起，正面對著極其複雜的「控制鈕」（有多到兩千一百個 control panels 的控制鈕）。我想像自己向漫無邊際的太空裡闊行了過去。我漸行漸遠，只見遠處的地球已變成了一個佈滿藍色花紋的水晶球。在太空梭裡，我除了失去了身體的重量之外，其餘一切日常生活照舊；我吃飯，我喝可口可樂，我睡覺，我上廁所，我定時看醫生。我想像自己成了女太空人 Sally Ride 的夥伴——雖然她並不知曉我的存在。可以說，此時此刻我的生命已輕如鴻毛……。突然間，我想起了一九八六年七個太空人犧牲生命的悲劇，那是一個寒冷的一月天，當太空梭和火箭從佛羅里達的甘乃迪太空中心發射出去後，僅僅數秒間之內，一切都化為爆炸的火花。那個場面，我在電視屏幕上看見之後，多年之後仍然不能忘記。

我轉過頭去問張元樵：「一九八六年那次太空失事事件發生時，你在哪兒？當時你的反應如何？……」我似乎問對了問題，不等我說完，他就說道：「我當時早已在太空中心工作了。但那時我還沒擔任現在的工作，我只是該部門的臨時代主任。記得那天早晨 Challenger 號將要起飛之前，NASA 的有關部門特地打電話來問我，看看是否一切沒問題。我告訴他，太空梭裡的溫度控制是絕對沒問題了……。」張博士一面說，一面望著我，好像在回憶一個遙遠的故事。接著他又說：「沒想到，Challenger 號起飛後七十三秒鐘就爆炸了。那天我所有的 NASA 同事都滿面愁容，誰也說不出話來。我尤其難過，我當初以為自己的判斷有誤。但大家很快就發現，問題是出在火箭的部分，而不是我所負責的太空梭本身。不過，我仍然為那七位太空人感到傷心。唯一值得安慰的是，從此大家比以前更加小心了，而且更加努力取得各個工作部門的緊密聯繫。那件事之後，NASA 有兩年多沒發射過太空梭。同時，雷根總統還特別召集一個由十三人組成的委員會，希望將來能避免同樣的問題發生。這些年來，我們已發射過一百多次的太空梭，沒再出過一次意外……。」

張博士的這段話給了我許多啟發；它讓我看見，在逐漸複雜的今日世界裡，真正的成功乃是團體力量的成功，而非少數個人的榮耀。記得一九八六年事發那天，雷根總統曾告訴全國人民，「所謂美國精神，就是像那七位男女太空人一起合作的精神，他們都為了一個共同的理想作出了超越個人職責的事……。」特別令人感動的是，當時蘇聯的太空人不但送來慰問的電報，而且把他們剛在金星上所發現的兩個主要地點分別稱作 Christa Mc Auliffe 和 Judy Resnik，以紀念兩位不幸喪生的美國女太空人。這些都是人類發揮合作與潛力的好例子，是人世間最為寶貴的東西。

作為一個美國華裔，我特別欽佩像張元樵博士那樣擁有專業上的卓越成就，而凡事能與人合作、又具領導能力的美籍華人。是他們凡事敬業的成就，逐漸提高了華人在美國的社會地位。是他們夜以繼日的努力，贏得了人們對華人的普遍信任。我真為我們移民美國的華人中有這麼多傑出人物而感到自豪。

但張元樵說：「沒什麼，我不過是盡責而已。重要的是，我真的喜歡我的工作。我的工作就是我的生活。我愈是投入我的工作，我愈感到愉快。研究太空工程，使我更感到宇宙之大、人類之渺小……。」他面帶平和的笑容說著。

我很被張博士這種充滿了智慧的人生態度所感動。於是，在返程的飛機上，我就打起了這篇記我太空一「遊」的腹稿。

——《青年日報・副刊》，二〇〇一年七月二十六－二十七日。

補註：張元樵博士已於二〇一五年十一月七日病逝。最近他的妻子石麗東女士（即我從前高雄女中的同學）曾來信說道：「特別要向您致意的是，多年前您造訪休士頓後曾寫了一篇訪問太空中心記，其中提到元樵所做的工作，除了您送的《遊學集》，他買了許多本贈與親友。去歲十一月七日，他心臟病突發猝然去世，思及此一淵源，幾度要提筆告訴你，但心煩意亂，未能竟書，祈諒。」（孫康宜補註，二〇一六年，八月二十二日。）

混血華裔的尋根文化

——評介耶魯女校友劉愛美

近年來由於多元文化的提倡，不少華裔作家漸漸由美國文化的邊緣走向中心的位置。在這一方面譚恩美最為出色：自從她的《喜福會》於一九八九年出版以來，她的名字已成為家喻戶曉的名詞了。無形中美國讀者領會了欣賞華裔作品的樂趣，也對這一方面的文學產生了閱讀的欲望。於是各種不同的華裔選集陸續出現，書店裡也開始把這些作品放在較為顯著的地方了。

與過去相比，華裔在美國人心目中的地位顯然有了戲劇性的提高（其他亞裔，如日裔、韓裔，也同樣的提高了）。然而這種「戲劇性」的改變其實是多年來華裔自己努力奮鬥的結果，中國人移民美國已有一百五十年的歷史；但這其間華人大半在忍受著遭人歧視的痛苦。例如在一九五〇年代，大部分美國人還把華裔當成嘲弄的對象——甚至是「敵人」。而電影中所描繪的中國人形象更加促成了這種歧視華人的趨勢：在銀幕上，觀眾所看到的中國人不是斜睨陰險的小人，就是蓄有鷹爪般指甲的壞女人，還有那個可笑的胖子偵探 Charlie Chan。可以說，一直到一九六〇年代，由於土生土長的華裔的普遍自我覺醒，美國人才開始聽到華人的「真正」聲音。於是，美國為一大熔爐的概念漸漸形成，而「東方人」終於被改為「亞裔美國人」。華裔作家 Shawn Wang 於一九七〇年代所發起的亞裔文學選集 *Aiiieeeee*（《啊咿》，與Jeffery Chan等人編）就是為了發抒這種處於邊緣地位的哀歎之聲。真是皇天不負有心人，二十多年後（一九九六年）Shawn Wang 所編的《亞裔文學選》（*Asian American Literature*）終於登上「經典」的寶座，與譚恩美及其他無數亞裔作者成為美國讀者歡迎的對象。

美國讀者對多元化抱持強烈興趣

值得注意的是，華裔文學的興旺直接導致了另一個重要的文化現象：那就是混血華裔的尋根文學。在這方面，以擁有四分之一中國血統的耶魯校友劉愛美（Aimee Liu）的成就最為顯著：她於一九九四年出版了一部小說*Face*（《臉》），書中以紐約中國城為背景，追溯至戰前上海的故事，深刻地表達了女主人公生活在兩種文化夾縫中所經驗的「認同」（identity）問題。《臉》一書得到批評界的廣泛贊許，被譽為是橫跨洲陸、縱跨世代的驚人作品，最近劉愛美的新書《雲山》（*Cloud Mountian*，1997）以一種跨文化、跨國界、跨種族的主題，把複雜的認同問題赤裸裸地展現在讀者面前。此書尚未正式出版就早已被陳列在各大書店的櫥窗中了。

劉愛美的成就反映了美國多元文化的新趨勢；所謂「多元」不僅是文化的，也是血統的。就如混血韓裔Carol Roh－Spaulding所說：「我覺得描寫混血及多種文化交融的主題將在美國文學中扮演極重要的角色，這是因為下一世紀的人口組合會自然產生一種跨種族文化的需要。」其實這種「需要」早已在大眾媒體和報章雜誌中明顯地反映出來。例如，《紐約時報》（一九九七年五月五日）花了不少篇幅介紹三位混血亞裔女作家，其中包括《猴王》（一九九七年）的作者Patricio Chao（趙惠純）——趙小姐是中日混血，她的父親就是許多中國讀者熟知的趙浩生。當然，如果不是美國讀者對多元文化已有非常強烈的興趣，這些年輕的作家（她們大多剛出版第一本小說）絕不可能如此快速地成名。然而，正因為她們一鳴驚人的卓越成就，才能鼓勵其他華裔作者勇敢地步其後塵。

年輕一代的混血華裔多傾向公開自己的華人血統

與普通華裔不同，混血華裔在文化認同上有較大的選擇餘地；他們本來就有自由選擇和「非中國」的另一半血統認同，尤其美國學校的教育至今仍以白人文化為主。然而我發現，年輕一代的混血華裔常常與他們的上一代採取完全不同的態度；如果說，過去那些人常有企圖掩蓋自己身上擁有華人血統的事實，則今日的混血華裔卻大多採取一種公開與揭露的態度。在「隱蔽」和「揭露」之間，我們看見了兩種不同的抉擇和認同。以女作家劉愛美為例，她的祖父是中國人，祖母是美國白人，當兩人在本世紀初結婚時，祖母堅持把祖父的姓Liu改成西方文化的Luis，以免遭受其他美國白人的歧視。後來祖父母由於外在的種種壓力而分居中美兩地。從此以後，祖母就嚴厲阻止自己的子女公開談論他們帶有中國血統的事實。結果是，劉愛美的許多表兄妹（姑表）多年來一直不知道他們原來是華人的後代。幸而劉愛美的父親Maurice後來毅然決然把自己的姓還原到本來的Liu，才終於保住了這個與中國傳統的唯一聯繫。劉愛美的長相沒有任何華人的痕跡，自幼又在白人郊區Greenwich（在康州）生活，所以從一開始就與母親的英美文化認同。而且她那生性安靜的父親從不主動向子女談論過去。如果不是後來有機會到中國遊覽，因而突然萌發尋根的念頭，劉愛美絕不可能寫出最近這兩部以種族文化認同為主題的小說。

其實這位才四十歲出頭的女作家，早在二十五歲時就以一本有關厭食症的《孤獨》（*Solitaire*，1979）轟動美國文壇，當時《紐約時報書評》稱讚她「寫作感人而深刻」。這本自傳小說是以耶魯大學的校園生活為背景的。後來她一連串出版了七本有關心理、婚姻及愛情的論著，但皆與中國題材無關。對劉愛美來說，尋根是一種漸進的「自我發現」的過程，它需要時間的醞釀，也需要心理空間的重新調整。

尋根的欲望使劉愛美努力探求家族歷史

一九七九年是個重要的一年：那年剛出版了第一本著作的她終於有機會與父母到中國去旅行。奇妙的是，這個原以觀光為目的的中國之旅最終成了名副其實的尋根之旅——劉愛美不但找到了她父親當年在上海的老家，而且開始從心中產生了與中國文化認同的衝動。她問自己：「假如我這個混血華裔不生在白人郊區而在紐約的中國城長大，我將會是怎樣一個人？」這個徘徊不去的問題最後成了撰寫小說《臉》的催化劑。

尋根的欲望使劉愛美更進一步探求家族的歷史：她想知道她的祖父母如何由相遇、相愛、結婚而終於分居的過程，她想知道他父親幼時在中國的經驗，她想知道當時變動中的中國究竟是什麼情況，她想知道，她想知道……這一連串不斷湧現的問題終於打破了她父親多年來的沈默。從父親那兒，劉愛美瞭解到祖父母一段動人的愛情故事：原來祖父年輕時是一位富有理想的革命黨人，深受孫中山的賞識。他於一九〇六年抵加州柏克萊大學進修時，正巧劉愛美的祖母（當時還是一位年輕的未婚女子）被指定為他的英語教師。不久加州發生了地震，他冒了生命危險把她從倒塌的家中搶救出來，兩人從此墜入愛河，無以自拔。當時白人仍然極度排華，加州法律規定美國人不准與華人結婚。在此情況下，兩人只好偷偷前往懷俄明州完成合法的結婚手續——該州是少數准許白人與異族通婚的一州。一九一一年滿清政府被推翻後劉愛美的祖父回國任職於國民政府，之後她的祖母（在放棄美國國籍後）亦攜女同往。從此他們在中國度過了二十多年的漫長光陰。

那是一個充滿動亂的中國：先是袁世凱稱帝、軍閥混戰，後是日本侵略中國、國內戰爭爆發。作為一個對中國民主前途充滿了夢想的人，劉愛美的祖父把全部時間及精力皆傾注於政治活動中，但他的家人始終住在封閉的白人租界地裡。可想而知，劉愛美的祖母長期生活在寂寞與不安的陰影中，總括來說，她的「中國」經驗是極其不愉快的。因此當她的兒子（即劉愛美的父親）有機會來美國上大學時，她就帶著其他子女回到美國定居，從此與她的丈夫分居兩地，至死沒再見過面。據劉愛美考證，還有一段重要的插曲：在兩人分離十五年後，她的祖父曾來信請求她的祖母准許他來美國與家人團圓（因為年老多病的他已失掉所有的財產，很難繼續在大陸生活下去）。但由於某種原因，祖母並未回信，祖父不就即去世——小說《雲山》中的情節與此略有出入。

新作《雲山》是一部尋根的歷史史詩

在準備《雲山》一書的過程中，劉愛美發現了不少寶貴的原始材料。她發現她的祖父就是以《洪憲紀事詩三百首》聞名海內外的劉禺生（號成禺）；當時孫文先生曾為這部膾炙人口的作品寫過序辭。此外，劉禺生還著有《世載堂雜憶》，在敘述史實和評論人物方面頗有卓見，其中特別記載了他年輕時在香港初遇容閎時的感人細節，此書一九六〇年由北京中華書局出版，董必武先生作序[1]。面對許多剛被「挖掘」出來的資料，劉愛美衷心為擁有這樣一位卓越的中國祖父感到驕傲。她開始想：是什麼原因導致祖父母婚姻的悲劇結局？是中西的文化差距嗎？是祖母個人成見太深、缺乏容忍的精神嗎？是外在時局的壓力嗎？《雲山》的寫作主要就為了這些問題。

1 此書由遼寧教育出版社（新世紀文庫，一九九七年）再版。我要感謝沈昌文先生給我有關《世載堂雜憶》再版的消息。

看完這本厚達五百七十五頁的《雲山》，我覺得彷彿閱讀了一部尋根的「歷史史詩」，這本書既是文化的，也是歷史的；既是關於中國的，也是關於美國的。由一對亂世男女的真實故事，我們可以體驗到愛情那種超越種族的原始動力，也可以看到婚姻本身的脆弱——發生愛情那麼的容易，維持婚姻多麼的困難。尤其在異族通婚的情況下，男女兩人只有在擁有十分成熟的心態下，才能把潛在的文化衝突化解為文化的融合。婚姻的經驗有如多元文化的交相碰撞——相互之間，雙方必須盡力去瞭解對方，去靈活地對待危機、共同面對挑戰。

我問劉愛美為何把小說取名為《雲山》？她說，在中國的國畫及古典詩詞中，「雲山」總是象徵離別與思念，而這也正是該書的主題。在這本小說中，廬山代表著作者心目中的「雲山」，因為它既給人無窮的美感，也引發惆悵的情緒。我發現劉愛美常常喜歡用雲霧的意象來象徵自己內心的尋根欲望，例如在上一部小說《臉》中，她就在首頁引用了她祖父劉禺生描寫雲煙美景的兩句詩。雲煙或雲山都代表人心中一種神祕的、遙遠的、不可名狀的渴望。

雖然遠隔千山萬水，許多華人的後裔還是渴望與華夏文化認同——不論他們身上摻雜了多少異族的血液。

——《中央日報》，一九九七年七月二十一日；今稍做補正。

療傷

發生九一一驚爆事件的次日，《宇宙光》雜誌的主編邵正宏先生就送來了一個伊妹兒，他希望我能就這個歷來美國境內遭到的最慘重的恐怖攻擊事件，寫一篇短文。但幾天來，我和其他所有美國人一樣，都抱著十分沉重的心情，在承擔著一種難以形容的焦慮，感情一直不能平靜下來。生平第一次，我忘了帶講稿去上課。走在紐黑文城的街道上，我的整個腦海裡一直重複演出紐約民眾驚惶走避的影像，我為赴援而喪生的兩百多位警察和消防隊員感到傷心，還有四架民航機上無辜而喪生的二百六十六位旅客，世貿大樓起火倒塌後數以千計的傷亡人士，以及華府五角大廈裡遇難的政府官員們。對那些不顧一切而奮身跳樓，卻終究難逃厄運的人，我閉起了雙眼，為他們作了禱告。我邊走邊想著這場惡夢。儘管耶魯校園裡的陽光仍然很美，一條條道路照舊平坦而乾淨，但我心裡想的全是那些流血喪生的人，以及無數受難的心靈。這真是一個恐怖而令人難以置信的悲劇。就如紐約市長朱利安尼所說，這樣大幅度的傷痛「遠非我們所能忍受」。

於是，我對主編邵正宏說，算了吧，我就不寫那篇文章了。過分受驚受創的心境，使我什麼話也說不出，更沒心情寫東西了。

其實，在這場恐怖慘劇中，我曾經扮演了一個十分幸運的人。我的丈夫張欽次是個資深土木工程師，通常每天都到紐約上班。他本來早已安排好九月十一日那天上午九點鐘要在世貿中心七十多層樓上和一些工程包商們開會，但因臨時有事必須前往倫敦，才把那個會延期了。世貿被撞擊的當天夜裡，欽次從倫敦打電話回來，兩人都傷心得說不出話來。我們雖然是倖存者，但在這場天驚地變的災難中，我們絲毫不感到慶幸。這個空前的恐怖事件令我們驚惶、害怕、焦慮，我們感到憤慨而不解。說起這一天的瞬間慘劇，欽次在越洋電話的另一端用沙啞的聲音說道：「沒想到僅僅在幾分鐘之間，World Trade Center 倒塌了，我的那些承包商朋友恐怕也找不回來了。」令人聽了不禁黯然。

十五日半夜裡，丈夫終於由倫敦飛回了美國。他帶回了一大堆倫敦的報紙，全是有關英倫人民對死難者哀悼的情景。其中 *Daily Express*（《每日快報》）的標題寫道：**A nation's silence says more than words ever could**（「舉國的沉默，比話語更能表達心意」），旁邊還刊出一個正在哭泣的英國婦女擁抱美國國旗的景象，另一個騎自行車的人則停下車來，站在路旁低頭默禱……。誠然，全球到處都是一片震驚的無言，那是一種難遣悲懷的沉默。這使我想起，巴黎、柏林、羅馬、莫斯科等各大城市也都籠罩在這種前所未有的沉默中。

同樣，是這種無可言說的沉默籠罩了我所在的耶魯校園。九月十一日當天晚上，就有數百位耶魯師生以一種驚魂未定的心情舉行了一次名符其實的默禱。整個 Cross Campus 廣場鴉雀無聲，只見在暗中到處閃爍著美麗的燭光。在這個人群擠擠的露天燭光哀悼會裡，只聽見雷文校長以極其沉重的聲音說道：「這個悲劇性的災難破壞了我們國家的平靜，也威脅到全人類的生存。這個突來的悲劇震撼了我們每一個人的心靈。」在耶魯三百年校慶的前夕，我們沒想到會遇到如此驚天動地的恐怖事件。我看見學生們大多低頭在落淚，有些人抬頭望著夜空，一切都默默無聲。

然而，五天之後的今天，我突然領悟到，最有效的療傷方法不是沉默，而是發出贊美的歌聲。今天是恐怖事件之後的第一個星期日，我和丈夫一早就趕到大學的教堂裡作禮拜。那是我第一次看見這麼多耶魯人出席主日崇拜。我發現所有在場的人，都同樣在尋求一種心靈的治療。他們都需要從這場人生慘劇中走出來，他們需要讓上帝聽見他們的嘆息，好撫慰他們受傷的心靈。於是，在副牧師Pamela Bro 的主持之下，我們同聲唱出了一首題為「主啊，我們的言語無法表達」（O God，Our Words Cannot Express）的歌曲。這首歌詞由Carolyn Winfrey Gillette所作，是特別為此次悲劇事件而寫的。我把它譯成中文如下：

主啊，言語無法表達
今日我們心裡的悲哀
我們憤怒彷徨，我們承認
我們需要低頭禱告。

我們哀悼所有喪失生命的人……
和每個受傷的人。
我們為那些正在哀傷的
孩子、丈夫、妻子們禱告。

主啊，我們也要為我們
所有的領導人禱告。
但願他們在如此慘痛的時刻
能凡事保持理智。

我們相信你的慈悲和恩典；

有了你，我們就沒有恐懼！

但願和平與正義聯手

和我們在一起。

奇妙的是，唱完這個歌曲之後，我的心中突然有了前所未有的平安。在寧靜的老校園中，這歌聲蕩漾著，蕩漾著，其回響持續了許久，好像正在撫慰那些受傷的靈魂。如果說，幾天以來無言的孤寂感似乎加深了我內心的焦慮，則今天在教堂裡的同聲歌唱則為我帶來了真正的平安。

這種平安終於使我能聚精會神地聽校牧Frederick J. Streets講道了。正巧今天Streets牧師講的是有關「心靈治療過程」的問題。他說：「在我們心裡受傷的時候，不要被那惡者騙了，不要上那惡者的當，不要因為受到恐怖份子的挑釁而產生報復的心理。我們要繼續維持美國那種民主自由的寬厚精神，在這個困難的時刻，美國人必須特別保持理智。」接著他引用〈馬太福音〉第五章的話來安慰那坐滿了教堂各個角落的聽眾們：

虛心的人有福了，

因為天國是他們的。

哀慟的人有福了，

因為他們必得安慰……

製造和平的人有福了，[1]

[1] 和合本聖經原文作：「使人和睦的人有福了」（太五：九）。我在此改譯為：「製造和平的人有福了」，與英文譯文較近Blessed are the peacemakers.。

因為他們必稱為神的兒子。
為義受逼迫的人有福了，
因為天國是他們的……。

我想起了一九七六年諾貝爾獎金得主索爾・貝婁的著名小說《抓住這一天》，在那本書中他提醒我們：「只有現在——此時此地——才是真的，抓住這一天吧。」[2]我想，只要能抓住這一天，繼續走向光明就是有福了。

於是，我終於提起筆來，利用這個寶貴的一天寫出了這篇有關九一一的短文。

二〇〇一年九月十六日

——《宇宙光》，二〇〇一年十一月號。

後記

九一一事件剛過了不久，美國政府已露出將要攻打阿富汗的跡象。雖然當初許多美國人都主張和平，以為戰爭勢必招來恐怖份子更激烈的反擊，甚至有可能引起第三次世界大戰。但經過三個多星期以來的不斷觀察與思考，大部分的美國人民已經改觀。他們相信：在此困境中，美國除了開戰以外別無選擇。即使我們希望與對方維持和平的關係，對方也不會因此罷休，而且還會繼續他們的攻擊活

[2] 此句中譯取自劉森堯，《天光雲影共徘徊》（臺北：爾雅出版社，二〇〇一），頁一三一。

動，最後甚至使全球淪陷於恐怖份子的手中。這樣的信念終於使布希總統很快地得到了全球聯鄰和北大西洋組織各個國家的支持。

這個星期正巧是耶魯大學的三百週年校慶。前任總統柯林頓（即一九七三年畢業於法學院的耶魯校友）按時來校演講。這個演講節目早已於一年前安排好，喆時自然沒有人能預料到，一年後的今日大家居然朵在如此緊張的時局之中慶祝耶魯校慶。

此次柯林頓講的是二十一世紀有關全球化與恐怖主義的問題。面對八千多個觀眾，柯林頓很誠懇地鼓勵大家：「我們一定能渡過難關……我們一定能，只要我們……不忘我們的信仰。」他勸大家要在警惕中鼓起勇氣，繼續過正常的生活，不要害怕。很巧的是，就在柯林頓演講的次日，布希總統宣布：美國與英國已正式對阿富汗開戰……。

這兩位總統都是耶魯的校友，在母校三百年校慶之時，布希與柯林頓正好都成了振奮美國民心的英雄。即使他們的看法不一定完全都對，但值得注意的是，他們都是懂得如何把生命交給上帝的人。

——二〇〇一年十月七日補記。

情報人員的命運：談電影《特務風雲》中美國的CIA

最近看了兩部電影，都是有關情報人員的命運的——即德國片《竊聽風暴》（*The Lives of Others*）和美國片《特務風雲》（*The Good Shepherd*）。《竊聽風暴》由剛露頭角的德國年輕導演兼編劇者Florian Henchel von Donnersmarck 執導，該電影描寫一九八四年（即柏林圍牆倒塌的前五年）東德的祕密員警Gerd Wiesler（Ulrich Muehe 飾）如何監視著名劇作家Georg Dreyman（Sebastian Koch飾）的故事[1]。《特務風雲》則由Robert De Niro 導演，並由Eric Roth——即影片Forest Gump 的編劇者——編寫劇本，電影描寫從一九三九年到一九六一年的冷戰期間，美國中央情報局如何通過情報人員Edward Wilson（Matt Damon飾）等人的努力而逐漸成立的經過，其中還涉及美國CIA 所發動的古巴豬玀灣事件。就電影的藝術效果來說，《竊聽風暴》遠遠勝過《特務風雲》，所以前者頻頻得獎，而後者卻不能算是一部最成功的電影（其致命傷就是太冗長，以至於電影後半部令人感到沉悶）。但就其主題和內容來說，《特務風雲》對我的啟發更大，因為它牽涉到我所處的民主國家的情報制度問題——既是政治的，也是道德的——以及個人在面臨國家利益與個人命運的抉擇時，所遇到的種種挑戰。所以我希望藉著這篇短文談談這部有關美國情報人員的電影。

首先，《特務風雲》的主角Edward Wilson 自始至終愛國，他相信自己對國家的無私奉獻（即對

---

1 有關這個電影，請參見龍應台，〈你是有選擇的〉，《世界日報・副刊》，二〇〇七年三月五日。

情報工作的專一）乃是維護國家安全的關鍵。該電影原名「The Good Shepherd」，其本意是「忠於職守的牧羊人」。（所以也有人把這部電影的題目譯成《牧羊人》或是《忠於職守》。）「牧羊人」這個名詞本來自聖經——就如聖經中所說，牧羊人有責任照顧他的羊群，所以美國CIA的情報人員——尤其在冷戰期間——都相信他們就是照顧國人安全的「牧羊人」。他們大多出身良好，受過高等教育，其中不少人畢業於耶魯，並曾是耶魯著名祕密社團骷髏會的會員。以Edward Wilson為例，他是一九三九年還在耶魯上學時加入骷髏會的，後來在一次骷髏會的聚會上，被一位老會員（也是FBI的情報人員）Sam Murach（Alec Baldwin飾）遊說而加入情報組織（當時CIA還沒正式成立）。不久Edward即被指派監視他當時的詩歌教授Fredericks（Michael Gambon飾），因為據說那位教授有同情納粹的嫌疑。後來Fredericks教授被迫從耶魯辭職，幾年後他在倫敦終於被美國情報人員殺死。

值得注意的是，Edward之所以善於偵探，也特別得到情報主管們的賞識，顯然和他很能保密的天性有關。早在童年時代，他目睹父親自殺，但卻本能地將父親自殺前所寫的遺書偷偷藏起來，多年來一直沒打開那信，也沒公開。（一直到電影的結尾，我們才知道原來他父親是因畏罪而自殺）。所以，Edward那拘謹保密的性格自然就得到了上級的信任。結婚後才一星期（當時他的妻子已經懷孕），他就被派往倫敦主導OSS（即中央情報局的前身）的情報工作——那兒的同事有不少是他從前的耶魯同學和骷髏會的會員。大戰過後，他又立刻從倫敦被調往柏林，這次的目的是為了祕密招攬德國的精英科學家們（當時，美國和蘇聯都搶著要招攬德國科學家，唯恐落人後。）等到Edward最後回到美國家中與妻兒團聚時，已是六年以後的事了。他們多年不見，因缺乏聯繫，兩人見面後已有生疏之感，連妻子改名（從Clover改為Margaret）之事他都不知道。所以見面的場景特別顯得冷冰冰。同時，這也是他第一次見到自己的兒子（已經六歲），一切都顯得十分陌生。

事實上，Edward 與家人的冷淡關係只反映了他那逐漸變得冰冷的心境。這可以從他那面無表情的臉上看出。多年來他整天獨自面對有關情報的影像與錄音帶，使他已完全將自己凍結在情報的祕密之中。為了國家的利益，他還必須學習善用各種方法摧殘敵人的情報網，並設法逮到敵方的間諜，進而準確地、不留痕跡地「清除」他們。所以，除了有關國家機密的情報之外，Edward 對其他事務和人際關係早已不關心。甚至連他對某種女性的偏好，也反映了這種孤立絕緣的心態。我們發現，他所最迷戀、而終身難忘的情人 Laura（Tammy Blanchard 飾）竟是一個耳聾的女子，是一個聽不見外界聲音的人。後來，Edward在德國做情報工作時，看見一位女翻譯者耳朵上帶了一個類似助聽器的東西，立刻被她強烈地吸引住，並與她做愛，或許因為那「助聽器」使他聯想到從前的聾女情人也說不定（其實那「助聽器」是收集情報的錄音機，那個女翻譯本是一名蘇聯偵探，所以在兩人做愛的次日，她就被同黨在電梯中殺死了。）總之，男女的關係一旦糾纏在國家情報的利害之中，最為危險，也令人感到無可奈何。然而為了百分之百地效忠國家，情報人員總是必須犧牲個人的情感，甚至自己的「靈魂」。有關這一點，Fredericks 教授在臨死前曾對 Edward 提出衷心勸告：「你最好趁可能的時機、趁你還擁有靈魂的時候，趕快遠離『情報工作』」。

然而，Edward 並沒有離開他的情報崗位，反而在 CIA 的組織裡越爬越高。後來，他的兒子長大進了耶魯，也成了骷髏會會員，甚至成了 CIA 的情報人員。有關兒子加入 CIA 這事，Edward 曾極力反對，並對兒子百般勸阻——因為他深知從事情報工作的代價——但兒子卻堅決不從，最後還是加入了CIA。這也使得 Edward 在 CIA 的處境更加複雜。

同時，這也就直接牽涉到電影《特務風雲》的中心主題，也就是貫穿這個影片的一個中心事件——那是有關一九六一年四月美國 CIA 所發動的古巴豬玀灣事件。原來，CIA 的領導層（包括 Edward Wilson）早已策劃讓一群流亡美國的古巴人於四月十五日那天突擊古巴，企圖推翻那正在逐漸靠近蘇聯政權的卡斯楚。但沒想到，卡斯楚已先從蘇聯那兒知道了美國的陰謀，已早有準備，所以當美國的古巴流亡者突擊古巴的豬玀灣時，美方全軍覆沒，死傷慘重，有些人還因為逃亡而喪生，有些則被卡斯楚關進監牢。事後，剛上任不久的美國總統甘乃迪為此感到十分憤怒，因為他相信 CIA 裡頭一定有人事先洩密給敵方，否則不會引起此次的災難。所以總統命令 CIA 本部立刻進行全面調查，無論如何要查出究竟是哪一位（或哪些）CIA 的情報人員把那個突擊古巴的消息透露出來的。

因此，從電影一開頭，我們就看見 Edward Wilson 屢次反復不停地審看一卷影像和錄音帶，顯然他和同事們都懷疑這些物證和古巴事件的洩密有一定的關聯。後來經過一番初步的解讀，Edward 得到了一個結論——那就是，影像所錄下的是一個白人和一個黑女人的做愛鏡頭，那女人帶有法國口音，有幾句話的發音（例如「豬玀灣」的「豬」字）聽起來頗像西班牙語，估計她來自非洲。在做愛的過程中，兩人似乎談到了古巴事件，但言語模糊，無法確定其內容。後來經過一步步的精準考證，Edward和另一位共事者終於在非洲的 Congo 國境裡找到了那兩人做愛的房間。最令人感到驚奇的是，從屋裡的陳設可以看出，那個影像中的「白人」就是 Edward 的兒子。同時他們也查出那個黑女人的真正身份——原來她是蘇聯派來的女間諜。最後，所有證據都齊全了，果然是 Edward 的兒子把美國策劃古巴事件的消息透露給那個黑女人的。（原來他之所以知道這個有關突擊古巴的機密，乃是因為有一次在耶魯的骷髏會聚會上，他偶爾聽到他父親Edward和一位 CIA 同事的悄悄談話。）

事情既已發展到這個地步，Edward 頓然有了莫大的危機感，如果他不立刻行動，他和兒子兩人都將面臨極大的危險。於是他嚴厲地警告兒子，務必和那個黑女人一刀兩斷。沒想到，兒子居然十分天真，還不相信那黑女人是蘇聯的情報人員。他堅持，他深愛那個女子，那女人也真正愛他，而且他們準備很快就要結婚（其實，這時黑女人已經懷孕了）。

不久，兒子的婚禮預備在 Congo 的一家教堂裡舉行。即將舉行婚禮的那一天，Edward 終於當機立斷，請CIA的同仁設計把黑女人從飛機上推下去，讓準新娘很快地結束了她的生命……。可憐，那個內心單純的新郎還一直在教堂裡等待著，新娘卻久久不出現。

當Edward抵達教堂時，他的兒子已預感到某種災難已經發生，他只傷心地問了一句：「爸，你做了什麼了？」

這樣的結局是一個令人心寒的結局。它很形象地表達了情報人員即使在一個民主國家裡也會遇到的嚴重抉擇：他應當忠於他內心裡的良心，還是他的保身原則？在面對這樣的挑戰時，他與共產國家裡的情報人員（如電影《竊聽風暴》中的祕密員警Wiesler）有何根本上的不同？諷刺的是，在目前CIA總部（位於Virginia州）的大門口刻有一句聖經裡的話：「你會知道真理，而真理也將給你自由」（And ye shall know the truth and the truth shall make you free.）〔參見Dennis Schwartz有關這個概念的討論。見「Is There Any Good In Saying Everything About a Movie?」〕。事實上，像Edward那樣的情報人員是世界上最不自由的人，因為表面上他好像一直在監視別人，但其實隨時隨地都在被監視著。不幸的是，他已無法逃出那個情報網，就像蜘蛛被陷入自己所織的蜘蛛網一般。

必須一提的是，在電影的最後一幕，我們只見Edward一個人靜靜地走向CIA的大樓，他將被提升為情報部的主任——同時，聽說他的耶魯老同學（也是該校骷髏會的老會員）Richard Hayes（Lee Pace飾）也將成為CIA的總領導。然而，Edward是踏著沉重的腳步在往前走的，因為他知道，他不久又會遇到更大的挑戰與危機。（應當補充的是，電影主角Edward Wilson乃一虛構的名字。據考證，電影中Edward的形象很可能根據耶魯校友James Angleton——他曾於一九五四－一九七四，二十年間做過CIA的情報部主任——的生平改編而成。Angleton最後被迫從CIA的任上辭職，因為他逐漸變得神經質，並有陷害無辜之嫌，同時也得罪了許多政府中的高官要人。）

這是一部值得讓人深思的電影；導演 De Niro 一共花了九年的功夫才完成這部電影。他聲稱該電影的目的是為了讓人瞭解有關 CIA 早期的「內幕」消息——也就是一個「從未公開過的故事」。其中有關耶魯的部分，或許會引起一些爭議，但無論如何，它說明瞭一點——那就是，耶魯的祕密社團骷髏會不但出了不少總統，也培育了許多情報人員。但與其說這些情報人員是耶魯的特殊產物，還不如說他們是戰後冷戰期間以來美國政治組織（為了建立新的安全系統）所產生的一種新現象。

——《世界週刊》，二〇〇七年四月一日。

施蟄存對付災難的人生態度

「你怎麼到現在才來看我？你再晚來一點，就看不見我了」。這是九十一歲的施蟄存先生在我初訪他時不斷重複的一句話。我完全能理解他這句話中的期待與責備，因為自從十多年前我們開始通信以來，我一直打算來上海看他，但每次在安排前往上海的計畫之後，又臨時因為家累或其他緣故而取消行程。我常常為此而感到遺憾。一直到今年春天，自己許下心願，無論如何要克服一切困難來實現多年的願望。我終於在六月四日由美國飛往上海。次日抵上海後才聽說施先生近日身體大衰，本來要立刻做全身檢查，但他堅持要等見了我之後才放心進醫院。如此忠誠的「等待」

一九九六年施蟄存在上海愚園路的家中（孫康宜攝）。

令我感動。

我與施先生的特殊友情始於一個偶然的文字因緣。一九八四年春我突然接到由普林斯頓大學出版社轉來施先生短函，信中說他多年來熱衷於詞學研究，不久前聽說我剛出版了一本有關的英文專著，希望我能寄一本給他。

現代文學巨星專攻古典文學

施先生的來信令我感到喜出望外：沒想到曾以三個「克」erotic，exotic，grotesque（色情的、異國情調的、怪異的）的文體聞名於上海文壇的一九三〇年代先鋒作家會對古典文學有興趣。後來才慢慢發現，這位現代文學巨星早已於一九三七年左右轉入古典文學的研究領域，可以說他的後半生（其實是長達約六十年的大半生）一直在與中國古典詩詞、歷史、金石碑版等題材打交道。他的治學態度之嚴肅與認真給我提供了一個最佳典範，於是十年來我自然而然把他當成學問上的導師。後來我研究陳子龍和柳如是的詩詞，接著又從事於女詩人作品的探討及編纂，有很大部分是得自施先生的鼓勵與幫助。我每有詩詞版本方面的問題，都必向施先生請教，而他總是一一作覆，其中所獲得的切磋之益與相知之樂，可以說是述說不盡的。

尤其讓我感激不盡的是，他把多年珍藏的善本書——例如《小檀欒室彙刻百家閨秀詞》、《眾香詞》、《名媛詩歸》——都給了我。多年來他在郵寄與轉托的過程中所遭遇的麻煩與困難，更是一言難盡。總之，我很珍惜自己與施先生之間的忘年之交，覺得如此可貴的神交，看來雖似偶然，實非偶然。

此次終於如願以償，與施先生初次見面，內心喜悅之情，自難形容。我覺得自己有許多話要說，不知從何說起。最後我鼓起勇氣，問了一個較富哲學性的問題：「你認為人生的意義何在？」對於這個坦率而不甚實際的問題，九十一歲的長者起初報以無言的微笑，接著就慢慢地答道：「說不上什麼意義。不過是順天命、活下去、完成一個角色……」

沒想到我提出的問題激起了施先生的回憶，在他愚園路的寓所中，我們展開了長達四小時的對話。老作家由大學生活談到抗戰期間的流離遷徙，由抗戰勝利說到自己創作生涯的變化，又從後來的反右說到文革的個人經驗。原來早在文化大革命以前他就開始了「靠邊站」的生活：一九五七年他正式被貶為農民，在嘉定做苦工；一九六〇年以後被派在華東師範大學中文系資料室工作。雖被剝奪了任何著作的出版權利，但從此過著與世無爭的淡泊生活。可以說，多年來在創作與學術的領域中，他一直扮演著被遺忘的角色。施先生一再強調，人生的苦難只有使他更加瞭解自己真正要的是什麼：「反正被打成右派也好，靠邊站也好，我照樣做學問。對於名利，我早就看淡了……」

利用機會讀書做學問

這種對付災難的人生態度特別引起我的注意，所以我進一步請他說明文革期間的個人經驗。他說：「我從不與人爭吵，也從不把人與人之間的是非當成一回事。在文革期間，我白天被鬥，晚上看書，久而久之我就把這種例行公事看成一種慣常的上班與下班的程式……總之，無論遇到什麼運動，每天下午四點鐘以後就可以回家去讀自己的書了。」換言之，無論在任何環境中，施先生的一貫心態是：利用機會，趁機讀書做學問。我認為他之所以能持有如此超然的態度，乃是因為他在書中找到了真實的精神世界，所以對任何外界的干擾（包括別人給他的傷害和侮辱）都能置之不理。因此，他雖然在反右及文革期間受盡了折磨，但政治形勢所造成的不利和隔離的環境卻反而造就了他在學術上的非凡成就。

這幾年來，施先生不斷出版了各種各樣有關古典文學的作品：從《唐詩百話》到《陳子龍詩集》（與馬祖熙合編），從《花間新集》到《詞籍序跋萃編》，無論是評論還是版本校析，一切都給人縱覽而深入的啟發作用。然而多數人並不知道，這些作品的背後意味著長達半世紀的努力與思考。哪怕只是一首詩、一個字，施先生也要找遍資料來論證。他說：「過去，包括我自己，只是就詩講詩，從詩的文學本身去理解和鑒賞，因而往往容易誤解。一個詞語，每一位詩人有他特定的用法；一個典故，每一位詩人有他自己的取義。每一首詩，宋元以來可能有許多不同的理解。如果不參考這些資料，單憑主觀認識去講詩，很可能自以為是而實在是錯的。」

另一方面，他的批評方法又十分「現代」，他主張「無論對古代文學或對現代的創作文學，都不宜再用舊的批評尺度，應當吸取西方文論」。

施先生所經歷的漫長的治學過程正是中國政治上特殊時期。他的經驗觸發了我對生命意義的反思：我覺得災難確是一個人生命旅途中的試金石。在面對政治壓力與災難的環境中，許多人不是被逼向自我毀滅的途徑，就是被迫改變人格：原本勇敢的人變得膽小怕事，原本待人忠誠的人變得玩世不恭。但另有一些人，他們像施蟄存先生一樣，在政治壓力的逼迫下，努力利用機會發展自己的潛能，所以雖然遭遇大災大難，卻終究能把壞事化為好事，在生命的旅途中，他們永遠是勝利者。在這些「勝利者」的身上，我們看見了生命的奧祕：即使在絕望的現實中，我們也可以通過想像與信心，把生命的境界無止無盡地提升和擴大。

發掘者與被發掘者

其實我以為生命的關鍵完全在乎「角色」的認定：一個人應當認清自己該做什麼，而一旦選中適當的角色，就必須下決心把它做好。在這一方面，施先生的親身體驗正好成了一個真實的範例：從一九二六年到一九三六年期間，他受到西方文學的影響，成為一個「運用佛洛德學理論來創造心理分析小說最早、也最為成功的一位作家」。（見秦賢次，〈施蟄存簡介〉，《聯合報・副刊》，一九八八年七月十九日）但後來，創作的外在條件及內在衝動已經過去，施先生立刻便很有覺悟性地轉入古典文學的領域。他說：「文學也像女人的時裝一樣，風行一時，很快就會成為過時貨，一個文學作品愈有時代性，也愈容易過時。」最後，外在環境與個人的機遇終於使他在古典文學的領域內找到了歷萬古而常新的文學永恆性。是一種對生命本身的信心與好奇心使他不斷尋找新的體驗和角色。

與他的生命態度相同，施先生在文學研究方面始終扮演著一個「發掘者」的角色：他喜歡發掘一些被常人忽視的文學作品及作家。他反復對我說：「Discover、Discover、Discover 才是我真正的生活目標。」

有趣的是，在大半生扮演了被遺忘的角色之後，近一二十年來施先生卻成了一個「被發掘者」。突然間，他三〇年代所寫的創作小說「卻和秦始皇的兵馬俑同時出土」，一夕之間頓成寶物，也使一些年輕作家有意無意地模仿起來。這個突來的榮譽使施先生感到驚奇，也有點兒招架不住。一般人並不理解，對於名利，他早已淡然處之。在上海時，我曾聽說，不久前上海市頒給他「文學藝術傑出貢獻獎」，但他卻當眾宣佈：「這種獎不要給老年人，應當給年輕人。」還聽說，最近台海兩岸有人爭著為他拍電視，他都一一謝絕了。

生命境界包羅萬象

尤可注意者，這些大眾的吹捧都千篇一律把焦點放在施先生六〇年前所寫的文學創作上。人們在「發掘」施蟄存的同時，卻完全忽略了他半世紀以來在古典文學研究上的勝利果實。事實上，施先生的生命境界與成就是包羅萬象的：它既是現代的，也是古典的；即是創作的，也是包涵學問的。從多年來的通信經驗中，我早已深深體會到施先生那種無所不包，雖能窺見卻無法窮盡的生活意境。

在返回美國之前，我又去探望施先生一次。臨別時，雙方都有一種無言的衝動，因為我們不知道何時能再見面。面對如此學養高深的前輩作家，我只有以安靜來表達我出自衷心的惜別之情。最後，施先生慢慢立起身來，交給我一包雨花石：「這是我一九八〇年代初從南京帶回來的紀念品，現在送你做禮物。」

回到美國的家中，我迫不及待取出那包珍貴的雨花石。發現其中還夾著一張小條子，上面有施先生的親手筆跡：「南京雨花臺的雨花石。放在玻璃盆中，加水，作擺設品用。」我立刻按其指示，找了一個圓形的玻璃盆來存放這些雨花石。接著，我加上一點水，把玻璃盆放在燈光下左右展玩。突然間，我看見一個奇跡：那些原先看起來並不怎麼起眼的小石頭一個個都顯出瑰麗的色彩、奇妙的紋理和圖形。我仔細地觀賞著這些水中的石頭，同時也想起了施先生硬朗的身軀、溫和的神容，以及他講給我的每一句話。

一九九六年六月三十日，寫於耶魯大學。

——《明報月刊》，一九九六年十月號。

談隱地的「遊」

一位正在學中文的美國朋友從加州打電話來，說剛在《世界日報》的副刊上讀到隱地的一首題為〈圓舞曲〉的詩，很欣賞詩中的一種「遊」（play）的生命力。這青年很喜歡跳舞，也很會跳舞。他問我，隱地幾歲了，怎麼那首詩像是一個二十歲的年輕人寫的？他又問我，隱地還寫過其他什麼有關跳舞的詩沒有？他說，隱地的詩很容易讀，不像其他許多現代詩人的作品那般晦澀而難懂。

我說，隱地從來不隱瞞他的年齡，他今年已經六十多歲了，他是個成功的出版社人兼作家。但我又說，隱地的心總是年輕的，他尤其喜歡年輕人——他曾說，「青年是鳥，能飛就飛；青年是雲，能飄就要飄；青年是歌，能唱就要唱；青年是舞，能跳就要跳。」[1]隱地有一回獨自在一個飯館裡用餐，看見一對青年男女正在聞樂而舞，他就說自己特別喜歡這種浪漫的「生命力。」[2]我在電話中特別對那位朋友強調，隱地已寫過不少有關跳舞的詩，有些直接描寫舞姿及其意境，但有些卻是對生命本身的隱喻。前者如《生命曠野》中的〈單人舞〉和〈激情探戈〉，後者如〈搖籃曲〉、〈生死舞〉等。[3]我答應那位朋友，我會立刻把那幾首詩影印了給他寄去。

掛了電話，我才想起那位朋友所說的「遊」的概念很有見地。其實在課堂中我也一直用「遊」

1 隱地，《人啊人》，人性三書之二（臺北：爾雅出版社，一九八七），頁四五。
2 隱地，《隱地極短篇》（臺北：爾雅出版社，一九九〇），頁六。
3 隱地，《生命曠野》（臺北：爾雅出版社，二〇〇〇），頁八，二六，四，九〇。

的美學來給學生們闡釋隱地的作品，只是那位朋友所強調的是「動」（舞）的一面，我卻看重「靜」（悟）的一面。我在隱地的心靈世界中看到了一種「冷靜」的遊，就如小說家白先勇在隱地新書《漲潮日》的序文中所說：「作者多半冷眼旁觀，隔著一段距離來講評人世間種種光怪離奇的現象……。」[4]這種「冷眼旁觀」使我想起莊子的〈逍遙遊〉中把「大」和「小」等同的齊物哲學，以及宋朝詩人蘇東坡在其〈前赤壁賦〉中所謂的「蓋將自其變者而觀之，則天地曾不能以一瞬；自其不變者而觀之，則物與我皆無盡也。」這些都是以冷靜客觀的態度來看生命裡的「常」與「變」的好例子。此外，在一首〈題西林壁〉的詩中，蘇東坡更以一種清醒豁達的眼光去觀看人世的錯綜景象：「橫看成嶺側成峰，遠近高低總不同。」

有趣的是，去年一位跟我寫畢業論文的美國學生唐文俊（C. Matthew Towns）就把隱地的一首〈靜物說話〉的詩解釋成現代人的「題西林壁。」[5]隱地的那首詩如下：

我看著牆上一幅畫
畫說換你掛上來
讓我到外面四處走走。[6]

唐文俊將這首詩譯成底下的英文：

---

4 隱地，《漲潮日》（臺北：爾雅出版社，二〇〇〇），頁三。
5 C. Matthew Towns, "Literary Immortality and the Art of Play in the Writings of Su Shi," senior essay, Yale University, April 2000.
6 《生命曠野》，頁六二—六三。

As I look at a painting on the wall
the painting said Trade with me and hang up here
so I can go outside and walk everywhere

在他的論文裡，唐文俊特別討論了詩人的「內」與「外」的密切關係。他以為隱地詩中的那副畫代表著詩人的內在主體（在另一首詩中隱地也曾說過，「我希望我的肉體是一幅畫」），[7]但詩人之所以擁有真正的自由，乃因為他不斷地出入於畫裡和畫外之間。唐文俊把那種逍遙式的「出」與「入」比成著名評論家Johan Huizinga所謂的play[8]——即一個藝術家「從日常生活中暫時走入另一世界」的遊的境界。

我想，就是這種「遊」的精神使隱地能在日日繁忙的出版事業之中找到了詩的空間。他自己說，「當我的忙碌生活穿插了詩，我生活的節拍便緩慢了下來：寫詩，可以隨時想想人生問題……讀詩剛好可以治癒我們的忙碌病。」[9]在《生命曠野》中，他曾寫道：

讀詩的時候我是一棵樹
寫詩我成為一條河[10]

7 隱地，〈生命〉，《法式裸睡》（臺北：爾雅出版社，一九九五），頁一三八。
8 Johan Huizinga, Homo Ludens: A Study of the Play Element in Culture (Boston: Beacon Press, 1967), i.
9 隱地，《盪著鞦韆喝咖啡》（臺北：爾雅出版社，一九九八），頁一六二。
10 《生命曠野》，頁一。

這個寫詩的「一條河」正代表著不斷流動、不斷遊走世途、不斷以冷眼觀察世情的個人主體。同時，隱地常把生命比成一條船。例如，在一篇題為〈灰髮心情〉的散文裡，他曾用富有詩意的語言說道：[11]

開始的時候，我們每個人都是一條船。
我們來到這個人世，彷彿人生的初航……
終於，我們發現，自己其實不是船……
而是一座孤島。

由「一條船」的隱喻，隱地想到了臺北西門町的「人潮」：

一排排人走過來，一排排人走過去。
一波波人走過來，一波波人走過去。
四十年前我走在西門町，我是一個黑髮少年。
四十年後我走在西門町，我已是灰髮初生的中老年人。

很難想像從前那個小小年紀就已經飽嘗了人生辛酸痛苦、而又漂泊流浪於臺北街頭的青年，今天居然能以如此冷靜的眼光來看人生潮水的進退：

11 隱地，《翻轉的時代》（臺北：爾雅出版社，一九九三），頁一四五，一四七。

今天和我併走的人潮，
我知道早已不是四十年前的人潮。
一排排的人是可以被人代替的；
一波波的人，也是可以被人代替的！

的確，就如隱地在他的那本《眾生》的書中所說，「眾生是一條貪欲的河流，」然而貪欲了一生，人人「卻又兩手空空的回去。」[12]真的，一個人是可以被後來的人代替的。在此，隱地一針見血地說破了人間生死的真相。我看，或許也只有那個早年就已受盡千辛萬苦的他才能說出這種話。可以說，那個受苦的少年隱地終於造就了今日那個看透世情、懂得逍遙情趣的隱地。對現在的隱地來說，那一波波的人潮已不是「走」著過去，而是「舞」著過去了。

事實上，也只有像隱地那樣曾經真正「活過」的人才可能把生命看成一種讓人回味無窮的舞蹈。在他的一首詩裡，他曾把生命的過程稱為「生死舞」：[13]

前半生加法
後半生減法……
加法的苗
成為減法的灰燼

12 隱地，《眾生》，人性三書之三（臺北：爾雅出版社，一九八九），頁五三。
13 《生命曠野》，頁九〇—九一。

在這裡隱地用的是一種「陌生化」（即西方文學批評裡所謂的defamiliarization）的方法，讓我們換個角度來看人生：把前半生比成日漸增多的「加法，」把後半生視為逐漸引入消逝的「減法。」苗的成長象徵著那個加法，森林遇火而成灰燼象徵著那個減法。在這一加一減之間，生與死就變成了一種互相平衡而有節奏的舞蹈。事實上，應當說，前半生是「加中有減，」後半生是「減中有加。」一個人即使是在老年，生活的質量也不一定比年輕時差。王鼎鈞就在他的《活到老，真好》一書中說過：「老年是我們的黃金時代。」所以我認為，後半生的「減少」有時也意味著某種程度的「增加」。

尤其是，那些懂得用「舞蹈」的腳步來渡過那後半生的人是特別幸福的，而隱地正是這樣一個人。詩人Paul Valery說得好，舞蹈所追求的是一種非功利的藝術，「一種愉悅、一種花的影像，」一種詩的境界。[14]我認為隱地那本《盪著鞦韆喝咖啡》（一九九八年出版）的書寫的就是這種意境和人生觀。隱地喜歡忙裡偷閑，喜歡一邊讀詩，一邊喝咖啡。咖啡對他來說，與其說是一種飲料，還不如說是一種美的、詩意的象徵。所以這些年來，隱地逛遍了臺北的咖啡屋。他說：「咖啡館是俗世裡尋求慰藉者的世外桃源；」所以他特別喜歡那種可以把人引向另一個境界的咖啡屋——比如有個咖啡屋「椅子全是鞦韆架，坐在上面晃啊晃的，咖啡並不講究，然而搖晃著喝咖啡，另有一番情趣。」[15]我想，這樣飄來飄去的感覺有點像舞蹈的意境了。

我很嚮往隱地這種生活情調，所以上回去臺灣開會時，特地去拜訪了他和他的妻子林貴真。林

[14] Paul Valery," Remarks on Poetry," in his The Art of Poetry, trans. by Denise Folliot, with an introduction by T. S. Eliot (New York: Bollingen Foundation,1958),207.

[15] 《蕩著鞦韆喝咖啡》，頁一五九，一五三。

貴真也是一個作家，我尤其喜歡她的《生命是個橘子》那本書，很佩服她的散文裡所表達的一種頗為客觀的態度；她說：「自己決定了生命，就像你買了這粒橘子。甜酸就要自己負責了……。」據隱地說，林貴真也是懂得如何把「後半生」活得豐富而有趣的人，所以我想，她也是個性情中人。

那天，從走進他們內湖的家裡開始，我們三人就一直聊個不停。首先引起我注意的是門前的一盆美麗的花——白色的花朵一個個開在垂下來的綠枝上，好像坐在柳條上靜靜地搖曳生枝。那時正好有一陣風吹來，那些白花竟舞了起來。其生動的姿態令人聯想到詩人「盪著鞦韆喝咖啡」的神態。後來，風定了，整盆花歸于平靜，倒像個美麗的淑女站著。我想起了席慕蓉的一首題為〈少年〉的詩：「請在每一朵曇花之前駐足／為那芳香暗湧／依依遠去的夜晚留步……。」我也想起了我的西安朋友沈奇從前贈給隱地詩中的兩句話：「種一棵文學樹，栽幾株詩之花／在倒流的時光裡，編織成人童話。」[16]

我問隱地：「這是什麼花？……」一面用手指著開得最大的一朵。

「聽說這叫帝王花，是我幾天前買到的，」隱地笑著說，「這花和光有很大的關係。在有陽光的日子裡，它會在早晨七時左右開花，下午才慢慢合起來，個個像花苞在睡覺一般。」

隱地告訴我，作為出版社的老板，他總把自己想成是一座花園的園丁。與其他的花園不同，他的花園裡有書有咖啡有音樂，當然還有供人欣賞的花。他說，他在廈門街的爾雅出版社前院裡，就種了許多盆栽，他每天澆水，希望它們不斷開花。他答應要帶我到爾雅去一趟。

那天上午我在隱地和貴真的內湖家中一邊喝茶一邊吃他們從明星西點買回來的甜點。我邊吃邊說那甜點好吃。隱地告訴我，臺北的明星西點已有五十多年的歷史了，它原名叫明星咖啡廳，是俄國人

16 沈奇，〈詩・書・人——致詩人出版家隱地〉，《中央日報・副刊》，一九九九年十月十七日。

開的；那時俄國人做麵包的手藝非常好，於是他們就把做麵包的祕訣教給了臺灣的青年人，所以現在的老板就是當時的「青年人」。我們從一九六〇年代的臺灣談到今日新新人類的時代，又從爾雅出版社的歷史談到今天的「書」的世界。我告訴隱地，我讀到他的第一本書是：《我的書名就叫書》，那已經是許多年以前的事了，但還記得當時很為這新奇的書名感到震撼。我也常把這本書介紹給在美國教書的同行。這些年來一直想要認識這位患有「書癖」的人，現在終於見到了，很想聽聽他作為一個出版人和作者的經驗談。隱地說，「啊，真巧，我的一本新書正要出來，書名叫《漲潮日》，等於是一本回憶錄，書一出版，就會立刻寄給你。」（這本書後來上了《聯合報》讀書人版，二〇〇〇年最佳書獎非文學類書榜，此為後話。）

這樣說著說著就快到吃中午飯的時刻了。那天中午我們在一家名叫「吊帶褲廚房」的餐廳裡用餐。所有服務於餐廳的人員——包括那位從美國佛蒙特（Vermont）州畢業的老板——都穿著具有後現代特色的吊帶褲，周圍的裝潢也都給人一種雅靜而輕鬆的氣氛。剛坐下不久，好客的老板就親自為我端來了一杯別有風味的山草咖啡。我說，啊，這個地方真有情調，我必須好好記下這地址，下次再帶朋友來。

飯後，我們就穿過飯廳，走到隔間的咖啡室裡，想繼續聊天下去。突然，我的眼前一亮，我看見整個牆壁就是一張彩色的現代畫，畫裡有兩位女士在談天喝咖啡……。我輕輕推著貴真的肩膀：「讓咱們兩人在這個圖畫前照張相吧！我想過過那『靜物說話』的癮呢。」我想起了隱地的那首詩：

我看牆上一幅畫
畫說換你掛上來
讓我到外面四處走走

一時我忘了自己是在畫內還是畫外……。那真是一種「遊」的意境，而這一連串的「奇遇」也特別令人感到意外。從搖曳生枝的「帝王花」到栩栩如生的「壁畫」，我似乎看到了一種生命的神祕性。

幾天後回到美國，不久我就收到了一封隱地的傳真，上頭寫道：

最遺憾的是，讓我們彼此高興一場的「帝王花」，可能並非真的「帝王花」。我託好幾位朋友幫我查詢，真正的「帝王花」可能是南非的國花，花很大，像牡丹，但至今無人看過……。

但我並不感到遺憾。我私下還是稱隱地的那盆花為「帝王花」。那是特殊的「帝王花」，一種雖無用卻能散發出無限詩意的花，亦即詩人沈奇所謂的「詩之花」。

——《自由時報・自由副刊》，二〇〇一年三月十二－十三日。

我所知道的韓南教授

昨天中午接到哈佛大學王德威教授的通知，後來又收到我的好友兼同事石靜遠的電子郵件，都說韓南（Patrick Hanan）教授已於前天（美國時間四月二十六日）夜裡去世，享年八十七歲。韓南教授是我最崇拜的前輩漢學家之一，雖然我不是他的學生，也從未與他共事過，但多年來在學術圈裡，經常有聯絡，每次一起開會時，他總是和藹可親地與我交談，他那文質彬彬的氣質永遠蘊含著一個長者的深刻關懷。

他的驟然逝世令我感到哀傷，但也勾起我的一段美好的記憶。

我是一九七三年有幸初識韓南教授的。那年我剛從十九世紀英國文學轉到中國古典文學的研究領域，在普林斯頓大學高友工教授的指導下，開始攻讀東亞研究博士學位。當時我對於方法論的探求特別感興趣，因為自己才由一個科系轉到另一個科系，若無方法論的根基，就像大海中撈針一般，不得要領。有關研究文學的方法論，我一向喜歡從事「文學風格」的分析，當時美國批評界將之稱為「stylistics」，其中尤以 Leo Spitzer 的 *Linguistics and Literary History: Essays in Stylistics*（1948）和 Erich Auerbach 的 *Mimesis*（1953）為典範作品。這兩部書都關於西方文學，也都由普林斯頓大學出版社出版。但我希望也能讀到有關文體及風格的漢學研究著作。恰巧一九七三那年韓南教授剛出版了《中國短篇小說：年代、作者、作品研究》（*The Chinese Short Story: Studies in Dating, Authorship, and Composition*）一書（由哈佛大學出版社出版），其中最引人注意的就是：他用「文學風格的分析」來鑒定作品的年代。藉著文學風格的分析，他把無數種元、明時代的短篇小說都一一仔細鑒定過（從文學、文化、社會的角度著眼），並將它們分成三個時期：即早期（約一二五〇年到一四五〇年），中期（約一四〇〇到一五七五年），及晚期（約一五五〇年到一六二七年）。總之，韓南教授在撰寫此書時所花費的功夫及其做學問的嚴謹態度，令人肅然起敬。同時書裡還充滿了一個卓越學者的機智，加上又有典雅而洗練的文字，可說在當時漢學界中少有出其右者。當時我有幸閱讀那樣一本極富啟發性的書，自然獲益匪淺。

就在一九七三那年的秋季，普大的東亞系請韓南教授來做專題演講。記得那天的演講題目乃是有關如何用「文學風格」來鑒定作品時代的問題。題目好像是：「Style as a Criterion of Date.」在那以前，我從未見過韓南教授，但那次演講使我和同學們認識到一個大學者的不尋常氣度。我發現韓南教授為人十分溫雅而謙恭，但面對學問卻有極其嚴謹的態度。即使對我們當天所提出的許多浮淺不堪的問題，他都以極其耐心的方式一一作答，從頭到尾毫不苟且。總之，那次精彩的演講使我瞭解到，什麼叫做真正有智慧的學者。

那是四十一年前的事了，但那場演講令我終生難忘。

在那以後，韓南教授的學術作品源源不絕。即使在退休之後，他仍然不斷從事研究，一直到去年發病前，他還筆耕不輟。他的學術成果確實令人望洋興嘆——不論是關於古典小說的研究，還是涉及李漁的作品，或是有關十九世紀的翻譯文學，他的每部作品都起了拓荒的作用，給讀者們帶來了新的視野。可以說在漢學界裡，漢南教授是一棵多產的「長青藤」。

作為一個學術的後輩，我只能以回顧的方式，來表達我對他的無限感念。

二〇一四年四月二十八日

——《世界日報・副刊》，二〇一四年五月二十五日。

蔡文甫現象

不久前，我剛寫完一本有關自己幼年時期的回憶錄，覺得終於對生命有了交待，可以鬆一口氣了。但另一方面，我也急於跳出自己的內心世界，想回過頭來看看別人是如何走過生命的歲月的。於是我通過朋友的幫助，從臺灣買來了一本蔡文甫先生的自傳：《天生的凡夫俗子》（九歌出版社，二〇〇一年初版；二〇〇五年增訂版）。

從捧起這書的那一刻，就被書裡主人公的獨特聲音給吸引住了。那是作者真實告白的聲音，它從頭至尾洋溢著對生命的熱情。蔡先生寫這書時已經七十五歲，他說自己是個「一生和逆流搏鬥的凡夫」（見該書第四五二頁），但又說「奮鬥的人，沒有悲觀的權利。」（見該書第二〇四頁）。我認為他的人生哲學很接近美國殖民時代的精神，因為他一直以拓荒者的態度來面對生命中的挑戰。

接到書的當天，我就開夜車一口氣看完了這書（四百多頁）。等放下書本，已是凌晨。我時常在想，這本書為何如此吸引人？

我想起了羅蘭・巴特把閱讀比做「探險」的那個說法，也想起了著名闡釋學家 Hans－Georg Gadamer 把閱讀看成了讀者和作者對話的譬喻。誠然，閱讀這本蔡文甫自傳有如探險。隨著作者寫實的生平回憶，我想像自己也走在那條探險的路上。同時，在整個閱讀的過程中，我感覺到自己似乎一直在和書中的主人公進行著心靈上的對話。

我彷彿看見作者一直在努力爬一座高山，一直在走山路，其經驗既辛苦又讓人怦然心動。讀到有關他幼年喪母、失學，後來歷經戰亂，高中尚未畢業就從軍，接著全靠自己的毅力和決心，一連串地通過了許多艱難的考試、最後終於考取了高考的苦學過程，這一切都像走在崎嶇山路一般地冒險。作為讀者，我想像自己一邊跟著爬山，一邊迎著陽光，有時忽然會遇到大風雪。漸漸地，我發現自己和作者有很相近的人生態度，因而感到十分振奮。但每回看見書中的主人公走到了懸崖，幾乎要跌落到深谷的時候，我就很自然地為他捏一把汗。例如，讀到第二〇二頁，看到他將要離開軍營，卻不知前面的路何去何從之時，我真的開始擔心了。他說：「只有五天就要離營了，我到何處去？……我向誰、向什麼機關去求職？……靠四百六十元能維持多久？晚飯後，走出營區，坐公車到了臺北車站，往人多的重慶南路走去……全臺北匆忙的行人以及逛街的男女老幼都不認識我……。」接著他又說：「人在絕望時，總希望抓住一片葉、一根草……但我現在沒有什麼好攀爬的。」

一直讀到二〇五頁，眼見他已經找到了一個可以「攀爬」的目標時，我才終於放了心——雖然當時作者早已對自己的前途做了最壞的打算。後來他居然幸運地進了函授學校，接著到中學教書，當教務主任，又擔任副刊主編二十一年，終於在一九七八年五十二歲那年創辦了九歌出版社。可以說，他是從「一無所有」的山腳下一步步地走上了「眾書成城」的巔峰上。

最讓我感到佩服的就是作者本身的擇善固執和勇於面對的精神。即使在困境中，如果發現自己的人格受到了汙辱，他也絕不「為五斗米折腰」，寧願像陶淵明一樣地「即日解印綬去」。一九五七年他在桃園山區的一個學校裡任教時，曾被人冤枉而遭到一個莽撞同事的非禮，最後他決定要走出那個是非不明的地方。於是，他很快就呈上辭職報告，匆匆離開了那個「山路陡彎太多」的學校。當天他下山時，只攜帶了一只「扁平的旅行箱」，箱裡裝有他的全部家當。如此被迫離山，自然又一次面臨了無家可歸的困境。多年後他回憶那段往事，仿佛昨日：「我仍然沒有家，在外面二、三年，兜了一圈，仍沒有落腳的地方，也沒有一個親近的人。」而且，「在等待的煎熬中，似有度日如年之感。」

（見該書第二四八頁）。

然而君子固窮，在深受苦難之後，終於有了出路。次年他轉任臺北縣立汐止初級中學教員，被聘為「留級班」的導師。在那兒他更加努力敬業，甘苦備嚐，讓一群本來對讀書毫無興趣的留級生很快地學會了修改自己的作文。幾年後省教育廳舉辦全省數學抽考，汐止初中居然榮獲第一。這樣的成就，簡直是個天大的奇蹟。

值得慶幸的是，那一段艱辛的教學經驗卻激發了蔡先生的寫作靈感。有一回，他寫了一篇題為〈受騙記〉的文章，刊登在《中華副刊》，該文寫的就是作者被一個學生騙過的經驗。原來有一位姓倪的學生，平常有些調皮也極富想像力，有一次他在一篇報告裡描寫他如何被迫參加不良組織、從事非法活動的詳細經過。但經過報警查詢之後，蔡先生才發現這故事是學生自導自演而捏造成的，於是蔡先生就把這段不尋常的受騙經驗寫成了以上的一篇文章。後來，他也把另一段在汐中教書時期的插曲寫成了〈一根繩子〉一文，刊於《中國時報》的《人間副刊》。

我發現蔡先生的寫作生涯，自從他在汐止中學執教之後，突然變得突飛猛進。有關這點，可由書中的「大事年表」證明。所謂教學相長，其實是和生命的直接體驗息息相關的。首先，他在教學繁忙之餘還陸續在《文學雜誌》、《現代文學》等雜誌發表文章，而且僅僅在十年不到的時間，他一共出版了三本小說集（即《解凍的時候》、《女生宿舍》、《沒有觀眾的舞台》）和一本長達二十多萬字的長篇小說：《雨夜的月亮》。這樣的寫作熱情，這樣的豐收，也只有在經過長期訓練深思之後，才可能醞釀出來的靈感火花。難怪蔡先生後來榮獲中國文藝協會文藝獎章小說創作獎，以及新聞局優良圖書金鼎獎，足令臺灣文壇為之側目。

就這樣，在那條山路上，那個一直向前趕路、飽嘗辛酸的青年人，終於成了一位成熟的中年作家了。後來蔡先生每次回憶過去的種種奮鬥經驗，他總是情不自禁地嘆道：「讀書寫作一直是我生活、生命的重心……慶幸自己度過這人生重要的里程，並未迷失，仍回到原定的寫作理想。」（見該書第二七六頁）。但除了勤於寫作之外，他對書本新知識的饑渴也是極其不尋常的。他幾乎所有的時間都想讀書，有時因為宿舍裡沒有書桌，他就獨自逃到圖書館去啃一天書。誠然，就如美國暢銷書作者 Stephen King 所說：「如果你找不到足夠的時間讀書，你就沒有時間或適當的工具來從事寫作。」[1]同理，蔡文甫先生也一直相信，一個人若不讀書是無法從事寫作的。總之，他一直是個很有心的讀書人兼作家。

這樣一個讀書人後來居然還有餘力開創九歌出版社，實在不得不令人敬佩。近年來蔡先生又加辦健行文化公司和天培文化公司兩大出版社，而且終於經營出十分輝煌的局面來。我看在臺灣，除了爾雅的隱地先生以外，也只有蔡文甫先生一人能如此成功地扮演文人和出版家的雙重角色了。然而，這兩人的特殊成就絕不是一日造成的，是他們從小經歷的無數艱苦和磨練終於造就了他們。（關於隱地先生的奮鬥故事，請見《漲潮日》（爾雅出版社，二〇〇〇年））。以蔡先生為例，從前他十四、十五歲時，一心只想讀書，然而因為家境的關係，小小年紀的他卻不得不挑上了養家的擔子，也曾代替自己的大哥天培充當一個磨坊的小經理人，並且勇敢地躋身商場，開始他那克難歲月。所以，長大成人之後，他就很自然地學會了凡事都全力以赴的人生態度，同時他也因此敢於接受各種新工作的挑戰。他曾說：「根據以往奮鬥的經驗，我知道我做的都是超越自己能力所能負荷的工作。但我抱著終身學習的態度，邊做邊學……。」（見該書第二三二頁）。

蔡先生這種努力擔負起「超越自己能力」的工作的精神也使我想到了「美國精神」。因為所謂「美國精神」就是凡事向前看、不斷發展個人潛力、以求成功的終身奮鬥過程。因為美國本來就是一個移

[1] Stephen King, *On Writing: A Memoir of the Craft* (New York: Scribner, 2000).

民的社會，而一個移民者，若想在新大陸出人頭地，沒有不努力往上爬的。這情況其實和蔡先生等人當初從大陸逃難到人地生疏的臺灣時，一切都要從頭開始的情況是一致的。另外，蔡先生本人的成功經驗也正好印證了二十世紀以來凡事符合「競爭」規律的全球社會景觀。之所以說這種精神是「美國」的，乃是因為只有在資本主義的市場經濟和民主制度下，這些努力向上的人才可能有充分發揮實力的機會。反之，在傳統專制的社會中，是不太可能有這種現象的。

然而，另一方面，蔡先生的例子也並非百分之百地「美國」。當然，他那種受苦受難又頑強不屈的精神似乎很像我們平常所理解的「美國精神」。但不同的是，他在努力經營事業之外，還堅持全心寫作。因此，他既是成功的企業家，也是出色的作家。就這點雙重身份來說，蔡先生（還有隱地）似乎和明清時代的標準文人更為相似。有關明清的文人，我們自然會想到晚明的馮夢龍和呂留良以及清初的金聖嘆、張潮等出版家兼作家的例子。在當時，寫作和出版業的互相聯合，本來就是晚明以來中國知識份子和前代迥然不同的新生活方式，它其實是代表了一種新興的社會時尚。歸根結底，那種講究文學、講究出版業、追求日常情趣的文人文化本來就是十分傳統的。所以，我以為在某種程度上，一九七〇年代以來的臺灣也繼承了這種晚明的精神，因此我們就有了蔡文甫、隱地等較為突出的文化人物。

關於一九七〇年代以來臺灣文化的發展，我一向感到陌生。這是因為，這三十年來也正是我個人對「臺灣文化」的空白經驗。早在一九六〇年代後期，我就已經移民到美國來了。後來又長期在美國的學院裡工作，所以在文化上自己早已成了美國人。多年來，在我的印象中，「臺灣」已經變得有些遙遠了。

但在閱讀蔡文甫先生的自傳之後，我突然對一九七〇年代以來臺灣的文化現象和社會變遷產生了新穎的瞭解，因而大大地補充了我知識上的空白。翻開這本《天生的凡夫俗子》，到處可讀到那些平凡卻不平凡的故事、那個重視報紙副刊、愛惜寫作之才、體認社會真相、熱心出版高難度作品、普遍看重文學獎的「新臺灣」的諸多現象。

這些現象，我統統將之稱為「蔡文甫現象」。對我來說，那個現象是值得玩味的，因為它的意味深長，值得繼續詮釋和思考。

——《自由時報》，二〇〇三年三月十二日。

沈從文的禮物

《明報月刊》（二〇〇一年二月號）曾經刊載瑞典馬悅然（Göran Malmqvist）教授的一篇演講稿，其中提到諾貝爾獎金得主高行健的文風有些類似沈從文的小說風格：

> 沈從文對高行健的影響是值得注意的。《靈山》第三十九章裡作者敘述他在黔川鄂湘四省交界處旅行。他對苗族過端午節舉行龍船競賽非常精彩的描寫讓讀者聯想到沈從文的語調和文體。像沈從文一樣，《靈山》的主人翁「我」很羨慕苗族年輕男女之自然而然的純真的情愛……我知道高行健很欣賞沈從文的著作……。（見該刊第三十一頁）

馬悅然的這段話深深地觸動了我的心，也勾起了我對沈從文先生的無限懷念。許多人都知道，如果一九八八年五月沈老沒有突然病逝，他將是該年諾貝爾文學獎的最強有力的候選人。看完馬悅然教授的那篇講辭，我就發出了一個伊妹兒給

一九七九年七月十一日作者與沈從文先生及張兆和女士在北京合影。

他，告訴他我作為讀者的一點感受。他立刻送來回函，告訴我他也很想念沈老，他說他永遠忘不了從文先生，沈老實在是個「偉大作家兼偉人。」

非常湊巧的是，我給馬悅然教授寫伊妹兒的當天（二月十五日），也同時在我的辦公室信箱裡收到了沈從文先生的孫女沈紅親手給我遞來的一包東西。沈紅來耶魯作訪問學者三個月，現在期滿即將回大陸，所以我想那一定是她留給我的一個小紀念品。但打開那個大信封後才知道那是沈紅為懷念她的祖父從文所寫的一篇散文。那篇文章題為〈濕濕的想念〉，全篇用美麗工整的毛筆字抄寫而成，又無標點符號，乍看好像取自一套古老的線裝書。其中還附上一封短函解釋道：

> 在我即將離開美國之際，寄上我九年前的一篇短文作個小小紀念。那是在地球另一面崇山峻嶺中的一次旅行給我的記憶。在不期然的機會裡被一位老先生抄錄下來，給朋友們看……

一股被溫情所喚起的興奮，使我一口氣讀完了那篇散文。沈紅以一種詩的語言寫道：

> 七十年前，爺爺沿著一條沅水走出山外，走進那所無法畢業的人生學校，讀那本未必都能看懂的大書，後來因為肚子的困窘和頭腦的困惑，他也寫了許多本未必都能看得懂的小書。大書裡面有許多很美的文字和用文字作的很美的畫卷，這些文字與畫托舉的永遠是一個沅江水邊形成的理想和夢想。七十年後我第一次跑到湘西山地，尋回到沅江上遊的沱江邊……水邊一條青石板，街上有一座清幽院落，人們告訴我，這裡是爺爺出生的地方，這是我的根……

面對這篇動人的尋根文字，我不得不想起我自己二十二年前在中國初遇沈從文先生的情景。而那回的相遇也與我自己的尋根之旅息息相關。

記得那是一九七九年的春季，中美剛建交不久，我們全家開始用各種各樣的方法想與離別了三十多年的大陸親戚們取得聯繫。經過百般折騰，後來有一天終於收到了姑姑從上海寄來的一封信。我用顫抖的手慢慢地打開了那信：

> 小紅，你們離開中國時，姑姑才十多歲，現在已是四十多歲的人了，我有一個十六歲的男孩……你的姑丈是個老好人，他來自雲南，是著名作家沈從文的遠門親戚。所以現在你也算是從文先生的一個遠親了。你快來中國一趟，我們請從文在北京接待你……[1]

這個突來的消息令我難以置信。在美國這些年來，我一直喜歡閱讀沈從文的小說，尤其對他所寫有關湘西的一些小人物——諸如水手、士兵、農民、巫醫、商販、女人等——的故事格外感興趣。從前一九五〇年代和一九六〇年代間在臺灣上學時，所有大陸作者（包括魯迅）的作品均列為禁書，所以學生們連沈從文的名字都沒聽過。但上小學時，有一次老師帶我們去看一部電影叫《翠翠》，我被

---

1 一直到最近，我才從我的表弟志明那兒獲得正確的信息，原來姑丈的父親李沛階是沈從文的好朋友，所以兩家並非真正的「遠親」的關係。參見沈從文「致李沛階」信，《沈從文全集》，張兆和主編（太原：北嶽文藝出版社，二〇〇二），第二十五卷，頁三六四至三六六並見編者註：「李沛階：昆明的開明士紳。一九四四年作者一家遷居桃園新村，因租用李的草房而相識，並成為朋友」。見《沈從文全集》，頁三六六。

必須一提的是：二〇一五年十月初，沈從文先生的兩個兒子虎雛先生及龍朱先生到耶魯大學訪問，他們回憶起當年在雲南的經驗，特別提到我的親戚李沛階先生（綽號「地主」）所作的許多有益於公眾的事業，尤其是他所設立的桃園新村，以及沈李兩家人的特殊友誼。因為沈從文夫婦認李沛階的女兒為乾女兒，所以沈氏兄弟對我說，我現在也算是他們的「遠親」了。（孫康宜補註，二〇一五年十月）

電影裡的女主角林黛給迷住了，所以不停地就那故事裡的情節向老師發問。之後老師只得偷偷地告訴我，據說那故事是從大陸作家沈從文的名著《邊城》改編過來的。但他說，千萬不要聲張，千萬不要告訴別的同學……。當時臺灣的政治氣氛與今日大為不同，那時臺灣正值白色恐怖期間，我父親被人連累，被冤枉成政治犯，一判就判了十年，被關在牢裡，所以小小年紀的我已學會了如何保護自己。我很早就對自己發誓，這一生無論走到那裡，一定要遠離政治。我喜歡讀書，就努力讀書吧，千萬不要招來不必要的麻煩。所以當別的同學還很天真地過著童年生活的時候，我已開始給自己定下了一個「多一事不如少一事」的專一向前的人生目標了。但在我幼小的心靈中，我還是覺得奇怪，為何沈從文筆下的那種既美麗又與政治無關的小說在臺灣會是禁書？這問題一直到我念大學主修文學時還在我的腦海裡徘徊不去。後來聽說沈從文的小說在大陸也一度被禁，這才更令我不解了。

一九六八年我終於移民到了美國。抵美後，我第一件事就是從普林斯頓大學的東方圖書館裡借來了一大堆五四以後的中國小說。我像一個長久饑餓了的人，貪求無饜地狂嚼起那些書來。我讀魯迅、沈從文、施蟄存、郁達夫、茅盾、巴金、老舍和張天翼，也讀丁玲、蕭紅等女作家。我欣喜欲狂，覺得自己發現了一片新大陸。我邊讀邊作筆記，幾個月下來已寫滿了好幾本冊子。有時一邊作筆記，一邊還流淚，尤其讀到沈從文筆下的「鄉下人」之純潔而悲情的故事，更是感動不已。我感於《邊城》裡的那個老船夫的一顆偉大的心；書中的每個鄉下人都懂得如何「定下決心，捺住自己的痛苦，體貼別人的不安。」在〈一個多情水手與一個多情婦人〉的短篇裡，我看到了底層社會人物的純真與無奈，也能衷心體會到作者本人所說的那一點「人生的苦味」。在另一個故事裡，我讀到了一個年輕寡婦，她因拒絕族長的調戲，毅然與自己所愛的人私奔，最後被剝光衣服，背上石磨，沉入河底。如此純真的愛情居然落得如此悲劇的下場，真令人詠嘆那永遠缺憾的人生。另一方面，我也特別喜歡像〈常德的船〉那種短篇，故事中有關「桃花源」的描寫使我想起了歷史中的陶淵明。還有，沈從文所寫有關「沅陵的人」也都是一些勤儉耐勞的人民，只要官吏不隨便去壓迫他們，那些鄉下人也都願意好好地活下去……。令我深深感到佩服的是，作為一個「鄉下人」，小說家沈從文自己從頭就養成了一種凡事敢於孤注一擲的勇氣——他當初離開湘西，一個人跑到北平去奮鬥，就是為了「把自己的生命押上去，賭一注看看，看看我自己來支配一下自己，比讓命運來處理我更合理一點呢還是更糟一點。」這真是一種特殊的鄉下人的人生哲學。這使我想起，其實我自己也是個鄉下人。自從一九五〇年初家中遭遇到那晴天霹靂的政治悲劇之後，媽媽就帶著不滿六歲的我和兩個弟弟搬到了鄉下。所以，我基本上是在一個極為偏僻的南方小鎮林園長大奮鬥起來的。當年媽媽整天忙著教人裁縫，整個屋裡全堆滿了裁縫機，每天我下了課沒處去，只得和大弟康成坐在前面的大樹下聽人講那永遠說不完的故事。聽的全是些有關鄉村人的故事，聽久了我也自然就和這些人認同了。

但媽媽說，不，你的根不在這鄉下；你爺爺是天津人，你出生在北京，你的根是在那北京城裡，你將來長大了，一定得找回故鄉呀……。

所以，一九七九年六月，我申請到了簽證之後，就動身前往中國去探親，並順便訪問一些學者作家們。七月十日那天抵達北京，我立刻給從文先生打了個電話，約好次日上午在和平賓館會面。

第二天一早，從文先生和她的夫人兆和準時來賓館看我。也許是太興奮了，我一見面就滔滔不絕地說個不停（我自己後來回憶當天的情景，常為此感到慚愧）。但從文先生卻是那般誠懇而謙遜，總是眯著雙眼微笑著，還不斷鼓勵我要把這些經驗盡量寫出來。兆和也是那麼溫柔而優雅，在旁邊安靜地坐著。從文告訴我，他已從歷史博物館轉到了中國社會科學院，正在準備出版一部《中國古代服飾研究》的書。接著，他們講給我許多有關雲南的親戚的往事，也說了兩個兒子小龍、小虎的幼年故事，讓人聽了十分有趣。我告訴他們，我很喜歡從文寫的那篇〈虎雛再遇記〉，想那個頑皮的小豹子一定是他們家的老二小虎無疑了。（當時我還不知道我後來將要認識的沈紅就是沈虎雛的女兒）。聽我這麼說，他們都點頭笑了，笑的很開心。看他們兩人都那般輕鬆而幽默，很難令人相信這就是文革期間受過許多打擊折磨的人。我想他們夫妻之間的溫愛大概是維持他們的活潑生命力的主因吧。總之，我很羨慕他們兩人互相的恩愛，一切都顯得那麼自然而和諧。兆和還告訴我一個年輕時代的笑話；她說，她曾是從文過去的女學生。當初從文開始教書時很害羞，第一天上課就在講台前呆坐了半個鐘頭，面對著無數個女生，卻一直說不出話來。最後從文就站起來，在黑板上寫了幾個大字：「你們人多，我就沒話了。」這個事件一時成為學校裡的趣聞。我聽了這個故事，忍不住大笑了。就這樣，我們天南地北地聊了兩個多鐘頭，還拍了幾張照片。最後，臨走前，從文從書包裡慢慢拿出了一包東西，一面展開，一面微笑地說著：「這是四個正在下棋的人，這是剛出土的古物的仿製品，這個粗糙的仿製品給你帶回美國作禮物，希望你喜歡。」

那天夜裡，我一個人在旅館裡把那四個小人拿出來，再三地賞玩著。我知道古代下棋的人總是按一定的規則來定輸贏，必須從他們各別的手勢和表情來確定他們四個人的坐位。但我不會下棋，故左擺右擺均不得要領，只覺得那四個人很可愛、很富有表情，很像從文小說裡那些精彩的各色各樣的人物。心想這些年來從文雖然放棄了小說的寫作，但他實際上已在博物館裡找到了他的另一個充滿了古人的小說世界。

我特別珍惜從文給我的這個「四人下棋」的禮物，把它當成寶物來收藏著。不久，從文來美國各校講學，一九八一年元月七日藉著來普林斯頓大學演講服裝史的機會，他與兆和就順便在我們當時的紐澤西家中住了兩天（由兆和的妹妹充和和她的夫婿傅漢思教授陪同）。那是我最後一次見到從文先生。那次他帶給我一本剛出版的《從文散文選》，上頭簽有他的名字，那是我第一次擁有他的毛筆書法。我告訴他，我喜歡他再給我寫一幅字。幾天後他在返回大陸的途中，就在馬幼垣教授的家中為我寫了一幅書法，還用航郵寄來給我。二十年來，這三件禮物一直成為我書房裡不可缺少的珍品兼陳列品。我每次望見那幾件禮物，就會感到一種出自心裡的愉悅。我也會想起《從文自傳》裡〈女難〉那篇故事中的一句話：「我看一切，卻並不把那個社會價值攙加進去，估定我的愛憎。我不願問價值多少來為百物作一個好壞批評，卻願意考察它在官覺上使我愉快不愉快的分量……」。

最近沈紅送給我的那篇〈濕濕的想念〉算是沈家贈給我的另一件超越世俗價值的禮物了。今日，夜深人靜的時候，我又取出該文來朗讀了一番：

> 爺爺，有一天我要送你回來，輕輕地回到你的土地，回到你的風景來，那風雨裡，透明的陽光裡，透明的流水裡，有我濕濕的想念，永遠永遠濕濕的想念……

我又一次咀嚼起那尋根的況味來了。誠然，那是一種苦中有甜、哀中有樂、既美又悲的情懷。

——《明報月刊》，二〇〇一年七月號。

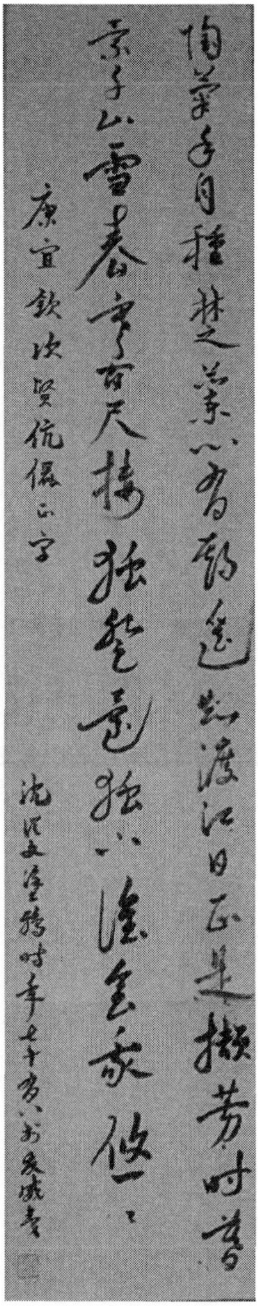

一九八一年沈從文為作者及張欽次先生所寫的書法。該書法集錄杜牧的兩首絕句：即「將赴湖州留題庭菊」及「題敬愛寺樓」二詩。

讀其詩，想見其為人

——悼念余國藩教授

死亡真是難以預測。五個月前的聖誕前夕（二〇一四年十二月二十四日），好友 Tony Yu（余國藩）曾發來一封電子郵件，他在信中向我詳述他們夫婦一年來賣掉舊宅的經過和搬入新居的計劃。為方便他妻子 Priscilla（冰白女士）治療膝關節病，他說他們就要搬進一處離醫院很近的公寓。同時他還特別提到Priscilla的七十三歲生日，並附上生日當天的合影。（照片中除了他們夫婦兩人以外，還有兒子 Christopher，以及 Priscilla 的弟弟Robert Tang，還有另一位美國朋友Alessia Ricciardi）。誰知天有不測風雲，五個月後竟收到了Tony病逝的噩耗。真是晴天霹靂，令我驚慟不堪。

余國藩在學術界一向享有盛名，他的《西遊記》英譯本四大冊於多年前由芝加哥大學出版社出版，堪稱經典之作，早已奠定了他在英語世界的學術地位（二〇一二年出版的四卷修訂本更是深獲好評）。這方面學界已有定論，毋需我在此多說。我在以下要講的是與Tony 交往中讀到他某些詩作的受益。

Tony 的詩作有律詩、絕句、詞作等，大多是寫給友人、親人的，也有寫給他自己的。作為一個學者型的詩人，Tony 對人生具有敏銳和細膩的洞察，尤長於從日常感懷的抒發中流露出樸素的哲理，再加上寫作技巧也很嫻熟，最容易引發讀者的共鳴。

他在二〇一二年十二月二十八日寫給我的一封來信附有幾首詞作。據他信裡所言，他的心臟病當時已開始惡化，經多方診斷，已決定接受醫生的建議，準備立即做手術治療。

做手術當然要冒很大的風險，可想而知，他們夫婦在那期間一定有很大的心理壓力。但 Tony 來信所附的四首新作卻仍洋溢著他樂天達觀的生活情趣及其特有的抒情美感。其中〈好事近〉一詞寫他欣賞中西雅樂和詩歌的讀後感：「漢英多卷舊詩詞、細讀非因學、每遇莎翁棄疾、嘆天工淵博」。〈朝中措〉寫秋日病中的淡愁：「早悉寒潮先兆、可堪故恙纏身，」「層穹暮靄、半林丹樹、一盞朱醇、未得籬花解語、如何奈此黃昏」。〈采桑子〉則讚美妻子Priscilla 的廚藝：「紅爐助暖先登桌、酒獻新香、餚倩珍嘗、良宵何怕夜延長」。其中最令人難忘的是那首祝賀 Priscilla 七十一歲生日的詞作〈南歌子〉，詞曰：

高舉齊眉案
長吟淑女歌
七旬過一豈言多
況似廣寒　仙子步銀河

偕老情先證
同心語不訛
勤賢歲月未消磨
玉白冰清　猶勝綠漪荷

這首詞寫得十分感人。「偕老情先證、同心語不訛」，夫婦情實在令人豔羨。這首詞可與二〇〇八年 Tony 為他們結婚四十五週年所寫那首七律的結語互參：「今夕賢卿當盡醉、白頭甘苦證前緣」。

如果說 Tony 的賢妻 Priscilla 給了他生活上的安定感，那麼他的學術成果則是那種「安定生活」的自然成果。即使在二〇〇五年退休之後，Tony仍致力譯事，在短短的一年內完成他的英譯《西遊記》節本，題為*The Monkey & and Monk: An Abridgment of The Journey to the West*（Chicago: University of Chicago Press, 2006）。他出版此節譯本，主要是為讓同行的學者們便於教學。其實他早就有出版節譯本的想法，只是多年來忙於教學，一直到退休之後才終於如願。[1]這個節譯本做得十分完美，近年來我在「人與自然」（Man and Nature）的討論課上即用它為教材，學生們都很喜歡該書。該書出版後，Tony十分開心，他曾寫詞〈憶江南〉五首以為紀念：

憶江南

《西遊記》新稿將成，自娛自嘲，戲創三教諧比較文論體

西遊奧，無字已成經，生法生魔緣一念，證因證佛本私情，猿馬早傾城。

西遊妄，玩世賴修心，市語假名虛史實，丹砂銀汞化黃金，莞爾尚沉吟。

西遊巧，詮釋累彷徨，外道標符真妙訣，寓言訛譬好文章，解構演荒唐。

西遊幻，低首詰靈山，越蘊尋幽思路險，降妖弔詭譯途艱，悟徹即時還。

西遊譃，形類意婆娑，子系名歸孫大聖，蜜多般若大波羅，聞道笑呵呵。[2]

---

1 二〇〇六年十月三十一日Tony給我的來信寫道："...I am very pleased to know that you like the new abridgment. Indeed, I did it with the fond hope that it would serve classroom needs for many friends and colleagues...The one good thing about retirement is that I seem to have a bit more time for reading and writing, and the shortened Xiyouji is one result."

2 作者原注：「《道德經》四一：下士聞道大笑之，不笑，不足為道。」必須一提的是，Tony去世後不久，蘇源熙（Haun Saussy，即Tony在芝加哥大學的同事兼好友）曾在給我的信中寫道：「Tony was extraordinary and irreplaceable, with a little of the Monkey King's mischief as well as the Tang Monk's seriousness」（Tony的確是出類拔萃和無人可比肩的，他既不乏美猴王的調皮，

與此同時，Tony更著手另一個更大的工程——即重整他那四大冊《西遊記》全譯本的修訂版。他知道這將是一個極大的挑戰，需要幾年的時間才能完成，但他樂意全力以赴做這件事情。[3]

後來經過幾年的努力，他終於在二〇一一年大功告成。這是一個名符其實的「全修訂本」，他在信中解釋道：「譯本中許多部份的文字都改寫了，尤其是詩歌翻譯的部份，還有註釋也徹底修訂過。此外，〈導論〉的部份也加長了許多，希望能涉及有關《西遊記》的最新研究，並且加入我對宗教背景的一些嶄新的認識」。[4]令我感到喜出望外的是，在這個「馬拉松」式的長年努力之後，Tony 仍不忘寫詩抒懷。他在信中照常附上幾首詩，其中一首〈鷓鴣天〉詞就是寫有關他完成《西遊記》全譯修訂版之後的感想：

鷓鴣天

《西遊記》全修訂本初步定稿，以小令自娛

層樓攀踏拒扶筇
未醉先搖不倒翁
稿竣詩來心恥老

又頗含唐僧的嚴峻），可謂精練地道出了這組「憶江南」詞的意境。（二〇一五年五月二十三日來函）。

3 Tony 來信中寫道：「Meanwhile, I am thinking of revising and updating my entire four-volume Journey to make it consistent with the new abridgment. This will take a few years, but that should keep me happily occupied.」（二〇〇六年十月三十一日來函）。

4 Tony來信的原文是「The text has been re-written in many places, especially the translated poems, and the annotations extensively revised. The Introduction is much longer and, hopefully, made response to all the current pertinent scholarship on the novel and on the religious context that I know of.」（二〇一一年九月十四日來函）。

肌酸指硬骨驚風
觀世事　豈全空
甲兵難鑄九州同
此身如寄應知足
香透芳叢月透櫳[5]

有趣的是，此詞寫的不是他的學術成果，卻是他的身體逐漸老去的狀況，既有「自娛」的成份，也有自嘲的作用：「稿竣詩來心恥老、肌酸指硬骨驚風。」但詩人最終的結論是：「此身如寄應知足」。

有關老年的自然身體變化，Tony一直是懂得欣然承受的，他在信裡就很寫實地描寫道：「許多和筋骨、牙齒、皮膚、眼睛有關的毛病也都準時降臨在我們身上了」。[6]

如上所述，在二〇一二年的秋季（即完成《西遊記》全譯修訂本一年後），Tony的心臟毛病突然惡化，以至於次年的一月十四日動了一次心臟大手術。幸而那次的心臟手術很成功，於是他們夫婦兩人就有了新的旅行計劃。那年九月、十月間他們為了慶祝結婚五十週年，特意作「短期船遊」，途徑威尼斯、希臘海岸、伊斯坦堡等處。以下這首七律乃為紀念該旅程而寫：

5 這首詞寫於二〇一一年七月十日。

6 Tony信中的原文是：「...ailments—of bones, teeth, skin, or eyes—descend on us with clock-like punctuality.」（二〇一一年九月十四日來函）。

威尼斯之夜

今歲為冰白遇予結縭五十周年之紀，九月中往歐洲作短期船遊，啟程自義大利東北港口威尼斯島。十八日巧合農曆中秋，晚膳於旅店露天臨水餐廳。皓月當空，萬里無雲，當地著名獨木鉤型小遊艇 Gondola 不時載客經過，單人櫓手更高歌傳統民謠，實難忘佳境也。

相依老伴更相親
遊慶金禧旅可珍
訪勝尚貪新釀美
浮槎又課異邦文
澄空蟾彩明波見
隨櫓漁歌逐水聞
曉鏡日消玄鬢影
青廬今駐白頭人

在這首詩中 Tony 以一種近似「超現實」的筆調寫出人生的極樂境界，同時詩中也充滿了生命的契機。開頭首句「相依老伴更相親」寫出了他們在旅途中（包括人生旅途）所經歷的歡樂時光，末句則點出了他們夫妻的恩愛以及時光的無情。

近年來每當聖誕前夕，我大多會收到 Tony 發來的電子函，信中總是描寫他與 Priscilla 一年來的生活經驗和行蹤，同時也會附上幾首詩歌。但今年的聖誕節我是收不到他的來信了。

二〇一五年五月二十五日Memorial Day

——臺灣中央研究院《中國文哲研究通訊》第二十五卷，第三期，二〇一五年九月。

懷念恩師高友工

四天前高友工教授靜靜地走了，他走得那麼突然。我想他是為了避免和親友們告別，所以才在大家不注意的時刻，獨自離開了這個世界。其實我們無法確定他去世的具體時間。據朋友江青告訴我，友工師過去時大約是十月二十八日晚到十月二十九日清晨（美國東岸時間）之間，是在安睡中去世的，那正是三更半夜的清靜時刻。（其實，在那以前的幾個鐘頭，他還和朋友吃了晚飯，完全沒有異樣）。

連他去世的方式也充滿了詩意。我想起了他經常朗誦的一首唐詩：「人閒桂花落，夜靜春山空。月出驚山鳥，時鳴春澗中」（王維）。詩中描寫一個十分幽靜的境界，因為「夜靜」，所以連明月都能驚動山鳥。我想十月二十九日清晨友工師大概是在這樣一個幽靜的夜晚離開了。雖然他一直住在紐約市中心，但我知道他的心靈深處總是閒靜的。尤其是，他最喜歡陶淵明的「問君何能爾，心遠地自偏」等詩句。因為他心遠，所以凡事都顯得灑脫。

最近一兩年來，友工師的身體開始變得十分虛弱，甚至無法下床，令人非常擔憂。但每回在電話上和他聊天，他總是談笑風生，與從前沒有兩樣。去年聖誕前夕，我在電話中表示擔心他的生活起居，怕他一人獨處會出事。但他卻引用《莊子》的章節來安慰我，表示萬物的變化從來沒有停過，生死也屬於這種變化之中，接著他說：「像我這把年紀，其實生與死都沒什麼關係了。」當時我除了表示尊敬以外，還能說什麼呢？後來掛了電話，再重複溫習他所說的話，更加對於他的人生意境與智慧感到默契於心，心領神會。其實我從普大畢業已經快四十年了，但對我來說，友工師一直是我的終身導師，他那種處事不驚的態度，總令我萬分敬佩。

幾天來，我一直在回憶友工師這許多年來給我的幫助。他是一位名符其實的「師父」，懂得如何因材施教，同時他施教的方式總是和個人生命合在一起，所以令人難以忘懷。現在他突然不在了，更讓我珍惜他一直以來給我的啟發和教訓。

記得一九七三那年我剛進普大念東亞系博士班時，他曾對我說：「最美的人生有如絕句。」據他解釋，那是因為，絕句雖短，卻有「意在言外」（尤其是尾聯）的作用。人的生命也是如此，再長的生命終究是「短暫」的。一個人必須懂得珍惜那個短暫，人生才能顯得美麗而富有詩意。直到今天，我已經進入了古稀之年，但友工師這句話還是讓我受益不盡。

還記得有一年秋天，我被許多事情弄得煩惱不堪，他就向我教訓道：「你應當把你的工作比成跳舞。比方說，你自己在家練習跳舞繞圈時，必須繞個一百二十圈。但你真正上臺表演時，最好只繞十二圈，這樣你就會有舉重若輕的自信。」他的話使我恍然大悟，立刻意識到自己個性上那種太過執著的缺陷。因為人生總有許多不如意的情況，而且前面的路程茫茫不測，我們就很容易經常被外物所累，所以應當培養「舉重若輕」的藝術境界，才能自由自在地翱翔於世。當時我立刻聯想到友工師在課堂上經常引用的《莊子・逍遙遊》：「北冥有魚，其名為鯤。鯤之大，不知其幾千里也。化而為鳥，其名為鵬。……」心想，我應當努力修養自己，希望能在魚中作鯤，這樣才能化為大鵬而逍遙遨遊。

在唐詩的課堂上，友工師最喜歡引用王維的詩句。特別是他給「行到水窮處，坐看雲起時」（王維，《終南別業》）那兩句詩的解釋，令我終身難忘。他說：「如果有一天你走到窮途末路時（dead-end），千萬不要喪氣，你要從容地坐看雲起，這樣就會絕處逢生」。而且他要我們注意王維詩中接下來的最後兩句：「偶然值林叟，談笑無還期」。意思是說：在山窮水盡之時，我們偶然也會遇到某個有趣的老人，也能談得十分愉快，甚至樂而忘返。

其實這就是友工師心目中最看重的友誼，尤其是「知己」的概念。他所謂的「知己」是基於《莊子》那種「相忘以生，無所終窮」的君子之交，不是甜如蜜的小人之交。所以他經常向我們解說《莊子・大宗師》裡有關子桑戶、孟子反、子琴張三人為友的那一段：「三人相視而笑，莫逆於心，遂相為友。」大意是說，三個陌生人突然碰在一起，他們只要相視而笑，心心相印，就自然結為好友。據友工師的解讀，那種「莫逆於心」的境界可以引申到詩人與跨時代知心讀者的永恆交誼，即杜甫所謂「蕭條異代不同時」的意境（《詠懷古跡》其二）。

晚年的友工師生活極其簡樸，因此經常使我聯想到劉禹錫的《陋室銘》：「山不在高，有仙則名；水不在深，有龍則靈。斯是陋室，惟吾德馨……。」與劉禹錫相同，友工師雖住在簡陋的房子，他的德行卻永遠馨香遠播。多年來他所交往的朋友和苦心栽培的學生們無可計數，那種知識和情感交流一直在「莫逆於心」的談笑中進行。他的生活是如此的簡單樸素，但他的精神生活卻無限地富有。

我何幸而成為友工師的門徒，我能藉著這篇短文來紀念我的恩師，也算是我對他無限感激的一種表示。

二〇一六年十一月二日

——《明報月刊》，二〇一六年十二月號。

作者與高友工教授合影
（紐約，二〇〇八年）

「快人」夏志清

最近我學到了一個新名詞：「慢人」。《慢人》（*Slow man*）是諾貝爾獎金得主柯慈（John Maxwell Coetzee）剛出版的一本新小說的書名。該書描寫一個已退休的攝影師兼建築師保羅・雷蒙特在一次車禍中喪失一條腿，以及他從此成為一個「慢人」的窘迫處境。但所謂「慢人」並非只指保羅行動之緩慢，它更多的是指一個孤獨無奈的中老年人在那「緩慢如烏龜」的心境中過日子的消極狀況。因此，在柯慈的筆下，那個剛過六十歲的保羅整天想的問題就是：如何度過剩餘的人生？如何面對每日的空白？真的，除了緩慢地活下去以外，他還能做什麼呢？總之，《慢人》這本小說所記載的就是一個中老年的知識男性在面對生命晚景時，所感受到的一種自我收斂、無奈和尷尬。

誠然，在今日世事逐漸複雜、人情日漸淡薄的世界裡，我們經常看見周圍有許許多多的「慢人」。但是，在我的朋友圈子裡，也有不少「快人」。例如，哥倫比亞大學的退休教授夏志清就是一個名副其實的「快人」。對我來說，夏先生一直是「快節奏」的同義詞。他正是「慢人」的反面。他反應快、思路快、心直口快。他今年已經高齡八十五，但仍精力充沛，笑容滿面，凡事以快節奏的方式走在人生舞臺上。

夏先生可以說是最優秀的美國移民之一。他當初在耶魯大學英文系攻讀博士學位時，導師Frederick Pottle（即以研究James Boswell聞名於世的英文學者）稱讚他是歷屆最傑出的高材生之一。當時，許多美國學生都不如他的英文閱讀和分析能力。多年之後，該系許多師長仍念念不忘他，以他的文學和學術成就為榮。他的經典之作 *A History of Modern Chinese Fiction: 1917-1957*（《近代中國小說史》）即於一九六一年由耶魯大學出版社出版（於一九七一年再版）。最近夏先生又當選臺灣中央研究院院士，這個遲來的榮譽可謂名至實歸。

每次談到夏先生，我就自然會想起二〇〇五年那個在哥倫比亞大學為夏氏兄弟（即夏濟安、夏志清二兄弟）所召開的國際會議。該會是哈佛的王德威先生所籌辦的，大會邀請了漢學界和文學界裡的許多學者，演講人數目高達七十多人——包括韓南、Jonathan Chaves、林培瑞、奚密、王斑、陳平原、梅家玲、陳國球、Feng Li，Pieter Keulemans，Michael Berry，Gary Gang Xu，Carolos Rojas，Tsu Jing，Letty Chan，宋偉傑，張鳳等諸位人士。那次會議的目的乃是為了評價夏氏兩兄弟半世紀以來對中國文學研究的貢獻。同時，去年也正好是夏濟安先生逝世四十周年紀念，所以大會的意義特別重大。可以想見，會中所進行的學術討論不但包羅萬象而且十分深刻。

但兩整天的會議下來，我感覺到最有趣的還是夏先生在會中隨時發出的那些令人驚歎的話語。例如，在閉幕式中，他的口裡突然冒出了這樣一句話：「啊，其實王德威是因為心裡歉疚才為我舉辦這個大會的。他覺得對不起我，因為最近他從哥大跳到了哈佛。他投靠到曹營去了，丟下了我這個劉備……。」

聽到這句涉及「三國」語境的玩笑，一時全場轟隆笑聲不斷。有人笑得全身搖擺不定，連王德威都笑得前俯後仰。唯獨夏先生本人依然神情自若地往下講去。我佩服他這麼大年紀，說起話來還像以往口無遮攔，而且妙語連珠。他確實是各方面都表現出快的節奏：口快、人快、心快、思路快。好像在出其不意、頃刻之間，一個妙語已經從口中發了出去。連夏先生自己也感到驚奇，因為他從來不知道那些想法從何而來。但每回他一旦說出這種話，無不繪聲繪色，一針見血。一般說來，他的言談聲貌給人一種快速、敏捷、瞬間即逝的印象。確實，無論在任何場合中，他總像個導演，一個嘴裡說真話，心裡無所隱藏的導演。他經常會自嘲，同時也會說出別人沒想到的話語，令人拍案叫絕。

作為一個「快人」，夏先生似乎特別欣賞《三國演義》裡的人物。因此，他經常漫不經心地用三國的語言來形容他的朋友們。這或許因為三國的故事主要是在描寫「動態」中的人。就如學者吳功正所說，《三國演義》是「把人物置身於瞬息萬變的戰場上作動態描述」的一本小說。而我所認識的夏先生也正是這樣一個喜歡作動態描述的人。

這使我想起最近我和康州幾位人士（包括外子張欽次、耶魯同事康正果、以及多年好友周劍岐）拜訪夏教授和夫人王洞的情境。

首先，那天大家剛見面，夏教授就忍不住要把我們幾位和《三國演義》裡的人物對上號。他那無所顧忌、自由自在的「說故事」方式給那次訪談留下了令人難忘的印象。

其中最有趣的是，他把高個子康正果比成《三國演義》裡的關羽。「啊，你的個子真高大，真像關公。你那本《出中國記》的自傳寫的真好呵！你真是千古第一奇人。你獨行千里，單刀赴會，你真勇敢。我就喊你作『大康正果』吧。你是現代的關公……啊，周先生，你說是不是呵？」「是，比得真好。」站在一旁的周劍岐表示同意。

我不知不覺想起了《三國演義》第二十七回「美髯公千里走單騎」那一章。確實，這個比喻很好，既說出了康君的義氣和儒雅，也道出了他的赤誠和自重。

「但是，康正果，你實在太過分天真了。」夏先生接著又說，「你在中國大陸遇難的那幾年，完全是自投羅網。你怎麼會在蘇聯解凍的危險期間，膽敢自個兒寫信給莫斯哥大學，何況只為了翻譯《齊瓦哥醫生》（*Doctor Zhivago*）那本小說！啊，你太天真了，你差一點丟了性命。」「真是，不知為什麼我當時會那麼天真……。」康正果邊答邊笑著。「嗯，我看夏先生才天真呢！不，我的意思是，他真年輕，他還像個小孩。」我趁機打趣道。

就這樣，大家開始轉了話題。接著就紛紛向夏先生問起他經年保持年輕的祕訣。「哦，沒什麼祕訣，不過按時吃許多維他命而已！」說得大家都不知不覺地大笑了起來。「我看維他命不是主要的原因。基因才是關鍵。基因就是命運。」康正果突然插嘴道。「怎麼是基因，我看這完全是夏太太王洞會照顧老公的緣故……。」坐在一旁的欽次及時開口說道。只見王洞的臉上頓然現出了神祕的微笑。

那天我們就如此天南地北地談著——從健康談到政治，從一九五〇年代的海外的知識份子談到文學研究，從毛澤東的陰性特質談到武松的厭女症，從張愛玲小說談到胡蘭成的《山河歲月》。沒想到如此閒談著，大家居然一聊就聊了五個小時。奇妙的是，那天訪談的五個小時似乎是在跳閃之中飛過去的。這是因為夏先生那一連串「妙語連珠」似的言談，很容易使人忘記時間已經在消逝。

最後，我們臨走前，夏教授還不忘補充一句：「你知道，胡蘭成騙人的技術實在太高明了，但這也正是他的魔力……。」

他說那話時，眼睛充滿了亮光，似乎又回到了胡蘭成的年代。我突然悟到，夏先生保持年輕的祕訣就是永遠關心別人，甚至關心那個已經逝去了的古人。

在返回康州的火車上，我一直在想：讓我在步向老年的過程中，不論遇到任何境況，儘量能做個關切別人的「快人」，千萬不要做那只會擁抱自己的「慢人」。」

——《世界日報・副刊》，二〇〇六年四月二十八日。

後記

夏先生於二〇一三年十二月二十九日以九十二歲高齡在安詳的睡夢中去世。

第二天上海《東方早報》的石劍峰先生來函，說關於夏先生，他希望我能在電子郵件裡談幾句。我說，有關夏先生過世，要等王洞女士於元旦之後正式宣佈消息之後才能發表言論。他表示瞭解。但他說，他急於瞭解的是，夏先生這樣一個在美國華人學者，對推動中國文學尤其是現代文學在西方的研究和傳播的重要性。

我覺得他的問題問得一針見血，以下是我給他的答覆：

其實我最佩服夏先生的也正是他寫的那本《中國現代小說史》。那是在西方研究中國文學的經典之作，對中國文學在海外的研究和傳播有其不朽的貢獻。一九五〇年代初夏先生才剛在耶魯大學獲英國文學博士學位，專攻的是西洋文學，但他居然能在畢業後短短的三年間（一九五二－一九五五）完成一部有關中國現代文學的專著書稿，而且是拓荒之作，並於一九六一年由耶魯大學出版社出版（一九七一年出版增訂版），那真令人欽佩。即使在六十多年後的今天看來，夏先生的《中國現代小說史》的內容和觀點仍毫不過時。

我以為年輕的夏先生在當時學界能有如此傑出的貢獻，乃得力於他在英國文學方面的特殊訓練和分析世界文學的不尋常功力。當時美國漢學界還處於初步的階段，研究漢學的美國人大多以較傳統的眼光來研究中國文學；而一些移民到美國的中國文學學者也大多以教中國語文為主。但夏先生卻能發揮己長，用他自己分析西洋文學的「細讀」方法來研讀中國文學，加上他那努力不懈的寫作精神（以及書寫英文的卓越能力）終於使得他的作品成為一代人的驕傲。

記得三年前哈佛大學的王德威教授主編了一本評價夏志清教授的書，該書的題目是：〈中國現代小說的史與學：向夏志清先生致敬〉（臺灣聯經出版社，二〇一〇），令人肅然起敬。我今天也是以同樣的敬意來回憶夏先生的。

二〇一三年十二月三十日

在賓州談高行健

正是感恩節的前一個週末，飛機裡所有的坐位都坐滿了。和每次坐飛機一樣，我最喜歡望著窗外。我看見蒼茫的天空有一片片白雲在飛動——都是一些短暫的、流動的意象。接著，我又看見遠方一處處的荒原流水人家，有如藝術家在白色宣紙上所布置的一塊塊小墨跡。這個景色使我突然想起了高行健的水墨畫……。

我最喜歡高行健的水墨畫，因為它很能捕捉渺小的個人在大地荒原中獨自沉思的意象：在畫面上我們總會看見，在廣大的天地間，有一兩個似靜又動的「小黑人」在那兒停留走動著。自從喜歡上高行健的畫作以來，就時常把

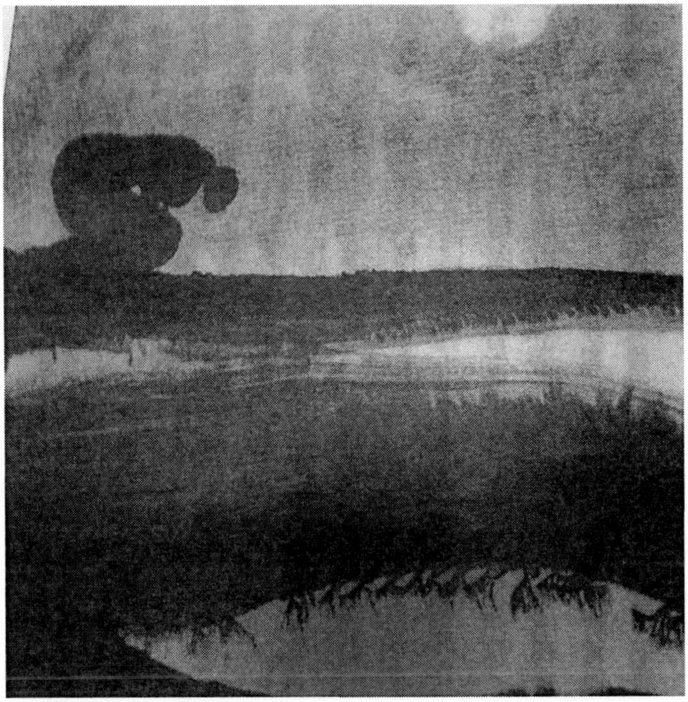

高行健的水墨畫《慾望》（一九九五）。

他在各處刊登過的畫片一一留存在電腦中了。但當初，我還沒讀過高行健的文學作品，只聽說高行健是一位了不起的作家兼藝術家，他在歐洲長年從事寫作，並以畫畫為生。一直到一九九八年春季，我有一次到瑞典斯德哥爾摩大學主持博士班考試，才開始瞭解到高行健的文學成就。還記得，那是一個陽光燦爛的四月天，我下飛機不久，羅多弼教授就送我一本紀念馬悅然教授七十歲生日的專集，其中有一篇文章是高行健寫的，由陳邁平和 Anna Andersson 譯為英文，題為 *A Predestined Meeting*（命定的遇合）。在那篇文章裡，高行健以極其深刻的手筆敘述了一九八〇年代（當他還在中國大陸、作品被禁之時）馬悅然教授如何在北京與他成為知交的經過。一個是遭受政治迫害的失意作家，一個是充滿同情與贊賞的洋教授，其超越國籍的友誼和知遇之恩，令人感動。我對這個主題十分投入，所以在抵達斯德哥爾摩的當天下午就把那篇長文一口氣讀完了。那天晚上在江青（舞蹈家）的家中與馬悅然教授見面時，我們很自然地就把談話的主題集中在高行健的身上了。馬教授告訴我，多年來他一直在努力把高行健的作品譯成瑞典文，他已譯了幾篇戲劇和小說《靈山》，還準備著手翻譯另一部長篇（即後來出版的《一個人的聖經》）。馬悅然教授的話給了我很大的鼓舞，所以我一回到美國就到處尋找購買高行健的作品，開始埋頭苦讀了起來。後來，執教於倫敦大學的趙毅衡教授又送給我一本隱地剛為他發行的有關高行健的戲劇的專著（《建立一種現代禪劇》，爾雅出版社，一九九九），於是我很快就由高行健的水墨畫進入了他的小說和戲劇的世界，可以說又多了一個閱讀的角度，一個更加富有探索性的角度。

如果說高行健的水墨畫給予讀者很大的想象空間，使人不斷認同於畫裡的那個孤獨者的自我對話，那麼我們可以說，他的小說更是利用各種人稱的互換來描寫那種無可救藥的自言自語的狀態。初讀《靈山》，我很為高行健所描寫的「我、你、他」的人稱所迷惑，後來發現原來「我、你、他」都是同一個人，是處於各種孤寂狀況而分化出來的不同的我。作為現代人，我們或多或少都走過類似的道路，我們一方面追求擁有自我，一方面又無可避免地想逃出自我。《靈山》這本小說因而令我感到某一程度的認同。後來我又讀了高行健的《一個人的聖經》，發現他把一個孤獨人的矛盾和脆弱寫得如此真實——作為一個「逃往者」，小說中的「你」只能永遠「輕飄飄，飄蕩而失去重量，在國與國，城市與城市，女人與女人之間悠遊……。」（頁四二六）。這才使我悟到，在所有高行健的畫作中，尤以那張題為「慾望」的作品最接近他的小說意境。對我來說，高行健的小說寫的就是「慾望，」是一種人在絕對的孤寂中所衍生出來的複雜而充滿焦慮的慾望。如那張水墨畫「慾望」所示，在廣大蒼茫的大地面前，那個負有重擔的孤獨者似乎不斷在尋求救贖，不斷地獨行不語，不斷地出死入生……。

正想著，正想著，飛機已經著陸了。

這次我飛來賓州，乃是應賓州州立大學比較文學系系主任Caroline Eckhardt教授和該系的劉康教授之請。我主要是來講中西文學和性別研究的比較觀的，但有趣的是，整整前後三天之間，不論在正式或非正式的場合中，人人總要把題目再次地轉到高行健的題目上來。高行健榮獲二〇〇〇年諾貝爾文學獎這個題目實在太吸引人了。所以，我這次雖不為講高行健而來，卻躲不開高行健的陰影。我發現，不論是洋人還是華人、不論是來自中國大陸或是其他國家的留學生，大家都不諱言自己還沒看過（或很少看過）高行健作品的事實。他們最想知道的是：為何他們對這位得獎的作家知道得如此之少。在一次與該系研究生討論的會上，一位專攻現代文學的美國學生Nathan Faris（范禮敦）首先問道：

「奇怪，高行健曾經是一九八〇年代現代文學的先鋒人物，怎麼後來就聽不見他的聲音了？」來自北京語言文化大學的史安斌和浙江大學的吳飛幾乎異口同聲地說道：「是呀，高行健的早期戲劇作品如《車站》、《絕對信號》等寫得真不錯，我們都很喜歡，可是後來就讀不到他的新作品了。」在座的一位研究法國文學的日本學生也接著說：「可惜我還沒讀過他的作品，我聽說法國人很喜歡他的小說。我猜高行健的作品也會和大江健三郎的東西一樣好……。」

我告訴他們，我最喜歡這樣信口開河的討論。但最好我們討論的重點應當放在讀者的「接受」的問題上。據我所知，高行健從一九八五年移居巴黎開始，一直在不斷地努力創作。他的文學作品早已在歐洲和澳洲十分風行（已有各種各樣的譯本），他的小說早已在臺灣出版，劇本也常在香港上演。所以在這些地方，高行健的文學知名度一直很高。唯獨在中國大陸和美國，這兩個地方的讀者對他的作品卻感到陌生，這真是一個值得深思的問題。（據說在我來賓州的前幾天，劉康教授與研究生吳飛早已主持過一次有關媒體報導高行健的座談會了，所以對於這個題目，學生們並不感到陌生。）我說，在文學史中，讀者的接受史是個十分有趣的問題，尤其在今日逐漸走進多元化、全球化的世界裡，要找出一個所有讀者都贊同的品評準則實在不可能。回顧歷史，我們可以看見，有時一個偉大的作家要在死後幾百年才能得到讀者們的賞識。（例如高行健最為心儀的古代詩人陶淵明就是個好例子。）但這一世紀以來，由於諾貝爾文學獎的提攜，一些少數的傑出作家（尤其是作品不一定十分暢銷的作家）能有幸在生前就得到普遍的認定，因而得以早一步走進世界文學經典的行列中。從整個文學史看來，這也是值得肯定的。這次高行健的作品經由瑞典文學院的慎重考慮而得獎，這是全世界所有中國人都應當引以為傲的。中國人需要的是全球性的讀者，現在終於得到了。因此，在所有恭賀高行健得獎的賀詞中，我最欣賞普林斯頓大學余英時教授引用蘇東坡的兩句詩：「滄海何曾斷地脈，白袍今已破天荒。」

我告訴學生們，這次高行健得獎主要是因為他的長篇小說《靈山》的特殊成就。但我似乎還更喜歡剛出版的《一個人的聖經》。關於這一點，我很同意劉再復先生的看法。他曾說過，《一個人的聖經》是「二十世紀最後一年，中國一部裡程碑似的作品，」「而且整部作品洋溢著一個大時代的悲劇性詩意。」誠然，這本小說令我看了十分震撼，使我對作者強力挖掘人性真相的靜觀手法和大徹大悟的態度感到佩服——他說，「你也不必再去塑造那個自我了，更不必再無中生有去找尋所謂對自我的認同，不如回到生命的本源……」。對高行健來說，女人常常代表那個「生命的本源」，那個懂得如何「活在當下」的本體。但最終的關鍵問題仍是：「可這女人你又哪裡去找？」能完全灑脫又「不想從你身上攫取什麼」的女人世上有幾個？可以說，高行健所要寫的正是這種永遠充滿矛盾的人性真相。如果說《一個人的聖經》主要是在描寫作者對文革時代政治災難的尖銳感受與回憶，倒不如說它是針對人性的本質而發的。所以書中那些赤裸裸的性愛描寫也都在這種人性的意義上得到了闡釋。此外，我最欣賞高行健小說裡的一種靜觀的態度。但「靜觀」並不意味著缺乏熱情。相反地，唯其擁有太多的熱情所以那種「觀省」的態度才特別感人。比如說，在《一個人的聖經》裡，那個痛定思痛之後的「你」再三強調絕不會再回中國去了，但作為讀者，我們感受到的卻是作者對中國的無限深情，一種好像對不該愛的情人所發出的激烈的情緒。這種激烈的情緒使我想起五代詞人韋莊，他在中原大亂無可奈何的情境之下，不得不說「白頭誓不歸。」但隱藏在這種決絕的語言背後卻是強烈的愛，而不是恨。

在那天的討論會裡，我們從高行健的小說談到了世界文學的方向問題。最令我感到驚奇的是，我們只花了一個小時不到的時間就溝通了那麼多的信息。後來，執教於賓州塞斯奎漢納大學的魏楚雄教授和林肯大學的曹左雅教授還專程從一百多里外開車來相會，於是大家又不知不覺地重新轉入了有關高行健的話題。魏楚雄特別就小說家的表達問題——如「作者太過於袒露無遺，是否就出賣了自己」等問題——來展開討論；而劉康則強調個人記憶本質的虛構性。我說，所謂「讀者反應」，沒有比這種自然而然、隨遇而安的自由溝通更寶貴了。在《一個人的聖經》裡，高行健曾說：「誰會是你的讀者？寫的時候不可能想到……。」其實高行健是為他自己而寫的，沒想到現在他突然得到了那麼多來自各地的讀者和談論他的人。對我個人來說，這些有關高行健的非正式的討論，也可以說是此行的意外收獲，至少使我增加了幾分滿足之感。

在賓州，我終於懷著「滿足」的心情很順利地完成了兩場有關中國傳統詩歌與性別研究的演講。最沒想到的是，最後一天當最後一場演講結束時，我突然看見哲學系的女教授 Emily Grosholz（也是一位有名的詩人）慢慢地起身朝著講台走來，並遞給我一本薄薄的書。她說：「這是我的詩集。這裡頭的詩是我從前欣賞中國國畫，有所感而寫成的，現在特贈給你作紀念。」接著她又說：「我聽說今年諾貝爾文學獎的得主高行健也是一個很卓越的畫家，我很高興……。」

這突來的禮物令我感到驚訝。我的眼睛睜得很大，一時說不出話來……。這真是一次特殊的巧合。怎麼 Grosholz 教授也會欣賞中國畫？怎麼她也知道高行健畫畫？

在返程的飛機上，我迫不及待地讀起這本題為 *The River Painter*（《河流的畫家》）的詩集（伊利諾大學出版社出版）。書中第一首詩詠元朝畫家倪瓚（一三〇一－一三七四），其中有一段寫道：

They were a soldiery of ink and brush;
I say that any man is equally brave
Who can confess he loves his friends...
draws out the secrets of his heart
and hangs them up in black and white...
（那一簇一簇的筆畫和墨跡
是何等何等地勇敢，
像那個敢於向人承認愛的人……

那個敢於掏出心頭的祕密
讓祕密在黑白的水墨間高懸起來的人……）

於是，在飛機上，我又再一次想起了高行健的那張水墨畫：「慾望。」的確，藝術是一種奇蹟，它可以表達人的「心頭的祕密」和慾望，卻又給人留出了無限的空間。我一遍又一遍地背誦以上這幾句詩，一直快到下飛機的時刻。這時從窗口望出去，才知道早已下雪了。我瞥見了一絲絲透出光芒的雪花，這景色是美麗的。

二〇〇〇年十一月二十三日感恩節

——孫康宜，《遊學集》，臺北：爾雅出版社，二〇〇一年。

廢墟

不久前隱地先生贈給我一本夏堅勇的《淹沒的輝煌》（繁體字版，爾雅出版社，二〇〇〇年四月五日出版）。讀完此書，頗為書中所表達的執著的歷史情懷感到震撼。我特別喜歡作者夏堅勇在序文中說的幾句話：

當我跋涉在殘陽廢壘、西風古道之間，與一頁頁風乾的歷史對話時，我同時也承載著一個巨大的心靈情節：撫摸著古老民族胴體上的傷痕，我常常顫慄不已……

夏堅勇的話正好呼應了我這幾個星期以來的旅行經驗。一向富有「歷史情結」的我，最近突然興起了一股遊遍廢墟的欲望，好像企圖藉著各種歷史的遺跡來尋找生命裡多樣的神祕性。

機會終於來到了。三個星期前，在參加陳平原、王德威、商偉等人在北大召開的「晚明與晚清」國際學術研討會之後，我就迫不及待地開始了遊歷廢墟的計劃了。首先，我邀約張宏生教授與我同遊距離北大不遠的圓明園。

圓明園乃為清朝帝國所創建的一個豪華而大型的皇家宮苑，總面積約有五千二百餘畝，不但是一座美麗傑出的園林，有著名的「圓明園四十景」而且其中收藏的藝術珍品早已名聞世界。據法國作家雨果所述，即使把法國所有聖母院的寶貴珍品全部加在一起，也無法和如此「規模宏大而富麗堂皇」

的圓明園相比。可惜，圓明園於一八六〇年被英法聯軍部分焚毀之後，接著又於一九〇〇年因八國聯軍入侵北京而徹底地遭到破壞。後來圓內的遺物及殘存的圍牆石柱又陸續遭到軍閥與官僚的掠奪，乃至於今日的圓明園遺址已成了名副其實的「廢墟」了。

一般人遊圓明園的廢墟，總是把它看成是蠻橫的西方侵略者破壞中國文明的見證。但那天，透過美麗的夕陽，我悠閑地漫步於無數處斷壁殘垣和遠瀛觀、大水法等遺址，我卻從各種殘跡之中讀出了普遍生命的短暫及其永恆性。誠然，往事已矣，今日我們要如何從短暫的歷史經驗中學到永恆之教訓，這才是遊圓明園的意義。（我很自然地想起了王闓運於一八七一年所寫的〈圓明園詞〉）。[1] 但其實廢墟的作用正在於它的超越意義上：它一方面赤裸裸地體現出人類胴體上的傷痕，一方面也藉著時間的距離把我們引進了一個新的境界——那是一個從錯誤、暴力和毀滅中逐漸走向懺悔、自省與和平的境界。這樣，對我來說，那天下午的漫遊圓明園也就成了一段寶貴的心路歷程了。在離開廢墟之前，我選擇了一塊較高的石塊，我站在台階上，向遠處眺望，無形中又增加了一些高度。

幾天後，我回到了美國西海岸的舊金山地區，我依然在找尋那個可以增加個人「高度」的人間廢墟。大弟康成建議我們一起到附近的天使島走走，因為那兒有早期華人的遺跡，或可滿足我長期以來的「歷史癮」。

那天我們向著陽光，乘船到了天使島。到了島上我才發現，最感人的廢墟其實不是具體的斷壁殘垣，而是殘餘的文字痕跡。我在島上一個叫做「移民站」的四周牆壁上看見了無數中國詩的遺跡。由於年代久遠，牆壁早已呈現出或深或淺的陳舊顏色，但許多牆上的詩卻仍隱約可見。看見牆面上不規則地顯露出一行一行的中文字跡，令人如置身一個剛出土的碑林，只是不見有任何作者的簽名。壁

[1] 孫康宜補註，二〇一五年六月。

上總共有八、九十首詩，雖然都是打油詩一類的作品，但它們卻代表著早期華人的辛酸史，是一群無名的移民在最痛苦的時刻，用文字來發泄內心苦悶的見證。直至今日，對許多華人來說，天使島仍是個充滿了傷痛的歷史印記——即使舊金山海彎的浪濤長久不斷地沖洗下去，也沖洗不掉那個歷史的印記。比起圓明園的焚毀事件，天使島所擔負的悲劇傷痕可能更來得感人而持久。圓明園的建築和造園藝術還有可能被重建，但創傷的心靈卻久久難以平息。

事情發生在一九一〇至一九四二年極其漫長的三十多年間，當時由於美國移民政策的改變，華人不能隨便移民美國。於是，在那段期間，所有剛入境美國的華人（三十年間總共約有十七萬五千位華人入境）全都要先被關在舊金山對岸的天使島上，一律被當成犯人來看守著。有些人幾個月之後即被釋放，有些人被遣回中國，但有人卻積年累月不得自由。無論如何，這些人所受到的種族歧視及汙辱都是苦不堪言的。我們可以理解，當這些被拘留的華人徘徊於孤獨無援的境況中時，他們只能借助詩歌文字的媒介來宣洩沈埋心底的心聲。那是一些無名的心聲，一種發自心靈深處的絕對孤獨的聲音。

我是來舊金山尋找文化遺址的，卻找到了心靈的廢墟。天使島上許多無名氏的「殘跡」令人想起了附近有名的「十七里路」海岸上一個名叫「周氏景點」的地方。據傳說，周氏（不知Joe的中文名字為何，現姑且譯為「周氏」）乃為一位早期移民至美的華人。一九〇〇年初他曾在太平洋岸邊用水上飄來的浮木搭起了一座極其簡陋的木屋，以賣紀念品和牧羊為生。他死後，人們為了紀念他，就在他的木屋遺址上立了一個 Point Joe 的牌子。目前那兒已不見有木屋的影子，只有一片空地，和那個富有紀念性的牌子。

後來有一天，大弟循著「十七里路」迷人的海岸開去，我們很快就到了 Point Joe。那正是清晨的時刻，我扶著面向大海的欄杆，注視著太平洋海浪一波波地忽起忽落，心中頗有一種茫然而又超然的感覺。後來走到附近的海灘上，我們突然看見一塊很大的浮木，那浮木正孤寂地躺在沙灘上。其粗糙卻整齊的形狀使人不得不停下腳步來注視它。我發現那浮木有被打磨過的痕跡，像是被用作建築材料的。正在細觀默察之間，突然聽見大弟高聲地叫了起來：「啊，說不定這塊浮木就是一百年前Joe的木屋的一部分啊……。」我舉起頭來，心中充滿了莫名的興奮，我說：「這浮木倒像個碑，讓我們把它立起來，就在這裡立個碑吧……。」

那是八月十九日早上，天剛亮不久，月亮仍高掛雲中。我拿出筆來，毫不猶豫地在碑上刻下了「十七里路雲和月」幾個字。此時，我又想起了作者夏堅勇的話：「撫摸著古老民族胴體上的傷痕，我常常顫慄不已……。」我在那浮木上一筆筆把自己所題的字再次描深，彷彿刻入了早期華人的「胴體上的傷痕。」誠然，那塊從海裡飄來的浮木正象征著華人長期以來的漫遊與飄浮，它代表了一個無名的文化廢墟。

——《青年日報‧副刊》，二〇〇〇年十月十二日。

日本文學懷古

我最羨慕日本詩人芭蕉（一六四四－一六九四），羨慕他一生如流水行雲，飄零天涯，於崇山峻嶺之前，清流激湍之側，懷古詠情。他游跡所至，形諸筆墨之外，更視旅行為生命旅程之象徵。他那種朝「行」道，夕死可矣的精神，令我深為感動。

多年來夢想能像芭蕉一樣，遊歷一番日本文學的流風遺跡。去年六月，普林斯頓大學的李英雄教授（Professor Ian Hideo Levy）正在日本度假，為了慶祝他《萬葉集》英譯本（*The Ten Thousand Leaves: A Translation of the Man Yoshu*，Princeton University Press,1981）的出版，來信邀我同遊《萬葉集》的故地飛鳥。我建議除飛鳥外，也包括芭蕉北上旅行的起點千住以及大津的芭蕉墓。又因為宇治是《源氏物語》最後十帖的根據地，大阪是井原西鶴（一六四二－一六九三）的小說世界，於是又增加了上述兩地。日本文學懷古的美夢終於得以實現了。

我於七月六日抵達東京。當晚雖疲憊不堪，卻身不由主，想立刻去千住看個究竟。據聞，千住區一如中國的秦淮舊地，是騷人墨客酒食徵逐之處。於是，飯後即與李英雄自高田馬場馳乘地下鐵東行。約四十分鐘抵上野站。只見街道喧鬧，行人不絕，多閒蕩無聊者。我不禁想起西鶴筆下的町人（注：商人）生涯，這裡雖非大阪，但《好色五人女》中所描寫的小人物不就在這種「下町」環境裡飽經滄桑的嗎？如今身歷其境，反覺一切似在夢中。梁啟超當年寫〈祈戰死〉一文，想是以上野這條街道為背景的，真令人流連不忍離去。

我們安步當車走過無數花街小巷，到了千住，走進一家古色古香的酒樓，只見處處懸燈結彩，坐滿了各色男女，飲酒輪唱。我們入座不久，酒店主人立刻含笑而來。他以為李英雄不懂日語，就望著我，滔滔不絕地說了一大堆話。我一時心急，完全不解其意，只聽見他直說什麼「下町，下町」的。這時李英雄便搶先用日語向店主說：「其實我是她的翻譯。我們都很喜歡下町，這兒的人最豪放不羈了，請不要介意。」接著就點了一壺日本酒。原來主人誤以為我是日本人，他怕美國人嫌「下町」人太隨便，希望我能向李英雄說明「下町」的好處。豈知金髮碧眼的李英雄卻能說一口道地「下町」腔的日語，真使主人驚異，當我初入座時，確有些不自在，慢慢才習慣於那充滿酒色財氣的環境。不久，夜已深，輪到李英雄獨唱，他居然唱出那支風行日本的流行曲《東京、大阪》來，惹得在場酒客拼命拍掌，狂吟豪飲個不停。遙想三百年前，芭蕉就在附近與他的「下町」詩友灑淚作別北上，由白河之關經松島、平泉、象瀉而抵佐渡島，環繞日本一周。芭蕉臨別千住寫出的那首俳句，至今傳誦不已：

春去鳥兒啼，魚目含淚多。（〈奧州小路〉）

次日我與李英雄乘「新幹線」西行，草草遊過京都。七月九日由京都乘小火車至大津，看過義仲寺內芭蕉墓後，就連夜趕到大阪去。大阪是芭蕉一生旅遊的終點，又是西鶴小說中所描寫的町人城市，所以格外誘人。我們在大阪遊御堂筋街，訪道頓崛，並登高一百多米的通天閣。

七月十日那天是我們訪遊萬葉故地飛鳥的日子。清晨，先自大阪馳乘公共汽車至法隆寺，再換車往明日香村（即飛鳥）。走出車站，只見那號稱「大和文化發源地」的大和盆地已成了一片稻田村落。真令人難以想像，遠在一千多年前（西元六至七世紀），這片稻田原是建滿龍樓鳳閣的大和皇宮所在，其高堂大道皆仿長安城而建，但今日卻落得斷井頹垣，散佈田間。思及此，更加深信只有文學才是永垂不朽的。古時的皇宮瓊台雖已成過去，惟《萬葉集》中那歌詠大和文化的四千餘首抒情詩歌至今存留，成為那段歷史的永恆印記。

有《萬葉集》權威李英雄做嚮導，真乃三生之幸。一路上李英雄不斷背誦著古人的〈長歌〉、〈短歌〉，又指東指西，頓時將一部《萬葉集》的神話典故說的津津有味，聽得我的一顆探奇窺異的心樂不可支。我們一邊說，一邊沿山路而行，約兩小時才爬上飛鳥的最高峰「萬葉展望台」。我居高臨下，滿目蕭然，想起前日在大阪通天閣上所見的市景，覺得一切都判若隔世——那兒是行商作賈的世界，這裡卻是深耕易耨的稻田，兩種境界，兩種情懷。西鶴筆下的大阪町人總是千憂百慮，汲汲奔走，但飛鳥的鄉村老農如閑雲野鶴，終日面對碧水青山，怡然自樂。

明日香村乃是大和文化的發源地。

李英雄彷彿知道我此刻的心思，就笑著指向面前的三座大山說道：「那就是著名的大和三山——香久山、耳成山和畝旁山。傳說中這三座山自古較長競短，明爭暗鬥。表面上它們似乎和平相處，實際上在這山色水聲之間，有許多不可告人的恩恩怨怨哩！」說著又指向香久山道：「西元七世紀時，舒明天皇就是爬到那山頂上去歌誦大和國度的表裡山河的。記得《萬葉集》第二首嗎？那首詩就是記載這回事的。」我想起詩中曾提到此處炊煙嫋嫋的大和暮景，眼前可不是依然浩若煙海，沃野千里？真令人感慨萬千，物換星移，而這個錦繡山河卻依然故我，使我們今日仍能登此山中，藉著《萬葉集》的詩歌來捕捉過去。我坐在「展望台」上，瞑目凝神，頓覺時空恍惚，回憶起芭蕉北上途中所寫的一段：

> 對著千古遺跡，彷彿看見古人的一切心思情意一一展現眼前……我不覺欣然而淚下……
>
> （〈奧州小路〉）

中午時刻，我們開始緩步下山。途中偶見一塊巨石，上刻有《萬葉集》裡的一首詩：

> 明日香風吹，采女薄袖卷，京城今遠去，一切皆徒然。
>
> （卷一，第五十一首）

細讀之下，玩味不已。原來這首詩是八世紀初日本遷都奈良以後的作品，因為詩中明明直呼「京城今遠去」。據說山間路旁還有許多這一類的詩碑，使人讀後產生一股強烈的歷史感。我們沿飛鳥大川繼續南行，過了飛鳥大佛，暫時坐下休息。遠望過去，一條條羊腸小徑，杳無人跡。李英雄說：「這裡到處散佈著大和皇宮的遺跡，單單神社就有幾百座，數不勝數。今天太累了，就只領你到川原寺跡去吧。」又說：「第七世紀天武天皇就在川原寺廣集和尚抄寫經書的。」我們起身繼續南行，向右轉，過明日香村役場，到了一座寺院前。心想，這一定是川原寺跡了。果然，寺前兩排宮柱殘跡就隱藏了多少滄桑橫流的歷史！《日本書記》曾記載那位熱愛中國文化的天智天皇於西元七世紀年間在此大興土木，重修寺院的經過。正想著，李英雄突然歎道：「可惜現在不是秋天。否則今天訪川原寺跡就更有文學意味了。你知道嗎？日本詩人多寫春秋之景，不寫炎熱節氣。尤其是秋季，更為古來詩人所好。記得吧？日本文學最早的一首歌誦秋季的詩正是川原寺時代女詩人額田王所寫的。那首詩出在《萬葉集》第一卷，詩人把落葉知秋，暮色蒼然的景致描寫的多麼動人！後來《源氏物語》的作者紫式部也受到影響。」說著又自言自語道：「可惜現在不是秋天……」

日暮，順道看過持統天皇陵與天武天皇陵，就匆匆趕回大阪。

第二天遊奈良東大寺諸神廟，總算把《萬葉集》後半部的背景也涉獵了一番。七月十三日是預定遊宇治的日子，出發前夕在大阪旅館中，獨自躺在床上，直想著《源氏物語》的〈宇治十帖〉（第四五帖〈橋姬〉至末帖〈夢浮橋〉，俗稱〈宇治十帖〉）。回想書中描寫的種種錯綜人情與陰陽差錯的人生際遇，就激動得無法入眠。睡不著，就索性爬起來看小說。心想若將《源氏物語》的重點重新把握住，或對次日的宇治之遊有幫助。於是伸手就從旅行袋裡抽出林文月的中譯本第五冊，坐在床上，就夢遊也似地看起末帖〈夢浮橋〉來。

一部《源氏物語》可說以最後的〈宇治十帖〉最為感人。至此，主人翁光源氏已經去世，改由柏舟私生子薰之君與光源氏的孫子句宮充當書中的主要人物。薰之君過分老成持重，遇事懼而不前；句宮卻一味地好色風流，隨心所欲。兩人性格上各有缺陷，沒有光源氏那種好色不淫的中庸之道。表面上，句宮在男女愛情上恒占上風，其偷香竊玉、纏綿縱恣的本領確比薰之君高明，但終於兩敗俱傷，在人生舞臺上，兩人都無法擺脫痛苦，皆為創巨痛深的失敗者。

〈宇治十帖〉的女主角浮舟令我同情。她是全書中最富於悲劇性的人物。她的一生充滿了矛盾，給人以藕斷絲連、浮生若夢的感覺。浮舟愛情真切，在薰、句兩人之間進退維谷，終於決定殉情，投身宇治川。後來自殺未遂，又毅然落髮為尼。這風風雨雨的前因後果都較書中其他女性的遭遇來得動人。相形之下，那位光源氏終生戀慕的繼母藤壺氏尚嫌過分悠閒貞靜。朦朧月自不乏佳人風韻，卻不能給人一種夢魂顛倒的悲劇感。

這樣邊想著浮舟生涯，就心不在焉地看完了〈夢浮橋〉。想來這末帖〈夢浮橋〉含有極深的寓意。人生本是由一段段浮橋似的夢幻環接而成的——其起始、糾葛、發展都繁複莫測，直似夢境一般，令人難以把握。難怪小說家谷崎潤一郎（一八八六—一九六五）曾借用《源氏物語》「夢之橋」一意象來象徵人間種種錯綜矛盾的關係。而在《萬葉集》裡詩人早就將男女情愛、人間恩怨比成忽連忽斷的板橋了。想到自己就將要看到那座千年以來象徵人生的宇治橋了，心裡就十分興奮。這樣羽化登仙地胡亂思索了一番，不知何時已進入了夢鄉。

次日清晨由新大阪站乘「新幹線」至京都，匆匆用過早點，即轉上「京阪電鐵宇治線」。抵宇治時，已是赤日炎炎的中午了。剛出車站，就見一座又長又寬的宇治橋聳立眼前。想起小說裡許多首歌誦宇治橋之長的和歌，不禁恍然大悟。本來薰之君初會浮舟時所撰的那首和歌並無一點誇張：

宇治橋兮長又長，因緣堅固永不朽，情比橋長兮莫心慌。

（第五十一帖）

記得句宮也把宇治橋比做人間永恆的姻緣，可見作者對此橋看重之一般了。但今日橋上往來行人車輛如此之多，卻是我始料未及的。據說宇治橋是日本現存最早的一座橋樑，西元六四六年由奈良元興寺的某一僧道所建。橋側有一座神社，是為紀念該橋女神橋姬而設的。宇治首帖〈橋姬〉便由此而來。

從橋上望去，遠山幽谷，煙波浩渺，與書中的描寫毫無二致。難怪浮舟生父八親王心甘情願放棄京都的宮廷生活，而到宇治來隱居。但自八親王那首「心未澄兮跡未絕」的和歌看來，隱士或不免也有世事多憂的苦惱。這樣想著就感慨萬千。突然李英雄大聲說道：「那就是橘島！」接著看他手指向宇治川上的一塊小島。果然島上長滿了一叢叢長青樹，正如書中描寫的。記得雪夜中句宮癡情顛倒，強將浮舟擁抱遇川的那節故事就發生在橘島上。句宮當時撰出的一首和歌也歷歷如繪：

雖經年兮情不變，橘之小島為證明。

（第五十一帖）

從橋下往南走，我們就到了著名的宇治茶巷。宇治本以茶葉出名，到此地的遊客無不爭先購買宇治茶。據說從前豐臣秀吉訪宇治川，乃為喝茶而來。我在泉園茶鋪裡特地買下一罐「薰之君」牌的宇治御銘茶，以為神遊〈宇治十帖〉的紀念。不久，走出茶巷，再往南走，就是那個以鳳凰堂著稱的平等院。此院本為平安時代大臣藤原道長的別墅，後來道長之子藤原賴通（九九〇—一〇七四）才將別墅改建成今日的佛寺。據傳說，《源氏物語》的作者紫式部曾一度與藤原道長有過愛情糾葛，而書中主角光源氏便是藤原氏的化身。此傳說是否屬實，未得而知。不過，我因此對平等院產生了無限眷戀之情。看過鳳凰堂內佛像，又在院裡逗留許久，才慢慢從那鳥語花香的園中步出。

從平等院出來，沿小道而行，就不知不覺到了宇治川岸。面前正橫著橘島——近看才知橘島面積很大，並非小島。想書中描寫的八親王山莊或即在對岸宇治神社附近。我坐在一塊大石上，靜觀水勢，見宇治川水急流湍，果如書中所述。當初浮舟因見此處川瀨急流而起投河自殺之念。這樣一想，不禁對作者紫式部於地理山川之熟悉，以及小說細節佈置之精密備感欽佩。書中大小情節均因地制宜，一絲不苟。連小說結尾處那首寓意深刻的和歌也與宇治川岸的柳暗歧道相互印證：

依法師兮尋佛道，豈料山中忽迷途，竟踏歧路兮惑又惱。

（第五十四帖）

這就是紫式部筆下的人生——一切際遇都如歧路之悄然不可預測，一切因緣都如宇治橋般地延展下去。

作者附識

本文引錄的日本詩歌，除《源氏物語》和歌采自林文月的中譯本（臺北：中外文學月刊社）外，其餘皆由筆者自譯。

一九八二年一月

——《外國詩》，北京：外國文學出版社，一九八三年第一期。

移民精神：一個步行者的遊思寫作

允晨文化出版公司的廖志峰先生來信，要我為我的耶魯同事康正果先生的隨筆評論集《肉像與紙韻》寫一篇序文。接信後，我欣然同意。正果的隨感集所收的篇章全是他移居美國康州以來的精選散文，大部分反映了作者對移居生活的感觸。這些年來，隨著生活環境的改變，他激發了許多新的思想——尤其在思考後現代語境的諸多現象方面，正果的確做出了嶄新的貢獻。

有關正果五十歲（即一九九四年）以前在中國大陸所經歷的種種艱難坎坷，以及他在困境中所堅持的那種堅韌的生命力，一般讀者們大概已從他的的自傳《出中國記：我的反動自述》（允晨文化，二〇〇五）裡瞭解了一二，在這裡我就不再重複了。但值得一提的是，五十歲才移居美國的作者卻意外地經歷了一次「生命的嫁接」之重生體驗。他原以為來到了康州，「做了個海港城市的居民」只意味著給他的行蹤「畫下了句號」卻萬萬沒想到，在一個陌生的西方國度裡，自己居然對母語投入了前所未有的思考熱忱，同時他對海外華人的文化交流也有了新的體會。在短短的十二年間，他在北美、臺灣、香港、和大陸報刊網站所刊登的中文文章達到了平生以來空前的豐收紀錄。可見，正果到了美國之後，他的母語的根不但沒有死，反而繼續開花結果。巧合的是，今日的海外華人也正以空前的魄力在全世界各地開闢起中華文化的園地來。（見輯一，《華人華文發光輝》）。自從移居美國康州以來，正果不但順利地出版了幾部學術專著、完成了他那本三十多萬字的自傳，而且還寫成了各種各樣的隨筆散文專集，包括《交織的邊緣》（一九九七）、《鹿夢》（一九九八）、《身體和情慾》（二

○○一）等。可以說，他在北美所經歷的生命嫁接之經驗正與昆德拉小說《無知》（*Ignorance*）裡所描述的那種移居國外的「生命截肢感」相反——這是因為正果沒有讓自己像許多移居者陷入「自絕於母語而又未完全融入另一種語言」的尷尬處境。換言之，他那多產的中文寫作經驗帶給了他後半生裡一種生命再生的動力。

正果的生命嫁接也感染了幾個耶魯周圍的中國文學愛好者，我自己就是其中一個受益者。在認識正果以前，我很少用中文寫作——這是因為自一九六〇年代移民美國之後，我自己由於職業和教學上的需要，一直得用英文撰寫專書——但自從正果來到耶魯執教以後，我由於受了他的多方影響和激勵，便開始學習撰寫隨筆散文，就這樣慢慢也踏上了中文寫作的途徑。這些年以來，我和許多耶魯附近的華人也自然都成了正果的忠實讀者。

因此在這篇文章中，我願以一個讀者的身份簡單敘述我個人解讀正果這本評論集的心得。首先，余英時教授為正果自傳《出中國記》所寫的序文曾這樣說過：

> 正果的生命中表現出一股特有的創造力，這股創造力完全是正面的，建設性的即能將任何外面的逆境轉化成內心的順境。

在此，我要說明的也正是正果在他的移居筆記中所表現出的那種轉「逆」為「順」的創造力。作為一個生活在凡事逐漸複雜而困難的後現代社會裡的美國公民，我深深感到這點心得就是我個人閱讀正果的文章之後最大的收穫之一。我經常從他的文字中窺到了「柳暗花明又一村」的亮光，因而也漸漸學到了如何調適自己心靈世界的訣竅。最近朋友洪昇也在一封從香港寄來的信中談到了類似的心得：

正果總是因地制宜、因時制宜來調整自己。不讓他在中心，他就邊緣寫作；不適合寫這個，他就轉而寫那個，而且，總是都能寫出精彩來，也說明他不把這些看作無可奈何的選擇，而是以一種積極的態度或人生觀看待生活中發生的一切。美國新移民中這樣的人是不是還有所缺乏呢？我就知道有些人只會怨天尤人，內心卻缺乏一種能動的力量……。

然而，正果本人卻從來沒有把他在逆境中自我理順的工夫當作什麼「能動的力量」，也不把自己的文字魅力視為一種「特有的創造力。」相反，他卻用一種樸實、誠懇、甚至自嘲而窘迫的聲音屢次向讀者進行自我調侃：

我實在不敢以成功自詡，因為我總是在被迫的選擇中調整自己，只不過因陋就簡地鋪設了自己的出路，把窘迫導向從容罷了。（輯一，《母語之根》）

我喜歡這種樸素的文字，也喜歡這種正視人生窘迫實景的坦白。

然而，我發現正果之所以能在日常的忙碌生活中仍有餘力去思考人生，乃因為他經常持有「獨處」的精神和「步行者」的「遊思」態度。在題為《獨處》和《步行》的兩篇隨感文字裡，正果很形象地描繪了他移居美國之後如何繼續培養獨處的情況、以及平日從步行的經驗裡激發出各種思緒的美妙經驗。步行經常會把他帶到「遊思」的境界——據他解釋，遊思是從「文字或理論的糾纏中解脫出來的一種狀態。」換言之，那就是一種伴隨著步行的輕快步調，自然而然從心裡開放出來的自由思緒。這股自由思緒其實就是正果多年以來學會獨處而培養出來的價值觀——不論外在情況有多麼可怕而變化多端，他總是設法堅持他內裡的逍遙自在。所以他在移居之後所觸發的各種「遊思」很容易使人聯想到他從前一些舊體詩中所表現的「遊魚」精神——「濠上不知魚戲樂，身遊其境我才知」（〈牙龍灣〉，一九九〇年），「游魚飲水知溫冷，蓮花蓮葉不用猜」（〈宿北京廣濟寺〉，一九九三年）。

正果之所以選擇「遊思」作為他書中首輯的題目，大概指的就是這種遊魚精神的延展吧。這種遊思既是新奇的，也是自然而發的，有如花開花落。所以，第一輯所選的篇章全是有關移居生活中平凡卻又新奇的體驗，以及從那新奇中所悟到的自我重新認識。例如，以上所提到的〈獨處〉、〈步行〉、〈母語之根〉、和〈華人華文發光輝〉等篇都屬於這個部分。此外，有關在異鄉過年的感想（〈流年知多少〉）、初遊美國中部農莊的體驗（〈羅家莊〉）、以及對美國貓狗諸寵物的重新詮釋（〈寵物〉、〈曖昧的貓〉）都一一得到了深刻的表達。

值得注意的是，作者的文章不但具有感性，同時也具有冷峻的思考特質——更確切一點說，他的文體往往表現出一種深沉的自剝意味。余英時教授曾在《出中國記》的序文裡把康正果比成明代詩人康海（一四七五—一五四〇），我以為甚有見地——尤其因為二者均為陝西人、均姓康（祖先或都是康居人），都是才子型的文人、而且都冤枉地受到了政治迫害。不過，我以為這兩個人的文學表達方式還是甚為不同的。從康海的詞曲中可以看出（有「數年前也發狂，這幾日全無況……真個是不精不細醜行藏，怪不得沒頭沒腦受災殃」等詞句），這個明代才子大多是以憤激的口氣來發抒他的不平之鳴的——現代學者鄭振鐸就如此評論康海：「他盛年被放，一肚子牢騷，皆發之於樂府，故處處都盈溢著不平之氣。」然而，康正果的文學聲音並非直露的控訴，而偏溫婉的嘲諷。他在早期的詩中曾說過：「平生不慣作豪語，愛對清歌喚奈何。」（〈再撰畢業論文有感〉，一九八一年）。大致說來，他的文體是把激情化為靜觀的那一種，其中既含有遊思的親切，也有自省的冷峻，既有感性的激發，也有形式意味的美感觀照。

有關正果的美感觀照，我們可以從他的選集的書名《肉像與紙韻》中找到一個更具體的解釋。該書名取自作者所寫的一篇文章的題目——那是有關在紐約「外百老匯」劇場裡觀賞《金瓶梅》舞劇（由華裔作曲家譚盾作曲）的感想和特寫。該舞劇的表演無疑是極其先鋒的——從一開始，舞臺上就站滿了一群枯燥而近似原始的半赤裸軀體；在演出的過程中，觀眾看到的只是一些不斷重複的集體動作，聽到的則是由「紙」的不斷撕裂摩擦聲所發出的尖厲而散漫的音響。這樣一個富有荒誕意味的先鋒藝術表演最後以全體舞者脫光作為舞劇的終結。然而，我們要如何解讀這種富有怪趣的藝術呢？尤其在這個後現代的社會裡，我們要怎樣來界定美學的藝術趣味呢？

我以為，正果之所以將他的選集取名為《肉像與紙韻》，就因為他想用「肉像」與「紙韻」兩個隱喻式的意象來泛指後現代語境中應持的藝術美感。如果說原始的「肉」只提供了「性」的感性本身，那麼我們就必須把它固定成雕塑般的「像」才能使它變成富有藝術的美感。（就如在「金瓶梅」最後一幕的演出中，所呈現出的那種雕塑般的人體凍結。）所以，「肉像」代表的就是具有藝術形式意味的美感觀照。至於「紙韻」一詞，它所強調的則是超乎文字以外之韻味——概指富有藝術性和思想性的韻味。如果只有「紙，」或是純粹的文采，那只是雕蟲小技而已，還算不上藝術。必須在美和思想的層面上才能開拓出韻味來，才能把枯燥無味的學問和知識變成富有生命的藝術作品。

所以，他書中的第二輯「談藝」就是本著這樣的美感價值來進行討論的。除了〈肉像與紙韻〉一篇之外，這一輯的討論還涉及吹簫與長嘯的自我開發（〈老威的簫和嘯〉）、藝術家謝德慶自導自演的長期「囚禁表演」（〈演示熬磨〉）、DV紀錄片流水帳式的紀實（〈紀實與真實〉）、攝影愛好者蘇煒富有情趣的攝影作品（〈樹的風骨〉）、以及瑞典漢學家馬悅然喝酒吟詞的藝術精神（〈馬悅然詩酒說漢學〉）。有趣的是，在正果的思慮中，連人們對書本的態度也可以成為藝術的行為——在題為〈書樂／書累〉的那篇文章裡，作者把人類學家葉舒憲對書籍的貪求迷醉稱為「書樂」卻把自已面對「書籍過量」而產生的勞累感稱為「書累。」」這種對於書本旨趣的感性討論確實很有創造性，也能激發讀者們對個人價值觀的許多聯想。然而，我以為作者用「書累」來形容自己目前對書本的態度，很容易引起誤會。其實，正果之所以能夠自由寫作，很大程度還是建立在他大量的閱讀基礎上的。然而與「書癡」不同的是，他沒有收藏癖；相反，他卻有丟棄的傾向——那就是，他一旦把書本中的知識內化了，往往喜歡拋開書本、走出書本，去進行他的遊思和寫作。所以，他的寫作——即使是關於書本的——也往往是藝術的、超越學院派的。例如，他對史學家史景遷歷史研究的解讀（〈歷史的神思〉）、對小說家哈金敘事特徵之解說（〈告別瘋狂〉〈戰廢品〉）、以及對女作家馬蘭作品中有關「疾病」之描寫（〈症狀寫作〉）大都從藝術的視角著眼。

此外，正果移居美國之後所寫的許多文字都有一個特點：它們經常在後現代多元文化的種種問題上做了深刻而獨特的發揮。書中第三輯和第四輯所收的諸篇文章即可以印證。在這些文章裡，我們讀到有關性別、身體、欲望、性傾向、性角色魅力、自我辨識之困惑、減肥煉獄、心理閹割、治療虐待、暢銷書與商業化、性騷擾與政治正確性、後現代的文明蠻荒化等許多令人關注的問題。同時，藉著這些問題的探討，正果也把當今一些重要文化評論家和小說家的論點——以他那極具可讀性的文筆——介紹給了讀者。這些作家包括：捷克小說家昆德拉，敘事學專家布魯克斯，藝術史專家John Hay，《性角色》（*Sexual Personae*）的作者佩格利亞，旅美華人小說家嚴歌苓，第三代混血華裔劉愛美，已逝華裔女作家張純如，以暢銷書《達．芬奇密碼》（*The Da Vinci Code*）聞名全球的丹•布朗，諾貝爾獎金得主柯慈等。不論是討論的內容或形式，正果所寫的這些文章都相當突出，為當代文化評論做出了極為可觀的貢獻。其中一個重要的貢獻就是把一些「人云亦云」的論點重新做了深刻的「再讀」。在這本書中，我們隨時可以看見作者的一雙敏銳細緻的批評眼睛。而且，他那令人信服的話語使得我們不得不換一個角度來瞭解問題。比方說，在〈情色與身體〉那一篇，他以布魯克斯的近作

《身體作品》為例來討論西方的視覺藝術：

> 西方的眼睛對身體的刻意捕捉已達到了將它物化的程度。以悟道為最高境界的傳統中國哲學顯然對無止境的求知缺乏興趣。莊子認為，以有限的生命追逐無限的知識是很危險的事情。

這樣的中西比較觀特別具挑戰性，它給讀者一種當頭棒喝的感覺。同樣，在論到《達．芬奇密碼》等暢銷書的商業化現象時，正果也讓我們看到了西洋人那種好解密、好玩弄「懸疑情節」的文化癖。據他看，如今人們所謂的「新聞自由」很大程度都受了「賣點」的左右，可以說已經失去了真正的思想批判性。於是，作者的結論是：「華人好言命，西人好解密。」

在〈後殖民孽債〉那篇文章裡，正果特別就柯慈的小說《屈辱》（*Disgrace*）做了十分深入而富有創見的解讀。首先，我很同情這本小說的中譯者孟祥森在「譯後記」所說的一段極其坦誠的話：「身為一個終身愛戀女人的人……身為一個因女人而豐富，又因愛戀女人而難免受屈辱的人，身為一個垂老而不再有行情的人，我自認為做此書的譯者再適合不過了。」譯者還說，他在翻譯此書的過程中，「心始終是痛的。」這是因為，譯者把他自己和書中主人翁的命運合而為一了。因此他以為柯慈這本小說「不需附加說明或注解」，因為小說本是「一件藝術品」，一旦作了注解，等於是「畫蛇添足」了。（見柯慈，《屈辱》，孟祥森譯，臺北：天下文化，二〇〇〇年，頁三三一－三三二）。

然而，我認為正果對這篇小說的評論，不但不是「畫蛇添足」，而且將柯慈的作品帶到它應有的思想位置上。與譯者的看法相同，很多讀者都以為這本小說只是關於一個五十二歲的離婚男子在愛欲方面受挫的尷尬情境，以及他在整個性騷擾的審查過程中受盡了私生活被曝光的屈辱經過。這樣一個切身的故事自然很容易在我們的後現代社會裡引起共鳴，因而不少讀者都以為小說的旨趣全在這一點上了。

正果的評論之所以令我佩服，乃在於他在「細讀文本」上所下的功夫；同時，在極短的篇幅中，他能以深入淺出的語言，把後現代文化的問題說得十分透徹。他很精闢地指出，男主角在愛欲的事上所受到的侮辱並不是柯慈的小說中唯一的主題。他發現，小說中至少有三分之二的篇幅都涉及到後殖民時代種族混血及外來移民的本土化問題。首先，故事發生在廢除了種族隔離政策的新南非。而且，主人公魯睿所愛戀的女人都不是白種人，而是皮膚發出咖啡色的混血種——這一點非常重要，因為它意味著目前歐洲殖民者的那種落地生根之新趨勢。可見像魯睿那樣一向以文明自居的白人，現在已漸漸接受當地「本土化」的觀念了。據正果的分析，這個重要的新文化現象尤其在殖民者的下一代子孫身上很明顯地發揮出來了。例如，魯睿的女兒選擇住在蠻荒的鄉村，為了保有腳下的一塊土地，寧願接受一切屈辱。有人或會以為「本土化」就是一種文明的退步，因而感到丟臉、可恥，然而新一代的孩子卻已經接受了這種新的生存方式。

正果所強調的這種「本土化」概念給了我很大的啟發。至少它說明瞭土地和生命的密切紐帶關係。只要是人，就離開不了土地。一個人如果想最終維護他的尊嚴，他必須堅守住既有的土地，否則他就會淪落為「文化棄兒」。

我終於悟到，正果為賽珍珠的小說《大地》（*The Good Earth*）所寫的那篇書評有其深刻的用意（見書中第四輯）。賽珍珠於一九三八年獲諾貝爾文學獎，但早已於一九七三年過世，故一般美國讀者早已遺忘了她。但不知怎的，自二〇〇四年以來，賽珍珠突然成為美國大眾讀者的討論焦點。有趣的是，正當賽珍珠的作品又在美國產生新的賣點之時，中國大陸的讀者卻對這位女作家的《大地》發出了激烈的批評——原因是，他們認為賽珍珠在宣揚中國人的貧窮和愚昧。換言之，賽珍珠的小說《大地》使他們感到羞辱，因而失去了民族的尊嚴。

然而，作為一個移居美國的中國人，康正果卻看到了賽珍珠小說中的好處。他認為，賽珍珠那種「客觀的眼光」使她看到了中國人自己領會不到的一些東西——那就是，土地的尊嚴。因此，在他的書評裡，正果特別強調小說裡農婦阿蘭的那種「土地般渾厚的氣質」：

> 阿蘭的光亮本源於自立的行動，她什麼事都靠自己幹，就在自身的卑屈中力挺起堅韌，強鼓起志氣，從做奴挺到做主，從為人妻挺到人母，硬是靠堅守本分，艱辛地積累起她做人的尊嚴

這段話使我想起，許多移居到美國來的中國人也靠這種「堅韌」的意志在重新建立自己做人的尊嚴的。

作為一個有心的「步行者」，康正果那種腳踏實地的精神，也正是這種移民精神的發揮。他每踏一個腳步、穿越每一個眼前的景色，都在勉勵自己努力向前看。他曾說過，他的「餘生的展望」就是：「讓我在我所遭遇的境況中完成我的生命，讓我在能夠得到的時日內做我願做的事情，直到最後一日。」（《母語之根》）

我以一個讀者的身份，能為這樣一位朋友寫序，也算是人生中的大幸了。

——康正果，《肉像與紙韻：康州筆記 一九九四－二〇〇五》，臺北：允晨文化，二〇〇六年。

我的美國學生在臺灣

我終於在臺北見到了我的美國學生Jonathan Kaufman。那是十分奇妙的一天，僅僅在幾個小時之內，Jonathan 和我經歷了一些有趣的「巧合」，那確實是讓我們終身難忘的。

且說，Jonathan 今年才二十二歲，他是我的學生裡頭較為「拿得起放得下」的一位。他的功課一向十分優異，但他從來不讀死書。因此，他能隨時「放下」書本，進入真正的人群——甚至進入社會的底層，與人隨意交往。在我的記憶中，他所寫的期末論文也大多是有關所謂的「邊緣人」。例如，去年他交給我的一篇論文就是有關明清文人錢謙益、袁枚等人如何與和尚道士們、婦女們、以及戲劇演員等諸種人物互相交遊認同的情況。這些年來，我和 Jonathan 一直很談得來，因為我們都喜歡藝術，而且也有相同的文學興趣——例如，我們都很欣賞高行健的文學作品和他的水墨畫，也經常討論虹影小說中的的「饑餓」等主題。但Jonathan 並不希望自己將來繼續從事文學研究，他更想實際地深入廣大的民間，可以替一些「邊緣人」說話。因此，去年從耶魯大學畢業之前，他早就申請到了 Fulbright 獎學金，準備到臺灣去作有關高山族文化的研究。

後來他到了臺灣之後果然如魚得水。他幾乎每個週末都有機會到花蓮等地去采訪高山同胞，加上他會說一口不錯的中國話，當地的人都很歡迎他。有一次，他去參觀一所泰雅族的小學，學生們都一蜂擁地包圍著他。其中一個小男孩很好奇地對他說：「你的鼻子怎麼這麼高？你的眼睛為什麼像小貓的眼睛？你是不是外星來的人？……。」Jonathan 對於這樣天真的問題特別感興趣，因為他最羨慕高山族的小孩所享有的那種自由空間的遊戲。

對於Jonathan 的生活態度和熱情，我無疑是十分欣賞的。我一直在想，什麼時候若去臺灣一趟，一定要去看他。

於是，我藉著到台大開會的機會到了臺灣。但抵達桃園機場之後，才發現忘了帶Jonathan 在臺北的電話號碼。後來經過幾天的辛苦調查，也通過中央研究院嚴志雄博士（也是我從前的一位學生）的幫忙，才終於在回美國的前一天——即十二月六日那天——聯絡上了Jonathan。然而，當天我的節目排得很緊，尤其是中午以後還得趕到故宮博物院去演講（由偉詮電子公司的總經理林錫銘先生主持安排）。但我知道這次機會難得，所以決定無論如何要抽空請Jonathan和嚴志雄（另加一位好友范銘如教授）一起來福華大飯店吃中飯，這樣至少咱們還有個交談的機會。此外，Jonathan 準備在飯後和我一起坐車到故宮博物院去，這樣可以利用機會多聊一些。

那天中午在福華大飯店裡用餐，我們首先談到的就是有關目前臺灣文藝界的動向。因為銘如正好是現代文學的專家，所以大家一起聊得格外有勁。銘如告訴我們，再過幾天臺北就要演出諾貝爾獎金得主高行健的戲劇《八月雪》了。據說這是一次融合中西、極具多元化的全球首演，由高行健本人導演，並由著名演員吳興國飾演劇中的六祖慧能，全劇一共動用了兩百多位臺灣的舞台工作人員，規模之大，可謂空前。

一聽到這個好消息，Jonathan 立刻張大了眼睛，很興奮地說道：「好極了！我父母兩個星期之後就要來臺灣旅行，到時候我一定帶他們去看《八月雪》……。」

「啊，真好。」我說。「瑞典的馬悅然教授早就告訴我，這次的演出是一種包羅萬象的『全能戲劇』，劇中除了對話之外，將要融合歌唱、交響樂、舞蹈、魔術、身段等藝術表演。這樣一來，觀眾們就比較沒有語言障礙了。我想你父母也一定會喜歡看這個劇的，何況還是首次演出，意義重大。」

這時，坐在一旁的嚴志雄很熱心地說：「高行健的戲劇早就應該正式搬上世界舞台了……。」我看見他手中拿著一個本子正在記筆記，上面寫著《八月雪》等字。

不久，銘如有事先走，只剩下我們三人了。幾分鐘之後，我們的話題很快就轉向了明清文人錢謙益。這主要是因為嚴志雄的博士論文寫的就是有關錢謙益的詩史觀，而我也正在研究錢謙益的歷史地位和平反等問題。至於Jonathan，他早已對於這一方面的有關資料十分熟悉了。

我不想討論太專業化的問題，所以我先開個玩笑說道：「現在故宮博物院正在展覽乾隆皇帝的收藏文物，聽說也是盛況空前。我想，如果錢謙益地下有知，可真要氣死了！」「真的？……」Jonathan 正想接下去說。但嚴志雄搶先說道：「可不是嗎？錢謙益死後一百年，乾隆皇帝還不放過他呢！乾隆不但百般羞辱錢謙益的名譽，而且還禁燬他的各種著作，這真是人類歷史中所沒有的！但乾隆皇帝的確是一個多才多藝的人。」「對了，」我說。「乾隆皇帝一生中寫了四萬一千多首詩，是中國歷史上最多產的詩人皇帝了……。」我想繼續說下去，卻突然發現，那個本來空蕩蕩的餐廳不知在什麼時候早已坐滿了人。心想，現在可不能再高聲發表言論了。於是，我漸漸地安靜下來，一面環顧餐廳的四周。

突然間，我瞥見在我的左邊不遠的桌位那兒，有一個長得很像高行健的人。我忍不住向他多看了幾眼。在美國我曾經和高行健通過電話，也寫過信，但從來還沒和他本人見過面，只是經常在報上看到他的近照。「嗯，」我邊說邊望著Jonathan 和嚴志雄。「告訴你們，那邊有個人……他很可能就是高行健。我是不是應該走過去問他？」「Why don't you?」，兩人異口同聲地答道，也隨即跟著我的視線向窗子那邊望了望。

我立刻站起來，很勇敢地朝窗邊的桌位走去，就微笑地對那人說道：「By any chance you are Gao Xingjian?...」剛說出口，就發現自己這個問題問得很笨，而且怎麼還說起英語來？我頓時感到有些尷尬，只靜靜地站在那兒。那人不大理睬我。他或許以為我是個新聞記者，所以眼光故意避開我。但幾秒鐘之後，他終於低下頭去，輕輕地點了一下頭。啊，果然他就是高行健，原來我猜對了！我興高彩烈地開始自我介紹：「我就是耶魯大學的孫康宜，這次從美國來開會……。」聽到這句話，高行健立刻站起來，微笑的臉上掩不住內心的喜悅。他伸出手來，輕鬆地說道：「真沒想到在這裡終於碰面了。我很喜歡你寫的那篇有關我的水墨畫的文章……請坐，請坐。」同時，他又指向坐在對面的那位女士：「這是西零。」

我高興極了，就滔滔不絕地對西零說：「去年我曾經讀過你的小說《也是巴黎》，很欣賞那本書裡的『冷』的手法。馬悅然教授最近告訴我，他正在翻譯你的那本書呢！……。」接著我又對高行健說：「還有，劉再復教授最近才告訴我，說您為了排演《八月雪》，已經到臺灣幾個月了。那個劇本什麼時候演出呢？」「再過兩個星期，十二月十九日那天就要開演了。」他們兩人幾乎異口同聲地答道。接著又補充道：「要在臺北國際戲劇院演出……。」說這話時，他們兩人的臉上都有一種興奮的表情。他們說得我好心動，然而，很不巧，我明天一大早就得乘飛機回美國了。我說：「可惜我這次在臺北看不到《八月雪》的演出了。但我的兩個學生都可能會去看這個戲……。」說著我就用右手指向飯廳的另一邊。

這時 Jonathan 和嚴志雄看見我正在揮手招呼他們，兩人就立刻跑了過來，也先後和高行健說了一會兒話。但我們並不想打斷高行健、西零他們兩人的午餐，所以在拍了照之後，就又匆匆地回到原來的座位上了。不久，午飯之後，Jonathan 和我準時趕往故宮博物院。

到了故宮，Jonathan 最感到興奮的就是認識了偉詮公司的總經理林錫銘先生和我的大弟康成。大弟康成一直長期住美國加州，但今年到臺灣來協助偉詮公司策劃工作。那天為了安排我的專題演講，林先生和康成兩人早就在故宮門口等著我們了。初次見面，Jonathan 就忍不住把今天我們和高行健偶然相遇的插曲仔細說了。他們聽了之後，都覺得不可思議，以為世上很少有這種巧合的。我也趁機告訴他們有關《八月雪》將在國家戲劇院公演的消息。

那天，在林先生和康成的身上，Jonathan 真正體會到了科學與人文合一的好處——因為兩位工程師雖然都專攻科技，但他們對於古典藝術的愛好其實不下於其他的人文學者。這一點特別令讀文科的 Jonathan 佩服。尤其是，此次乾隆皇帝的「文化大業」展覽，有一部分資金也是偉詮公司捐獻的。有人說，臺灣的偉詮電子是一個「富有人文氣息的高科技公司」，也難怪他們會熱烈支持那個富有「人文性格」的乾隆皇帝大展了。本來科技與人文的結合就有十分令人著迷之處，而那天的故宮經驗更使得Jonathan 迷戀於臺灣文化了。

可惜那天下午 Jonathan 還有別的事，不能和我們一道繼續參觀乾隆大展。但他說，改天一定要帶他的父母來參觀這個盛大的展覽。

回到美國之後不久，我就收到了Jonathan 親手寫的一封信，信中說他已經帶他父母去看了《八月雪》，也參觀了故宮的乾隆大展。他說他和他的父母都很欣賞《八月雪》的演出，認為那是高行健驚人的精心傑作，因此他也希望我能早日看到那個劇。至於有關乾隆的展覽，他說他的父母最喜歡展出的兩張畫；其中一張就是著名的清院本「清明上河圖」，尤其欣賞那個橫跨兩岸的虹橋。他打趣地寫道：「雖然乾隆皇帝曾經對錢謙益很不公平，但不可否認的是，他對美麗的東西極有藝術眼光……。」

其實，我覺得 Jonathan 本人頗有「藝術眼光」。尤其在讀完這封信之後，我為了曾經有過像 Jonathan 這樣的學生感到驕傲。他不但文筆生動、觀察力敏銳、對人文藝術擁有極大的熱情，而且年紀輕輕的就已經懂得把生活藝術化、藝術生活化。此外，他的字跡清秀而有力，若把它列為美國大學生的書法範本，也絕對當之無愧。尤其是信中的幾個中文字（如「高行健」、「八月雪」、「禪」等字）顯得特別耀眼。他的印章也極為雅致，把他的中文名字「康晟強」三個字襯托得很美。（他一直到後來才發現，他的中文名字和我大弟的名字「康成」也頗有巧合之處，此為後話。）真的，從許多方面看來，Jonathan 比我的許多中國學生都還要「中國」。對我來說，他那封信特別寶貴，因為它記載了一段難忘的記憶，還有一些美麗的巧合。我告訴他，等高行健回巴黎之後，我一定會把這封信影印一份寄給他。

——《青年日報・副刊》，二〇〇三年二月十七－十八日。

「無何有之鄉」：六朝美學會之旅

在美國總統大選之前的最後一個週末，我一大早就提著行李從康州出發到紐約機場，目的地是離伊利諾州的 Champaign 城不遠的一個名叫 Allerton Park 的別墅，在那兒我們將準備召開為期兩天的六朝美學大會。到了機場，只見一片混亂，全是一些趕往「超級戰區」去向選民拉票的人。他們身上佩戴著各種徽章，忽而民主黨忽而共和黨，熙熙攘攘，令人眼花繚亂。近來因為公務特忙，我正想利用在機場等飛機的時刻清靜一下，卻遇上這種空前的擁擠，真是掃興。

好不容易終於在離登機口不遠的角落裡找到了一個座位。剛坐下不久，就聽見播音員以一種致歉的聲調重複地說著：「請注意，第三二五號班機將遲到一個小時起飛……。」這時，本來就不甚耐煩的我自然更加感到無可奈何了。我看看錶，發現還有整整兩個鐘頭之後才要登機，心想何不利用這個時間趕看會議論文。我首先抽出好友林順夫（密西根大學教授）的論文來閱讀，因為那篇文章的題目特別新穎：A Good Place Need Not Be a Nowhere。單看那題目，讓人有些摸不著腦，但從副標題中可以看出，那是涉及中國庭園和烏托邦思想的。有趣的是，文章的開頭引用了莊子《逍遙遊》裡的一段有關「無何有之鄉」的描寫。原來，在那個故事裡，惠子告訴莊子，有一棵生長在路旁而被人視為毫無用處的大樹。但莊子回答說：

今子有大樹，患其無用，何不樹之於無何有之鄉，廣莫之野，彷徨乎無為其側，逍遙乎寢臥其下……

莊子的意思是：乾脆把這棵無用的大樹種在一個虛無寂寥的地方，好讓人徘徊在它的旁邊、逍遙自在地躺在它的下面。在這裡，莊子所謂的「無何有之鄉」（林順夫把它英譯成Never－anything Village）其實就是不存有任何功利和目的的烏托邦。過去著名學者徐復觀先生曾在他的《中國藝術精神》一書中把莊子的「無何有之鄉」視為道家美學的終極象徵，因為所謂「美學」就是一種超越現實和功利的審美態度。現在林順夫把它放在烏托邦和中國庭園的上下文中來討論，真是讓人耳目一新。根據林順夫的分析，莊子的「無何有之鄉」確與西方文化裡的烏托邦暗合，因為兩者都指向一個既完美而又似乎「不存在」的鄉土。所不同的是，莊子的理想國雖然聽起來有些虛無縹渺，但並非完全無法實現；就像陶淵明筆下的桃花源基本上模仿了《老子》第八十章的「雞犬之聲相聞，民至老死不相往來」的理想農業社會。此外，自古以來中國人——上自皇家成員，下至豪門隱士——總是藉著建造各種庭園來創作自己的烏托邦。林順夫還特別指出，無論是「園」、「囿」、或「圃」，都以「囗」字為部首，正象徵著這些庭園所共同具有的一道圍牆——一道把理想國和俗世隔開來的圍牆。

讀完了林順夫的文章，才發現已到了登機的時刻了。奇妙的是，這一番閱讀好像已把我帶到了另一個世界裡。面對飛機裡的擁擠，我不再感到煩躁。一路上，我把自己繼續沉陷在閱讀中。在芝加哥機場轉機時，也不覺得勞累，總是一個人低著頭努力閱讀，足足印證了陶淵明所說的「心遠地自偏」的道理。沒想到最後抵達Champaign 機場時，已到了黃昏的時刻了。

這時來自各處的與會者差不多已到齊了。此次大會一共請了十三位研究漢學的學者，這些人大多來自美國大陸，有幾位來自歐洲，還有一位來自臺灣。我發現大會的主持人蔡宗齊教授（伊利諾大學教授）早已開來了一輛大車，想把已經抵達了的幾位學者先載到會場去。

從 Champaign 到 Allerton Park，沿途兩邊都是廣闊的農田。淡淡的斜陽，照在沒有人煙汙染的廣大平原上，照在遠處的牛群背上，又漸漸地往西邊的村落移去。忽然間，我領悟到一種特殊的「美感」，一種純屬於田園隱逸生活的美感。記得三年前為了參加蔡宗齊教授所主持的《文心雕龍》大會，我也同樣走過這條路，但當時的關注點則是有名的 Allerton Park，卻忽略了一路上沿途的農田景色。但這次的經驗卻有所不同，又正巧多年前我與外子欽次曾住在美國中西部，每天所見的也正是這種「曖曖遠人村，依依墟裡煙」的風光，所以此回更有「羈鳥戀舊林，池魚思故淵」的情懷了。

於是我忍不住說道：「這就是林順夫的文章裡所謂的世外桃源了，可惜林順夫還沒到……。」我轉過頭去，看看正在開車的蔡宗齊教授。「是啊，我也正在想……」，他說。「真的，今天的斜陽特別美，連我這個本地人也覺得意外。看來，這美麗的景色是為了迎接我們的六朝美學會的。」說著說著，我們就駛進了 Allerton Park 的大門。過了大門，還必須穿過一座小小的石橋，小橋兩岸充滿了美麗的楓樹林，只見金黃色的樹葉在晚色的依稀中隱隱約約地閃爍著。「啊……」，這時來自賓州大學的梅維恒教授突然大聲叫了起來：「這不就是陶淵明的〈桃花源記〉裡所說的桃花林嗎？……真是夾岸數百步，中無雜樹，芳草鮮美，落英繽紛……啊。」一時說得讓大家都發笑了。

有了梅維恒這樣富有詩意的「開場白」，也難怪往後兩天的會議一直讓人恍然進入了桃花源之境，一切討論均給人一種曠達逍遙之感。首先，大會是以「跨學科」的討論方式進行的。會議的第一場涉及書畫和庭園的藝術觀。果如所料，林順夫教授那篇有關烏托邦和庭園的論文引起了熱烈的討論，以至於往後幾天，大家都不約而同地把 Allerton Park 喊成了「無何有之鄉。」此外，有關繪畫方面，來自波士頓的蘇壽珊宣讀了一篇有關六朝文人兼書畫家王微（四一五－四四三）的文章。據考證，王微一生有如隱士，他獨居一屋，研讀易經，賞書玩古，十餘年不出家門一步。在畫史中，王微尤以〈敘畫〉一文著名。因此，蘇壽珊在她的論文中特別指出畫家王微對於山水的熱愛以及他有關

「靈」的信仰。這個「靈」的觀念正好與主持人蔡宗齊教授的論文中所討論的「神」相呼應。在他那篇洋洋大觀的文章裡，蔡宗齊仔細勾勒了「神」在中國古代哲學和文藝（包括繪畫）理論諸領域中所扮演的角色。他從遠古的鬼神祭祀說到董仲舒時代把「神」納入陰陽五行的讖緯思潮，從管子、王充等人的「行神並重」說到劉勰的養氣論和神思論，又從慧遠的法性論談到畫家宗炳和謝赫等人對山水畫審美的態度。當蔡宗齊談到宗炳那種有關山水的「質有而趨靈」的概念時，我發現蘇壽珊正在頻頻地點頭，因為那個「靈」也正是王微的中心思想。

接著，梅維恒教授開始討論有關謝赫《古畫品錄》中所謂的「六法」（即「氣韻生動」、「骨法用筆」、「應物象形」、「隨類賦彩」、「經營位置」、「傳移模寫」諸法）。首先，他提到謝赫所謂「氣韻生動」一詞的含蓄性，以及多年以來中西方學者們對此詞所作的不同翻譯和闡釋。但他說，謝赫所提出的繪畫「六法」很可能受了當時印度繪畫傳統的「六肢」論（Sadanga，英譯為Six Limbs）的直接影響。為了證明這一點，他甚至把「六法」和「六肢」一一排列對照起來。他特別強調，他這篇論文的結論是今天清晨一覺醒來（指大會的當天早晨）才悟到的，這意外的靈感使他特別高興。然而，藝術史專家蘇壽珊卻提出質疑，她認為用這種「對號入座」的方法來研究中西方的相互影響是有些冒險的。

然而，以上有關「氣韻生動」和「神」的討論無疑地帶給了所有與會者一種特殊的領悟。所以當艾朗諾教授開始宣讀他那篇有關中國書畫和音樂的論文時，大家都有一種「心有戚戚焉」的感覺。艾朗諾指出，無論是繪畫中的「神」或是書法中的「意」，或是音樂中的「和」，全都與最終極的「道」息息相關。然而，藝術的形式和其內在意義之間還是有一種張力——例如，表面看來，書法與日常的寫字無異，但作為一種藝術形式，書法卻含有另一種超越的意義。所以，王羲之說：「點畫之間皆有意，自有言所不盡。」

有關書法與「意」的關係，哥倫比亞的藝術史教授 Robert E. Harrist，Jr. 也提出了一篇極有趣的論文。該篇論文涉及歷代書法中有關摹擬、複寫、和偽作的問題。Harrist 教授以為，與一般人所存的偏見不同，成功的摹擬之作通常還有許多好處——其中之一就是，它可以使賞畫者對原畫作者產生一種傾慕之心，進而廣大地提高了書法家的信譽。他說，有時這種摹擬之風還能直接促成某些書法家（王羲之、王獻之等）的經典地位。Harrist 這個構想引起了諸位與會者的興趣，所以討論也特別熱烈。例如，該場評論員韓瑞亞教授（執教於伊利諾大學）就對書法的真與偽提出了問題。她還問了一個極有趣的問題：「摹擬者也能捕捉原作者的神嗎？」

這個有關「神」的問題很自然地引入了有關清談與品題人物的討論，因為所謂「品藻」或「品鑒」其實就是品評個人的「神」的意思。關於這個問題，哈佛大學教授李惠儀就清談與六朝審美精神的關係提出了一篇十分精彩的論文。她認為，清談代表了六朝新興的美學意識，在《世說新語》的大量描寫中，我們可以發現一種特有的美學觀——那是一種把「表演」提升到最高價值的藝術觀。由於對「表演」特別關注，所以清談的重點也自然地放在此時此刻的直覺上，充分表現出審美的生命情調。關於這一點，林順夫很幽默地說，這種六朝的審美意識使他聯想到美國總統候選人高爾和布希在各種媒體中的「表演」風度。

另一方面，來自英國倫敦大學的 Bernhard Fuehrer 教授卻認為六朝的品藻人物是基於十分客觀的科學態度來進行的。他以鍾嶸的《詩品》為例，說明一個評論家所受的家學和「國子學」很能影響他對其他詩人的評價。由於鍾嶸自幼好學，家中數代又以精研《易經》見長，所以他在《詩品》中也極力效法王弼註《易》的嚴謹態度。據 Fuehrer 教授的解釋，鍾嶸把十一位詩人列為上品，三十九人列為中品，七十三人列為下品，其努力探索詩體之客觀精神實不容忽視。他還說，一般人總是責怪鍾嶸把陶淵明置於中品，但他認為以當時陶氏極為邊緣的文學地位而言，這樣的品評已經十分公平了。尤其是，鍾嶸認為陶淵明的詩體「源出於應璩」，既然應璩屬於中品，陶氏自然也不能高於中品了。在鍾嶸的心中，他是存有一定的淵源意識和品評尺度的。Fuehrer 教授的結論正好與著名學者王叔岷在其近著《鍾嶸詩品箋證稿》中的論點不謀而合；二者都以為鍾嶸所謂陶詩「源出於應璩」一語甚有見地。總之，這個看法頗得我心，因為在此次大會中，我所提交的論文正好有關陶淵明詩歌的接受史，而其中一個論點就是：人們的審美態度是與時遷移的，所以任何研究都必須顧慮到作家與評論家的特殊歷史和文化背景。

有關歷史文化背景和文學的關係，法國學者 Francois Martin 和美國學者韓瑞亞各從不同的方面探討了這個問題。首先，Martin 教授的論文涉及梁朝宮廷裡的宗教詩歌和色情意象的矛盾問題。據他研究，凡遇「八關齋」（即佛教徒每月謹守的六日齋）的日子，當時的佛教徒都必須嚴守許多戒律，但梁簡文帝蕭綱和他的朝臣們卻在他們的「齋」詩中加入了許多豔情的描寫。他以為，這個看來十分矛盾的文體也正是南朝宮體的魅力所在；在道德和美學之間，兩者很自然地構成了一種張力。另外，韓瑞亞教授在她的論文裡也討論了另外一種張力——那就是，政治現實與虛幻的遊仙美學之間的張力。從郭璞、陶淵明、沈約等人的「遊仙詩」中，韓瑞亞注意到歷代詩人不斷面對的焦慮和解脫。所謂六朝美學，其實就是這種內在張力所凝聚而成的生命審美態度。

最後兩位宣讀論文的學者就是來自德國 Bonn 大學的顧彬教授和來自臺灣國立師範大學的蔡宗陽教授。他們兩位都是研究美學的專家；他們的論文正好給以上諸位學者的論點提出了寶貴的批評和注腳。特別是顧彬教授，我早就希望與他面識；自從讀了他那篇題為〈論中國人的優鬱〉（載於《跨文化對話》第四期，二〇〇〇年五月）的文章後，更為其思想的深度所動。所以這次能見到他，特別高興。在大會中，顧彬教授首先提出了一個關鍵問題：「中國人所談論的六朝美學是否就是西方人所謂的 aesthetics ?」問題是，aesthetics 一字在西方（尤其自十三世紀以來）並不等於「美」的意思（其中甚至也包括了醜的涵義），所以西方的藝術概念也常與中國人所謂的「唯美」意識相去甚遠。不幸的是，中國人（和日本人）卻把 aesthetics 一字譯成了「美學」這才更加令人迷惑了。所以顧彬說，他寧願根據中國大陸學者葉朗的說法，改用「意象」一詞（而避免用「美」的字眼）來形容六朝的藝術觀。關於用詞和翻譯的問題，顧彬教授給了與會者不少的啟發。與顧彬不同，蔡宗陽教授則側重於六朝美學專書的介紹——其中涵蓋大陸、臺灣、日本等地的重要出版信息（包括一名韓國學者在臺灣出版的論著）。蔡宗陽教授還特別介紹吳功正、袁濟喜和李澤厚三人的作品，顯然把它們當成了研究六朝美學專著中的典範。

在結束為期兩天的正式討論會之前，主持人蔡宗齊教授還特別邀請兩位漢學以外的專家來作講評。第一位是執教於伊利諾大學法國語文學系的 Douglas Kibbee 教授；第二位是來自史丹佛大學出版社的人文學科主編 Helen Tartar。[1]兩位人士曾分別就西方語文和美學問題加以補充意見。此外，必須指出的是，除了在大會中宣讀論文的十三位學者以外，每場討論均分別由伊利諾大學的幾位教授來主持——如 Jerome Packard，Alexander Mayer，周啟榮教授等。可以說，此次會議的討論之所以如此熱烈而投入，實與每場主持人的特殊功力有關。尤其是周啟榮教授，他自始至終參加大會的討論，而且還不斷地提出極有分量的意見——他強調，所謂「美」不能只指美，其實還有「善」的意思，此其耶穌基督的十字架之所以永為藝術象征之故也。他的論點，不得不讓我由衷地佩服。

特別令我感到興奮的是，在大會結束以後，我們又安排在次日開往機場的途中，還要抽空順便到附近的 Springfield 一遊。我想，Springfield 正是林肯總統的故鄉，能在美國總統大選的前夕，有機會到林肯總統的故居和墓地參觀一下，實在難得。所以一早就打好行李，只等著上車。

[1] Helen Tartar 已於二〇一四年去世。（孫康宜補註，二〇一五年六月）。

大約清晨八點，我們就開始上路了。在車子慢慢開出 Allerton Park 時，我有一種莫名的充實感。我看見清晨的陽光照在那座石橋的每一個角落裡，斜映在兩旁的每一條樹枝上。沒有風，只有滿地的落葉，頗有情趣。這時，突然聽見同車的蘇壽珊叫了起來：「對不起，請等一下，讓我下車去……。」只見蘇壽珊急急忙忙地跑向一棵大樹，從樹下撿起了一個像籃球一般大的果子，立刻又跑了回來。「那是什麼，是柚子嗎？……」我邊說，邊望著今天負責開車的韓瑞亞教授，兩人都不自覺地大笑了起來。「我看，蘇壽珊還像個小孩哩，」我接著說道。「別笑啊，」剛跑進車裡的蘇壽珊喘著氣說著。「我是專門研究草木的，這東西叫做 hedge ball，是一種綠果，很可能是古代道士們所謂的靈芝，十分難得。可見這裡真是個無何有之鄉，否則怎麼會出產這樣的仙品？」

從 Allerton Park 到 Springfield，我們一路上都在談論這個奇妙的仙果。特別是韓瑞亞，因為她正在研究六朝的「遊仙詩」，所以邊開車邊談仙，頗有風趣。那天我們大約花了一個多小時參觀林肯的故居，最後又到著名的林肯墓地一遊。看見林肯的大銅像靜靜地立在墳前，莊嚴而肅穆，崇高而感人。我想起了詩人李白的兩句詩：「高山安可仰，徒此揖清芬。」誠然，偉人總有高山似的品格，豈是常人所能仰及？

臨行，我們忍不住就把那個仙果放在林肯銅像的面前了。我想，再沒有比這個真誠的奉獻更美好的了。這或許也是我從這個六朝美學會所得到的最寶貴的啟發了。

——《讀書》，二〇〇一年三月號。

Alta Mesa墓園的故事

在加州史丹佛大學校園的附近，有一個清靜而美麗的墓園，那就是擁有一百多年歷史的Alta Mesa Memorial Park（建於一九〇四年）。我們經常去掃墓，因為我父母就葬在那兒。這次我在回東岸的前一天，特別又和家人去了一趟墓園。但主要是為了和那裡的counselor（參事）James R.Ziegler 先生（我們稱他為Jim）會面，想藉此更進一步瞭解該墓園的歷史背景。

「在這裡工作，我每天都能看到生命的奇跡」，Jim一見我們就微笑地說，「讓我特別感動的是，我發現每個人的背後都有一個故事（Everybody got a story）。」

他邊說邊領我們走到一個名為「Dry Creek Garden」（乾溪園）的地方。我們在一個長凳上坐定之後，他又繼續說道：「我每天一方面看見了生命的最傷痛處（life in its raw form），一方面也感到生命的可貴，因為能在世上多活一天，就是上帝給我們的禮物」。他說這些話時，眼睛透出了溫馨的靈性光芒。

我一時按捺不住內心的好奇，迫不及待地提出了一個問題：「是什麼原因使你最初決定要在墓園裡工作的？在這裡你每天都會看見死亡，難道心裡有時不會感到沮喪嗎？」「當然，」Jim慢條斯理地回答，「如果沒有信仰，一個人在這種工作環境中一定會感到沮喪的。然而，我的使命正是要幫助別人去體驗並走過那段憂傷的旅程……。這是一種感召，我覺得非要承擔不可。我感到很幸運，每天能有機會見證生命，還能得到工作上的報酬。我知道，這樣的工作不容易做得完美，也不是每個人都能做的。但我深信，只要本著身為上帝的僕人的態度，自己就不必太操心，因為凡事都可以讓上帝去管那後果，那麼對我也就不難勝任了……」「但可不可以請你順便談談你個人的背景，你是什麼時候開始有這種使命感的？」我忍不住打斷了他的話。

對於這個問題，Jim顯然感到興趣，甚至有些激動。於是他告訴我們，他多年前在西班牙時，經歷到了一次靈性上的起死回生。在那之後，他才開始有一種「感召」。他原來畢業於 Kent State University的商學系，後來留在母校任職行政官，又獲得教育行政方面的碩士，可以說事業方面蒸蒸日上。但那次西班牙經驗徹底地改變了他。他感覺自己已成了神的僕人，有一種使命感，開始想要幫助面臨死亡的人，為他們進行靈性上的輔導工作。後來他在殯儀館裡實地工作了三年，處理各種喪事。一九八三年後他遂轉到Alta Mesa 墓園工作，直到如今。那天，我一面聽Jim 講述自己的故事，一面想起神學家 A. W. Tozer（陶恕）所說過的話。在他的〈呼召的奧祕〉一文中，陶恕曾說，被蒙召的過程「好像是開進另一世界的一扇門，我們若從這門進去，便進入另外一個境地。因為從此門進入的新世界是神權的世界，不是人權的世界，人在那世界裡，乃為奴僕，不是為主人。」（見《超然的經歷》，王岍譯；香港：宣道出版社，一九八六年版，頁三一。）據我看來，Jim 就是這樣的一位神僕。

但事實上，Jim 強調，他的工作並沒使他遠離人的世界。相反，他比從前更有機會融入人們的實際生活。由於他的工作關係，他得以認識許多不同背景的人，因而覺得每日都活得很有意義。有關他的工作和別人的關係，他經常用「grace」（感恩）一個詞來形容。因為通過別人的故事，他可以更加瞭解自己的人生意義。

Jim 對「人」的普遍興趣使他特別關心其他國家的人。例如，這些年來，通過處理喪事，他發現不少來自中國的基督徒曾經為了他們的宗教信仰付出了極大的犧牲和代價，他們留下的許多動人故事都讓他感到肅然起敬。同時，他也積極參與過羅馬尼亞的基督教地下工作，先後於一九八八－一九八九年間兩度前往羅馬尼亞，與那兒的基督徒作靈性上的交流。有關羅馬尼亞的「地下」基督徒，他一直對「他們那種不尋常的靈性」（their amazing spirit）感到佩服——這是因為，這些羅馬尼亞人雖然什麼都沒有，但他們卻樂意付出他們僅有的一切來服務他人。換言之，他們物質上雖然貧窮，精神上卻十分富有。

但多年來的工作經驗卻使Jim深深地悟到：其實世上每個人都有極其「富有」的一面。因此Jim每天都學到了有關「個人」的精彩故事。其中有幾個故事特別讓他難忘。例如，幾年前有一位男士到Alta Mesa 墓園來，說要尋找他舅父的墳墓（那舅父死於一九一四年十一月）。後來他終於找到了舅父的墳，但發現那墳上並無任何標誌——沒想到，那墳居然在長達八十五年的期間，一直沒有墓碑。後來，那人終於在二〇〇〇年一月二十一月那天正式為他的舅父立碑，並寫上姓名，還加上一句讓人感動的碑文：「感謝您把我們帶到美國來」（Thanks for bringing us to the USA）。原來，那舅父於十九世紀期間從義大利的西西里島來到了美國，一直住在加州的Mountain View 城裡，最後經過許多努力，終於把親戚們都從義大利接了過來。所以，藉著這個尋墳的插曲，Jim 漸漸認識了一個移民家族的辛酸史。

另外，在一個偶然的機會裡，他從家屬的口中得知，有一位葬在Alta Mesa墓園的人，從前曾為電影「Gold Finger」設計過影片中所用的那架飛機。其他還有許多科技界的名人（如David Packard）、運動界的名人（如Herold Ruel,1896-1963）、著名作家（如Charles Gilman Smith Norris,1881-1945）、音樂家（如Ronald C.「Pigpen」Mc Kernan,1945-1973）、影視界人物（如Willian Challee,1904-1989）以及教育界人物（如史丹佛大學校長Ray Lyman Wilbur,1875-1949）等也都有他們個別的精彩故事。尤其讓他感動的是，以建立Hewlett－Packard電腦公司出名的David Packard（一九一二－一九九六）卻為自己的墳墓選擇了最謙卑的紀念方式。以他那身為富豪的身份，他居然沒有為自己預備一個富麗堂皇而高大的墓碑。所以，今天在Alta Mesa墓園裡，我們只看見David Packard和妻子Lucile Salter Packard（一九一四－一九八七）的名字頗為低調地出現在地面上的小石碑上，上頭除了兩人的生卒年份之外，沒有刻上任何歌功頌德的文字。

我特別提醒Jim，我說這個有關墓碑形式的問題，可能還牽涉到文化上的因素。例如，傳統中國人大多喜歡採用站立的墓碑，但那只是表示個人對祖宗的尊敬——因為榮宗耀祖乃是一般中國人孝順的表現。其實Jim早已注意到中國人這種「高立墓碑的願望」（the desire to rise above the ground）。但Jim說，這並非沒有例外。例如，有一年（在一九八〇年代中期）大約有二十多個中國基督徒到Alta Mesa 買墳地，準備將來要葬在同一個地區，但他們強調，只要買那橫臥地上的石碑（即所謂「flat markers」），不要買高高立起的墓碑。據Jim 個人的猜測，這可能是因為這些人想跳出傳統中國習俗的緣故吧。

然而，在Alta Mesa墓園裡，不論是平面的石碑或是高立的墓碑都給人一種詩意的感覺，這也是這個墓園十分特別的地方。比如說，有一位華人在他過世妻子的平面石碑上刻了以下的詩句：I trust in lord and in his word I put my hope。那句詩本來自《詩篇》第一三〇篇第五節：「我等候耶和華，我的心等候／我也仰望他的話。」另外，在一個美國婦人的高立墓碑上則刻有《詩篇》第四二篇的開頭章節：「As the deer pants for streams of water / so my soul pants for thee O God. / My Soul thirsts for God, for the living God」（「神啊，我的心切慕你／如鹿切慕溪水／我的心渴想神，就是永生神」）。至於眾所周知的《詩篇》二三篇則不斷出現在各種不同形式的墓碑上。

總之，Alta Mesa 墓園到處都有《詩篇》的影子。這也使得Jim 經常把墓園裡幾個不同的地區和聖經裡的《詩篇》章節連在一起思考。例如他說，這墓園裡的許多角落——包括我父母的墓地那兒（在Hillview Drive 那個方向）——時時都充滿了陽光的普照，所以不論是清晨、中午、或是夕陽的時刻，當他走在墓園的草地上時，都會很自然地聯想到《詩篇》一九篇裡的陽光意象。此外，其他區域也會讓他想起《詩篇》裡的個別篇章——例如第九〇、一二一、一三〇、一二六等章節。他自己尤其喜歡《詩篇》第一二一篇，每回領家屬到墓園的「新墳區」去掃墓時，總是一面望著遠山，一面朗誦那詩篇的句子：「I lift up my eyes to the hills / where does my help come from? / My help comes from the Lord / the Maker of heaven and earth」（「我要向山舉目／我的幫助從何而來？／我的幫助／從造天地的耶和華而來……」）。[1]那天，Jim又一次為我們朗誦這段詩句，也順便介紹那座面向墓園的遠山。總之，《詩篇》裡的詩句及其相映成趣的自然景色已成了他每天享受的「荒漠甘泉」。

那天在說再見之前，Jim特別帶我們去看墓園裡一座名為Faith（信心）的大碑像，那碑像就在墓園進門不遠的地方。據說，那座名為「信心」的大碑像原來坐落於史丹佛大學的校園中，但後來學校當局決定不想要了，最後不知怎的，就流落到了Alta Mesa墓園。這是一個很有趣的故事。沒想到，連一個碑像的背後也隱藏了這麼一個鮮為人知的故事。

走出墓園，我不知不覺自言自語道：這真是一個充滿了故事的墓園。確實，如Jim所說，每個人都有一個故事。人生的美妙之處就是那一個又一個故事的累積。

二〇〇七年五月二十三日

——《宇宙光》，二〇〇七年十月號。

後記

Jim Ziegler已於二〇一一年四月二十九日病逝。他最後給我的一封信是二〇一〇年十二月十五日寫的。信中寫道：「God is faithful...」（上帝是信實的）。（孫康宜補註，二〇一五年六月）。

1 Jim早已在這個「新墳區」預備好自己的墓地。

父親三撕聖經

每回我告訴朋友們，我的父親孫保羅曾撕過三本《聖經》，他們都不相信。他們都說，很難相信像他那樣努力宣揚基督教又整天沉浸於聖經的人會有過那樣的經驗。然而，父親在三十多歲以前確實有過三撕聖經的前科。但過了四十歲以後，他突然有了生命的改變。在此之後，他開始全心全力攻讀聖經，而且只要是有關信仰的書籍，他都涉獵無遺。如果說，他的前半生是以打擊聖經為傲，他的後半生卻以宣揚聖經為志。可以說，宗教信仰的改變使他前後判若兩人，有些像目前報紙廣告欄裡人們推銷醫藥產品時所謂的「前」與「後」的天壤之別。

總之，父親已成了朋友圈裡的聖經「百科全書」了。只要遇到有關聖經的話題，朋友們都自然會想到他。他今年已高齡八十二，還堅持要自己一人住在公寓裡（他的公寓離舊金山不遠），[1] 每日清晨四時就起床禱告並開始讀經，每星期都按時參加查經班，還隨時在電話裡回答有關聖經的各種問題。星期天他經常在教會裡講道，他曾飛來東岸佈道，還特地到耶魯大學附近的中國教會主持主日崇拜。據我所知，他的朋友和學生們經常從美國各地打長途電話向他求教。聽說，有一次一位朋友想買一部中文和希臘文的對照聖經，問過了所有周圍的人都得不到滿意的答案，最後只得請教父親。我自己是教文學的，每次若遇到和聖經的本事和年代有關的問題，也會隨時打電話問父親。在這一方面，

[1] 家父已於二〇〇七年五月九日逝世，享年八十八歲。（孫康宜補註，二〇一五年六月）。

我真的把父親當成活字典了。或許因為我過分依賴父親了，我總記不得聖經內容的細節。例如，我曾經向他問過諸如此類的問題：「聖經裡有那些章節提到有關長子繼承權的問題？」、「聖經裡有沒有記載死刑的條例？」、「以撒出生時，他的父親亞伯拉罕已是一百歲，這個說法有歷史根據嗎？」、「亞伯拉罕的年代相當於中國的什麼時代？所羅門王的時代是否就是中國的西周時代？」、「以色列人渡過約旦河，那個事件發生在舊約的哪一本書中？」、「為什麼從公元前四〇〇年到耶穌誕生的四百年間，沒有再出過一個先知？」

每一次父親總算都為我解答了問題，他不但能在電話中立刻告訴我聖經的具體章節，而且總會把不同章節的資料合在一起討論。可以說，到現在為止，我還很少遇到比父親更加熟悉聖經的人了。但久而久之，我開始懷疑，為什麼父親整天只唸一本書（《聖經》）而不會感到乏味？是什麼原因使得父親能長久地、數十年如一日地細讀《聖經》而百讀不厭？

關於這個問題，我終於得到了結論。我的靈感得自於暢銷書作者 **Bruce Feiler** 的一本新書：《走在聖經的道上》（*Walking The Bible*）。據 **Feiler** 所述，有關聖經的閱讀，他自己從前一直是個囫圇吞棗的讀者，也從來記不得聖經的細節。但不久前他遇到了心靈的召喚，突然有一種莫名的衝動，想為自己重新開拓一條新的生命途徑。所以有一天他決定獨自帶著一本聖經，找了一個聖經考古學家充當導遊，開始了他那段為期兩年的聖地之旅。他把《聖經》當作旅行手冊，首先從亞拉臘山（即古代挪亞方舟停留的山上）開始，步行在西伯來人祖先所走過的曠野地上，隨著摩西爬上了西奈山，又走出了埃及，渡過了約旦河。沿途中，**Feiler** 一邊細讀舊約的前五書（即〈創世紀〉、〈出埃及記〉、〈利未記〉、〈民數記〉、〈申命記〉），一邊探索各地的人文景觀，直到所有《聖經》的細節都成了自己心靈經驗的一部分為止。在經過這樣一段漫長的旅程之後，**Feiler** 才終於把握住聖經的基本精神和脈絡，也終於能感受到那無所不在的上帝之存在。他發現，人是無法用理性來認識上帝的，只有通過靈性的追求才可能進入神的世界。以 Feiler 自己的經驗為例，在他花了九牛二虎之力，爬上了寒冷無比的西奈山之後，他才突然從飄浮的雲彩中感受到了摩西所謂的上帝之榮光，這時他才終於瞭解到人類的渺小和上帝的永恆性。

Feiler 這本新書深深地感動了我，同時我也聯想到了父親的故事。與 Feiler 相同，父親也曾經「爬上」了西奈山，只是父親之行純粹是心靈的，而非地理的。同樣是個人的心路歷程，Feiler 的旅行更像是具有歷史性的尋根之旅（他是猶太人），而父親則專注於內在生命意義的追求。多年來在歷盡人生的諸種甜酸苦辣之後，父親終於找到了自己的信仰，那是一種不需要理性證明的信仰。在他的《一粒麥子》一書中，父親曾引用了底下一首無名氏的詩：

...... I cannot understand,
But I can trust,
For the perfect trusting
Perfect comfort brings.
I cannot see the end,
The hidden meaning of each trial sent...
I cannot see the end,
But I can trust. ...

（……我不能全懂，
卻能相信，
因為完全的信心

可以帶來美妙的安慰。
我看不見人生的盡頭，
看不見每個試煉的真義……
我看不見那盡頭，
但我總能相信。）

如果說 Feiler 的信仰偏向於《舊約》的重新肯定，那麼父親的信心則多半建立在《新約》的啟示中。對父親來說，基督教是「愛」的福音，而《新約》裡所載耶穌基督的十字架經驗也正表現了基督教的根本精神。父親以為，「愛的定義就是耶穌，愛就是十字架」（《一粒麥子》，頁四八）。只有通過十字架的生死過程，《舊約》的預言才能完全落實到《新約》的啟示功能，而上帝的愛也才能得到完滿的闡釋。自古以來，神總是希望在歷史中證明自己，而耶穌也就是上帝的最大啟示。通過耶穌，人們終於可以瞭解，所謂「愛」（agape）不但意味著無條件的給予，也指向了「甘走十字架」的犧牲精神。這種愛，不是普通的愛，因為它還包涵了一種「愛敵人」的決心。

我知道，從「三撕聖經」到無條件的信仰，父親其實已經歷了「死而復生」的十字架過程了。「一粒麥子不落在地裡死了，仍舊是一粒，若是死了，就結出許多粒子來。」這樣的徹底改變，使我相信《新約》確實是一條讓人死而復生的道路。父親曾說過：「新約的福音，不是把罪人加以改良，修修補補，而是把舊人拆掉重造。福音不是發揚人性的優點，而是給罪人換一個生命，釘死人性，換上神性……。」（《一粒麥子》，頁一〇二）。

有趣的是，在他努力尋找「舊約」古跡的路途中，Feiler 最終得到的竟也是一種「新約」式的啟示——那就是，不論《舊約》的細節有多麼繁瑣，不論那個世界顯得多麼久遠，其最後關鍵仍在於個人與上帝之間的愛的聯繫。當然，隨著歷史的運轉，人們尋找上帝的方式也已經有所改變，而不能一味地死守《舊約》的教條。對於其他的朝聖者，Feiler 有以下的忠告：「不要以為人世間的土地是旅程的終點；與上帝的親密會合才是真正的旅程終點。」

二〇〇一年九月二日

——《宇宙光・十一月號》，二〇〇一年。

後記

本文完成之後三星期，我突然在一個偶然的機會裡看到父親所寫的一段日記，寫的正巧是他對Bruce Feiler的新書 Walking The Bible 的讀後感，這個奇妙的巧合令我驚喜萬分。他在日記中寫道：

> 清晨萬籟俱寐，與主親密交通，有說不出來的喜樂。
> I am in the Lord; the Lord is in me!All is peace...
> 晨起散步，主示我三原則：
> Pray more／Walk more／Talk less...
> 康宜寄來剛出版的Walking the Bible（作者Bruce Feiler），感想甚多。在扉頁上康宜題字的下面，我加上了以下幾行字：

歷世歷代
人有一個偉大的夢想
就是要尋求神
直到耶穌基督來到。

我對 Walking the Bible 一書的感受：初感興奮，繼而失望，終則受益……。

——錄自父親日記，二〇〇一年八月九日。

輯三

來自北山樓的信件

——《從北山樓到潛學齋》序言

本書的題目《從北山樓到潛學齋》乃是編者沈建中先生所擬定的。我必須承認，當初沈君提出這個題目，我感到有些不妥。人人皆知，施蟄存先生是中國現代文學的文壇巨擘，以我之才疏學淺，又屬晚輩，怎敢拿自己的「潛學齋」貿然與施老的書齋「北山樓」相提並論？

只是在沈君的一再建議下，我才接受了他這個命題。不管怎麼說，沈君編此書，主要是想將我和施蟄存先生多年（指一九八〇年代初到一九九〇年代末）的來往書信公之於眾，補充些施老晚年談讀書論學問的資料。確實，我當年能藉著書信往來和施老建立起那樣寶貴的忘年交，並能從他那兒不斷學到廣泛涉獵學問的治學方法，甚至受他那種道德風骨的潛移默化，乃是我個人的幸運。記得每回我收到從北山樓寄來的信件——或由施老的友人轉來的書籍——我都會興奮得怦然心動，總是迫不及待地打開信封，好好地閱讀一番。如今施老已經去世多年，每當我回憶從前通信的情景，難免有流年易逝，人生無常之感。因此我在幾年前就把施老那批信札整理出來，連同我的潛學齋藏書一起捐了給北京大學，由該校的「國際漢學家研修基地」永久收藏。現在藉著沈君所編的這本書，讀者終於能看到施老給我的信件的影印本，特別令我感到欣慰，也算是一個紀念。（必須一提，在掃描這批信件的過程中，北大國際漢學家研修基地的顧曉玲女士作出了很大的貢獻，在此特別向她致謝。）

其實，當年施先生不只給我一人寫信。只要參考沈建中先生的新著《施蟄存先生編年事錄》（上海古籍出版社，二〇一三年），讀者就會發現當年施老的海外筆友數量之多，實在驚人。以一個終日在書齋中努力治學寫作的老人，居然還能拿出精力和時間來應付那麼多信件的來往，實在令人不可思議。有關這一點，施先生的女弟子陳文華教授曾在她的〈百科全書式的文壇巨擘——追憶施蟄存先生〉一文中說道：

施先生晚年足不出戶，但這並不妨礙他與世界各地學者的聯繫。對於來自港、澳、台乃至世界各國的後輩學者，他照樣來者不拒，熱情指導和幫助。耄耋之年的先生，每天晚上必做的一件事就是給海內外求教者回信……。

在上世紀的八〇年代和九〇年代期間，我就是那些從海外向施先生「求教者」之一。那時我剛開始研究明清文學和中國女詩人，雖然已在耶魯大學當起「教授」，但我卻把自己視為施老的「研究生」。我經常在信中向他提出有關古籍和研究方法的問題，而他總是每問必答，為我指點迷津，而且還為我旁搜各種典籍和文獻，不斷托朋友帶書給我。記得一九八六年我剛開始研究明末詩人陳子龍時，施老就在信中為我列了一個應讀的書目：《陳子龍詩集》、《陳忠裕全集》、陳子龍的《明詩選》、《史記測議》、《皇世經世文編》、錢牧齋的《列朝詩集》、杜登春的《社事始末》等，而且還指出每部書的特殊性和版本問題。後來他知道我開始在研究明清女詩人，他就為我到處搜尋《柳如是詩集》（包括上卷《戊寅草》、下卷《湖上草》、和尺牘）、《名媛詩歸》、《眾香詞》等。他最感遺憾的是，他從前曾擁有一部明末女詩人王端淑所編的《名媛詩緯》（明刊本），是一九三三年買到的，但可惜在抗戰時因日軍轟炸而毀去——否則他也願意慷慨割愛。後來我從日本獲得《名媛詩緯》以及王端淑本人的詩集《吟紅集》影印本，施老非常高興，還請我影印三卷《吟紅集》給他。可以說，當時我之所以順利收集到許多有關明清女詩人的原始資料，大都得自於施老的幫助。

後來有機會讀施先生的詩作〈讀翠樓吟草得十絕句殿以微忱二首贈陳小翠〉，更加能體會他對古今才女那種深入獨到的認識。在他自己的日記中，他也曾自豪道：「此十二詩甚自賞，謂不讓錢牧齋贈王玉映十絕句也。」「王玉映」即王端淑也。有趣的是，在該組〈贈陳小翠〉的詩中，施先生曾把現代才女陳小翠比成明代的才女王端淑：

> 綠天深處藕花中，為著奇書稿作叢。
> 傳得古文非世用，何妨詩緯續吟紅。

當初讀到施老「何妨詩緯續吟紅」之詩句時，我感到非常興奮，因為那時我剛找到王端淑的《名媛詩緯》和她的《吟紅集》。

一九九一年底，施老送來一張新年賀卡，那原是他於一九八八年為紀念才女陳小翠逝世二十周年而製作的卡片。卡片上註明「北山樓印」，上印有小翠的「寒林圖」及題詩「落葉荒村急」等語。後經考證方知，原來少年時代的施先生曾與能書能畫的才女陳小翠有一段奇妙的因緣。一九二一年，周瘦鵑主編的通俗小說半月刊雜誌《半月》在上海出版創刊號。那年施先生才十七歲不到，就為該雜誌封面《仕女圖》作題詞十五闋；主編並請天虛我生的女兒陳翠娜（小翠）續作九闋。施先生後來自述：「其每期封面，皆為仕女畫，出謝之光筆。其時余年十七，初學為韻語，遂逐期以小詞題其畫，凡得十五闋，寄瘦鵑，未得報書。《半月》出版至第二卷第一期，忽刊登拙作，並倩天虛我生之女公子陳翠娜女士續作九闋，以足全年封面畫二十四幀之數。瘦鵑以二家詞合刊之，題云〈《半月》兒女詞〉。」（《翠樓詩夢錄》）當時有人想將兩人聯姻，施父亦頗為積極，但年輕的施蟄存卻「聞之大驚異，自愧寒素，何敢仰托高門，堅謝之，事遂罷」。後來又過了四十多年（正是施先生的閑寂時期），由於一個偶然的機會，施先生聽說陳小翠已移居上海（從友人處得到陳小翠的住址），乃於一九六四年一月間前往上海新邨陳小翠的寓所拜訪之。當天小翠贈他新印的〈翠樓吟草三編〉，幾天後施蟄存即作詩〈讀翠樓吟草得十絕句殿以微忱二首贈陳小翠〉以為答覆。此後兩人陸續有詩文往來。可惜不久文革開始，小翠受不了兇惡的批鬥，竟在一九六八年七月一日以煤氣自盡。後來施先生寫〈交蘆歸夢記〉（一九七六）、〈翠樓詩夢錄〉（一九八五）等短篇以紀其事。

陳小翠的故事令我心酸，經常使我想到古今許多才女的命運。另一方面，施先生對才女的看重與提拔，同樣令我我感動。一九六〇年代至一九八〇年代間施先生還先後與陳家慶、陳穉常、丁甯、周錬霞、張珍懷等人交往並搜集她們的作品。一九九六那年，我到上海拜訪施先生時，曾當面問過他：「您為何特別看重女詩人？」他說：「我看重女詩人，主要是在『發掘』她們，因為她們經常被埋沒。」

由於受到施老的影響，我一直是以「發掘」的態度來研究女詩人的。一九九九年初我與蘇源熙合編的那本《傳統中國女作家選集》（*Women Writers of Traditional China*）由斯坦福大學出版社出版。記得書剛一出版，我立刻寫信給施先生：

蟄存教授：

在這個Valentine's Day寄給您這本詩集，特別有意義。此選集剛出版，在序中特別謝了您（見p.vii），但還是語猶未盡，因為若非您的幫助，許多女詩人的作品很難找到。多年來您對我們（指六十三位漢學家）的幫助，豈是語言可以表達的？書中的書法是張充和女士寫的。這也是值得紀念的！

孫康宜敬上

二〇〇〇年二月十四日

除了女詩人方面的研究以外，施先生還為我打開他的「北山樓」的四面窗。施老的「治學四窗」是世界有名的；他會按朋友的需要而隨時打開任何一窗。他的四窗包括古典文學研究，西洋文學的翻譯工作，文藝創作和金石碑版之學。此外，我一直是施先生的創作文學（包括詩和小說）的忠實讀者，因而也經常向他提出有關寫作的問題。為了表示對我的肯定和鼓勵，一九九三年六月他還特地為我手書杜甫的佳句「清辭麗句必為鄰」，以為紀念。

到目前為止，我一共撰寫了六篇有關施先生的文章。可以說，每篇的寫作都與我個人當時的研究方向有關，而且都體現了我從施老那兒學到的知識和靈感。必須一提的是，最長的兩篇——即有關施先生的《浮生雜詠》和他的逃難詩歌——卻是今年春天才著筆的。在很大程度上，這兩篇的寫作完全是沈建中先生給催逼出來的。

此次蒙沈君不棄，此六篇文章全被收進這本《從北山樓到潛學齋》中，我也只有對沈君心存感激了。

二〇一三年七月七日

寫於美國康州木橋鄉　潛學齋

重新發掘施蟄存的世紀人生

——《施蟄存先生編年事錄》序言

施蟄存先生（一九〇五—二〇〇三）是中國現代文學的一顆巨星。在上世紀的三十年代，二十多歲的他已經聞名於上海的先鋒文壇。他早年初露鋒芒的小說《上元燈》作於一九二六年，後來陸續發表《梅雨之夕》《在巴黎大戲院》等許多注重心理描寫的新潮小說，一直寫到抗日戰爭前夕。僅在此短短的十年間，他便在現代中國小說創作的領域裡樹立了經典的地位。

但許多讀者或許不知道，施蟄存的後半生（其實是長達六十多年的大半生）轉而致力於古典詩詞、金石碑版等研究，並取得十分輝煌的成就。可惜直到他八十歲以後才有機會出版這方面的專著——包括《唐詩百話》《北山談藝錄》《北山談藝錄續編》《北山集古錄》《水經注碑錄》《詞學名詞釋義》《唐碑百選》等。這是因為，早在文革以前，他就開始了「靠邊站」的生活：一九五七年他正式被貶為右派，此後被派在華東師範大學中文系資料室工作。在那段將近三十年的漫長期間，政治形勢所造成的不利環境反而給了他「安靜」做學問的機會。例如在嘉定當農民的時候，他白天做苦工，晚間苦讀《漢書》；在華東師大資料室工作時，他白天被批鬥，晚上則專心編撰他的《詞籍序跋萃編》。此外，在一連串的政治災難中，他斷斷續續寫成了文史交織的《雲間語小錄》。然而，當時他卻被剝奪了所有著作的發表權利。可以說，一九八〇年代以後他之所以不斷出書，乃是因為這些作品大多是在那段漫長的動亂期間默默積累而成的。諷刺的是，他從前三〇年代所發表的那些早已被遺忘的小說，也在他生命的最後幾年同時「出土」。在一個頗富自嘲的「簡歷表」中，他曾經寫道：

……三〇年代：在上海作亭子間作家。四〇年代：三個大學的教授。五〇年代：從資產階級知識份子上升為右派分子。六〇年代：摘帽右派兼牛鬼蛇神。七〇年代：「五七」幹校學生，專業為退休教師。八〇年代：病殘老人，出土文物

施先生曾說，「活著就是勝利」。他不僅多產又長壽，而且目睹了整個二十世紀中國人所身歷的翻雲覆雨的變化。聽說他長壽的祕訣就是每天早晨八顆紅棗和一個雞蛋。但我以為施先生的真正祕訣乃是：不論遇到任何挫折和磨難，總是對生命擁有希望和熱情，只要人還活著，每天都要活得充實。他曾親口告訴我，他一向不與人爭吵，即使在被鬥的文革期間，他總是保持「唾面自乾」的態度，那是「一種類似基督精神的中國傳統精神」。總之，他凡事原諒人，容忍人，儘量保持豁達的態度。所以他說，生命的意義就是要「順天命，活下去，完成一個角色」。他這種生命哲學觀確實充滿了智慧。二〇〇三年十一月十九日他以九十九歲高齡在上海去世，當天我托他的女弟子陳文華轉呈我對他的悼念：「施老千古，施老千古。言志抒情，終其一生。逝矣斯人，永懷高風」。

我一共只見過施先生兩次；那兩次會面都在一九九六年六月我去中國訪問期間。但早在那之前我已經通過書信與施老建立了一種「神交莫逆」的情誼。那段友誼始於一九八四年一次偶然的因緣。那年春天我接到由普林斯頓大學出版社轉來施先生的短函，大意說：他多年來熱衷於詞學研究，前不久聽說我剛出版一本有關詞的英文專著，希望我能贈送一本給他。那封來信令我喜出望外，沒想到我一直敬佩的一九三〇年代老作家會突然來信！我一時按捺不住興奮之情，就立刻用國際特快把書寄到上海給他。那段期間我正在開始研究明末詩人陳子龍和柳如是，正巧施先生剛出版了一本《陳子龍詩集》（與馬祖熙合編），所以他很快就寄來該書（共兩冊）給我。後來他陸續請友人（包括顧廷龍、

李歐梵、Jerry D. Schmidt等人）先後轉來《柳如是戊寅草》《小檀欒室彙刻百家閨秀詞》《眾香詞》《名媛詩歸》等珍貴書籍。一九八八年他又托茅于美教授（已於一九九八年去世）轉來他剛出版的《唐詩百話》，該書深入淺出，篇篇俱佳，其論點之深刻、文體之精練，都讓我佩服至極。我於是把它作為耶魯研究生課的教科書。從此施先生每次來信都不忘為我指點迷津，並指導我許多有關明清文學及女性詩詞的課題，後來我與蘇源熙合編《傳統女作家選集》（*Women Writers of Traditional China*），大多受到施老的啟發和幫助。最讓我驚奇的是，他在西方語言和文學方面的知識也十分豐富，所以我開始按期郵寄美國的《紐約書評》、英國的《時報文學副刊》以及一些外文書籍給他。從此，上海和紐黑文兩地之間，那一來一往的通信就更加頻繁了。

一九九一年施先生從上海寄來他的詩稿《浮生雜詠》八十首，尤其讓我感動。他自己說，他的詩集乃是效龔定庵之《己亥雜詩》而寫——那就是，不但悉心校訂每一首詩歌，並特意加上注解。應當說，是那部自傳體式的詩集，使我開始真正認識到這位「世紀老人」的不尋常。從那個詩集裡，我深深地體驗到：施老自幼的教育背景、長年以來所培養的閱讀習慣以及個人的才華和修養，都很自然地形成他這樣一個人。首先，在「暮春三月江南意」那首詩（第二十三首）的自注中，我發現他的幼年教育始於古典詩歌的培養。那時他才剛上小學三、四年級，國文課本中有一課，文云：「暮春三月，江南草長，雜花生樹，群鶯亂飛」。他的同班同學「皆驚異，以為無意義，蓋從來未見此種麗句也」。唯獨幼年的施先生已經得到啟發，自此以後他「始知造句之美」，後來讀杜詩「清詞麗句必為鄰」，更加相信「文章之內容當飾之以麗句」。後來上中學三、四年級，英文教育又成為他人生的一大關鍵：「三年級上學期讀莎氏《樂府本事》，三下讀霍桑之《丹谷閒話》。四上讀歐文之《拊掌錄》，四下讀司各特之《撒克遜劫後英雄略》」（第二十七首自注）。從此他開始廣泛地閱讀外國文學，學習翻譯，也讀《新青年》《新潮》諸雜誌，並「習作小說、新詩」等。難怪他二十歲不到就開始投稿了，而且一生中不論遇到什麼遭遇，他都能持續地認真求知，並能選擇當時所最適合自己的文體來「言志抒情」。因此，他在文學事業中，一直扮演著「發掘者」的角色。他要發掘生命中一些被常人忽視的內容。

其實，對我來說，他的《浮生雜詠》之所以如此動人，乃是因為在那部詩集裡，我可以自由地「發掘」出許多我們這一輩人所不熟悉的「文化記憶」。該詩集記錄施先生從幼年時期一直到中日大戰前夕所經歷的一些個人經驗。他說：「《浮生雜詠》初欲作一百首，以記平生瑣事可念者，今成八十首，僅吾生三分之一，在上海之文學生活，略俱於此」。但那一段早期的歷史也正是我最想知道的。所以當我讀到他所敘述有關與大學同舍生「一燈共讀對床眠」、與戴望舒等人在一九二〇年代白色恐怖中害怕國民黨「奉旨拿人犬引狼」的往事，以及有關松江老家「蕪城門巷剩荒丘」的景象時，心中尤其感到震撼。此外，施先生寄來的那本《浮生雜詠》校樣中有好幾處有他的親筆「更正」，所以特別珍貴，我因而小心珍藏之。

我喜歡閱讀施先生的文字，不論是他的詩或是他的信件，都讓我有「如見其人」的感覺。其中有幾封施老的來信至今令我難忘，例如一九九一年春天他寄來了一封信，開頭寫道：「你的郵件，像一陣冰雹，降落在我的書桌上，使我應接不暇。巧克力一盒、書三冊、複印件一份、筆三枝，具已收到。說一聲『謝謝』，就此了事，自覺表情太淡漠，但除此以外，我還能說什麼呢。」其形象之生動，文字表達之誠懇，令我百讀不厭。又次年暑假聽說他身體不適入住醫院，我心想專程到上海看他，但一時由於家累及其他原因無法動身，他立刻來信安慰我：「我近日略有好轉，天氣已涼，可逐漸健好。但我不是病，而是老；病可醫，老則不可醫。今年八十八，尚能任文字工作，已可謂得天獨厚，不敢奢望了。我與足下通信多年，可謂神交莫逆……雖尚未有機會一晤，亦不拘形跡，足下亦不須介意，千萬不要為我而來……」他那種朋友間「如能心心相通，見不見面無所謂」的態度，令我感動。但四年後我還是到了上海拜見他，終於如願。

後來辜健（古劍）先生把許多施老給我的信函收入了他所編的《施蟄存海外書簡》中。順便一提，是施老的另一位學生張索時首先代替辜健向我索取那些信件的影印本的。（康宜按：施蟄存先生給我的信件手稿等，我已於二〇一〇年秋捐贈給北京大學國際漢學家研修基地）。誠如辜健所說：「書信乃私人之交流……言而由衷，可見其真性情，真學問。」尤其在那個還沒有電子郵件的年頭，每封信都得親自用筆寫出，信紙也必須因收信人而有所講究，所以私人信件就更能表達寫信人的「真性情」。我一直很喜歡用「抒情」二字來形容文人書信的特色，有一年甚至從頭到尾朗誦了一大本美國小說家 Henry James 和 Edith Wharton 兩人之間的書信集（*Henry James and Edith Wharton : Letters,1900-1915*,edited by Lyall H. Powers,New York,1990），我將之稱為「抒情的朗誦。」

據我觀察，文人之間的書信往來常常會引起連鎖反應的效果，而這種「連鎖的反應」乃是研究文人傳記最寶貴的材料。例如，一九八〇年代開始我和施老的通信無形中促成了他和老朋友張充和女士（另一位世紀老人）之間的通信。他們早在一九三〇年代末就互相認識了，當年正在抗戰期間，許多知識份子都流寓到了雲南，施蟄存也隻身到了昆明，開始在雲南大學教書。正巧沈從文先生就住在雲南大學附近的北門街，有一天施先生到沈家去參加曲會，那天正好輪到充和女士表演清唱，所以彼此就認得了。後來經過半個世紀，居然還能以通信的方式重新敘舊，其欣喜之情可想而知。作為他們的後輩，我很願意為他們兩位老人家服務，我告訴他們，凡是轉信、帶話之類的事對我都是義不容辭的。同時我也能從他們兩人之間的交往學到許多上一代人的寶貴文化。我一直難忘一九八九年春天施先生托我轉送的一封信，那是在沈從文先生逝世將滿一周年時，他因收到充和贈他的一個扇面，感慨萬千而寫的回信：「便面飛來，發封展誦，驚喜無狀。我但願得一小幅，以補亡羊，豈意乃得連城之璧，燦我几席，感何可言？因念山坡羊與浣溪沙之間，閱世乃五十載，尤其感喟。憶當年北門街初奉神光，足下為我歌八陽，從文強邀我吹笛，使我大窘。回首前塵，怊悵無極，玉音在耳，而從文逝矣……」（一九八九年三月六日函）。

兩位老人之間的通信之所以特別感人，乃在於彼此曾經在過去戰亂時期炮火紛飛中有過共患難的經驗。一九三〇年代的昆明乃為一文化大本營，當時知識份子之間所建立的那種堅固情誼，實與中國傳統文化的精神息息相關。那是一種終身不忘的情誼。

最讓我動懷的是，施老與充和兩人的交情一直延續到下一代的師生傳承關係。在施先生去世四、五年之後，有一天我忽然接到上海陳文華教授的來信，她告訴我，施老的另一位弟子沈建中正在編一部《施蟄存先生編年事錄》，希望我能幫他索求張充和女士的題字。我接信後立刻趕到充和處。充和看信後十分激動。她那時已經九十五歲高齡，但一聽說是老朋友施蟄存的學生要的題字，就立刻起身「奮筆成書」。她一直歎道：「我萬萬沒有想到，在老朋友離世之後，還有機會為他題字……」但她又說：「我今天寫的，只是練習而已。你是知道我的，我每次題字，至少要寫上數十遍，在紙上寫了又寫，試了又試，直到自己完全滿意之後，才能算數。你改天再來拿吧！」

一個星期之後，充和女士如期交卷。後來陳文華教授和沈君也都分別來信致謝。但在那以後許久，我一直沒聽到《編年事錄》的出版資訊。我當然知道，這樣一部大書確實不容易寫，也絕對快不得。心想：編撰者沈建中也夠幸運，幸虧他要題字要得早，否則再遲一、兩個月就得不到充和的題字了。這是因為，近年來張女士身體大衰，早已拒絕所有題字的請求。尤其是，自從二〇一二年春季張女士過百歲生日後，她已經正式封筆，而那張寫字桌也已成為專門養蘭花的地方了。

兩個月前我終於收到沈建中所寫這部《施蟄存先生編年事錄》的電子稿，很是興奮。我發現，這是一部非比尋常的大書，編寫歷時十五年之久（即在施老生前已經開始編寫），全書共得百餘萬字。最令人感佩的是，沈君白天在金融界上班，長年利用業餘時間致力於對近現代文化、學術和文獻文物的研究。目前他的專著已出版有九種；並編有二十多種與學術文獻相關的書籍。但他自認最勤、最用力的就是這部為施老所寫的《編年事錄》。此書投入精力之大可謂空前。從頭到尾，沈君力圖精耕細作，他雖採取傳統編年的紀事方法，但他卻很巧妙地把施先生的個人經歷放在中國二十世紀歷史的大框架中來展現。所用的材料，除了施老自己的日記、書信和作品之外，還廣泛包括地方史、校史、報刊史、出版史、抗戰史、反右史、文革史，以及許多與施先生交遊者的信件、筆記、年譜等。此外，書中還有多處反映沈君個人的思考和刻意探究的史實，比如：施蟄存與魯迅、茅盾等人的關係，一九三三年後他不斷受到圍攻，抗戰遠赴內地的情況，反右前的「疏忽大意」等等，一切給人一種包羅萬象的充實感。可以說，這是一部以「編年」形式撰成的翔實「傳記」，也是供給二十世紀「文化記憶」的寶貴資料庫。我想任何一位讀者都能從如此龐大的《編年事錄》中挖掘出他所想得到的資料和資訊。

以我個人為例，我目前最想考證的就是有關施蟄存於一九三七年逃難至雲南的旅途經驗，以及他對那段經驗的文字描寫。尤其是，我所熟悉的施著《浮生雜詠》正好以那個歷史的轉捩點作為結束——最後一首（第八十首）寫道：「倭氛已見風雲變，文士猶為口號爭。海瀆塵囂吾已厭，一肩行李賦西征。」作者本人的「自注」也清楚地解釋道：「我以朱自清先生之推轂，受熊公聘。（康宜按：熊公指熊慶來先生）熊公回滇，而滬戰起。我至八月尾始得成行，從此結束文學生活，漂泊西南矣。」那個自注很有誘惑性，使我更想探尋他下一個人生階段的心靈活動。

其實，有關施先生的逃難經驗，我不久前又重讀他的《北山樓詩》，已頗能探知一二。例如，我讀到「乾道忽變化，玄黃飛龍蛇。自非桃花源，日夕驚蟲沙。客從東海來，歷劫私歎嗟」（〈車行浙贛道中得詩六章〉）、「辰溪渡口水風涼，北去南來各斷腸」（〈辰溪待渡〉）、「遲明發軔尚惺忪，惡道崎嶇心所虞」（〈沅陵夜宿〉）等生動詩句的描寫，頗能想像他當年作為一個逃難者，那種思慮重重，十分焦急的心境。然而詩歌的語言究竟是富有隱喻性的，如果沒有其他可靠的現場資料，很難真正把它放在現實的框架中來研究。我至少必須弄清楚，究竟那些有關「漂泊西南」的詩是哪月哪日寫的？是否有可能把那些詩按時間排列？我想，只要有個大約時間的先後，我就可以對施先生當年所寫的那些詩歌做出進一步的分析。可惜手頭沒有足夠的資料。

一直到最近，在我認真查考沈君所編的這本《施蟄存先生編年事錄》之後，才終於對施先生這組詩的上下文，得到了初步的認識。欣喜之情，自然不言而喻。根據沈君所引用的日記資料，我發現施先生一九三七年那段充滿曲折故障的逃命旅程（從九月六日自松江出發到九月二十九日抵達昆明）確實是他生命中所經歷的最大危險之一。值得注意的是，這段前後達二十三天的緊張時光也正是施先生生平在古典詩歌方面，最為多產的一段。他每天白天忙著購票拉行李趕車，還要跑警報，晚間則不斷作詩並寫日記。在九月二十一日的日記中，他曾寫道：「我經過湘西各地，接觸到那個地區的風土、人情，不禁就聯想起從文這兩部小書（《湘行散記》與《邊城》）。我在辰溪渡口做了一首詩。」「這就是『有詩為證』。」

在逃難的過程中，最傷腦筋的就是，由於敵機的猛烈轟炸，逃難者必須不斷地改變行程。例如，當初施蟄存計畫從松江先到杭州，再從杭州乘汽車到南昌、九江而至漢口，再由漢口乘飛機去雲南。但後來到了南昌之後被迫改道。九月十日的日記描寫當初抵達南昌時的情況：「方竣事，突聞警鐘大作，電報局中職員均挾其簿籍奪門而竄，余被眾人擠至街上，則市人亦四散奔走，秩序大亂。余忽迷失方向，不知當由何路遄返逆旅。捉路人問之，輒答以不知，掣袂而去。余無奈，即走入一小百貨鋪，乞許暫坐，詎鋪主人設正欲走避郊外，鋪門必須下鍵，不能容客。余不得已佇立路歧，強自鎮定。」故施蟄存只得臨時轉往長沙，最後居然成了前後長達二十三天的「馬拉松」逃難——那就是，由長沙轉往沅陵，再由沅陵到黃平、貴陽、永甯、安南、普安、平彝、曲靖等處，最後才到昆明。不用說，途中頗多曲折，甚至險些喪命：

自安南西行，經普安，遂緣盤江行，滾滾黃流，勢甚湍疾。凡數里，而至鐵索橋……余等初意皆下車徒步過橋，使車身減輕重量，而司機者謂無須，緩馳而過，鐵索徐徐振盪，軋轢作聲，殊足危怖……車遂西向疾馳，登青天，入幽谷，出沒萬山中。以下大盤山，經二十四拐，窄徑迴復，每一曲折，均須先使車逆行，方得過，否則覆矣。此亦黔滇公路中一險要也。其時車方迎夕陽行，殘日熔金，光芒萬丈，不可逼視。車折過一崖壁，司機者雙目為陽光所亂，竟迷前路，車忽旁出，遂陷涔泥中，前隔絕壑，幸早抑制車輪，否則若再前行一尺，即下墮萬丈，人車俱盡。（九月二十七日施蟄存日記）。

顯然，這個難忘的恐怖經驗就是〈車行湘黔道中三日，驚其險惡，明日當入滇，知復何似〉那首詩的實際背景。讀了這段日記的記載，使我更能體驗詩中所寫的詩句：「驅車三日越湘黔，墮谷登崖百慮煎。……來日大難前路惡，蠻雲瘴霧入昆滇。」

總之，在那次困難的逃生之途中，施蟄存並沒停止他的寫作。首先，沿途所做的舊體詩不少，除了以上的所提到的〈車行湘黔道中三日〉一詩以外，還有〈渡西興〉、〈車行浙贛道中得詩六章〉、〈長沙左宅喜晤三妹〉、〈長沙漫興八首〉、〈渡湘江〉、〈沅陵夜宿〉、〈辰溪待渡〉、〈夕次潕水〉、〈晃縣道中〉、〈黃平客舍〉、〈黃果樹觀瀑〉、〈登曲靖城樓〉等。這些詩都在那二十三天的空隙間寫成。此外，施先生一路上所寫的日記（《西行日記》）與他的詩歌相得益彰，可以說是很重要的見證文學。有趣的是，他在途中所寫的那些舊體詩無形中也就成了他從此由小說寫作轉向古典文學研究的起步。

這是沈君所編這部百科全書式的《編年事錄》所給我的啟發。施老生前曾對我說過：「Discover，discover，discover，這才是生命的目標。」相信其他讀者也都能從沈君的這部大書發掘出許多寶貴的資料和生命的內容。此書不僅對施蟄存研究有極大的貢獻，而且在現代中國文學史中功不可滅。

這部《編年事錄》將於今年由上海古籍出版社（分兩冊）出版。今年是蛇年，而施老的生肖正好屬蛇。這個巧合，不是一般的巧合，它象徵著一種人生哲學。《易經》上說：「見龍于田，德施普也。」因為蛇是地上的龍，故施老的父親給他取名為施德普。後來又給他取字曰蟄存；因為他生下來的月份（農曆十一月）正是蛇蟄伏地下之時。施老顯然更喜歡他的字，故一直以字名世。他曾說過：「這個名字判定了我一生的行為守則：蟄以圖存。」

這次沈君請我寫序，著實令我十分惶恐。今日匆匆寫來，詞不達意，僅聊表我對施老永恆的懷念和敬意。是為序。

二〇一三年（蛇年）二月，寫於耶魯大學。

——香港《明報月刊》，二〇一三年五月號。

序蘇煒《走進耶魯》

我一向非常佩服我的耶魯同事蘇煒，所以這一次能有機會為他在九歌出版的新書寫序，心裡感到由衷的喜樂。在此我願意把我所認識的蘇煒介紹給臺灣的讀者。首先，我佩服蘇煒，因為他不但是一位傑出的作家（已出版過不少作品），同時也是一個少有的模範老師。我之所以稱他為「模範老師」，並非僅指他在教學上所付出的那種不尋常的精力。更重要的是，他是以愛心來教育學生的。在〈一點秋心萬樹丹〉那篇自序裡，蘇煒把自己作為一個老師的心情比成「秋心」：

> 秋天，是一種老師的心情，也是一種父親的心情。學生來了，去了，聚了，散了；樹葉綠了，紅了，開花了，結實了，我們，也就漸漸步上人生的秋季了……樹葉兒女離枝飄散的季節，其實是一個收穫的季節，也是一個互道珍重的季節。但是，秋收冬藏的日子，同時也是昭示來年的日子……也可以看作是一個文化生命在另一個生命裡的延續吧。

蘇煒對教學所持的這種「秋心」可以說是由種種師德凝聚成的一顆熱心，其中既有教學的耐心和責任心，也有他對與他交往的很多人都常有的關心和喜心，凡跟他選過課的學生，大多能感受到他們蘇老師這種愛教書，更愛交結學生的特殊情懷。許多耶魯學生告訴我，他們因為選了「蘇煒老師」的中文課而「愛上了中文，」甚至改變了他們的學業選擇和生命情調。就如蘇煒在這本書中那篇〈語言改變生命〉的文章裡所說，他的教學經驗「往往就是目擊一個學生怎樣進入一門陌生語言、又和這一門語言所附麗的文化歷史相抵牾、相適應、最後融化其中，然後被一種語言整個兒改造自己的文化個性以至生命軌跡的全過程。」

本書首輯「校園教趣」寫的就是蘇煒本人在耶魯教學的各種心得和樂趣。其中文章之生動、語言之富吸引力，令我想起美國作家彼得・赫斯樂（Peter Hessler）於二〇〇一年出版的一本名著《河城》（*River Town*）。彼得・赫斯樂在該書中描寫了他到四川教中國學生學習英文的種種經驗，書剛一出版就得到《紐約時報》和《時報文學副刊》等報的好評。著名作家哈金也極力讚賞該書，說彼得・赫斯樂的書「坦白、熱情、極富洞察力」。蘇書中「校園教趣」一輯，雖篇幅較短，我覺得也同樣寫得「坦白、熱情」和富有「洞察力。」更讓人感到鼓舞的是，蘇煒和彼得・赫斯樂都同樣透過他們的語言教學改變了學生們的「生命。」我尤其欣賞蘇煒的這句話：「進入一個語言，就是進入另一條生命的河流。」此話正好是對彼得・赫斯樂《河城》一書和蘇煒本人教學成果的最佳總結。

我欣賞蘇煒，還因為他擁有一顆詩人的赤子之心。這一點，我想讀者自可從本書的每篇文章中感受出來。例如，他「捧著一顆心」閱讀劉再復的《漂流手記》；他被鄭振鐸冒著生命危險去保存民族典籍的熱情感動得「淚水濕潤了」眼眶；他為章詒和的回憶文章「動容落淚」；他被另一位耶魯同事康正果的自傳感動得「泓然欲淚」。蘇煒最喜歡晚清詩人龔自珍，特別欣賞他那「落紅不是無情物，化作春泥更護花」的詩境，但卻沒有龔自珍那種「空山徙倚倦遊身」的落寞之感。即使今天生活在海外，蘇煒仍對中國民族的前途滿腔關懷，也對在異域的土地上再造家園興趣盎然，所以他不只從未因過上了流亡生活而淒惶寂寞，甚至把他周圍流亡的一群組織在一起，給群體的活動增添了很多的樂趣。但同時，他又有他的憂患意識，對中國一百年來在許多方面的「原地踏步」狀況，他深感憂慮：

今天念及孫中山先生「革命尚未成功，同志仍須努力」的叮嚀，真讓人汗顏赧愧：辛亥革命迄今將近一百年了！「反右」、「文革」，也已過去三、五十年了！我們仍在面對、仍無以釋解二十世紀初年或革命勝利初年，先賢先哲就已經提出的諸多課題。（〈敗者的骨骼風采〉）

對知識份子的獨立精神，蘇煒一貫持讚賞表彰的態度，所以他書中撰有專文，論述了臺灣才子沈君山堅持自由良知，分析了小說家張大春勇於呈現歷史真相，評介了龍應台的「三不主義」。蘇煒之所以特別尊敬這幾位具有獨立精神的臺灣知識份子，顯然是因為他們都有很強的「歷史感」——他們大多不屑於僅僅在黨派的恩怨是非上打筆仗，而有興趣在更為廣闊的文化社會語境中作文章。可惜這樣的眼光，卻是現在很多報刊網絡上弄文的人所缺少的。在有關鄭振鐸的那篇文章裡（〈夜讀西諦〉），蘇煒曾這麼說道：「雖然中國歷史悠長，當代中國歷史、中國政治包括中國男人中最欠缺的，恰恰就是這個……歷史感」。

蘇煒本人顯然對這種「歷史感」頗有感悟，所以章詒和文章裡的「舊德」深深地打動了他善感的心：

在我們這些深受「五四」新文化與革命教育影響的一代人、幾代人眼裡，「忠孝節義」、「仁義禮智信」這些傳統舊道德，從前是「棄之如敝屣」，今天也是視之如舊痕舊夢，實在何其隔膜久遠了。章詒和散文寫了六個父輩朋友（及其親屬）……我注意到，支撐這些「舊人物」在艱難歲月裡同舟共濟、相濡以沫活下去的，不是別的，恰恰正是那些被整個社會漠視、淡忘多時的「忠孝節義」的傳統風範與「舊行」「舊德」。

此外，蘇煒也非常支持新時代的女性主義。例如，他十分景仰曾在耶魯戲劇系求學的才女林徽因，他以對比的方式，突顯出林徽因的真實形象，「比同時代寫《致小讀者》時的冰心要剛健，比《莎菲女士》時代的丁玲要幹練，比寫《呼蘭河傳》時的蕭紅要柔韌，更比張愛玲、陸小曼、王映霞等民國名女人要顯得清爽新亮。」同時，他把林徽因稱為「現代中國追求女性獨立自由、充分展示女性才情光華的女性主義第一人」或「最前鋒人物」。這也從側面點染出耶魯大學在現代西方「女性主義」理論發展及傳播上所佔的重要地位。眾所周知，耶魯是美國各常春藤大學中第一個發起接收女生入學的學校。巧合的是，耶魯那個紀念女生成就的「女人桌」正好為林徽因的侄女林櫻——也是耶魯校友——所設計。因此，在某種意義上，林徽因的家族代表了耶魯「女性主義」的傳統。

我為我的耶魯同事蘇煒感到驕傲，因為他每天都在努力深入瞭解不同的人和不同的文化傳統。他甚至努力向他的耶魯學生們學習，他一邊耐心地修改他們那些可愛的病句——例如「我很病」，「我一定要見面她」，「我對他不同意」，「我要使平靜別人的痛苦」等病句——一邊被他們的精彩故事感動地「淚光瀅瀅」。他從他的美國學生身上讀到了西方人的單純、質樸和誠實。

對蘇煒來說，人生因此就充滿了無窮無盡的趣味了。盼望讀者們也能以欣賞這種趣味的心情來閱讀這本書。

二〇〇六年九月十日，寫於耶魯大學。

序張鳳《一頭栽進哈佛》

張鳳告訴我，臺北九歌出版社要出版她的《一頭栽進哈佛》一書，希望我能為她寫一篇序文。這是一件義不容辭的事，所以我立刻就答應了。我也想藉著這個機會和讀者「分享」一下我所知道的張鳳。

忘了是哪年哪月認識張鳳的。只記得一旦認識她以後，生活的步調就開始變快了。就如女作家趙淑俠所說，張鳳是個「愛生活、愛朋友」的人；除了在哈佛大學燕京圖書館編目組的繁重職務以外，張鳳還熱心於海外華人社團的諸種活動，並以北美華文作家協會紐英倫分理事長及其他領導聯絡的身份，經常主辦文學藝術座談會。加上她為人善良忠誠，容易和人相處，又具有組織能力，所以每回由她主持的會議都能引起與會者和聽眾的共鳴。我一向習慣於獨自埋頭工作，但也逐漸受到張鳳的影響，開始投入了各種與華人有關的活動。其實不僅我自己有這種感受，許多朋友也有同樣的經驗。例如，和我經常被張鳳一起請去演講的耶魯同事康正果就曾在哈佛大學舉行的一次大會中再三地強調張鳳在海外華人圈中所作出的文化功德。康正果以為，正是由於張鳳等人的努力，才「使得非主流的中國文化也能夠在美國有了一席互相交流之地。」在那以後不久，波士頓的《舢舨》雙語週刊也用「架起文化的橋樑」等標題來表彰張鳳多年來的特殊貢獻。

作為一個作家，張鳳的成就又如何呢？前來哈佛大學訪問的北大趙白生教授曾就張鳳的作品作了一次嚴肅的學術探討。他曾用哈佛的校徽「美麗充實」來形容張鳳所著有關海外華人學者的傳記作品。他認為，張鳳的著作《哈佛心影錄》之所以成功，乃因為書中的傳記寫得「美麗」，有藝術效果，又極為「充實」，內容豐富而真實感人。此外，趙白生把張鳳一貫採用的傳記形式稱為「組傳」。

他特別指出，張鳳雖然學歷史出身，有歷史癮，但沒有走梁啟超給「人的專史」鋪設的老路——如列傳、專傳、合傳、年譜、人表等。張鳳用的是組傳的方法，藉以突出集團效應，給在美的華裔學者這樣一個特殊的「海外兵團」刻了一尊難忘的群雕。

趙白生的說法，正好印證了華僑大學倪金華教授的話。倪教授曾就張鳳的《哈佛采微》一書作過以下的評論：「她善於將個人的命運提升到歷史的高度予以認識，以文學的筆觸，為歷史補白，顯示出文學與歷史的雙重魅力」。「張鳳善於選擇人物的典型片斷，以省儉的筆墨，勾畫出人物的神貌」。此外，倪教授以為張鳳的寫作用語極有分寸，筆鋒卻常帶感情。而且，張鳳作品的成功處還在於給人以歷史感、文化感和民族性——作為一個中國人，一位有眼力、有責任心的作家，張鳳在歷史與文學的交叉地帶辛勤耕耘，表現了一個獨具慧眼的作家的氣魄與創見。（見《北美華文創作的歷史與現狀》——港澳暨海外華文文學研究叢書）。

現在張鳳這本《一頭栽進哈佛》又進一步把這個「海外兵團」擴大到了許多無名的華人。在「紐英倫華人一百八十年」一文中，張鳳把早期定居於紐英倫（指麻薩諸塞州、康州、羅德島、緬因、新罕布夏、佛蒙特等六州）的華人之歷史追溯到一八一八－一八二五年間，並仔細述說了當時幾位勇敢的廣東青年如何到康州的康沃爾城上學的經過。該文也提到了當初到波士頓從事茶葉貿易的華裔商人，以及一八五八年來到美國東岸參加橫貫鐵路修建工程的五十名華人的辛酸史。這些早期華人所受到的各種遭人歧視的痛苦，以及他們在艱辛無助的情況下所表現出來的勇敢，都讓人深深地感動。目前一般住在紐英倫的華人，只記得那個於一八五四年榮獲耶魯大學學士學位的容閎，卻忘了其他許多領先拓荒的無名英雄。而張鳳的貢獻正是重新為我們找回了這些被遺忘了的人的聲音。所以她所謂的「哈佛」實已擴展到了整個紐英倫、甚至整個華人史的領域了。

此外，張鳳喜歡與朋友們分享各種經驗——不論小事或是大事，不論喜樂或是悲哀。她表示友情的方式總是：永遠協助朋友，永遠熱愛朋友之所長，永遠傾聽朋友的心聲。為了讓一個朋友如願，她寧願犧牲自己的時間和精力。例如，二〇〇〇年五月間我到哈佛大學的費正清中心開會，在開會的前一天，她聽說我很想去醫院拜訪病中的張光直教授，於是她就在百忙中事先聯絡好張夫人李卉，並為我安排好各種方便（後來才聽說，那幾天 Youville Wellness Center 管得很嚴，不准外人隨便出入張教授的病房，可見張鳳幫了個大忙）。張鳳知道我早就想去探望張光直教授，可惜我每次去哈佛參加學術活動總是來去匆匆，一直都沒碰到合適的機會。這一次張鳳下決心一定要成全我的願望，於是她特別請假陪我去醫院，還為我事先買好一束美麗的鮮花。張鳳就是這樣一個朋友：她總是伸出手去，遞上她的一份真誠，她把微笑贈給她周圍的人，讓他們感覺到友情和人間的溫暖。

那天，當我們走出醫院時，我心裡想著許多件事：我一方面掛念著張光直教授的健康情況，一方面想像著半個世紀以前張教授的父親張我軍先生曾經一路帶著我（兩歲的我），與我們全家乘船從上海到臺灣的情景……。那個情景無形中觸發了我撰寫《走出白色恐怖》一書的願望。

我真的很感激張鳳。她既是一位卓越的作者，也是一個處處體貼他人並深得大家喜愛的朋友。

寫於二〇〇六年；孫康宜修訂於二〇一五年六月。

《我看美國精神》自序

這本隨筆集在「九歌」出版，要從我和蔡文甫先生的相識談起。那是在二〇〇二年的十二月初，我正在臺北開會，因為好友李奭學的介紹，我特地抽出一天的時間騰出來和蔡先生見了一面。早已從奭學口中得知，蔡先生不但把他的出版發行事業做得很成功，而且好讀勤學，出書的同時也在寫書。當時蔡先生的自傳《天生的凡夫俗子》剛出版不久，讀其書想見其人，就這樣在奭學的陪同下，和蔡先生及「九歌」的總編陳素芳一起吃了頓午飯。閒聊中蔡先生順便向我約稿，我一時開心，信口就告訴他準備寫一組文章專談美國精神的想法。

及至返回美國，我才發現要完成這樣一本書並不容易。我在美國做西方漢學的教學和研究，第一要務是寫作和發表英文論文，後來又受聘與哈佛的宇文所安一同主編《劍橋中國文學史》，生活突然變得空前忙碌，實在難抽出時間撰寫中文。擬想中《美國精神》的書稿就這樣長期地拖了下來。

然而，蔡文甫先生還是不斷來信催稿，有一次甚至語氣迫切地說：「盼《美國精神》大作，早日交下付梓至感。」再加上編輯陳素芳也來電子郵件提醒我、催促我、期盼我。如此盛情，竟鼓舞鞭策出連我自己也深感驚奇的精力，幾年來，常常在「夾縫」中擠出時間，利用寫英文學術文章的間歇，短平快地寫起了有關美國精神的中文隨筆。沒想到，經過這持續的努力，我逐漸召喚到我的「夾縫繆斯」，常常是在處理日常事務之餘，伴著喝咖啡吃巧克力以放鬆身心的美妙時刻，那「夾縫繆斯」便不期然而至，對我「振之以清風，照之以明月，」使我忍不住輕撫鍵盤，敲打起感性的中文短章。

從某種程度上說，這神祕的「繆斯」給了我寄寓情感的愉悅，使我在過於學院的文字操作中多了些感性的體悟。三年半的時間匆匆而過，我居然有了足夠的累積，終於完成了這本題為《美國精神》的書。

其實，自從一九六〇年代移民到美國以來，「美國精神」一直都是我關心的主題，只因生活事業兩忙，很少有機會就這個題目進行深思。現在能藉著寫這本書的機會，把許多主題重新思考剖析，對我個人來說，確實也是一種意外的收穫。

在這段幾近四十年的漫長移民生涯中，我親自見證了美國社會的許多變化。首先，我剛來美國時，美國人尚未認同所謂的「多元性」文化價值，但一兩年之後，全美國（從西岸開始）突然展開風起雲湧的學生運動，無數的嬰兒潮青年到處發起反戰的示威。總之，在那個年頭，我目睹了許多反抗美國「中心」文化的運動——包括黑人的民權運動。當時有不少嬉皮青年崇拜中國的詩人寒山，他們喜歡打赤腳，穿簡陋的衣裳，藉以表達他們的叛逆情緒。與此同時，女性運動也趁機抬頭，以男性為中心的傳統文化受到了空前的挑戰。一九六九年凱特．米利特（Kate Millet）出版了她的名作《性政治》（*Sexual Politics*），掀起激進的女性主義浪潮，性別意識升至政治層面，兩性關係被看成政治關係。美國女人第一次有了空前的解放（包括性解放）意識和平等的地位，很多女性潛在的才能也因此得到了充分的發揮。然而，這些新的性別意識卻影響了目前的男女關係，也把社會引向了新的問題。此外，無數的性騷擾條例和事件也使目前的美國人感到十分困擾。這是當初我們在一九六〇年間所難以想像的。我在本書那篇題為〈性騷擾與《屈辱》〉的文章中便談到了這方面的問題。

同時，這些年來美國城市中的暴力事件似乎有增無減。隨著多元文化的進展，社會中產生了許多新的摩擦、不滿情緒、和偏見。學校裡工會的逐漸強大也給美國教育界帶來了前所未有的困擾。

然而，即使美國社會不斷在變化，美國人秉持的基本精神，也就是我所強調的「美國精神」卻一直能與時為新，根基不變。時至今日，美國人仍喜歡討論他們所謂的「Americanness」（美國特質）：一種以開國先賢佛蘭克林（Benjamin Franklin）等人為代表的苦幹、樸實、敏捷、積極、主動、熱愛公務、勇往直前的精神。根據我多年來的觀察，大部分的美國人仍堅持自由和公平的信念，很多美國民眾都在努力工作，積極服務，以不同等方式為社會做出力所能及的奉獻。特別是為社會捐贈大筆資金的優良風氣，最使我感動，這就是我寫《捐贈與審美》和《卡內基的閱讀精神》那兩篇文章的起因。美國人之所以能秉持這樣的公德心，顯然和他們的移民性格有一定的關係，他們的祖先多半是來自外國的移民——當他們剛抵達美國時，身上大多一無分文，但後來卻經過百般奮鬥而終於擁有了一切。所以，他們願意為這個曾經接納和拯救他們的社會付出貢獻，以為回饋。也因為如此，幾乎每個美國父母都向他們的子孫傳下了一段動人的移民故事。

本書設法從各種不同的方面來捕捉美國人的精神特質，大部分篇章都以個別的人物或事件為主，因為我相信生動的實例要比理論更有趣，也更令人信服。為了讓讀者做某種文化上的比較，我還加上了兩篇「附錄」——這是因為，這兩篇多加的文章都與傳統或現代的中國精神有關，足以和美國精神相比美。

在撰寫本書的過程中，我屢次得到朋友康正果和陳淑平的批評和指正，在此特別向他們致謝。同時，我也要謝謝外子張欽次給我在各方面的幫忙。此外，李奭學、牟嶺、唐文俊，周劍岐、廖志峰、陳效蘭、張宏生、劉劍梅、王瑷玲、錢南秀、黃麗娜等，以及其他許多朋友親戚們也都在關鍵的時刻給了我幫助，我要謝謝他們。還有，收在這裡的文章大部分已先在報章雜誌中出現過，後來才略為修改收入本書的。在此我要感謝以下的諸位主編——他們分別是《聯合報》副刊的陳義芝，《世界日報》副刊的田新彬和吳婉茹，《青年日報》副刊的李宜涯，《世界週刊》的蘇斐玫，《自由時報》副刊的蔡素芬，《宇宙光》的邵正宏，《書城》的凌越，和《萬象》的王瑞智。最後，我要再次向九歌出版社的總編陳素芳致謝——若無她的屢次幫忙和督促，本書就很難及時問世了。同時，我也對執行編輯陳慧玲獻上衷心的感謝。

二〇〇六年八日三日，寫於耶魯大學。

《我看美國精神》大陸增訂版自序

本書的簡體字版能順利在中國大陸出版，首先要感謝九歌出版社的蔡文甫、陳素芳、林秀憶等人的支持和努力。當然這也和中國人民大學出版社諸位同仁的熱心幫忙有關，我因此也要衷心感謝他們。

六十多年前，當二次世界大戰還在進行中時，我出生於北京。兩歲時隨父母遷居臺灣，再往後又輾轉移民美國。浮生奔忙，大半輩子已在美國過去。在這本《我看美國精神》的集子中，所收短文就是有關我多年來身為美國公民的見聞和思考。

首先要說明，本書所寫的「美國精神」僅反映了我個人的觀點。美國文化千彙萬狀，且一直都在變化之中；本書所言，不過管窺蠡測，略見其一斑而已。如果說書中文字還有其獨特的一得之見，可以說那就是我從人文關懷的角度所力圖勾繪的「美國精神」。我在美國這個移民國家中經歷了做一個移民的酸甜苦辣，因此對新舊移民中某些人物的事蹟特別關注，寫他們的成就，也正是訴說自己受到的啟發。例如，美國移民卡內基的故事尤其令我感動；他一生以自我奮鬥、追求人文理想為目標，身為一個舉世聞名的首富，每天卻活得十分安靜質樸，總是不忘讀書、不斷思考。他曾經說過：「人活著不止需要麵包。我親眼看見有些百萬富翁因缺乏人文精神的滋養而面臨人性的饑餓；相反，有些所謂的窮人卻在精神上十分富有，遠非百萬富翁可及」。我以為，這種對於「富有」和「貧窮」的嶄新定義乃是最好的一種「美國精神」，也是在金錢變得越來越重要的今日中國，對各位讀者特別富有教益的的聲音。

我的美國朋友布里查常對他的學生說：「應當記得，你們所有活動的真正目的是為了求得智慧，不是為了忙碌。」在生活節奏日益加快、很多人都傾向隨波逐流的今日世界，如此恬淡的勸誡便顯得特別發人省思。它告訴我們，真正有意義的人生應當讓我們滋長心靈的豐富，即使此身處於學習和工作的繁忙中，此心也應保持寧靜的沉思。在本書中的其他篇章中，我大都是以這種個人親身的見證來闡釋我所認識的一些美國人在日常生活中的態度。

我當然不是說，美國什麼都是好的。與其他國家相同，美國也有許多嚴重的缺陷和危機，其中最受批評的就是日漸輕浮的大眾文化。但美國畢竟有其深厚的人文傳統，有其對人的基本尊重和關懷，以及對工作的嚴格要求等。因此，我所見證和得益的「精神」也就植根于此一深廣的傳統。

這本書將在我的出生地——北京——出版，令我特別感到欣喜。我希望能從故鄉的讀者群中得到某種文字上的共鳴。

二〇〇七年四月

《親歷耶魯》自序

這本隨筆集大都有關我在耶魯教學和生活的心靈故事。我在耶魯教書已有二十七年之久。回憶一九八二年剛抵達校園的第一天，我的耶魯同事傅漢思（Hans Hermannt Frankel）教授就送我一本詩人賀蘭德（John Hollander）的新著：《詩律的理念》（*Rhyme's Reason: A Guide to English Verse*，一九八一年由耶魯大學出版）。那本書很有啟發性，它教導讀者如何把內心的思想和情感用「詩」的方式表示出來，而最富於詩意的情境就是一種「自我描述」。後來我認識了賀蘭德（他是耶魯英文系的教授），彼此成為經常討論詩歌的朋友，而且還同住在一個名叫「木橋」的鄉村裡。他給我的影響很大，使我深刻體會到，寧靜與省思乃是個人生命中的最佳補藥。

對我來說，生活中每一刻的思考都是一種享受。盧梭（Jean-Jacques Rousseau）在他的《懺悔錄》（*Les Confessions*）中曾說：「真正的幸福是不能描寫的，它只能體會，體會得越深就越難加以描寫」。但我卻喜歡沉陷在描寫的樂趣中，喜歡試圖捕捉那偶然超越了現實局限性的詩的境界。耶魯的校園很美，正好讓我能享有思考的空間。我最喜歡獨自坐在校園裡的石台階上，一面通過四周的寧靜來打開我的心靈空間，一面　思想那種獨處的豐富感。我的許多作品都是在這樣的「上下文」中寫出來的。

然而，本書所有的篇章都在我的潛學齋裡寫成。這個書齋原是多年前父親為我命名的，不論我住到何處，不論房子大小，我的書房都叫「潛學齋」。如今雙親均已過世，讓我更加珍惜父親為我所寫的「潛學齋」遺墨。尤其是，父親在「潛學齋」三字下的附言「康宜敦品勵學」令我終生難忘。我必須繼續努力修養自己、不斷學習、不斷積累人生的閱歷，才不致辜負我父母的期望。

最後我要向我的丈夫張欽次表示最大的敬意。他為這本書付出了許多時間和心力，還為我搜集各種資料、幫助拍照、解決電腦問題等。所以我必須向他獻上感謝。

二〇〇九年一日十二日，寫於耶魯大學。

《孫康宜自選集：古典文學的現代觀》自序

本書之所以能順利出版，首先要感謝上海譯文出版社的趙月瑟、張吉人和范煒煒，以及復旦大學的曹營等人的鼓勵和幫助，是他們的熱心和執著才使其終於如願地完成。同時，我也要感謝張健、康正果、張輝、黃紅宇、金溪和傅爽將我的多篇英文文章譯成中文。此外，也要向寧一中、段江麗、錢南秀、張文靖和李懷宇表示謝意，讓我能在這本書中加入與他們的談話錄。所有這些無私的幫助都讓我深受感動。

首先要說明的是，在美國漢學界做學問，一向都偏於專攻某個時代（例如專攻漢代文學、唐代文學、宋元文學、明清文學、現代文學等）或是某個特定的文體（如專攻古典詩詞、元明清戲劇和小說、當代小說等）。當初我在普林斯頓大學攻讀博士學位時，所受的就是這種規範的漢學教育。但後來自己搞研究，越走越遠，竟漸漸走出了舊有的設限。可以說，從一九八〇年初以來，我的研究發展路線一直是曲折而多變的，有時連我自己也始料未及。因為我喜歡從事文學「偵探」的工作，在研究中常有邊走邊發現的樂趣。這就像登山途中這山望著那山高，一個「新發現」會引來另一個新發現，峰迴路轉，又是柳暗花明的一個新村。比如我起初是研究十九世紀英美文學的，但後來卻轉而研究中國詩詞。近年則轉為性別研究和明清研究。

最近幾年來，由於主編文學史的緣故，卻又愛上了填補文學史空白的工作。本來傳統的文學史就存在著許多盲點和空白。就拿有明一代的文學來說，至少在西方漢學界，就明顯地存在著偏重晚明而忽視前中期的問題。這一失衡的文學史敘述通常多在強調一五五〇年之後的明代文學多麼重要，而在此前的近二百年間，似乎都無足稱道。但事實遠非如此；無論在政治上還是文學上，明初和中葉的文學都很值得重新審視。所以最近幾年來我也努力花工夫研究這一段長期受忽視的文學史。

我主要希望藉著這種填補空白的嘗試，將來也能引起同行的興趣，進而促成更加深入的探討。同時，經過這種實際操作，也可以使自己逐漸走出漢學界那種墨守成規的設限，進而踏入了跨國界文學的文化領域。例如，瞿佑（一三四七－一四三三）及其《剪燈新話》在明初乃至其後的遭遇正好給我的探索提供了一個案例。有關瞿佑，我已寫了長文，其中牽涉到明初文人的命運及其作品的遭遇和政治涵義等。在該文中，我從接受史的角度來重新探討瞿佑的《剪燈新話》。《剪燈新話》是中國小說史上第一部被查禁的小說，也是最早具有跨國界影響力的中國古典小說集。它從十五世紀開始就風行於韓國，後來也一直在日本和越南盛傳，然而唯獨在中國，反隨著時間的推移漸趨淹沒。該書之所以長期在中國境內被遺忘，追根究底，實與它曾被明朝政府查禁有關。然而，不可否認的是：瞿佑是一位極具魅力的作家。雖然當他在世時，由於明初官方思想的嚴禁，他並未享受一個「名家」所應當享受的愉悅和滿足，但在他身後，他的文學聲音卻傳播到海外諸國，使得《剪燈新話》成為異國的經典，因而終於被典藏下來。足見命運還是公平的：文人雖然生前遭遇迫害，但在身後可以借著文學作品變得通達。據我的考證，《剪燈新話》的故事情節之所以特別受東亞諸國的讀者的歡迎，乃是由於其敘事上的當代背景。由於他所寫的故事多半發生在元末明初，故對戰亂所造成的傷亡尤多紀實的描寫。讀這些故事，讀者很容易讀出作者瞿佑反對窮兵黷武的聲音，以及那直率而生動的文字所傳達的凜然正義。同時，由戰亂而引起的人間悲劇也特別令讀者感動。巧合的是，當《剪燈新話》在韓國、日本、越南等國開始盛行的時候，也正是這些國家剛經變亂、還在動盪不安的期間。

從研究瞿佑的過程中，我深深體驗到，我們今日有必要把文學作品放在「過去」的時代背景來重新考慮。古典文學研究本來就是一種瞭解過去的方法，因此我希望借著研究文人作品的文學性與其時代性，能對「過去」又多了更深一層的理解。除了瞿佑以外，我近年來還撰寫了有關其他明清作家（如楊慎、錢謙益、袁枚、龔自珍）的單篇論文，全都收入本書中。

另外，由於對於「過去」的重新關注，我也慶幸自己能對清末和民國以後的文學史作了一些「補白」的研究工作。例如，在一篇有關金天翮（一八七三－一九四七）的文章裡，我曾討論金如何發揮蘇州人以詩證史的強烈抒情聲音——那是自明初詩人高啟（一三三六－一三七四）以降，蘇州在世人心目中所代表的一種以詩歌見證人間苦難和當代重大歷史事件的文學聲音。在目前的學術界裡，大多數的學者只記得金天翮那部鼓吹女權的先驅作品《女界鐘》（初版於一九〇三年），但卻忘了在當時的時代裡，金的革命思想和詩文創作曾風靡一時。而且在跨國界的文化交流上，金也作出了一定的貢獻。例如，金是宮崎滔天（一八七〇－一九二二）的著名自傳《三十三年の夢》（孫中山序）的中譯者。此外，金主要還是因為受英國思想家約翰·斯圖亞特·穆勒（John Stuart Mill）的名作《婦女的從屬地位》（*The Subjection of Women*）的影響才寫出《女界鐘》一書，從此大力提倡女子教育是中國自救自強的關鍵。不幸的是，儘管金的作品在許多方面具有開風氣之先的前驅意義，今天它們大都已經湮沒於時間的長河。也許在很大程度上，這是因為五四新文化運動的開創意義被過分誇大。事實上，正如拙文所展示的，在五四運動之前的幾十年裡，金天翮已經提出了許多五四運動的中心議題。更需要檢討的問題是我們對於近代轉型期文學的總體忽略。金天翮這樣身處大時代轉型時期、兼作舊體文學和新文學的作家很容易被當代學者所遺忘，因為在許多人看來，在傳統和現代性之間存在斷裂的鴻溝。

有鑒於此，我特別在本書開闢一個「在傳統向現代轉捩點上」的部分（第三輯），讓讀者也能思考這一方面的問題。除了金天翮以外，我也特別撰寫一文，論及有關臺灣「第一才子」呂赫若的古典和現代情懷，以及他所經歷的政治悲劇。同時，我也收入我最近所寫的一篇有關一九四九年以來崑曲演藝在海外的傳播及其與文人文化的關係。在此六十年離散又聚合的傳承綿延中，著名曲家張充和女士則起到了一條紅線穿起來的作用。在曲學的精神方面，張女士一直傳承了曲學大師吳梅先生的「文化曲人」的傳統——那就是崑曲與詩書畫三絕融合為一的傳統。而一九四九年以後的海外崑曲——無論是在美國或是臺灣——尤以吳梅所代表的文化曲人傳統最為人稱道。但這個傳統並非憑空就在海外產生的，在很大程度上，它是張充和女士和其他文人在抗戰烽煙的大流離中（一九三七－一九四五）所建立的崑曲文化之延續。尤其是張女士以一代才女的角色東奔西走，風雲際會中聚合了眾多曲人，傳播了藝苑佳話。因此我的文章主要在講述了一代曲人如何弘揚了華夏美聲的海外樂章，同時也表現出中國文化隨同華人一起走向世界的生命力。

總之，在研究學問的旅程中，我發現自己一直是個尋求新知的「學生」，一直在努力尋找、努力學習，也一直在試驗中。如果說，還有什麼貢獻的話，那也只是在趁著給自己增長見識的機會裡，姑且為文學史作一些補白的工作而已。

最後，趁這次出版的機會，我特別收入三十多年前家父孫保羅為我的一篇英文學術論文所作的中譯稿，今附錄於此，以饗讀者（又承蒙趙鵬飛女士將父親手稿整理列印出來，特此致謝）。尤其在雙親相繼去世後，又出了這本學術論文集，也算是對他們最好的紀念了。

二〇一〇年八月，寫於耶魯大學。

小題亦可大作：談《張充和題字選集》（編者序）

有關這本書的緣起，首先要從去年耶魯大學舉辦的「張充和題字選集」書展說起。為慶祝著名書法家張充和女士的九十六歲生日，校方特別舉行了這個盛大的書展，同時也請來紐約海外崑曲社的諸位同仁（包括陳安娜、尹繼芳、鄧玉瓊、史潔華、蔡青霖、王泰祺、王振聲、聞復林等人），在開幕式完畢之後，他們和充和女士共同演唱了崑曲。後來我的耶魯同事康正果即興賦七絕一首：「筆走龍蛇映暮霞，曲喉歌韻自清嘉。書人起坐呈書態，古樹春來又綻花。」）

書展中所展出的「題字」大多是充和女士為各種書本封面所題的書法（即書名）。在中國，書籍出版一向很講究書法的裝飾作用，封面題字直接便構成了書籍裝幀設計的重要部分。眼前的書法展也可視為書的展覽，是那些娟秀的書法讓不同的書籍亮麗出各自的風貌。題者，面目之謂也，作為一個著名的書法家，充和那各具形態的題字可謂給不同的書籍賦予了各自的神容。

記得當初我和充和提起耶魯大學要為她舉行一個「題字選集」書展的構想時，她半開玩笑地說道：「嘿，我的那些題字啊，簡直是小題大作了……。」

其實，充和那句「小題大作」正好說中了她本人的書法特色。我以為，充和的書法之所以如此卓越而又獨具風采，乃因為她一直本著「小題大作」的精神在努力創作。每次有人向她請求題字（哪怕只是幾個字），她都一絲不苟，費心地去打好長時間的腹稿，進而又像打草稿那樣在紙上寫了又寫，試了又試，直到寫出了氣勢，調整好佈局，自己感到滿意之時，這才濃墨淡出，一揮而就，交出她最佳的一幅。多年來，她總是堅持自己磨墨，要磨到墨水的濃淡程度夠了，才能開始盡興地下筆。因此，即使是一個短短的題字（小題）也必須經過持續的努力（大作）才能完成。所以，我以為「小題大作」一直是充和的基本創作方式，不管寫什麼字，不管給誰寫字，只要是從她筆下寫出的字，每一個字都灌注了她平生習字的全部精力。這樣的題字，不是大作，還能是什麼。

不久前有位大陸的朋友李懷宇向充和求「悠然居」三個大字。對於這幅題字的佈局，充和在心裡早已構思了許多天，但她一直感到頗難下筆。直到有一天半夜裡三點鐘左右，突然醞釀成熟，她於是立即起床，花了一個鐘頭的時間磨好墨，經過幾次試筆，最後在清晨才完成了一幅滿意的題字！那天早上充和打來電話，我十分興奮地趕往她家去看那幅字，果然是神來之筆。後來，李君收到書法，十分欽佩，來信寫道：「以前見充和女史的小字，覺得天下無雙，今見大字，大氣淋漓，更是一絕。」

其實，充和所有的書法作品都是經過這樣持續的醞釀和努力才寫出來的。據說，充和為沈從文先生過世後所寫的輓聯（包括她的詩和書法），也是在三更半夜時突發靈感，獨自爬起來磨墨、寫字，才終於完成的作品。那幅輓聯被認為是從文一生的最佳寫照：「不折不從，亦慈亦讓；星斗其文，赤子其人。」巧合的是，這個深夜趕出來的刻骨銘心的輓聯卻無意間把沈先生的名字也含在裡頭了——這四字句的結尾居然是「從文讓人」四個字，畫龍點睛地突出了他那謙和忍讓的人格。

這些年來充和陸續為《沈從文全集》、《沈從文別集》所寫的很多封面題字，也都可視為是那幅輓聯的連續。每次面對從文先生的書籍封面，看到充和的題字，我總是會受到震撼。在那些秀逸的筆畫間，誰知道凝聚了充和多少中夜的苦思和揮毫的心力。

還有，充和為他的書法老師沈尹默先生的「詩詞集」和「佚詩」所題的封面，也特別令我愛不釋手。

不久前充和又為即將出版的《余英時談話錄》和《許倬雲談話錄》等書寫了封面，讓人感覺到充和的書法已到了爐火純青的化境，每一個字都像一副面孔，或眉清目秀，或啟唇欲語，在紙面上呈現出各自的神容。

在為充和準備耶魯書展的過程中，我每每面對那些各呈神容的題字而愛不釋手，莫可名狀的感受惟有訴諸輕輕的嘆息。心想：開完書展之後，若把那些美妙的題字彙為一編，印成書出版，讓天下的書法愛好者共用我那難言的美感，那該有多好。於是有一次我問充和：「您的這些題字，可以集成一本書嗎？」聽到這問題，她的眼睛亮了。後來她才笑吟吟地說道：「我一生給人題字，究竟一共題了多少，我自己也從來沒算過。一般說來，我很少留下副本，所以很多題字都要到圖書館去找。但至少我可以說，單單我所題的書的封面，是可以集成一本書了！」

我終於能幫充和找出了她的許多題字，且編成了這樣「一本書」，也算是了卻了我的心願，為人間留下了這冊美典。除了上述的題目真跡以外，我在充和處還發現了她不少自作詩詞手書、工尺譜和條幅等，所以忍不住也選了一些，收在這個選集中，與讀者們分享。

必須說明的是，在收集充和題字的過程中，我的丈夫張欽次付出了大量的時間和精力，他不但為我到處找書，而且還幫助拍照、掃描的工作。從很多方面看來，他是與我合編這書的人，所以我非常感謝他。

在編注此書的過程中，我曾得到以下朋友們的大力幫助，在此一併致謝。他們的名字分別是：余英時、陳淑平、康正果、蘇煒、李唐、李懷宇、寧一中、段江麗、Ellen Hammond、蘇源熙、Victoria Wu（吳禮蘭）、馬泰來、陳志華、章小東、孔海立、邵東方、白謙慎、王瑷玲、夏曉虹、陳平原。

此外，我和充和女士要特別感謝董橋先生和牛津大學出版社的林道群先生，是他們的熱情幫助直接促成了當初繁體字版在香港的初步發行。同時，我們也要向廣西師範大學出版社的曹凌志先生獻上感謝，沒有他的熱心和創意也不會有這本簡體字「擴大版」的出版了。

二〇一〇年一月

《耶魯潛學集》自序

這本《耶魯潛學集》的編成，首先要感謝黃進興博士的啟發與鼓勵。幾年前讀過他的《哈佛瑣記》（筆名吳詠慧），對於他描寫在哈佛六年的所見所聞，非常佩服。他那書是心靈的記錄，也是求知過程的見證，更是一段寶貴的文化史。更重要的是，他以一種寫小說的筆法把學術及思想經驗很生動地寫出，使人感覺到生活即是學問，學問即是生活。讀了《哈佛瑣記》，使我悟到一個寫作的祕訣——那就是，學術作品要以作家的寫作精神來寫、來思考、來創新。

本書題目的前半截「耶魯」無疑是對《哈佛瑣記》的有意模仿。雖然本書中有些文字並不直接涉及耶魯，但大多代表我在耶魯執教十多年來的心得（及趣聞）。耶魯與哈佛一向擁有「友情」的傳統關係，而人人在評論美國諸大學時，總是習慣地把這兩個大學相提並論，其中最有象徵性的書就是Diana DuBois所編的那本《我的哈佛、我的耶魯》（*My Harvard, My Yale*），書中分別由二十四位校友描寫他們對二校的印象，並順便觸及美國從一九二〇年代到一九七〇年代的文化現象。如果說，哈佛校訓是「讓真理與你為友」，那麼耶魯的精神就是「詩的精神」，一種對「人的言辭」的尊重與信仰。因此，我特意把〈耶魯詩人賀蘭德〉那篇作為本集的第一篇。

顧名思義，本書所選文字以我到耶魯後所著為主。但為了存留一點過去的「痕跡」，我也選了兩三篇與母校普林斯頓大學有關的舊作。回憶一九七〇年代在普林斯頓讀書做事的期間，那段日子確是我一生中最用功的時期，也是極安靜的時期——恰好與耶魯年代的「活躍」成對比。每當我思考個人生命與際遇的密切關係時，就會不知不覺把我們所選擇的學府看成一種重要的生命隱喻——人生到達什麼階段，就會渴望與什麼學府相聯繫。而每個人都會有他自己的選擇，在選擇的方式上也因人而異，因時而變。這使我想起余英時教授對我說過的話。他說他年輕時在哈佛執教，中年時轉到耶魯，在耶魯工作十年後又轉到普林斯頓——這正好代表他人生過程的三階段。他一九八六年剛決定由耶魯轉往普林斯頓時，曾經寫詩表達這種個人抉擇的傷感——詩中有「桑下自生三宿戀，榆城終負十年緣」等寓意深刻的佳句。如果我們把余英時教授的「學府比喻」來加以發揮，則黃進興博士的《哈佛瑣記》與拙作《耶魯潛學集》都可視為象徵我們人生階段的寫照。

本書題目的後半截「潛學集」既取自我的書齋之命名，也有自勉之意。來耶魯之際，正好是我步入中年之時，自然在心靈上很需要找到一個生命的全新定義。將自己的新書齋命名為「潛學齋」，也是勉勵自己去潛心學習人生之意。因此潛學齋也是我沉思、面對自己的地方。最近有一位朋友說得一針見血：「對於任何一個人，在一天的哪怕一小時中，獨處、沉思乃是絕對必要的，不能沒有思想和情緒的沉澱，不能沒有面對超越日常生活之外的一個存在……之時刻。」

我必須感謝許多師友在我的潛學過程中給我許多啟發與激勵。我特別感謝恩師高友工教授，他是第一個鼓勵我用中文撰寫短篇散文的人。此外我也要謝謝許多朋友及讀者的鼓勵——尤其是張靜二、林順夫、鄭愁予、鄭培凱、白先勇、柯慶明、康正果、魏愛蓮、林玫儀、李奭學、黃麗娜、鍾振振、藍順仕等人。周策縱與施蟄存教授為我指出錯誤，不遺餘力；嚴志雄、陳淑平與王瑷玲多次供給研究資料，都令我感激不盡。簡菱儀在俄國文學資料方面給我不少幫助，藉此聊表謝意。此外，我必須感謝痙弦、潘耀明、金恒煒、邵正宏、周匀之、許悔之、劉夢溪、楊澤、廖咸浩、陳幼石、劉青峰等主編先生的鞭策，若沒有他們的熱心幫助，這裡的許多篇文字都不可能及時寫成。

我還應該向允晨文化出版公司的主編李怡慧女士及執行編輯楊家興先生特致謝忱：他們的專業經

驗幫我省去許多麻煩。此次承蒙允晨公司許多工作人員的關切與幫助，我深感榮幸。

最後，我要向外子張欽次獻上最高的敬意與感謝——多年來他賜給我一個安定的生活與心靈的空間，使我能在潛學齋裡放心地求知與構思。

一九九三年十一月

《耶魯潛學集》大陸增訂版自序

本書原由臺灣的允晨文化公司於一九九四出版。現在增訂本之所以能順利在大陸出版，全得力於黃進興、陳俊民、高經緯、劉明琪四位先生的合力推進，因此我要首先向他們表示感謝。

這個「增訂本」的確增訂了許多，其中僅散文就比原來的臺灣版多出近作二十多篇。而詩歌部分更有全盤的改動；不但刪去了英文部分也另加了不少新作。無論如何，所有的增訂都遵守了一個原則：那就是，以我在耶魯的教學心得及文化省思為主。同時，我想藉著這個增訂本讓讀者更加瞭解美國常春藤大學的基本精神，希望描述它們如何通過通才教育來培養獨立的個人（不論是學生或是師長），全面發展自身的思考潛力。當然本書只是以抒情小品、書評、文化遊記及詩歌的形式來間接地「描述」這種大學文化的現象。但我相信，在某一程度上，這種不拘一格的體裁似更能觸發讀者的想像與共鳴。

在我多加的二十多篇近作裡頭，其中有很大部分涉及美國學院派裡日漸發展的女性意識，以及多元文化與大眾認同的問題。在中國很少有人知道，其實像耶魯、哈佛、普林斯頓這樣重要的常春藤大學，一直要到一九六九年才正式招收大學部女生。三十年前，這些名校確實是「男權」為主的學院派象徵。但這些年以來，由於女學生的大量入學，傳統的信念受到空前的挑戰，以致於大學教育的定義也得到了具體的擴充與更新。所謂「通才教育」已不只是指培養個人全面的推理和感受的能力，它同時包括對「性別意識」的悟性；它教人發展對異性（或同性）的平等關係的倫理哲學。這些年來，「性別觀」已成了大學裡的文化主題；人們所要培養的是走向二十一世紀的「完整」的男女知識份子。

我自己最近曾到哈佛大學做過一次有關性別意識的演講——題為〈中國古典情詩的性別觀〉。雖然講的只涉及中國文化的主題，但對目前美國文化的熱門問題，無疑是一個直接的呼應。為了讓讀者對美國大學之間的思想交流有一個更深刻的瞭解，我特別把哈佛的張鳳女士對這次演講的一篇報導收在本書的「附錄」中。我要感謝《世界日報》副刊的田新彬女士授權予以轉載此文。

最後，我要在此寫下對母親孫陳玉真女士（一九二二—一九九七）的深切懷念。近年來我所寫的許多篇有關女性問題的散文，很大部分得自她的鼓勵和啟發。記得一九八三年她曾來耶魯大學參觀畢業典禮的遊行，在人群中她突然瞥見穿禮服的我與無數男女教師學生走來，她很自然地發出一個會心的微笑。事後她告訴我，她是在為耶魯的「男女合校」而高興。至今我仍保留著一張當天拍下母親微笑的紀錄相片，我把它取名為「母親的喜悅」。現在我要鄭重地把本書的增訂本獻給我敬愛的母親。

一九九七年十一月二十九日，寫於耶魯大學。

《耶魯性別與文化》自序

本書的緣起有其「近因」也有其「遠因」。近因是：本書的寫作，從最初的命題、文章的取捨到各篇的結集，全是上海文藝出版社的陳先法先生一手給「逼」出來的。還記得一年多前的一個晚上，我突然接到陳先法先生從上海打來的電話。陳先生希望我能就耶魯大學和美國文化、學院情況為題，寫一本散文兼評論集，作為他正在構想的「名校文化叢錄」的一部分。他說交稿時間為半年以後。我當時向他說，我會考慮，但因教學責任太重，加上學術論文稿債太多，大概很難辦到。

然而，不知怎的，當天夜晚一直難以成眠。我在想，自己多年來把大部分時間和精力都花在學術研究上，現在何不利用機會「逼」自己寫出更多的散文來，何況耶魯大學正是自己將近二十年來最為熟悉的地方。幾年前在那本《耶魯潛學集》的拙作裡，自己確曾花過工夫寫了一些圍繞著耶魯生活的隨筆散文，然而書中對耶魯的「直接」描述並不多，也很少涉及耶魯的校史或流傳的軼事等。在那本書裡，與其說耶魯是著墨的重點，還不如說它僅代表一個空間，一個供我馳騁想像的空間。現在我終於有一種書寫「耶魯」的欲望，我想重讀耶魯的傳統，想用散文的方式把它呈現出來。

於是，我立刻接受了陳先法先生建議的寫作計畫。我很感激陳先生加給我的「壓力」；如果不是他的催促，我絕不會停下腳步來閱讀許多有關耶魯校史的材料。這些文字記載，作為廣大文化記憶的資源，給了我強烈的歷史背景，使我無論在知性或感性的沉思中都有了一種根深蒂固的歸屬感。多年來我一直嚮往的就是這種擁抱歷史的回歸意識；可以說，這個久藏內心的嚮往也正是撰寫此書的「遠因」。

耶魯的魅力所在，也許正是它的歷史傳統。作為擁有三百年歷史的學校，它一方面在新文化中尋求自我調整和變化，卻同時也極力保存著長期歲月的漫長積累。在美國大學中，耶魯一直以傳授古典課程而聞名。不管它多麼重視現代潮流的發展（許多文學批評的新風潮總是先由法國吹向耶魯，再由耶魯傳向美國各學院），但它絕不會忽視原有的古典傳統。所以，在耶魯學習和任教，你往往會有很深的思舊情懷。

到耶魯任教以來，我一直以研究中國古典詩學為己任。然而在跨學科逐漸變得複雜的今日，我所採取的研究方法也自然是跨學科的。一般說來，我們這群有志於傳播古典文學知識的人其實是站在現代與傳統界線上的邊緣人——對於我們，傳統或是現代、古典或是俗文學、古代東方或是現代西方，其間的界線已經逐漸模糊起來了。換言之，何謂傳統何謂現代，已經變得無甚緊要了。重要的是，我們要用現代的批評眼光來「重讀」古典文學——不論是東方的或是西方的、不論是男性的或是女性的。因此之故，我在本書中也收入了一些自己在耶魯執教以來所寫的學術論文。

另一個側重點則是「性別」與文化。近年來在美國大專院校中，性別研究早已成為最熱門的研究課題之一，而這種文化傾向也自然改變了研究學問的方法論。例如，耶魯的「性別研究」手冊聲明其宗旨為「通過新的研究材料來努力批判現有的歷史、理論、文學，並企圖建立新的研究模式和概念」。所謂「批判」就是批判傳統的性別偏見；所謂「建立」就是重建兩性平等的價值觀。在這一方面，我也做了不少研究，所以就把有關的文字也收在這個集子裡。總的來說，收在這裡的篇章大多可視為某種意義上的「心史」。

在此我要特別感謝王瑷玲博士、錢南秀教授和皮述平女士的幫助；她們把我的幾篇英文論文譯成中文，使本書增色不少。她們對翻譯的熱心與忠誠，永遠令我感動。同時我也謝謝陳淑平女士和吳盛青小姐給我不斷的鼓勵。

此外，我的博士班學生兼研究助理萬小器先生，曾在收集材料方面給了我許多幫助，我衷心向他獻上感謝。

一九九九年八月，寫於耶魯大學。

《耶魯性別與文化》臺灣增訂版自序

最近幾年來，以世界名校為背景的隨筆散文愈來愈受到廣大讀者的歡迎。例如，社會學家金耀基所著有關劍橋大學與海德堡大學的兩部《語絲》，歷史學家黃進興的《哈佛瑣記》等都在台海兩岸獲得了很高的評價，而且不斷再版，形成了一股特殊的文化風潮。不久前，北大中文系教授陳平原在他的近著《老北大的故事》中特別將拙作《耶魯潛學集》（一九九四年，臺北，允晨文化初版）和以上諸書並列，且進行了深刻的討論與比較，無形中我發現自己也成了撰寫這種隨筆散文的「專家」了。

不過我一直意識到《耶魯潛學集》仍有不足之處：其中之一就是，對耶魯的直接描述還不夠多，特別在校史及其流傳逸事上少有涉及。這樣的自覺正好堅定了我要寫出更富「大學文化」色彩的作品的決心。於是漸漸地我有了一種重新書寫耶魯的欲望。我想重新闡釋耶魯的傳統，重新勾勒其人文特色，並希望能以感性兼知性、情趣兼理趣的散文體把自己在校園裡的沉思心得表達出來。對於一向沉浸於學術研究的我，現在要逼迫自己在百忙之中停下腳步來從事散文寫作，談何容易！然而後來一旦深入了文化省思的散文世界，我終於感受到了如魚得水的樂趣。在這同時，上海的陳先法先生以及美國的陳淑平等友人也都先後鼓勵我盡快地寫出這一類的散文篇章。

收集在本書中的就是最近四、五年來在這一方面的筆耕收穫。顧名思義，《耶魯性別與文化》不僅涉及了耶魯與文化思考的關注，也同時包括了有關性別的討論。為何選擇這樣的題材？這是因為在美國的常春藤盟校中，耶魯實為最早提倡男女合校、又在「性別研究」方面遙遙領先的一所大學。

它早在七〇年代就成立了婦女研究系（即目前性別研究系的前身），並提倡以女性批評為主的跨學科研究。七〇年代正是耶魯的解構主義開始盛行之際，被譽為結構主義批評大師的保羅・德曼自然也影響了校園裡的性別研究。當時主要是保羅・德曼的幾位女博士生合力把正在流行的女性主義引入了校園文化的中心領域。她們開始採用所謂「不同」的策略來進行「解構」傳統性別的偏見；因為她們以為，女性本來就不同於男性，所以在闡釋文學中的女性時，讀者必須採取一種有別於男性的視角，以免產生誤差。後來這種「不同」觀也隨之成為一般女性主義者所持的批評準則了。

從一開始，耶魯的性別研究就採取了跨學科的道路，所以它自然吸引了許多不同科系的成員。此外，它也一直堅持男女合作的傳統。還記得一九八二年秋季我剛抵達耶魯，當時早已有不少男教授——如米勒、威廉斯、萬斯達頓等人——加入了婦女研究系的行列。可以說，無論男女，我們這些以跨學科研究為己任的授業者都意無意間遵循了耶魯的「性別研究」手冊所標明的宗旨——那就是「通過新的研究材料來努力批判現有的歷史、理論、文學，並企圖建立新的研究模式和概念。」所謂「批判」就是批判傳統的性別偏見和短視；「建立」就是重建兩性平等的價值觀。這種新的視角不僅得自於女性本身的反思，更的乃是出於男性的普遍覺醒。在很大程度上，當初耶魯之所以能在常春藤盟校的「男女合校」之事上扮演如此重要的角色，實與兩性共同發展的開放視野有關。就如一九九四年耶魯校長雷文在慶祝男女合校的典禮中所說：「從她們進入耶魯大學的那一刻起，女性的影響可以說是無所不在。」由此也構成了「通才教育」的重新界定：新的通才教育不僅旨在培養學生在專業以外有獨立思考的能力，它更強調擴充兩性之間的平等概念，進而使受教育的個人脫離各種偏見和教條的束縛。

在這個尋求新的通才教育理念的校園中思考各種人生問題，似乎就成了我近二十年來的心靈故事。對我來說，每一刻的思考都是一種享受。盧梭在他的《懺悔錄》中曾說：「真正的幸福是不能描寫的，它只能體會，體會得越深就越難加以描寫。」但我卻喜歡沉陷在描寫的樂趣中，喜歡試圖描寫那偶然超越了現實局限性的詩的境界。我最喜歡獨自坐在寂寞的石台階上，一面通過校園的寧靜來打開我的心靈空間，一面捕捉那種獨處的幸福感。本書裡的許多篇章都是在這樣的「上下文」中所寫出的隨筆散文。

由於詩人隱地和柯慶明教授的熱心幫助，本書的繁體字版終於得以在臺灣及時出版。接到隱地先生來函的當天，正巧我與友人看完常春藤盟的橄欖球決賽歸來，我們誠心為耶魯榮獲冠軍的喜訊感到高興。尤其值得慶祝的是：將近一個世紀以前（公元一九〇〇年），耶魯的橄欖球隊也曾經戰勝了哈佛隊（以二十八比零的高分）。然而，另一方面，耶魯的勝利也促使我重新思考所謂「競賽」的真正意義。我認為，兩個對手之間的競賽確是培養雙方實力的必要過程。在這個競賽的過程中，「勝利」並非其最終目標；重要的乃是，藉著學習如何在獲得勝利的經驗，個人和團體之間能提高彼此的激勵與互動。我想，美國的常春藤大學之所以能長久地維持其雄厚的實力，或與對手之間的不斷競賽、不斷拼搏有關。

今日下午，對著斜陽，我又獨自一人走過布滿了落葉的「老校園」區，我再一次用欣賞的眼光眺望著四周的古典式建築。這時，從哈克尼斯塔樓傳來的鐘聲提起來特別響亮，那持久而動人的鐘聲使我想起耶魯三百年來的豐富積累，那種不斷努力、不斷磨礪的長期積累。

一九九九年十一月二十九日

《遊學集》自序

本書從寫作、結集到出版，全都得到隱地先生的幫助。首先，作為我那篇有關高行健散文的讀者，隱地於幾個月前來信說道：

> 此類文章，看來是您學術生涯之外另一條寫作路，值得找幾位人物續寫，讀書談人，將來會是一冊很有意思的書，何時寫成，交給爾雅，讓我們能再有一次愉快的合作機會……

收到隱地的信，既受到了鼓勵，也感到十分惶恐。我何嘗不願多寫一些文學性質的中文散文；只是我今年和往後二、三年的大部分時間都必須專注於英文學術論文的寫作，恐怕無法在短期內完成隱地所想要的集子。忽然間，一種無可奈何的心境籠罩了我。

後來我還是努力督促了自己，希望在忙碌的學術生活中，盡量找些時間來從事中文寫作。無論如何，我告訴自己必須向隱地看齊；在他忙碌的出版生涯中，他何時停過寫作？就如隱地在他的新書《我的宗教我的廟》中所說，「寫作已經成為我生活的一部分，而且是極重要的一部分，當寫作成為生活中的習慣，它就會成為一種享受……」

於是，我決定要培養出一種在忙碌的夾縫中從事寫作的「習慣」。我下決心每月騰出一些週末的時間來撰寫一、二篇，希望一年半載就能積成一部薄薄的書稿。從此以後，我每寫完一篇就寄給隱地。告訴他我想把這本小書取名為《遊學集》，因為這都是一些忙裡偷閒、以「遊」的精神寫出來的散文。後來，慢慢寫多了，發現自己沉醉於這種寫作的癮。無形中，寫作已經成了生活中一種必要的享受了。突然有一天，我意外收到隱地寄來的一小疊排印稿，其中附了一信：

《遊學集》前八篇已排出正校對中，共九十七頁，如果再寫四篇，可排至一六〇頁……

收到這份「有待延續」的排印稿，令我十分感動。自己好像已變成了一隻母雞，每下一個蛋，主人立刻就會來接。顯然主人是以極大的信心和耐心來對待這隻母雞，這裡面有期待，有鼓勵，有諒解，也有壓力。

不久，隱地又寄來兩篇散文排印稿。我知道，這本書就快要大功告成了……在這裡，我要特別感謝隱地。是他的「雞蛋」美學使我終於如期完成了我的寫作之夢。通過這種經驗，學到了寫作與「遊」的真正祕訣。我希望讀者也會喜歡這本小書。

二〇〇一年十一月五日，寫於耶魯大學。

序中譯本《我與你》（馬丁布伯著）

這深深影響了二十世紀，西方的哲學、神學、文學的巨著《我與你》，對中國讀者來說是陌生的。最大的原因是，沒有一本現成的中譯本。在中國知識分子的圈子裡，還普遍流行著一種莫名的過敏症——即對凡與宗教有關的東西均加以拒斥。這從西方人的眼光看來，是極幼稚的。在西方，懂文學的人不能不精研宗教、哲學；學哲學、神學的人也不能對文學陌生。這就是為什麼馬丁布伯（Martin Buber）的《我與你》（*I and Thou*）一書，雖涉及上帝的主題，卻成為二十世紀最重要的哲學、文學典籍之一。

許碧端女士鑒於此書的重要性，不怕艱難地著手翻譯此書（據英譯者 Walter Kaufmann 先生說，此書是不可能翻譯的）。書中許多語句涵義不明，文體像詩，連作者本人也承認不能百分之百解釋出其真義來。因此翻譯這書的確是一件吃力不討好的工作；除非擁有真正關切人類問題的心懷，不可能從頭逐字翻譯的。

讀者們將發現這個中譯本裡頭免不了有許多語義不明的地方——但那些都是忠實的翻譯。沒有一人能將《我與你》讀過一遍就了解全部涵義的；這是一本需要人仔細咀嚼的書。這是一本奇書，一本將人帶進宇宙奧妙奇觀的書。讀此書是一種真正生命的體驗；讀到後頭，你會發現你與書本已建立起「我與你」那極端密切的關係了。一般人對「自我」大概是極熟悉的。但不是每個人都有過「我與你」的真實感觸的。對許多人來說，「你」幾乎是不存在的。尤其在二十世紀的今天——人與人心靈隔絕的世代，個人普遍地孤立了。人開始學會封鎖住他的「自我」，對外界的感覺都機械化了。因此，我們交友總保持個距離，怕因觸到對方真實的「你」，而需付出太多的關注與精力。朋友病了，我們忙得無暇從自己的後院裡剪幾枝花送去；我們打電話給花舖，讓別人送一盆花到醫院裡去了事。於是，朋友只是個「它」，一個無性別的第三身代名詞。我們出高價，將年老的父母送往療養院，將寂寞的老年人關閉在世界的另一邊，拒絕與父母有「我與你」的關係，將父母逼成一個「它」。我們不再與人閒談，我們怱忙，我們賽跑，我們只信任電子計算機；將每個人化成一個個號碼、代名詞。我們再看不見隱藏在人類社會裡的問題，我們感覺不出人性的悲哀——我們只有理性，沒有情感。

這是一個普世的危機。在文化史上，西洋人將十六世紀取名為「文藝復興」時代，十七世紀為「新古典主義」時代，十八世紀為「復辟時代」，十九世紀前葉為「浪漫主義」時代，十九世紀中葉以後為「維多利亞」時代。我在猜想，當我們這一代逝去時，後人大概會將我們的廿世紀取名為「不合理」的時代吧！沒有「我與你」的關係本來就是不合理的，何況人類如此「普遍」地失落了，更是不合理。

馬丁布伯在前二章討論的是人與人的「我與你」及「我與它」的關係，及二者的區別。這是一套創新的哲學思想。今天 I－Thou 哲學已成為西方正統哲學的體系之一；幾乎所有關注於哲學思想的人都熟悉這名詞的。「Thou」一字是容易使人誤解的。第一個英譯本的譯者 Ronald George Smith 將德文的「du」字（意即「你」，英文的 You）譯成「Thou」，使許多人因此以偏概全，以為「I and Thou」只包括人神之間的關係。其實馬丁布伯的哲學基於人與人相互的關係上，是極富人情味的。直到第三章（最後一章），他才將此密切關係延申到人神的關係上。

從各方面看來，馬丁布伯的基督教觀是完全入世的。他說：「我看不出『世界』與『屬這世界的生活』能叫我們與上帝隔絕」，「凡是真實進入世界的也就是進到上帝那裡了。」他以為這種「我與你」的關係不是指「來生」，而是指我們目前這個生命，「不是指，『那邊的世界』，而是指我們這一個世界。」因為「唯有在上帝的世界裡，我們才能看見上帝。」而且「人與人的關係是人與上帝關係最確切的借鏡。」就在這一點上，作者說明了佛教的不完整性（雖然他相信佛陀深深了解這種『我與你』的神祕性）。馬丁布伯以為「佛陀的目的在乎『消滅痛苦』，消滅這段在形成階段與必經過程的痛苦，以期解脫輪迴與再生的孽運。」無論如何，出世的態度是無法讓人看見真理的，因為真理（那個真實的「你」）是屬現世的，是存在於世間「我與你」的現實交觸的。

一般人很難想像到，那全能的上帝居然也會感到孤獨，也會需要人類的愛。然而馬丁布伯不只一次地加重這個事實：「可是你知不知道上帝也需要你，在祂永恆的豐滿狀況裡，祂需要著你？……你需要上帝才能夠存在，而上帝也需要你……」作者曾表示，這樣完全地將上帝人格化「當然不是能完全形容上帝的本性的。」然而這種人格化「是可容許的，並且一定要說上帝『也』是『人』」才行。因為只有將上帝人格化，才更使人容易與造物主建立真誠的友誼。

因此人是單獨面對上帝的，然後才與祂建立起「我與你」的關係來。在許多情況下，這種無限融合的感情境界是在人類孤獨沉思的片刻達成的。作者說：「然而寂寞豈不也是一個入門嗎？有時候在我們極端孤單寂寞時，豈不也意外地領悟到什麼嗎？在與自我交往的片刻豈不也會奇妙地與神祕者幽會嗎？」當人真正與上帝有了「我與你」的親密關係時，「那被永恒的光所照耀的世界就會對他顯示出真實的存在，使他可以用『你』字與那存在中的存在交談。」

但也有人將上帝覷為「它」，將上帝「處置在物質的領域裡。」他關切的是那個「自我」，不是掌握真理的「你」。他追求的是自我的獲取，自我的快樂，不是那個睜著眼等著他的「你」。這是個「普遍」地失落了的「我與你」的世代！街頭巷尾滿是「它」的形跡，使人瞎了眼睛。讓我們伸出手來，脫下面罩來，迎接每一個可能的「你」，並接受那個最豐盛的「你」——上帝。

寫於美國聖路易城

序父親的《一粒麥子》

我的父親孫保羅多年來在美國各地教會事奉。一九九五年開始，身體日衰，但他仍堅持每周在主日學或講台上講一次道。有時幾乎昏倒，但他仍照常講。不久前，他突然有個靈感，想把以前講過的，寫一些下來，為要給初信主的基督徒作參考。他的書就是數月以來的成果。

父親曾來信說：「我也是與時間賽跑，若主不許我寫完，將來你把這些稿子拿去吧……」。讀了他的信，又看見他陸續寄來的一篇篇文字，令我既傷感又喜悅。傷感的是，時間的無情；在不知不覺中，生命已慢慢溜走。以他的身體狀況，父親不得不持「分秒必爭」的態度來寫作。今年從四月到七月，他一個人寫稿、抄稿、校稿，其虔誠執著之精神令我感動。另一方面，我很高興看見父親多年來在講台上的言語能「化」為文字。雖然這些文字僅能捕捉其中言語的一小部分，但也算是對生命的一種交代。

我想起我自己一九九三年寫過的一首詩。當時寫詩只為了描寫自己從事中文寫作的甘苦：從七月折磨到次年四月，其中感受到痛苦，也體驗到幸福：

我想是去年七月
那一月真像一朵
紅艷艷的蓮花
生長在上帝的聖血中……

我想是今年四月
這一月真像一朵
白生生的蓮花
綻開了她的蓓蕾……

時間的巧合可真是奇妙。父親的寫作也與「四月」和「七月」有關，只是我有從七月拖延到次年四月的奢侈，而父親卻必須與時間「賽跑」。在體弱的情況下，他不顧一切地（完全不顧醫生的囑咐）一頁頁地寫下去，終於在短短三個月間完成書稿。

我認為父親的稿子是寫給年輕人看的。他一向愛年輕人甚於其他年齡的人。他和年輕人總是說個沒完，互相都有共同的語言。還記得，幾年前爸媽還住在馬利蘭州的時候，我每回去看他們，都看見有一群年輕人圍繞在他們的身邊，互相討論聖經，一問一答，其和諧快樂的境界令人羨慕。比起我這個長年住在遠處的「女兒」，那些年輕人更像是我父母的兒女。我常常因為很少聽到父親的講道而感到遺憾，這次父親終於把一些靈修的心得寫了下來，使我也能讀到，我的心中確實有一種「補償」的感覺。

父親的書也可作為母親離世歸天一周年的紀念。回憶當初，若不是母親的帶領，父親也不可能受洗歸主，更不可能把他的後半生獻給教會。母親逝世後不久，父親曾對我說：「人生實難，一切皆是無奈，惟獨耶穌最寶貴，使我們在患難中，能靠它常常喜樂、流淚讚美。」我相信父親的話正反映了母親一貫的生命價值觀。這是我牢牢記住、終身不敢忘的生命觀。

今日面對父親完成的書稿，感觸萬端，拉雜寫來，以為序。

一九九八年七月二十九日

《文學的聲音》自序

——與劉振強先生談「文學的聲音」

許多年以前，我早就希望能認識三民書局的老闆劉振強先生了。因為他所主編的那套「古籍今注新譯」一直是我的美國研究生們的必讀物。我的學生告訴我，他們很感激劉先生，如果不是他主編的那套以闡釋古籍為目的、以「兼取諸家，直注明解」為原則的「藍皮書」的幫助，他們肯定不會那麼快就熟悉中國古代的經典之作。作為讀者，他們特別佩服劉先生那種充滿信心的廣大視野以及對中國傳統文化的執著——這種執著的精神十分難得，尤其在今天出版社大多以賺錢和媚俗為目的的後現代世界裡。我認為學生們的觀點很對，我想劉先生當初一定是懷著發揚傳統典籍的理想才開始走向出版業這條路的。因此，這些年來，雖然我一直還不認識劉先生，但我們在課上時常提到他。「劉先生」早已成了三民書局的代名詞了。

去年六月，我終於有幸與劉先生見面識，我們一見面就談得很投合。我發現我們有很相同的文學觀；我們都相信古典文學的不朽之魔力，都相信現代讀者有無比的詮釋之潛力。劉先生還告訴我，他最喜歡「做夢」，他的每項出版計劃都開始於一個夢——他主持有關「中國字」的龐大電腦工程即為一例。我還發現，劉先生的成功祕訣就是：一旦決定要做一件事，必定全力以赴，凡事不惜代價。他說，他的家人常問他：「你何時夢醒？」但他說：「如果沒夢，怎麼會有新的出版計劃？」

我告訴劉先生，我也是一個喜歡做夢的人。我的每個文學研究計劃也是始於一個夢。我喜歡堅持自己做夢的自由，哪怕我的想法有些不實際。詩人非默曾在〈堅持〉一詩中說過：「放棄幾乎是不可能的，／堅持的人不在乎這世界是否只剩下他一個。」在文學研究的道路上，我鼓勵我自己一直朝著理想堅持下去。

這些年來，我的夢想就是：努力捕捉古代文人才女的各種不同的「聲音」。我知道文學裡的「聲音」是非常難以捕捉的——有時近在眼前，有時遠在天邊；有時是作者本人的真實的聲音，有時是寄託的聲音。解構主義告訴我們，作者本人想要發出的聲音很難具體化，而且文本與文本之間的關係十分錯綜複雜，不能一一解讀，因而其意義是永遠無法固定的。此外，解構批評家認為，語言本身是不確定的，所以一切閱讀都是「誤讀」。另外，巴特的符號學則宣稱，作者已經「死亡」，讀者的解讀才能算數，在知識網絡逐漸多元的世界裡，讀者已經成為最重要的文化主體，因此作者的真實聲音已經很難找到了。但近年以來，**Stanley Fish** 所主導的「文學接受理論」雖然繼續在提高讀者的地位，卻不斷向經典大家招魂，使得作者又以較複雜的方式和讀者重新見面。在這同時，新歷史主義者和女性主義者都分別從不同的方面努力尋找文學以外的「聲音」，企圖把邊緣文化引入主流文化。而目前流行的「全球化」研究其實就是這種企圖把邊緣和主流、把「不同」和「相同」逐漸會合一處的進一步努力。

自從一九八二年我到耶魯大學任教以來，由於面臨現代文學批評的前沿陣地（耶魯大學一直是現代各種文學批評的發源地），我一方面感到十分幸運，另一方面也給自己提出了警惕——千萬不要被新理論、新術語轟炸得昏頭昏腦，乃至於失去了自己的走向。我喜歡文學，喜歡聽作者的聲音，就讓我繼續尋找那個震撼心靈的聲音吧。回憶這二十年來，我基本上是跟著文學批評界的潮流走過了結構主義、後結構主義（即解構主義）、符號學理論、文學接受理論、新歷史主義、女性主義批評、闡釋學等諸階段。但不管自己對這些批評風尚多麼投入，我都一直抱著「遊」的心情來試它們的。因為文學和文化理論的風潮也像服裝的流行一樣；一旦人們厭倦了一種形式，就自然會有更新的欲望和要求。然而，我並不輕視這些事過境遷的潮流，因為它們代表了我們這一代人的心靈文化。對於不斷變化著的文學理論潮流，我只希望永遠抱著能「入」也能「出」的態度——換言之，那就是一種自由的學習心態。

於是，這些，我就持這種自由自在的態度陸續編寫了不少學術專著，希望能捕捉文學裡各種各樣的聲音。在《陳子龍柳如是詩詞情緣》（*The Late Ming Poet Chen Tzu-lung: Crises of Love and Loyalism*）一書中，我討論情愛與忠國的隱喻和實際關係，我曾借用 Erich Auerbach 的「譬喻」的概念來闡釋明末詩人陳子龍的特殊美學。後來，與 Ellen Widmer（魏愛蓮）合編的 *Writing Women of Late imperial China*（《明清女作家》）——共收了美國十三位學者的作品——則側重於婦女寫作的諸種問題。不久前與蘇源熙合編的一部龐大的選集《中國歷代女作家選集：詩歌與評論》（*women Writers of Traditional China: An Anthology of Poetry and Criticism*）——共收了六十三位美國漢學家的翻譯——則又注重中國古代婦女的各種角色與聲音。那本選集中的材料多半是我一九八〇年代以來花了不少精力時間和財力才終於收集起來的。（上海的施蟄存先生在我收集材料及構思的過程中，曾給了我很大的幫助，特此感謝。）從一開始，我就知道那會是一個極其浩大繁重的編輯過程，但我很高興我終於堅持了自己的夢想。我總是希望能通過大家共同的翻譯與不斷闡釋文本的過程，讓讀者們重新找到中國古代婦女的聲音——書中共收了一百三十位左右的古典女作家作品，加上五十位男女評論家的文字。總之，我一直盼望能藉此翻譯編撰的過程，讓美國的漢學家們開始走進世界性的女性作品「經典化」行列，從而把中國女性文學從邊緣的位置提升到主流的地位。

此外，我告訴劉先生，我在研究各種文學聲音的過程中，也逐漸發現了中國古典作家的許多意味深長的「面具」美學。這種面具觀不僅反映了中國古代作者（由於政治或其他原因）所扮演的複雜角色，也同時促使讀者們一而再、再而三地闡釋作者那隱藏在面具背後的聲音。所以，在中國文學批評史上，解讀一個經典詩人總是意味著十分複雜的閱讀過程——那就是，讀者們不斷為作者戴上面具、揭開面具、甚至再蒙上面具的過程。在有關陶淵明、《樂府補題》、吳偉業、八大山人、王士禛和「閱讀情詩」等幾篇論文裡，我曾先後對這個問題作了不同程度的探討。

劉先生說，三民書局希望能出版我的論文集。我說，那麼，就把這個論文集取名為《文學的聲音》吧。收在這裡的幾篇學術文章也正代表了我近年來叩問古典文人的心聲的旅程。羅蘭・巴特曾說過：「閱讀是一種樂趣，這主要是因為閱讀本身就是一種探險。」但對於我，閱讀不但是一種探險的經驗，也是與其他讀者分享自己的讀書心得報告的好機會。

在此，我要感謝陳磊、皮述平、錢南秀、王瑷玲等人，他們把我的幾篇英文學術論文譯成中文。但這個論文集之所以能及時出版，主要還是由於三民書局編輯部諸位同仁們的努力幫助，他們嚴謹的工作態度，都是一流的。

二〇〇一年七月四日，寫於耶魯大學。

語言文學類　PG1370　文學視界89

孫康宜文集　第二卷
——文化散文、隨筆

作　　者／孫康宜
封面題字／凌　超
責任編輯／盧羿珊、杜國維
圖文排版／周政緯
封面設計／蔡瑋筠

發 行 人／宋政坤
法律顧問／毛國樑　律師
出版發行／秀威資訊科技股份有限公司
114台北市內湖區瑞光路76巷65號1樓
電話：+886-2-2796-3638　傳真：+886-2-2796-1377
http://www.showwe.com.tw
劃撥帳號／19563868　戶名：秀威資訊科技股份有限公司
讀者服務信箱：service@showwe.com.tw
展售門市／國家書店（松江門市）
104台北市中山區松江路209號1樓
電話：+886-2-2518-0207　傳真：+886-2-2518-0778
網路訂購／秀威網路書店：https://store.showwe.tw
國家網路書店：https://www.govbooks.com.tw

2018年5月　BOD一版
全套定價：12000元（不分售）

國家圖書館出版品預行編目

孫康宜文集. 第二卷, 文化散文、隨筆 / 孫康宜
著. -- 一版. -- 臺北市 : 秀威資訊科技,
2018.05
面；　公分. -- (語言文學類；PG1370)(文
學視界 ; 89)
BOD版
ISBN 978-986-326-511-5(精裝)

848.6　　　　106023062

ISBN 978-986-326-515-3

讀者回函卡

感謝您購買本書，為提升服務品質，請填妥以下資料，將讀者回函卡直接寄回或傳真本公司，收到您的寶貴意見後，我們會收藏記錄及檢討，謝謝！

如您需要了解本公司最新出版書目、購書優惠或企劃活動，歡迎您上網查詢或下載相關資料：http:// www.showwe.com.tw

您購買的書名：________________________________

出生日期：________年________月________日

學歷：□高中（含）以下　□大專　□研究所（含）以上

職業：□製造業　□金融業　□資訊業　□軍警　□傳播業　□自由業

□服務業　□公務員　□教職　□學生　□家管　□其它_____

購書地點：□網路書店　□實體書店　□書展　□郵購　□贈閱　□其他

您從何得知本書的消息？

□網路書店　□實體書店　□網路搜尋　□電子報　□書訊　□雜誌

□傳播媒體　□親友推薦　□網站推薦　□部落格　□其他__________

您對本書的評價：（請填代號　1.非常滿意　2.滿意　3.尚可　4.再改進）

封面設計____　版面編排____　內容____　文／譯筆____　價格____

讀完書後您覺得：

□很有收穫　□有收穫　□收穫不多　□沒收穫

對我們的建議：________________________________

____

____

____

請貼
郵票

11466
台北市內湖區瑞光路 76 巷 65 號 1 樓
秀威資訊科技股份有限公司 收
BOD 數位出版事業部

(請沿線對折寄回，謝謝！)

姓　　名：____________　年齡：______　性別：□女　□男

郵遞區號：□□□□□

地　　址：________________________

聯絡電話：(日) ____________ (夜) ____________

E-mail：________________________